MARCEL PROUST

A LA RECHERCHE
DU TEMPS PERDU

TOME III

LE CÔTÉ
DE GUERMANTES

I

CINQUIÈME ÉDITION

PARIS
ÉDITIONS DE LA
NOUVELLE REVUE FRANÇAISE
35 ET 37, RUE MADAME. 1920

LE CÔTÉ
DE GUERMANTES

ÉDITIONS DE LA NOUVELLE REVUE FRANÇAISE

ŒUVRES DE MARCEL PROUST

A LA RECHERCHE DU TEMPS PERDU 5 *VOLUMES*

DU COTÉ DE CHEZ SWANN I

A L'OMBRE DES JEUNES FILLES EN FLEURS II

LE COTÉ DE GUERMANTES. — I. III

SOUS PRESSE

LE COTÉ DE GUERMANTES. — II. — SODOME ET GO-
    MORRHE. — I. IV

SODOME ET GOMORRHE. — II. — LE TEMPS
    RETROUVÉ V

PASTICHES ET MÉLANGES .. .. 1 *VOLUME*

MARCEL PROUST

A LA RECHERCHE DU
TEMPS PERDU

TOME III

LE CÔTÉ
DE GUERMANTES

I

CINQUIÈME ÉDITION

PARIS
ÉDITIONS DE LA
NOUVELLE REVUE FRANÇAISE
35 ET 37, RUE MADAME. 1920

IL A ÉTÉ TIRÉ DE CET OUVRAGE, APRÈS IMPOSITIONS SPÉCIALES, 133 EXEMPLAIRES IN-4º TELLIÈRE SUR PAPIER VERGÉ PUR FIL LAFUMA-NAVARRE, AU FILIGRANE DE LA NOUVELLE REVUE FRANÇAISE, DONT 10 EXEMPLAIRES HORS COMMERCE MARQUÉS DE A A H, 100 EXEMPLAIRES RÉSERVÉS AUX BIBLIOPHILES DE LA NOUVELLE REVUE FRANÇAISE, NUMÉROTÉS DE I A C, 25 EXEMPLAIRES NUMÉROTÉS DE CI A CXXV ; 1040 EXEMPLAIRES SUR PAPIER VÉLIN PUR FIL LAFUMA-NAVARRE, DONT 10 EXEMPLAIRES HORS COMMERCE MARQUÉS DE a A j, 800 EXEMPLAIRES RÉSERVÉS AUX AMIS DE L'ÉDITION ORIGINALE, NUMÉROTÉS DE 1 A 800, 30 EXEMPLAIRES D'AUTEUR, HORS COMMERCE, NUMÉROTÉS DE 801 A 830 ET 200 EXEMPLAIRES NUMÉROTÉS DE 831 A 1030. CE TIRAGE CONSTITUANT PROPREMENT ET AUTHENTIQUEMENT L'ÉDITION ORIGINALE

A LÉON DAUDET

A L'AUTEUR

DU VOYAGE DE SHAKESPEARE,
DU PARTAGE DE L'ENFANT,
DE L'ASTRE NOIR,
DE FANTOMES ET VIVANTS,
DU MONDE DES IMAGES,
DE TANT DE CHEFS-D'ŒUVRE,

A L'INCOMPARABLE AMI

EN TÉMOIGNAGE
DE RECONNAISSANCE ET D'ADMIRATION

M. P.

LE CÔTÉ
DE GUERMANTES

Le pépiement matinal des oiseaux semblait insipide à Françoise.
Chaque parole des « bonnes » la faisait sursauter ; incommodée par
tous leurs pas, elle s'interrogeait sur eux ; c'est que nous avions démé-
nagé. Certes les domestiques ne remuaient pas moins, dans le « sixième »
de notre ancienne demeure ; mais elle les connaissait ; elle avait fait
de leurs allées et venues des choses amicales. Maintenant elle portait
au silence même une attention douloureuse. Et comme notre nouveau
quartier paraissait aussi calme que le boulevard sur lequel nous avions
donné jusque là était bruyant, la chanson (distincte de loin, quand elle
est faible, comme un motif d'orchestre) d'un homme qui passait, faisait venir des larmes aux yeux de Françoise en exil. Aussi, si je m'étais
moqué d'elle qui, navrée d'avoir eu à quitter un immeuble où l'on était
« si bien estimé de partout » et où elle avait fait ses malles en pleurant,
selon les rites de Combray, et en déclarant supérieure à toutes les maisons possibles celle qui avait été la nôtre, en revanche, moi qui assi-
milais aussi aisément les nouvelles choses que j'abandonnais aisément
les anciennes, je me rapprochai de notre vieille servante quand je vis
que l'installation dans une maison où elle n'avait pas reçu du concierge
qui ne nous connaissait pas encore les marques de considération nécessaires à sa bonne nutrition morale, l'avait plongée dans un état voisin
du dépérissement. Elle seule pouvait me comprendre ; ce n'était certes
pas son jeune valet de pied qui l'eût fait ; pour lui qui était aussi peu de
Combray que possible, emménager, habiter un autre quartier, c'était
comme prendre des vacances où la nouveauté des choses donnait le
même repos que si l'on eût voyagé ; il se croyait à la campagne ; et un
rhume de cerveau lui apporta, comme un « coup d'air » pris dans un
wagon où la glace ferme mal, l'impression délicieuse qu'il avait vu du
pays ; à chaque éternuement, il se réjouissait d'avoir trouvé une si

chic place, ayant toujours désiré des maîtres qui voyageraient beaucoup. Aussi, sans songer à lui, j'allai droit à Françoise ; comme j'avais
ri de ses larmes à un départ qui m'avait laissé indifférent, elle se montra
glaciale à l'égard de ma tristesse, parce qu'elle la partageait. Avec la
« sensibilité » prétendue des nerveux grandit leur égoïsme ; ils ne peuvent supporter de la part des autres l'exhibition des malaises auxquels
ils prêtent chez eux-mêmes de plus en plus d'attention. Françoise,
qui ne laissait pas passer le plus léger de ceux qu'elle éprouvait, si je
souffrais détournait la tête pour que je n'eusse pas le plaisir de voir ma
souffrance plainte, même remarquée. Elle fit de même dès que je voulus
lui parler de notre nouvelle maison. Du reste, ayant dû au bout de deux
jours aller chercher des vêtements oubliés dans celle que nous venions
de quitter, tandis que j'avais encore, à la suite de l'emménagement, de la
« température » et que, pareil à un boa qui vient d'avaler un bœuf, je me
sentais péniblement bossué par un long bahut que ma vue avait à
« digérer », Françoise, avec l'infidélité des femmes, revint en disant
qu'elle avait cru étouffer sur notre ancien boulevard, que pour s'y
rendre elle s'était trouvée toute « déroutée », que jamais elle n'avait vu
des escaliers si mal commodes, qu'elle ne retournerait pas habiter
là-bas « pour un empire » et, lui donnât-on des millions — hypothèses
gratuites — que tout (c'est-à-dire ce qui concernait la cuisine et les
couloirs) était beaucoup mieux « agencé » dans notre nouvelle maison.
Or, il est temps de dire que celle-ci — et nous étions venus y habiter
parce que ma grand'mère ne se portant pas très bien, raison que nous
nous étions gardés de lui donner, avait besoin d'un air plus pur —
était un appartement qui dépendait de l'hôtel de Guermantes.

A l'âge où les Noms, nous offrant l'image de l'inconnaissable que
nous avons versé en eux, dans le même moment où ils désignent aussi
pour nous un lieu réel, nous forcent par là à identifier l'un à l'autre
au point que nous partons chercher dans une cité une âme qu'elle
ne peut contenir mais que nous n'avons plus le pouvoir d'expulser de
son nom, ce n'est pas seulement aux villes et aux fleuves qu'ils donnent
une individualité, comme le font les peintures allégoriques, ce n'est
pas seulement l'univers physique qu'ils diaprent de différences, qu'ils
peuplent de merveilleux, c'est aussi l'univers social : alors chaque
château, chaque hôtel ou palais fameux a sa dame, ou sa fée, comme les
forêts leurs génies et leurs divinités les eaux. Parfois, cachée au fond de
son nom, la fée se transforme au gré de la vie de notre imagination qui
la nourrit ; c'est ainsi que l'atmosphère où Mme de Guermantes existait

en moi, après n'avoir été pendant des années que le reflet d'un verre de lanterne magique et d'un vitrail d'église, commençait à éteindre ses couleurs, quand des rêves tout autres l'imprégnèrent de l'écumeuse humidité des torrents.

Cependant, la fée dépérit si nous nous approchons de la personne réelle à laquelle correspond son nom, car, cette personne, le nom alors commence à la refléter et elle ne contient rien de la fée ; la fée peut renaître si nous nous éloignons de la personne ; mais si nous restons auprès d'elle, la fée meurt définitivement et avec elle le nom, comme cette famille de Lusignan qui devait s'éteindre le jour où disparaîtrait la fée Mélusine. Alors le Nom, sous les repeints successifs duquel nous pourrions finir par retrouver à l'origine le beau portrait d'une étrangère que nous n'aurons jamais connue, n'est plus que la simple carte photographique d'identité à laquelle nous nous reportons pour savoir si nous connaissons, si nous devons ou non saluer une personne qui passe. Mais qu'une sensation d'une année d'autrefois — comme ces instruments de musique enregistreurs qui gardent le son et le style des différents artistes qui en jouèrent — permette à notre mémoire de nous faire entendre ce nom avec le timbre particulier qu'il avait alors pour notre oreille, et ce nom en apparence non changé, nous sentons la distance qui sépare l'un de l'autre les rêves que signifièrent successivement pour nous ses syllabes identiques. Pour un instant, du ramage réentendu qu'il avait en tel printemps ancien, nous pouvons tirer, comme des petits tubes dont on se sert pour peindre, la nuance juste, oubliée, mystérieuse et fraîche des jours que nous avions cru nous rappeler, quand, comme les mauvais peintres, nous donnions à tout notre passé étendu sur une même toile les tons conventionnels et tous pareils de la mémoire volontaire. Or, au contraire, chacun des moments qui le composèrent, employait, pour une création originale, dans une harmonie unique, les couleurs d'alors que nous ne connaissons plus et qui, par exemple, me ravissent encore tout à coup si, grâce à quelque hasard, le nom de Guermantes ayant repris pour un instant après tant d'années le son, si différent de celui d'aujourd'hui, qu'il avait pour moi le jour du mariage de Mlle Percepied, il me rend ce mauve si doux, trop brillant, trop neuf, dont se veloutait la cravate gonflée de la jeune duchesse, et, comme une pervenche incueillissable et refleurie, ses yeux ensoleillés d'un sourire bleu. Et le nom de Guermantes d'alors est aussi comme un de ces petits ballons dans lesquels on a enfermé de l'oxygène ou un autre gaz : quand j'arrive à le crever, à en faire

11

sortir ce qu'il contient, je respire l'air de Combray de cette année-là, de ce jour-là, mêlé d'une odeur d'aubépines agitée par le vent du coin de la place, présurseur de la pluie, qui tour à tour faisait envoler le soleil, le laissait s'étendre sur le tapis de laine rouge de la sacristie et le revêtir d'une carnation brillante, presque rose, de géranium, et de cette douceur, pour ainsi dire wagnérienne, dans l'allégresse, qui conserve tant de noblesse à la festivité. Mais même en dehors des rares minutes comme celles-là, où brusquement nous sentons l'entité originale tressaillir et reprendre sa forme et sa ciselure au sein des syllabes mortes aujourd'hui, si dans le tourbillon vertigineux de la vie courante, où ils n'ont plus qu'un usage entièrement pratique, les noms ont perdu toute couleur comme une toupie prismatique qui tourne trop vite et qui semble grise, en revanche quand, dans la rêverie, nous réfléchissons, nous cherchons, pour revenir sur le passé, à ralentir, à suspendre le mouvement perpétuel où nous sommes entraînés, peu à peu nous revoyons apparaître, juxtaposées, mais entièrement distinctes les unes des autres, les teintes qu'au cours de notre existence, nous présenta successivement un même nom.

Sans doute quelle forme se découpait à mes yeux en ce nom de Guermantes, quand ma nourrice — qui sans doute ignorait, autant que moi-même aujourd'hui, en l'honneur de qui elle avait été composée — me berçait de cette vieille chanson : *Gloire à la Marquise de Guermantes* ou quand, quelques années plus tard, le vieux maréchal de Guermantes remplissant ma bonne d'orgueil, s'arrêtait aux Champs-Elysées en disant: « Le bel enfant ! » sortait d'une bonbonnière de poche une pastille de chocolat, cela je ne le sais pas. Ces années de ma première enfance ne sont plus en moi, elles me sont extérieures, je n'en peux rien apprendre que, comme pour ce qui a eu lieu avant notre naissance, par les récits des autres. Mais plus tard je trouve successivement dans la durée en moi de ce même nom sept ou huit figures différentes ; les premières étaient les plus belles : peu à peu mon rêve forcé par la réalité d'abandonner une position intenable, se retranchait à nouveau un peu en deçà jusqu'à ce qu'il fût obligé de reculer encore. Et, en même temps que Mme de Guermantes changeait sa demeure, issue elle aussi de ce nom que fécondait d'année en année telle ou telle parole entendue qui modifiait mes rêveries ; cette demeure les reflétait dans ses pierres mêmes devenues réfléchissantes comme la surface d'un nuage ou d'un lac. Un donjon sans épaisseur qui n'était qu'une bande de lumière orangée et du haut

12

duquel le seigneur et sa dame décidaient de la vie et de la mort de leurs vassaux avait fait place — tout au bout de ce « côté de Guermantes » où, par tant de beaux après-midi, je suivais avec mes parents le cours de la Vivonne—à cette terre torrentueuse où la duchesse m'apprenait à pêcher la truite et à connaître le nom des fleurs aux grappes violettes et rougeâtres qui décoraient les murs bas des enclos environnants : puis ç'avait été la terre héréditaire, le poétique domaine, où cette race altière de Guermantes, comme une tour jaunissante et fleuronnée qui traverse les âges, s'élevait déjà sur la France, alors que le ciel était encore vide, là où devaient plus tard surgir Notre-Dame de Paris et Notre-Dame de Chartres, alors qu'au sommet de la colline de Laon la nef de la cathédrale ne s'était pas posée comme l'Arche du Déluge au sommet du mont Ararat, emplie de Patriarches et de Justes anxieusement penchés aux fenêtres pour voir si la colère de Dieu s'est apaisée, emportant avec elle les types des végétaux qui multiplieront sur la terre, débordante d'animaux qui s'échappent jusque par les tours où des bœufs se promenant paisiblement sur la toiture, regardent de haut les plaines de Champagne ; alors que le voyageur qui quittait Beauvais à la fin du jour ne voyait pas encore le suivre en tournoyant, dépliées sur l'écran d'or du couchant, les ailes noires et ramifiées de la cathédrale. C'était, ce Guermantes, comme le cadre d'un roman, un paysage imaginaire que j'avais peine à me représenter et d'autant plus le désir de découvrir, enclavé au milieu de terres et de routes réelles qui tout à coup s'imprégneraient de particularités héraldiques, à deux lieues d'une gare ; je me rappelais les noms des localités voisines comme si elles avaient été situées au pied du Parnasse ou de l'Hélicon, et elles me semblaient précieuses comme les conditions matérielles — en science topographique — de la production d'un phénomène mystérieux. Je revoyais les armoiries qui sont peintes aux soubassements des vitraux de Combray, et dont les quartiers s'étaient remplis, siècle par siècle, de toutes les seigneuries que, par mariages ou acquisitions, cette illustre maison avait fait voler à elle de tous les coins de l'Allemagne, de l'Italie et de la France : terres immenses du Nord, cités puissantes du Midi, venues se rejoindre et se composer en Guermantes et, perdant leur matérialité, inscrire allégoriquement leur donjon de sinople ou leur château d'argent dans son champ d'azur. J'avais entendu parler des célèbres tapisseries de Guermantes et je les voyais, médiévales et bleues, un peu grosses, se détacher comme un nuage chassa si souvent sur le nom amarante et légendaire, au pied de l'antique forêt où Childebert, et ce fin fond mystérieux des terres, ce lointain des siècles, il me semblait qu'aussi bien que par un voyage je pénétrerais dans leurs secrets, rien qu'en approchant un instant à Paris Mme de Guermantes, suzeraine du lieu et dame du lac, comme si son visage et ses paroles eussent dû posséder le charme local des futaies et des rives, et les mêmes particularités séculaires que le vieux coutumier de ses archives. Mais alors j'avais connu Saint-Loup; il m'avait appris que le château ne s'appelait Guermantes que depuis le XVIIe siècle où sa famille l'avait acquis. Elle avait résidé jusque-là dans le voisinage, et son titre ne venait pas de cette région. Le village de Guermantes avait reçu son nom du château après lequel il avait été construit et, pour qu'il n'en détruisît pas les perspectives, une servitude restée en vigueur réglait le tracé des rues et limitait la hauteur des maisons. Quant aux tapisseries, elles étaient de Boucher, achetées au XIXe siècle par un Guermantes amateur et étaient placées à côté de tableaux de chasse médiocres qu'il avait peints lui-même, dans un fort vilain salon drapé d'andrinople et de peluche. Par ces révélations, Saint-Loup avait introduit dans le château des éléments étrangers au nom de Guermantes qui ne me permirent plus de continuer à extraire uniquement de la sonorité des syllabes la maçonnerie des constructions. Alors, au fond de ce nom s'était effacé le château reflété dans son lac, et ce qui m'était apparu, autour de Mme de Guermantes comme sa demeure, ç'avait été son hôtel de Paris, l'hôtel de Guermantes, limpide comme son nom, car aucun élément matériel et opaque n'en venait interrompre et aveugler la transparence. Comme l'église ne signifie pas seulement le temple, mais aussi l'assemblée des fidèles, cet hôtel de Guermantes comprenait toutes les personnes qui partageaient la vie de la duchesse, mais ces personnes que je n'avais jamais vues n'étaient pour moi que des noms célèbres et poétiques, et, connaissant uniquement des personnes qui n'étaient elles aussi que des noms, ne faisaient qu'agrandir et protéger le mystère de la duchesse en étendant autour d'elle un vaste halo qui allait tout au plus en se dégradant.

Dans les fêtes qu'elle donnait, comme je n'imaginais pour les invités aucun corps, aucune moustache, aucune bottine, aucune phrase prononcée qui fût banale, ou même originale d'une manière humaine et rationnelle, ce tourbillon de noms introduisant moins de matière que n'eût fait un repas de fantômes ou un bal de spectres, autour de cette statuette en porcelaine de Saxe qu'était Madame de Guermantes, gardait une transparence de vitrine à son hôtel de verre. Puis quand Saint-Loup m'eut raconté des anecdotes relatives au chapelain, aux jardiniers de sa cousine, l'hôtel de Guermantes était devenu — comme avait pu être autrefois quelque Louvre — une sorte de château entouré, au milieu de Paris même, de ses terres, possédé héréditairement, en vertu d'un droit antique bizarrement survivant et sur lesquelles elle exerçait encore des privilèges féodaux. Mais cette dernière demeure s'était elle-même évanouie quand nous étions venus habiter tout près de Mme de Villeparisis un des appartements voisins de celui de Mme de Guermantes dans une aile de son hôtel. C'était une de ces vieilles demeures comme il en existe peut-être encore et dans lesquelles la cour d'honneur, — soit alluvions apportées par le flot montant de la démocratie, soit legs de temps plus anciens où les divers métiers étaient groupés autour du seigneur — avait souvent sur ses côtés des arrière-boutiques, des ateliers, voire quelque échoppe de cordonnier ou de tailleur, comme celles qu'on voit accotées aux flancs des cathédrales que l'esthétique des ingénieurs n'a pas dégagées, un concierge savetier, qui élevait des poules et cultivait des fleurs, — et au fond, dans le logis « faisant hôtel », une « comtesse », qui, quand elle sortait dans sa vieille calèche à deux chevaux, montrant sur son chapeau quelques capucines semblant échappées du jardinet de la loge (ayant à côté du cocher un valet de pied, qui descendait corner des cartes à chaque hôtel aristocratique du quartier), envoyait indistinctement des sourires et de petits bonjours de la main aux enfants du portier et aux locataires bourgeois de l'immeuble qui passaient à ce moment-là et qu'elle confondait dans sa dédaigneuse affabilité et sa morgue égalitaire.

Dans la maison que nous étions venus habiter, la grande dame du fond de la cour était une duchesse, élégante et encore jeune. C'était Mme de Guermantes, et grâce à Françoise, je possédai assez vite des renseignements sur l'hôtel. Car les Guermantes (que Françoise désignait souvent, par les mots de « en dessous », « en bas ») étaient sa constante préoccupation depuis le matin, où, jetant pendant qu'elle coiffait maman, un coup d'œil défendu, irrésistible et furtif dans la cour, elle disait : « Tiens, deux bonnes sœurs ; cela va sûrement en dessous » ou « oh ! les beaux faisans à la fenêtre de la cuisine, il n'y a pas besoin de demander d'où qu'ils deviennent, le duc aura-t-été à la chasse », jusqu'au soir, où, si elle entendait pendant qu'elle me donnait mes affaires de nuit, un bruit de piano, un écho de chansonnette, elle induisait : « Ils ont du monde en bas, c'est à la gaieté » ; dans son visage régulier, sous ses cheveux blancs maintenant, un sourire de sa jeunesse, animé et décent, mettait alors pour un instant chacun de ses traits à sa place, les accordait dans un ordre apprêté et fin, comme avant une contre-danse.

Mais le moment de la vie des Guermantes qui excitait le plus vivement l'intérêt de Françoise, lui donnait le plus de satisfaction et lui faisait aussi le plus de mal, c'était précisément celui où la porte cochère s'ouvrant à deux battants, la duchesse montait dans sa calèche. C'était habituellement peu de temps après que nos domestiques avaient fini de célébrer cette sorte de pâque solennelle que nul ne doit interrompre, appelée leur déjeuner, et pendant laquelle ils étaient tellement « tabous » que mon père lui-même ne se fût pas permis de les sonner, sachant d'ailleurs qu'aucun ne se fût pas plus dérangé au cinquième coup qu'au premier, et qu'il eût ainsi commis cette inconvenance en pure perte, mais non pas sans dommage pour lui. Car Françoise (qui depuis qu'elle était une vieille femme, se faisait à tout propos ce qu'on appelle une tête de circonstance), n'eût pas manqué de lui présenter toute la journée une figure couverte de petites marques cunéiformes et rouges qui déployaient au dehors, mais d'une façon peu déchiffrable, le long mémoire de ses doléances, et les raisons profondes de son mécontentement. Elle les développait d'ailleurs, à la cantonnade, mais sans que nous puissions bien distinguer les mots. Elle appelait cela — qu'elle croyait désespérant pour nous, « mortifiant », « vexant », — dire toute la sainte journée des « messes basses ».

Les derniers rites achevés, Françoise, qui était à la fois, comme dans l'église primitive, le célébrant et l'un des fidèles, se servait un dernier verre de vin, détachait de son cou sa serviette, la pliait en essuyant à ses lèvres un reste d'eau rougie et de café, la passait dans un rond, remerciait d'un œil dolent « son » jeune valet de pied qui pour faire du zèle, lui disait : « Voyons, madame, encore un peu de raisin; il est esquis » et allait aussitôt ouvrir la fenêtre sous le prétexte qu'il faisait trop chaud « dans cette misérable cuisine ». En jetant avec dextérité dans le même temps qu'elle tournait la poignée de la croisée et prenait l'air, un coup d'œil désintéressé sur le fond de la cour, elle y dérobait furtivement la certitude que la duchesse n'était pas encore prête, couvait un instant de ses regards dédaigneux et passionnés la voiture attelée, et, cet instant d'attention une fois donné par ses yeux aux choses de la terre, les levait au ciel dont elle avait d'avance deviné la pureté en sentant la douceur de l'air et la chaleur du soleil; et elle regardait à l'angle du toit la place où, chaque printemps, venaient faire leur nid, juste au-dessus de la cheminée de ma chambre, des pigeons pareils à ceux qui roucoulaient dans sa cuisine, à Combray.

— Ah ! Combray, Combray, s'écriait-elle. (Et le ton presque chanté sur lequel elle déclamait cette invocation eût pu, chez Françoise, autant que l'arlésienne pureté de son visage, faire soupçonner une origine méridionale et que la patrie perdue qu'elle pleurait n'était qu'une patrie d'adoption. Mais peut-être se fût-on trompé, car il semble qu'il n'y ait pas de province qui n'ait son « midi », et combien ne rencontre-t-on pas de Savoyards et de Bretons chez qui l'on ne trouve toutes les douces transpositions de longues et de brèves qui caractérisent le méridional.) Ah ! Combray, quand est-ce que je te reverrai, pauvre terre ! Quand est-ce que je pourrai passer toute la sainte journée sous tes aubépines et nos pauvres lilas en écoutant les pinsons et la Vivonne qui fait comme le murmure de quelqu'un qui chuchoterait, au lieu d'entendre cette misérable sonnette de notre jeune maître qui ne reste jamais une demi-heure sans me faire courir le long de ce satané couloir. Et encore il ne trouve pas que je vas assez vite, il faudrait qu'on ait entendu avant qu'il ait sonné, et si vous êtes d'une minute en retard, il « rentre » dans des colères épouvantables. Hélas ! pauvre Combray ! peut-être que je ne te reverrai que morte, quand on me jettera comme une pierre dans le trou de la tombe. Alors, je ne les sentirai plus tes belles aubépines toutes blanches. Mais dans le sommeil de la mort, je crois que j'entendrai encore ces trois coups de la sonnette qui m'auront déjà damnée dans ma vie.

Mais elle était interrompue par les appels du giletier de la cour, celui qui avait tant plu autrefois à ma grand'mère le jour où elle était allée voir Mme de Villeparisis et n'occupait pas un rang moins élevé dans la sympathie de Françoise. Ayant levé la tête en entendant ouvrir notre fenêtre, il cherchait déjà depuis un moment à attirer l'attention de sa voisine pour lui dire bonjour. La coquetterie de la jeune fille qu'avait été Françoise affinait alors pour M. Jupien le visage ronchonneur de notre vieille cuisinière alourdie par l'âge, la mauvaise humeur et par la chaleur du fourneau, et c'est avec un mélange charmant de réserve, de familiarité et de pudeur, qu'elle adressait au giletier un gracieux salut, mais sans lui répondre de la voix, car si elle enfreignait les recommandations de maman en regardant dans la cour, elle n'eût pas osé les braver jusqu'à causer par la fenêtre, ce qui avait le don, selon Françoise, de lui valoir, de la part de Madame, « tout un chapitre ». Elle lui montrait la calèche attelée en ayant l'air de dire:

17

« Des beaux chevaux, hein ! », mais tout en murmurant : « Quelle vieille sabraque ! » et surtout parce qu'elle savait qu'il allait lui répondre, en mettant la main devant la bouche pour être entendu tout en parlant à mi-voix :

— *Vous* aussi vous pourriez en avoir si vous vouliez et même peut-être plus qu'eux, mais vous n'aimez pas tout cela.

Et Françoise après un signe modeste, évasif et ravi dont la significa-tion était à peu près : « Chacun son genre ; ici c'est à la simplicité, » refermait la fenêtre de peur que maman n'arrivât. Ces « vous » qui eussent pu avoir plus de chevaux que les Guermantes, c'était nous, mais Jupien avait raison de dire « vous », car, sauf pour certains plaisirs d'amour-propre purement personnels — comme celui, quand elle toussait sans arrêter et que toute la maison avait peur de prendre son rhume, de prétendre avec un ricanement irritant, qu'elle n'était pas enrhumée, — pareille à ces plantes qu'un animal auquel elles sont entièrement unies nourrit d'aliments qu'il attrape, mange, digère pour elles et qu'il leur offre dans son dernier et tout assimilable résidu, — Françoise vivait avec nous en symbiose ; c'est nous qui, avec nos vertus, notre fortune, notre train de vie, notre situation, devions nous charger d'élaborer les petites satisfactions d'amour-propre dont était formée — en y ajoutant le droit reconnu d'exercer librement le culte du déjeuner suivant la coutume ancienne comportant la petite gorgée d'air à la fenêtre quand il était fini, quelque flânerie dans la rue en allant faire ses emplettes et une sortie le dimanche pour aller voir sa nièce — la part de contentement indispensable à sa vie. Aussi comprend-on que Françoise avait pu dépérir, les premiers jours, en proie, dans une maison où tous les titres honorifiques de mon père n'étaient pas encore connus, à un mal qu'elle appelait elle-même l'ennui, l'ennui dans ce sens énergique qu'il a chez Corneille ou sous la plume des soldats qui finissent par se suicider parce qu'ils s'« ennuient » trop après leur fiancée, leur village. L'ennui de Françoise avait été vite guéri par Jupien pré-cisément, car il lui procura tout de suite un plaisir aussi vif et plus raffiné que celui qu'elle aurait eu si nous nous étions décidés à avoir une voiture. — « Du bien bon monde, ces Jupien, de bien braves gens et ils le portent sur la figure. » Jupien sut en effet comprendre et enseigner à tous que si nous n'avions pas d'équipage, c'est que nous ne voulions pas. Cet ami de Françoise vivait peu chez lui, ayant obtenu une place d'employé dans un ministère. Giletier d'abord avec la « gamine » que ma grand'mère avait prise pour sa fille, il avait perdu tout avantage

18

à en exercer le métier, quand la petite qui presque encore enfant savait déjà très bien recoudre une jupe, quand ma grand'mère était allée autrefois faire une visite à Mme de Villeparisis, s'était tournée vers la couture pour dames et était devenue jupière. D'abord « petite main » chez une couturière, employée à faire un point, à recoudre un volant, à attacher un bouton ou une « pression », à ajuster un tour de taille avec des agrafes, elle avait vite passé deuxième puis première, et s'étant fait une clientèle de dames du meilleur monde, elle travaillait chez elle, c'est-à-dire dans notre cour, le plus souvent avec une ou deux de ses petites camarades de l'atelier qu'elle employait comme apprenties. Dès lors la présence de Jupien avait été moins utile. Sans doute la petite, devenue grande, avait encore souvent à faire des gilets. Mais aidée de ses amies elle n'avait besoin de personne. Aussi Jupien, son oncle, avait-il sollicité un emploi. Il fut libre d'abord de rentrer à midi, puis, ayant remplacé définitivement celui qu'il secondait seulement, pas avant l'heure du dîner. Sa « titularisation » ne se produisit heureusement que quelques semaines après notre emménagement, de sorte que la gentillesse de Jupien put s'exercer assez longtemps pour aider Françoise à franchir sans trop de souffrances les premiers temps difficiles. D'ailleurs, sans méconnaître l'utilité qu'il eut ainsi pour Françoise à titre de « médicament de transition », je dois reconnaître que Jupien ne m'avait pas plu beaucoup au premier abord. A quelques pas de distance, détruisant entièrement l'effet qu'eussent produit sans cela ses grosses joues et son teint fleuri, ses yeux débordés par un regard compatissant, désolé et rêveur, faisaient penser qu'il était très malade ou venait d'être frappé d'un grand deuil. Non seulement il n'en était rien mais dès qu'il parlait, parfaitement bien d'ailleurs, il était plutôt froid et railleur. Il résultait de ce désaccord entre son regard et sa parole quelque chose de faux qui n'était pas sympathique et par quoi il avait l'air lui-même de se sentir aussi gêné qu'un invité en veston dans une soirée où tout le monde est en habit, ou que quelqu'un qui ayant à répondre à une Altesse ne sait pas au juste comment il faut lui parler et tourne la difficulté en réduisant ses phrases à presque rien. Celles de Jupien — car c'est pure comparaison — étaient au contraire charmantes. Correspondant peut-être à cette inondation du visage par les yeux (à laquelle on ne faisait plus attention quand on le connaissait), je discernai vite en effet chez lui une intelligence rare et l'une des plus naturellement littéraires qu'il m'ait été donné de connaître, en ce sens que, sans culture probablement, il possédait ou s'était assimilé, rien en qu'à l'aide de quelques livres hâtivement parcourus, les tours les plus ingénieux de la langue. Les gens les plus doués que j'avais connus étaient morts très jeunes. Aussi étais-je persuadé que la vie de Jupien finirait vite. Il avait de la bonté, de la pitié, les sentiments les plus délicats, les plus généreux. Son rôle dans la vie de Françoise avait vite cessé d'être indispensable. Elle avait appris à le doubler.

Même quand un fournisseur ou un domestique venait nous apporter quelque paquet, tout en ayant l'air de ne pas s'occuper de lui, et en lui désignant seulement d'un air détaché une chaise, pendant qu'elle continuait son ouvrage, Françoise mettait si habilement à profit les quelques instants qu'il passait dans la cuisine, en attendant la réponse de maman, qu'il était bien rare qu'il repartît sans avoir indestructiblement gravée en lui la certitude que « si nous n'en avions pas, c'est que nous ne voulions pas. » Si elle tenait tant d'ailleurs à ce que l'on sût que nous avions « d'argent », (car elle ignorait l'usage de ce que Saint-Loup appelait les articles partitifs, et disait: « avoir d'argent », « apporter d'eau »), à ce qu'on nous sût riches, ce n'est pas que la richesse sans plus, la richesse sans la vertu, fût aux yeux de Françoise le bien suprême, mais la vertu sans la richesse n'était pas non plus son idéal. La richesse était pour elle comme une condition nécessaire de la vertu, à défaut de laquelle la vertu serait sans mérite et sans charme. Elle les séparait si peu qu'elle avait fini par prêter à chacune les qualités de l'autre, à exiger quelque confortable dans la vertu, à reconnaître quelque chose d'édifiant dans la richesse.

Une fois la fenêtre refermée, assez rapidement, —sans cela, Maman lui eût, paraît-il, « raconté toutes les injures imaginables » — Françoise commençait en soupirant à ranger la table de la cuisine.

— Il y a des Guermantes qui restent rue de la Chaise), disait le valet de chambre, j'avais un ami qui y avait travaillé ; il était second cocher chez eux. Et je connais quelqu'un, pas mon copain alors, mais son beau-frère qui avait fait son temps au régiment avec un piqueur du baron de Guermantes. « Et après tout allez-y donc, c'est pas mon père ! » ajoutait le valet de chambre qui avait l'habitude comme il fredonnait les refrains de l'année, de parsemer ses discours des plaisanteries nouvelles.

Françoise, avec la fatigue de ses yeux de femme déjà âgée et qui d'ailleurs voyaient tout de Combray, dans un vague lointain, distingua non la plaisanterie qui était dans ces mots, mais qu'il devait y en avoir une, car ils n'étaient pas en rapport avec la suite du propos, et avaient été lancés avec force par quelqu'un qu'elle savait farceur. Aussi sourit-elle d'un air bienveillant et ébloui et comme si elle disait: « toujours le même, ce Victor ! ». Elle était du reste heureuse, car elle savait qu'entendre des traits de ce genre se rattache de loin à ces plaisirs honnêtes de la société pour lesquels dans tous les mondes on se dépêche de faire toilette, on risque de prendre froid. Enfin elle croyait que le valet de chambre était un ami pour elle car il ne cessait de lui dénoncer avec indignation les mesures terribles que la République allait prendre contre le clergé. Françoise n'avait pas encore compris que les plus cruels de nos adversaires ne sont pas ceux qui nous contredisent et essayent de nous persuader, mais ceux qui grossissent ou inventent les nouvelles qui peuvent nous désoler, en se gardant bien de leur donner une apparence de justification qui diminuerait notre peine et nous donnerait peut-être une légère estime pour un parti qu'ils tiennent à nous montrer, pour notre complet supplice, à la fois atroce et triomphant.

« La duchesse doit être alliancée avec tout ça, dit Françoise en reprenant la conversation aux Guermantes de la rue de la Chaise, comme on recommence un morceau à l'andante. Je ne sais plus qui m'a dit qu'un de ceux-là avait marié une cousine au Duc. En tout cas c'est de la même « parenthèse ». C'est une grande famille que les Guermantes ! ajoutait-elle avec respect, fondant la grandeur de cette famille à la fois sur le nombre de ses membres et l'éclat de son illustration, comme Pascal, la vérité de la Religion sur la Raison et l'autorité des Ecritures. Car n'ayant que ce seul mot de « grand » pour les deux choses, il lui semblait qu'elles n'en formaient qu'une seule, son vocabulaire, comme certaines pierres, présentant ainsi par endroit un défaut et qui projetait de l'obscurité jusque dans la pensée de Françoise.

« Je me demande si ce serait pas eusse qui ont leur château à Guermantes, à dix lieues de Combray, alors ça doit être parent aussi à leur cousine d'Alger. Nous nous demandâmes longtemps ma mère et moi qui pouvait être cette cousine d'Alger, mais nous comprîmes enfin que Françoise entendait par le nom d'Alger la ville d'Angers. Ce qui est lointain peut nous être plus connu que ce qui est proche. Françoise qui savait le nom d'Alger à cause d'affreuses dattes que nous recevions au jour de l'an, ignorait celui d'Angers. Son langage, comme la langue française elle-même, et surtout la toponymie, était parsemé d'erreurs. Je voulais en causer à leur maître d'hôtel. — Comment donc qu'on lui dit ? s'interrompit-elle comme se posant une question de protocole ; elle se répondit à elle-même : ah oui ! c'est Antoine qu'on lui dit, comme si Antoine avait été un titre. — C'est lui qu'aurait pu m'en dire, mais c'est un vrai seigneur, un grand pédant, on dirait qu'on lui a coupé la langue ou qu'il a oublié d'apprendre à parler. Il ne vous fait même pas réponse quand on lui cause, ajoutait Françoise qui disait : « faire réponse », comme Mme de Sévigné. Mais, ajouta-t-elle sans sincérité, du moment que je sais ce qui cuit dans ma marmite, je ne m'occupe pas de celle des autres. En tous cas tout ça n'est pas catholique. Et puis c'est pas un homme courageux (cette appréciation aurait pu faire croire que Françoise avait changé d'avis sur la bravoure qui, selon elle, à Combray, ravalait les hommes aux animaux féroces, mais il n'en était rien. Courageux signifiait seulement travailleur). On dit aussi qu'il est voleur comme une pie, mais il ne faut pas toujours croire les cancans. Ici tous les employés partent, rapport à la loge, les concierges sont jaloux et ils montent la tête à la Duchesse. Mais on peut bien dire que c'est un vrai feignant que cet Antoine et son « Antoinesse » ne vaut pas mieux que lui, ajoutait Françoise qui, pour trouver au nom d'Antoine un féminin qui désignât la femme du maître d'hôtel, avait sans doute dans sa création grammaticale un inconscient ressouvenir de chanoine et chanoinesse. Elle ne parlait pas mal en cela. Il existe encore près de Notre-Dame une rue appelée rue Chanoinesse, nom qui lui avait été donné (parce qu'elle n'était habitée que par des Chanoines) par ces Français de jadis, dont Françoise était, en réalité, la contemporaine. On avait d'ailleurs, immédiatement après un nouvel exemple de cette manière de former les féminins, car Françoise ajoutait : « Mais sûr et certain que c'est à la Duchesse qu'est le château de Guermantes. Et c'est elle dans le pays qu'est madame la mairesse. C'est quelque chose. »

— Je comprends que c'est quelque chose disait avec conviction le valet de pied, n'ayant pas démêlé l'ironie.

— Penses-tu, mon garçon, que c'est quelque chose ? mais pour des gens comme « euss » être maire et mairesse, c'est trois fois rien. Ah ! si c'était à moi le château de Guermantes, on ne me verrait pas souvent à Paris. Faut-il tout de même que des maîtres, des personnes qui ont de quoi comme Monsieur et Madame, en aient des idées pour rester dans cette misérable ville plutôt que non pas aller à Combray dès l'instant qu'ils sont libres de faire et que personne les retient. Qu'est-ce qu'ils attendent pour prendre leur retraite puisqu'ils ne manquent de rien ; d'être morts ? Ah ! si j'avais seulement du pain sec à manger et du bois pour me chauffer l'hiver, il y a beau temps que je serais chez moi dans la pauvre maison de mon frère à Combray. Là-bas on se sent vivre au moins, on n'a pas toutes ces maisons devant soi, il y a si peu

22

de bruit que la nuit on entend les grenouilles chanter à plus de deux lieues.

— Ça doit être vraiment beau, madame, s'écriait le jeune valet de pied avec enthousiasme, comme si ce dernier trait avait été aussi particulier à Combray que la vie en gondole à Venise.

D'ailleurs plus récent dans la maison que le valet de chambre, il parlait à Françoise des sujets qui pouvaient intéresser non lui-même mais elle. Et Françoise qui faisait la grimace quand on la traitait de cuisinière, avait pour le valet de pied qui disait en parlant d'elle « la gouvernante », la bienveillance spéciale qu'éprouvent certains princes de second ordre envers les jeunes gens bien intentionnés qui leur donnent de l'Altesse.

— Au moins on sait ce qu'on fait et dans quelle saison qu'on vit. Ce n'est pas comme ici qu'il n'y aura pas plus un méchant bouton d'or à la sainte Pâques qu'à la Noël, et que je ne distingue pas seulement un petit angélus quand je lève ma vieille carcasse. Là-bas on entend chaque heure, ce n'est qu'une pauvre cloche, mais tu te dis « voilà mon frère qui rentre des champs », tu vois le jour qui baisse, on sonne pour les biens de la terre, tu as le temps de te retourner avant d'allumer ta lampe. Ici il fait jour, il fait nuit, on va se coucher qu'on ne pourrait seulement pas plus dire que les bêtes ce qu'on a fait.

— Il paraît que Méséglise aussi c'est bien joli, madame, interrompit le jeune valet de pied au gré de qui la conversation prenait un tour un peu abstrait et qui se souvenait par hasard de nous avoir entendus parler à table de Méséglise.

— Oh ! Méséglise, disait Françoise avec le large sourire qu'on amenait toujours sur ses lèvres quand on prononçait ces noms de Méséglise, de Combray, de Tansonville. Ils faisaient tellement partie de sa propre existence qu'elle éprouvait à les rencontrer au dehors, à les entendre dans une conversation, une gaieté assez voisine de celle qu'un professeur excite dans sa classe en faisant allusion à tel personnage contemporain dont ses élèves n'auraient pas cru que le nom pût jamais tomber du haut de la chaire. Son plaisir venait aussi de sentir que ces pays-là étaient pour elle quelque chose qu'ils n'étaient pas pour les autres, de vieux camarades avec qui on a fait bien des parties ; et elle leur souriait comme si elle leur trouvait de l'esprit, parce qu'elle retrouvait en eux beaucoup d'elle-même.

— Oui tu peux le dire, mon fils, c'est assez joli Méséglise, reprenait-elle en riant finement ; mais comment que tu en as eu entendu causer, toi, de Méséglise ?

— Comment que j'ai entendu causer de Méséglise ? mais c'est bien connu ; on m'en a causé et même souventes fois causé, répondait-il avec cette criminelle inexactitude des informateurs qui chaque fois que nous cherchons à nous rendre compte objectivement de l'importance que peut avoir pour les autres une chose qui nous concerne, nous mettent dans l'impossibilité d'y réussir.

— Ah ! je vous réponds qu'il fait meilleur là sous les cerisiers que près du fourneau.

Elle leur parlait même d'Eulalie comme d'une bonne personne. Car depuis qu'Eulalie était morte, Françoise avait complètement oublié qu'elle l'avait peu aimée durant sa vie comme elle aimait peu toute personne qui n'avait rien à manger chez soi, qui « crevait la faim », et venait ensuite, comme une propre à rien, grâce à la bonté des riches « faire des manières ». Elle ne souffrait plus de ce qu'Eulalie eût si bien su se faire chaque semaine « donner la pièce » par ma tante. Quant à celle-ci, Françoise ne cessait de chanter ses louanges.

— Mais c'est à Combray même, chez une cousine de Madame, que vous étiez, alors ? demandait le jeune valet de pied.

— Oui, chez Mme Octave, ah ! une bien sainte femme, mes pauvres enfants, et où il y avait toujours de quoi, et du beau et du bon, une bonne femme vous pouvez dire qui ne plaignait pas les perdreaux, ni les faisans, ni rien, que vous pouviez arriver dîner à cinq, à six, ce n'était pas la viande qui manquait et de première qualité encore, et vin blanc, et vin rouge, tout ce qu'il fallait. (Françoise employait le verbe plaindre dans le même sens que fait La Bruyère.) Tout était toujours à ses dépens, même si la famille, elle restait des mois et an-nées. (Cette réflexion n'avait rien de désobligeant pour nous, car Françoise était d'un temps où « dépens » n'était pas réservé au style judiciaire et signifiait seulement dépense.) Ah ! je vous réponds qu'on ne partait pas de là avec la faim. Comme M. le curé nous l'a eu fait ressortir bien des fois, s'il y a une femme qui peut compter d'aller près du bon Dieu, sûr et certain que c'est elle. Pauvre Madame, je l'entends encore qui me disait de sa petite voix : « Françoise, vous savez, moi je ne mange pas, mais je veux que ce soit aussi bon pour tout le monde que si je mangeais ». Bien sûr que c'était pas pour elle. Vous l'auriez vue, elle ne pesait pas plus qu'un paquet de cerises ; il n'y en avait pas. Elle ne voulait pas me croire, elle ne voulait jamais aller au médecin. Ah ! ce n'est pas là-bas qu'on aurait rien mangé à la va vite. Elle voulait que ses domestiques soient bien nourris. Ici, encore ce matin, nous n'avons pas seulement eu le temps de casser la croûte. Tout se fait à la sauvette.

Elle était surtout exaspérée par les biscottes de pain grillé que mangeait mon père. Elle était persuadée qu'il en usait pour faire des manières et la faire « valser ». « Je peux dire, approuvait le jeune valet de pied, que j'ai jamais vu ça ! » Il le disait comme s'il avait tout vu et si en lui les enseignements d'une expérience millénaire s'étendaient à tous les pays et à leurs usages parmi lesquels ne figurait nulle part celui du pain grillé. « Oui, oui, grommelait le maître d'hôtel, mais tout cela pourrait bien changer, les ouvriers doivent faire une grève au Canada et le ministre a dit l'autre soir à Monsieur qu'il a touché pour ça deux cent mille francs. » Le maître d'hôtel était loin de l'en blâmer, non qu'il ne fût lui-même parfaitement honnête, mais croyant tous les hommes politiques véreux, le crime de concussion lui paraissait moins grave que le plus léger délit de vol. Il ne se demandait même pas s'il avait bien entendu cette parole historique et il n'était pas frappé de l'invraisemblance qu'elle eût été dite par le coupable lui-même à mon père, sans que celui-ci l'eût mis dehors. Mais la philosophie de Combray empêchait que Françoise pût espérer que les grèves du Canada eussent une répercussion sur l'usage des biscottes : « Tant que le monde sera monde, voyez-vous, disait-elle, il y aura des maîtres pour nous faire trotter et des domestiques pour faire leurs caprices. » En dépit de la théorie de cette trotte perpétuelle, déjà depuis un quart d'heure, ma mère qui n'usait probablement pas des mêmes mesures que Françoise pour apprécier la longueur du déjeuner de celle-ci, disait :

« Mais qu'est-ce qu'ils peuvent bien faire, voilà plus de deux heures qu'ils sont à table ».

Et elle sonnait timidement trois ou quatre fois. Françoise, son valet de pied, le maître d'hôtel entendaient les coups de sonnette comme un appel et sans songer à venir, mais pourtant comme les premiers sons des instruments qui s'accordent quand un concert va bientôt recommencer et qu'on sent qu'il n'y aura plus que quelques minutes d'entr'acte. Aussi quand les coups commençant à se répéter et à devenir plus insistants, nos domestiques se mettaient à y prendre garde et estimant qu'ils n'avaient plus beaucoup de temps devant eux et que la reprise du travail était proche, à un tintement de la sonnette un peu plus sonore que les autres, ils poussaient un soupir et prenant leur parti, le valet de pied descendait fumer une cigarette devant la porte, Françoise, après quelques réflexions sur nous, telles que « ils ont

25

sûrement la bougeotte », montait ranger ses affaires dans son sixième, et le maître d'hôtel ayant été chercher du papier à lettres dans ma chambre expédiait rapidement sa correspondance privée.

Malgré l'air de morgue de leur maître d'hôtel, Françoise avait pu, dès les premiers jours, m'apprendre que les Guermantes n'habitaient pas leur hôtel en vertu d'un droit immémorial mais d'une location assez récente, et que le jardin sur lequel il donnait du côté que je ne connaissais pas était assez petit et semblable à tous les jardins contigus ; et je sus enfin qu'on n'y voyait ni gibet seigneurial, ni moulin fortifié, ni sauvoir, ni colombier à piliers, ni four banal, ni grange à nef, ni châtelet, ni ponts fixes ou levis, voire volants, non plus que péages, ni aiguilles, chartes, murales ou montjoies. Mais comme Elstir quand la baie de Balbec ayant perdu son mystère étant devenue pour moi une partie quelconque interchangeable avec toute autre des quantités d'eau salée qu'il y a sur le globe, lui avait tout d'un coup rendu une individualité en me disant que c'était le golfe d'opale de Whistler dans ses harmonies bleu argent, ainsi le nom de Guermantes avait vu mourir sous les coups de Françoise la dernière demeure issue de lui, quand un vieil ami de mon père nous dit un jour en parlant de la duchesse : « Elle a la plus grande situation dans le faubourg Saint-Germain, elle a la première maison du faubourg Saint-Germain ». Sans doute le premier salon, la première maison du faubourg Saint-Germain, c'était bien peu de chose auprès des autres demeures que j'avais successivement rêvées. Mais enfin celle-ci encore, et ce devait être la dernière, avait quelque chose, si humble ce fût-il, qui était au delà de sa propre matière, une différenciation secrète.

Et cela m'était d'autant plus nécessaire de pouvoir chercher dans le « salon » de Mme de Guermantes, dans ses amis, le mystère de son nom, que je ne le trouvais pas dans sa personne quand je la voyais sortir le matin à pied ou l'après-midi en voiture. Certes déjà dans l'église de Combray, elle m'était apparue dans l'éclair d'une métamorphose avec des joues irréductibles, impénétrables à la couleur du nom de Guermantes et des après-midi au bord de la Vivonne, à la place de mon rêve foudroyé, comme un cygne ou un saule en lequel a été changé un Dieu ou une nymphe et qui désormais soumis aux lois de la nature glissera dans l'eau ou sera agité par le vent. Pourtant ces reflets évanouis, à peine les avais-je eu quittés qu'ils s'étaient reformés comme les reflets roses et verts du soleil couché, derrière la rame qui les a brisés, et dans la solitude de ma pensée le nom avait eu vite fait de s'approprier le souvenir du visage. Mais maintenant souvent je la voyais à sa fenêtre, dans la cour, dans la rue ; et moi du moins si je ne parvenais pas à intégrer en elle le nom de Guermantes, à penser qu'elle était Mme de Guermantes, j'en accusais l'impuissance de mon esprit à aller jusqu'au bout de l'acte que je lui demandais ; mais elle, notre voisine, elle semblait commettre la même erreur, bien plus la commetre sans trouble, sans aucun de mes scrupules, sans même le soupçon que ce fût une erreur. Ainsi Mme de Guermantes montrait dans ses robes le même souci de suivre la mode que si, se croyant devenue une femme comme les autres, elle avait aspiré à cette élégance de la toilette dans laquelle des femmes quelconques pouvaient l'égaler, la surpasser peut-être ; je l'avais vue dans la rue regarder avec admiration une actrice bien habillée ; et le matin, au moment où elle allait sortir à pied, comme si l'opinion des passants dont elle faisait ressortir la vulgarité en promenant familièrement au milieu d'eux sa vie inaccessible, pouvait être un tribunal pour elle, je pouvais l'apercevoir devant sa glace jouant avec une conviction exempte de dédoublement et d'ironie, avec passion, avec mauvaise humeur, avec amour-propre, comme une reine qui a accepté de représenter une soubrette dans une comédie de cour, ce rôle, si inférieur à elle, de femme élégante ; et dans l'oubli mytholo-gique de sa grandeur native, elle regardait si sa voilette était bien tirée, aplatissait ses manches, ajustait son manteau, comme le cygne divin fait tous les mouvements de son espèce animale, garde ses yeux peints des deux côtés de son bec sans y mettre de regards et se jette tout d'un coup sur un bouton ou un parapluie, en cygne, sans se souvenir qu'il est un Dieu. Mais comme le voyageur, déçu par le premier aspect d'une ville, se dit qu'il en pénétrera peut-être le charme en en visitant les musées, en liant connaissance avec le peuple, en travaillant dans les bibliothèques, je me disais que si j'avais été reçu chez Mme de Guer-mantes, si j'étais de ses amis, si je pénétrais dans son existence, je connaîtrais ce que sous son enveloppe orangée et brillante son nom enfermait réellement, objectivement, pour les autres, puisque enfin l'ami de mon père avait dit que le milieu des Guermantes était quel-que chose d'à part dans le faubourg Saint-Germain.

La vie que je supposais y être menée, dérivait d'une source si diffé-rente de l'expérience, et me semblait devoir être si particulière, que je n'aurais pu imaginer aux soirées de la duchesse la présence de personnes que j'eusse autrefois fréquentées, de personnes réelles. Car ne pouvant changer subitement de nature, elles auraient tenu là des

27

propos analogues à ceux que je connaissais ; leurs partenaires se seraient peut-être abaissés à leur répondre dans le même langage humain ; et pendant une soirée dans le premier salon du faubourg Saint-Germain, il y aurait eu des instants identiques à des instants que j'avais déjà vécus : ce qui était impossible. Il est vrai que mon esprit était embarrassé par certaines difficultés, et la présence du corps de Jésus-Christ dans l'hostie ne me semblait pas un mystère plus obscur que ce premier salon du Faubourg situé sur la rive droite et dont je pouvais de ma chambre entendre battre les meubles le matin. Mais la ligne de démarcation qui me séparait du faubourg Saint-Germain, pour être seulement idéale, ne m'en semblait que plus réelle ; je sentais bien que c'était déjà le Faubourg le paillasson des Guermantes étendu de l'autre côté de cet Equateur et dont ma mère avait osé dire, l'ayant aperçu comme moi, un jour que leur porte était ouverte, qu'il était en bien mauvais état. Au reste, comment leur salle à manger, leur galerie obscure, aux meubles de peluche rouge, que je pouvais apercevoir quelquefois par la fenêtre de notre cuisine, ne m'auraient-ils pas semblé posséder le charme mystérieux du faubourg Saint-Germain, en faire partie d'une façon essentielle, y être géographiquement situés, puisque avoir été reçu dans cette salle à manger, c'était être allé dans le faubourg Saint-Germain, en avoir respiré l'atmosphère, puisque ceux qui, avant d'aller à table, s'asseyaient à côté de Mme de Guermantes sur le canapé de cuir de la galerie, étaient tous du faubourg Saint-Germain. Sans doute ailleurs que dans le Faubourg, dans certaines soirées, on pouvait voir parfois trônant majestueusement au milieu du peuple vulgaire des élégants, l'un de ces hommes qui ne sont que des noms et qui prennent tour à tour quand on cherche à se les représenter l'aspect d'un tournoi et d'une forêt domaniale. Mais ici, dans le premier salon du faubourg Saint-Germain, dans la galerie obscure, il n'y avait qu'eux. Ils étaient, en une matière précieuse, les colonnes qui soutenaient le temple. Même pour les réunions familières, ce n'était que parmi eux que Mme de Guermantes pouvait choisir ses convives, et dans les dîners de douze personnes, assemblés autour de la nappe servie, ils étaient comme les statues d'or des apôtres de la Sainte-Chapelle, piliers symboliques et consécrateurs, devant la sainte Table. Quant au petit bout de jardin qui s'étendait entre de hautes murailles, derrière l'hôtel, et où l'été Mme de Guermantes faisait après dîner servir des liqueurs et l'orangeade, comment n'aurais-je pas pensé que s'asseoir entre neuf et onze heures du soir, sur ses chaises de fer —

douées d'un aussi grand pouvoir que le canapé de cuir — sans respirer les brises particulières au faubourg Saint-Germain, était aussi impossible que de faire la sieste dans l'oasis de Figuig, sans être par cela même en Afrique? Et il n'y a que l'imagination et la croyance qui peuvent différencier des autres certains objets, certains êtres, et créer une atmosphère. Hélas! ces sites pittoresques, ces accidents naturels, ces curiosités locales, ces ouvrages d'art du faubourg Saint-Germain, il ne me serait sans doute pas donné de poser jamais mes pas parmi eux. Et je me contentais de tressaillir en apercevant de la haute mer (et sans espoir d'y jamais aborder) comme un minaret avancé, comme un premier palmier, comme le commencement de l'industrie ou de la végétation exotiques, le paillasson usé du rivage.

Mais si l'hôtel de Guermantes commençait pour moi à la porte de son vestibule, ses dépendances devaient s'étendre beaucoup plus loin au jugement du duc qui, tenant tous les locataires pour fermiers, manants, acquéreurs de biens nationaux, dont l'opinion ne compte pas, se faisait la barbe le matin en chemise de nuit à sa fenêtre, descendait dans la cour, selon qu'il avait plus ou moins chaud, en bras de chemise, en pyjama, en veston écossais de couleur rare, à longs poils, en petits paletots clairs plus courts que son veston, et faisait trotter en main devant lui par un de ses piqueurs quelque nouveau cheval qu'il avait acheté. Plus d'une fois même le cheval abîma la devanture de Jupien, lequel indigna le duc en demandant une indemnité. « Quand ce ne serait qu'en considération de tout le bien que Madame la Duchesse fait dans la maison et dans la paroisse, disait M. de Guermantes, c'est une infamie de la part de ce quidam de nous réclamer quelque chose. » Mais Jupien avait tenu bon, paraissant ne pas du tout savoir quel « bien » avait jamais fait la duchesse. Pourtant elle en faisait, mais, comme on ne peut l'étendre sur tout le monde, le souvenir d'avoir comblé l'un est une raison pour s'abstenir à l'égard d'un autre chez qui on excite d'autant plus de mécontentement. A d'autres points de vue d'ailleurs que celui de la bienfaisance, le quartier ne paraissait au duc — et cela jusqu'à de grandes distances — qu'un prolongement de sa cour, une piste plus étendue pour ses chevaux. Après avoir vu comment un nouveau cheval trottait seul, il le faisait atteler, traverser toutes les rues avoisinantes, le piqueur courant le long de la voiture en tenant les guides, le faisant passer et repasser devant le duc arrêté sur le trottoir, debout, géant, énorme, habillé de clair, le cigare à la bouche, la tête en l'air, le monocle curieux, jusqu'au moment où il sautait sur le siège, menait le cheval lui-même pour l'essayer, et partait avec le nouvel attelage retrouver sa maîtresse aux Champs-Elysées. M. de Guermantes disait bonjour dans la cour à deux couples qui tenaient plus ou moins à son monde : un ménage de cousins à lui, qui, comme les ménages d'ouvriers, n'était jamais à la maison pour soigner les enfants, car dès le matin la femme partait à la « Schola » apprendre le contrepoint et la fugue et le mari à son atelier faire de la sculpture sur bois et des cuirs repoussés ; puis le baron et la baronne de Norpois, habillés toujours en noir, la femme en loueuse de chaises et le mari en croque-mort, qui sortaient plusieurs fois par jour pour aller à l'église. Ils étaient les neveux de l'ancien ambassadeur que nous connaissions et que justement mon père avait rencontré sous la voûte de l'escalier mais sans comprendre d'où il venait ; car mon père pensait qu'un personnage aussi considérable qui s'était trouvé en relation avec les hommes les plus éminents de l'Europe et était probablement fort indifférent à de vaines distinctions aristocratiques, ne devait guère fréquenter ces nobles obscurs, cléricaux et bornés. Ils habitaient depuis peu dans la maison ; Jupien étant venu dire un mot dans la cour au mari qui était en train de saluer M. de Guermantes, l'appela « M. Norpois », ne sachant pas exactement son nom.

— Ah! monsieur Norpois, ah! c'est vraiment trouvé! Patience! bientôt ce particulier vous appellera citoyen Norpois! s'écria, en se tournant vers le baron, M. de Guermantes. Il pouvait enfin exhaler sa mauvaise humeur contre Jupien qui lui disait « Monsieur » et non « Monsieur le Duc ».

Un jour que M. de Guermantes avait besoin d'un renseignement qui se rattachait à la profession de mon père, il s'était présenté lui-même avec beaucoup de grâce. Depuis il avait souvent quelque service de voisin à lui demander, et dès qu'il l'apercevait en train de descendre l'escalier tout en songeant à quelque travail et désireux d'éviter toute rencontre, le duc, quittait ses hommes d'écuries, venait à mon père dans la cour, lui arrangeait le col de son pardessus, avec la serviabilité héritée des anciens valets de chambre du Roi, lui prenait la main, et la retenant dans la sienne, la lui caressant même pour lui prouver, avec une impudeur de courtisane, qu'il ne lui marchandait pas le contact de sa chair précieuse, il le menait en laisse, fort ennuyé et ne pensant qu'à s'échapper, jusq'au delà de la porte cochère. Il nous avait fait de grands saluts un jour qu'il nous avait croisés au moment où il sortait en voiture avec sa femme, il avait dû lui dire mon nom, mais quelle chance y avait-il pour qu'elle se le fût rappelé, ni mon visage ? Et puis quelle piètre recommandation que d'être désigné seulement comme étant un de ses locataires ! Une plus importante eût été de rencontrer la duchesse chez Mme de Ville-parisis qui justement m'avait fait demander par ma grand'mère d'aller la voir, et, sachant que j'avais eu l'intention de faire de la littérature, avait ajouté que je rencontrerais chez elle des écrivains. Mais mon père trouvait que j'étais encore bien jeune pour aller dans le monde et, comme l'état de ma santé ne laissait pas de l'inquiéter, il ne tenait pas à me fournir des occasions inutiles de sorties nouvelles.

Comme un des valets de pied de Mme de Guermantes causait beau-coup avec Françoise, j'entendis nommer quelques-uns des salons où elle allait, mais je ne me les représentais pas : du moment qu'ils étaient une partie de sa vie, de sa vie que je ne voyais qu'à travers son nom, n'étaient-ils pas inconcevables ?

— Il y a ce soir grande soirée d'ombres chinoises chez la princesse de Parme, disait le valet de pied, mais nous n'irons pas, parce que, à cinq heures Madame prend le train de Chantilly, pour aller passer deux jours chez le duc d'Aumale, mais c'est la femme de chambre et le valet de chambre qui y vont. Moi je reste ici. Elle ne sera pas contente, la prin-cesse de Parme, elle a écrit plus de quatre fois à madame la duchesse.

— Alors vous n'êtes plus pour aller au château de Guermantes cette année ?

— C'est la première fois que nous n'y serons pas : à cause des rhuma-tismes à monsieur le duc, le docteur a défendu qu'on y retourne avant qu'il y ait un calorifère, mais avant ça tous les ans on y était pour jus-qu'en janvier. Si le calorifère n'est pas prêt, peut-être Madame ira quelques jours à Cannes chez la duchesse de Guise, mais ce n'est pas encore sûr.

— Et au théâtre est-ce que vous y allez ?

— Nous allons quelquefois à l'Opéra, quelquefois aux soirées d'abonnement de la princesse de Parme, c'est tous les huit jours ; il paraît que c'est très chic ce qu'on voit : il y a pièces, opéra, tout. Madame la duchesse n'a pas voulu prendre d'abonnements mais nous y allons tout de même une fois dans une loge d'une amie à Madame, une autre fois dans une autre, souvent dans la baignoire de la princesse de Guer-mantes, la femme du cousin à Monsieur le duc. C'est la sœur au duc de Bavière. — Et alors vous remontez comme ça chez vous, disait le valet de pied qui, bien qu'identifié aux Guermantes, avait cependant

31

des *maîtres* en général, une notion politique, qui lui permettait de traiter Françoise avec autant de respect que si elle avait été placée chez une duchesse. Vous êtes d'une bonne santé, madame.

— Ah ! sans ces maudites jambes ! En plaine encore ça va bien (en plaine voulait dire dans la cour, dans les rues où Françoise ne détestait pas de se promener, en un mot en terrain plat), mais ce sont ces satanés escaliers. Au revoir monsieur, on vous verra peut-être encore ce soir.

Elle désirait d'autant plus causer encore avec le valet de pied qu'il lui avait appris que les fils des ducs portent souvent un titre de prince qu'ils gardent jusqu'à la mort de leur père. Sans doute le culte de la noblesse, mêlé et s'accommodant d'un certain esprit de révolte contre elle, doit, héréditairement puisé sur les glèbes de France, être bien fort en son peuple. Car, Françoise à qui on pouvait parler du génie de Napoléon ou de la télégraphie sans fil sans réussir à attirer son attention et sans qu'elle ralentît un instant les mouvements par lesquels elle retirait les cendres de la cheminée ou mettait le couvert, si seulement elle apprenait ces particularités et que le fils cadet du duc de Guermantes s'appelait généralement le prince d'Oléron, s'écriait : « C'est beau ça ! » et restait éblouie comme devant un vitrail.

Françoise apprit aussi par le valet de chambre du prince d'Agrigente, qui s'était lié avec elle en venant souvent porter des lettres chez la duchesse, qu'il avait, en effet, fort entendu parler dans le monde du mariage du marquis de Saint-Loup avec Mlle d'Ambresac et que c'était presque décidé.

Cette villa, cette baignoire, où Madame de Guermantes transvasait sa vie, ne me semblaient pas des lieux moins féeriques que ses appartements. Les noms de Guise, de Parme, de Guermantes-Bavière, différenciaient de toutes les autres les villégiatures où se rendait la duchesse, les fêtes quotidiennes que le sillage de sa voiture reliaient à son hôtel. S'ils me disaient qu'en ces villégiatures, en ces fêtes consistait successivement la vie de Mme de Guermantes, ils ne m'apportaient sur elle aucun éclaircissement. Elles donnaient chacune à la vie de la duchesse une détermination différente, mais ne faisaient que la changer de mystère sans qu'elle laissât rien évaporer du sien, qui se déplaçait seulement, protégé par une cloison, enfermé dans un vase, au milieu des flots de la vie de tous. La duchesse pouvait déjeuner devant la Méditerranée à l'époque de Carnaval, mais, dans la villa de Mme de Guise, où la reine de la société parisienne n'était plus, dans sa robe de piqué blanc, au milieu de nombreuses princesses, qu'une invitée pareille aux autres, et par là plus émouvante encore pour moi, plus elle-même d'être renouvelée comme une étoile de la danse qui, dans la fantaisie d'un pas vient prendre successivement la place de chacune des ballerines ses sœurs ; elle pouvait regarder des ombres chinoises, mais à une soirée de la princesse de Parme, écouter la tragédie ou l'opéra mais dans la baignoire de la princesse de Guermantes.

Comme nous localisons dans le corps d'une personne toutes les possibilités de sa vie, le souvenir des êtres qu'elle connaît et qu'elle vient de quitter, ou s'en va rejoindre, si, ayant appris par Françoise que Mme de Guermantes irait à pied déjeuner chez la princesse de Parme, je la voyais vers midi descendre de chez elle en sa robe de satin chair, au-dessus de laquelle son visage était de la même nuance, comme un nuage au soleil couché, c'était tous les plaisirs du faubourg Saint-Germain que je voyais tenir devant moi, sous ce petit volume, comme dans une coquille, entre ces valves glacées de nacre rose.

Mon père avait au ministère un ami, un certain A. J. Moreau, lequel pour se distinguer des autres Moreau, avait soin de toujours faire précéder son nom de ces deux initiales, de sorte qu'on l'appelait, pour abréger, A. J.. Or, je ne sais comment cet A. J. se trouva possesseur d'un fauteuil pour une soirée de gala à l'Opéra ; il l'envoya à mon père et, comme la Berma que je n'avais plus vu jouer depuis ma première déception devait jouer un acte de *Phèdre*, ma grand'mère obtint que mon père me donnât cette place.

A vrai dire je n'attachais aucun prix à cette possibilité d'entendre la Berma qui, quelques années auparavant, m'avait causé tant d'agitation. Et ce ne fut pas sans mélancolie que je constatai mon indifférence à ce que jadis j'avais préféré à la santé, au repos. Ce n'est pas que fût moins passionné qu'alors mon désir de pouvoir contempler de près les parcelles précieuses de réalité qu'entrevoyait mon imagination. Mais celle-ci ne les situait plus maintenant dans la diction d'une grande actrice ; depuis mes visites chez Elstir, c'est sur certaines tapisseries, sur certains tableaux modernes, que j'avais reporté la foi intérieure que j'avais eu jadis en ce jeu, en cet art tragique de la Berma ; ma foi, mon désir ne venant plus rendre à la diction et aux attitudes de la Berma un culte incessant, le « double » que je possédais d'eux, dans mon cœur, avait dépéri peu à peu comme ces autres « doubles » des trépassés de l'ancienne Egypte qu'il fallait constamment nourrir pour entretenir leur vie. Cet art était devenu mince et minable. Aucune âme profonde ne l'habitait plus.

Au moment où, profitant du billet reçu par mon père, je montais le grand escalier de l'Opéra, j'aperçus devant moi un homme que je pris d'abord pour M. de Charlus duquel il avait le maintien ; quand il tourna la tête pour demander un renseignement à un employé, je vis que je m'étais trompé, mais je n'hésitai pas cependant à situer l'inconnu dans la même classe sociale d'après la manière non seulement dont il était habillé, mais encore dont il parlait au contrôleur et aux ouvreuses qui le faisaient attendre. Car, malgré les particularités individuelles, il y avait encore à cette époque, entre tout homme gommeux et riche de cette partie de l'aristocratie et tout homme gommeux et riche du monde de la finance ou de la haute industrie une différence très marquée. Là où l'un de ces derniers eût cru affirmer son chic par un ton tranchant, hautain à l'égard d'un inférieur, le grand seigneur doux, souriant, avait l'air de considérer, d'exercer, l'affectation de l'humilité et de la patience, la feinte d'être l'un quelconque des spectateurs, comme un privilège de sa bonne éducation. Il est probable qu'à le voir ainsi dissimulant sous un sourire plein de bonhomie le seuil infranchissable du petit univers spécial qu'il portait en lui, plus d'un fils de riche banquier, entrant à ce moment au théâtre, eût pris ce grand seigneur pour un homme de peu, s'il ne lui avait trouvé une étonnante ressemblance avec le portrait, reproduit récemment par les journaux illustrés, d'un neveu de l'empereur d'Autriche, le prince de Saxe qui se trouvait justement à Paris en ce moment. Je le savais grand ami des Guermantes. En arrivant moi-même près du contrôleur, j'entendis le prince de Saxe, ou supposé tel, dire en souriant, « je ne sais pas le numéro de la loge, c'est sa cousine qui m'a dit que je n'avais qu'à demander sa loge. »

Il était peut-être le prince de Saxe ; c'était peut-être la duchesse de Guermantes (que dans ce cas je pourrais apercevoir en train de vivre un des moments de sa vie inimaginable, dans la baignoire de sa cousine) que ses yeux voyaient en pensée quand il disait : « ma cousine qui m'a dit que je n'avais qu'à demander sa loge », si bien que ce regard souriant et particulier, et ces mots si simples, me caressaient le cœur (bien plus, que n'eût fait une rêverie abstraite), avec les antennes alternatives d'un bonheur possible et d'un prestige incertain. Du moins en disant cette phrase au contrôleur il embranchait sur une vulgaire soirée de ma vie quotidienne un passage éventuel vers un monde nouveau ; le couloir qu'on lui désigna après avoir prononcé le mot de baignoire et dans lequel il s'engagea, était humide et lézardé et semblait conduire à des grottes marines, au royaume mythologique des nymphes des eaux. Je n'avais devant moi qu'un monsieur en habit qui s'éloignait ; mais je faisais jouer auprès de lui, comme avec un réflecteur maladroit, et sans réussir à l'appliquer exactement sur lui, l'idée qu'il était le prince de Saxe et allait voir la duchesse de Guermantes. Et, bien qu'il fût seul, cette idée extérieure à lui, impalpable, immense et saccadée comme une projection, semblait le précéder et le conduire comme cette Divinité, invisible pour le reste des hommes, qui se tient auprès du guerrier grec.

Je gagnai ma place, tout en cherchant à retrouver un vers de *Phèdre* dont je ne me souvenais pas exactement. Tel que je me le récitais, il n'avait pas le nombre de pieds voulu, mais comme je n'essayai pas de les compter, entre son déséquilibre et un vers classique il me semblait qu'il n'existait aucune commune mesure. Je n'aurais pas été étonné qu'il eût fallu ôter plus de six syllabes à cette phrase monstrueuse pour en faire un vers de douze pieds. Mais tout à coup je me le rappelai, les irréductibles aspérités d'un monde inhumain s'anéantirent magiquement ; les syllabes du vers remplirent aussitôt la mesure d'un alexandrin, ce qu'il avait de trop se dégagea avec autant d'aisance et de souplesse, qu'une bulle d'air qui vient crever à la surface de l'eau. Et en effet cette énormité avec laquelle j'avais lutté n'était qu'un seul pied.

Un certain nombre de fauteuils d'orchestre avaient été mis en vente au bureau et achetés par des snobs ou des curieux, qui voulaient contempler des gens qu'ils n'auraient pas d'autre occasion de voir de près. Et c'était bien en effet, un peu de leur vraie vie mondaine habituellement cachée qu'on pourrait considérer publiquement, car la princesse de Parme ayant placé elle-même parmi ses amis les loges, les balcons et les baignoires, la salle était comme un salon où chacun changeait de place, allait s'asseoir ici ou là, près d'une amie.

À côté de moi étaient des gens vulgaires qui, ne connaissant pas les abonnés, voulaient montrer qu'ils étaient capables de les reconnaître et les nommaient tout haut. Ils ajoutaient que ces abonnés venaient ici comme dans leur salon, voulant dire par là qu'ils ne faisaient pas attention aux pièces représentées. Mais c'est le contraire qui avait lieu. Un étudiant génial qui a pris un fauteuil pour entendre la Berma, ne pense qu'à ne pas salir ses gants, à ne pas gêner, à se concilier le voisin que le hasard lui a donné, à poursuivre d'un sourire intermittent le regard fugace, à fuir d'un air impoli le regard rencontré d'une personne de connaissance qu'il a découverte dans la salle et qu'après mille perplexités il se décide à aller saluer au moment où les trois coups, en retentissant avant qu'il soit arrivé jusqu'à elle, le forcent à s'enfuir comme les Hébreux dans la mer Rouge entre les flots houleux des spectateurs et des spectatrices qu'il a fait lever et dont il déchire les robes ou écrase les bottines. Au contraire, c'était parce que les gens du monde étaient dans leurs loges (derrière le balcon en terrasse), comme dans des petits salons suspendus dont une cloison eût été enlevée, ou dans de petits cafés, où l'on va prendre une bavaroise, sans être intimidé par les glaces encadrées d'or et les sièges rouges de l'établissement du genre napolitain ; c'est parce qu'ils posaient une main indifférente sur les fûts dorés des colonnes qui soutenaient ce temple de l'art lyrique, c'est parce qu'ils n'étaient pas émus des honneurs excessifs que semblaient leur rendre deux figures sculptées qui tendaient vers les loges des palmes et des lauriers, que seuls ils auraient eu l'esprit libre pour écouter la pièce si seulement ils avaient eu de l'esprit.

D'abord il n'y eut que de vagues ténèbres où on rencontrait tout d'un coup comme le rayon d'une pierre précieuse qu'on ne voit pas, la phosphorescence de deux yeux célèbres, ou comme un médaillon d'Henri IV détaché sur un fond noir, le profil incliné du duc d'Aumale, à qui une dame invisible criait : « Que monseigneur me permette de lui ôter son pardessus », cependant que le prince répondait : « Mais voyons, comment donc, madame d'Ambresac. » Elle le faisait malgré cette vague défense et était enviée par tous à cause d'un pareil honneur.

Mais, dans les autres baignoires, presque partout, les blanches déités qui habitaient ces sombres séjours s'étaient réfugiées contre les parois obscures et restaient invisibles. Cependant au fur et à mesure que le spectacle s'avançait, leurs formes vaguement humaines se détachaient mollement l'une après l'autre des profondeurs de la nuit qu'elles tapissaient et s'élevant vers le jour, laissaient émerger leurs corps demi-nus, et venaient s'arrêter à la limite verticale et à la surface clair-obscur où leurs brillants visages apparaissaient derrière le déferlement rieur, écumeux et léger de leurs éventails de plumes, sous leurs chevelures de pourpre emmêlées de perles que semblait avoir courbées l'ondulation du flux ; après commençaient les fauteuils d'orchestre, le séjour des mortels à jamais séparé du sombre et transparent royaume auquel çà et là servaient de frontière, dans leur surface liquide et pleine, les yeux limpides et réfléchissants des déesses des eaux. Car les strapontins du rivage, les formes des monstres de l'orchestre se peignaient dans ces yeux suivant les seules lois de l'optique et selon leur angle d'incidence comme il arrive pour ces deux parties de la réalité extérieure auxquelles, sachant qu'elles ne possèdent pas, si rudimentaire soit-elle, d'âme analogue à la nôtre, nous nous jugerions insensés d'adresser un sourire ou un regard : les minéraux et les personnes avec qui nous ne sommes pas en relations. En deçà, au contraire de la limite de leur domaine, les radieuses filles de la mer se retournaient à tout moment en souriant vers des tritons barbus pendus aux anfractuosités de l'abîme, ou vers quelque demi-dieu aquatique ayant pour crâne un galet poli sur lequel le flot avait ramené une algue lisse, et pour regard un disque en cristal de roche. Elles se penchaient vers eux, elles leur offraient des bonbons ; parfois le flot s'entr'ouvrait devant une nouvelle néréide qui, tardive, souriante et confuse, venait de s'épanouir du fond de l'ombre ; puis l'acte fini, n'espérant plus entendre les rumeurs mélodieuses de la terre qui les avaient attirées à la surface, plongeant toutes à la fois, les diverses sœurs disparaissaient dans la nuit. Mais de toutes ces retraites au seuil desquelles le souci léger d'apercevoir les œuvres des hommes amenait les déesses curieuses, qui ne se laissent pas approcher, la plus célèbre était le bloc de demi-obscurité connu sous le nom de baignoire de la princesse de Guermantes.

Comme une grande déesse qui préside de loin aux jeux des divinités inférieures, la princesse était restée volontairement un peu au fond sur un canapé latéral, rouge comme un rocher de corail, à côté d'une large réverbération vitreuse qui était probablement une glace et faisait penser à quelque section qu'un rayon aurait pratiqué, perpendiculaire, obscure et liquide, dans le cristal ébloui des eaux. A la fois plume et corolle, ainsi que certaines floraisons marines, une grande fleur blanche, duvetée comme une aile, descendait du front de la princesse le long d'une de ses joues dont elle suivait l'inflexion avec une souplesse coquette, amoureuse et vivante, et semblait l'enfermer à demi comme un œuf rose dans la douceur d'un nid d'alcyon. Sur la chevelure de la princesse, et s'abaissant jusqu'à ses sourcils, puis reprise plus bas à la hauteur de sa gorge, s'étendait une résille faite de ces coquillages blancs qu'on pêche dans certaines mers australes et qui étaient mêlés à des perles, mosaïque marine à peine sortie des vagues qui par moment se trouvait plongée dans l'ombre au fond de laquelle, même alors, une présence humaine était révélée par la motilité éclatante des yeux de la princesse. La beauté qui mettait celle-ci bien au-dessus des autres filles fabuleuses de la pénombre n'était pas tout entière matériellement et inclusivement inscrite dans sa nuque, dans ses épaules, dans ses bras, dans sa taille. Mais la ligne délicieuse et inachevée de celle-ci, était l'exact point de départ, l'amorce inévitable de lignes invisibles en lesquelles l'œil ne pouvait s'empêcher de les prolonger, merveilleuses, engendrées autour de la femme comme le spectre d'une figure idéale projetée sur les ténèbres.

— C'est la princesse de Guermantes, dit ma voisine au monsieur qui était avec elle, en ayant soin de mettre devant le mot princesse plusieurs p indiquant que cette appellation était risible. Elle n'a pas économisé ses perles. Il me semble que si j'en avais autant, je n'en ferais pas un pareil étalage ; je ne trouve pas que cela ait l'air comme il faut.»

Et cependant, en reconnaissant la princesse, tous ceux qui cherchaient à savoir qui était dans la salle, sentaient se relever dans leur cœur le trône légitime de la beauté. En effet pour la duchesse de Luxembourg, pour Mme de Morienval, pour Mme de Saint-Euverte, pour tant d'autres, ce qui permettait d'identifier leur visage, c'était la connexité d'un gros nez rouge avec un bec de lièvre, ou de deux joues ridées avec une fine moustache. Ces traits étaient d'ailleurs suffisants pour charmer, puisque, n'ayant que la valeur conventionnelle d'une écriture, ils donnaient à lire un nom célèbre et qui imposait ; mais aussi, ils finissaient par donner l'idée que la laideur a quelque chose d'aristocratique, et qu'il est indifférent que le visage d'une grande dame, s'il est distingué, soit beau. Mais comme certains artistes qui, au lieu des lettres de leur nom, mettent au bas de leur toile une forme belle par elle-même, un papillon, un lézard, une fleur, de même c'était la forme d'un corps et d'un visage délicieux que la princesse apposait à l'angle de sa loge, montrant par là que la beauté peut être la plus noble des signatures ; car la présence de Mme de Guermantes qui n'amenait au théâtre que des personnes qui le reste du temps faisaient partie de son intimité, était aux yeux des amateurs d'aristocratie, le meilleur certificat d'authenticité du tableau que présentait sa baignoire, sorte d'évocation d'une scène de la vie familière et spéciale de la princesse dans ses palais de Munich et de Paris.

Notre imagination étant comme un orgue de Barbarie détraqué qui joue toujours autre chose que l'air indiqué, chaque fois que j'avais entendu parler de la princesse de Guermantes-Bavière, le souvenir de certaines œuvres du XVIe siècle avait commencé à chanter en moi. Il me fallait l'en dépouiller maintenant que je la voyais, en train d'offrir des bonbons glacés à un gros monsieur en frac. Certes j'étais bien loin d'en conclure qu'elle et ses invités fussent des êtres pareils aux autres. Je comprenais bien que ce qu'ils faisaient là n'était qu'un jeu, et que pour préluder aux actes de leur vie véritable (dont sans doute ce n'est pas ici qu'ils vivaient la partie importante) ils convenaient en vertu des rites ignorés de moi, ils feignaient d'offrir et de refuser des bonbons, geste dépouillé de sa signification et réglé d'avance comme le pas d'une danseuse qui tour à tour s'élève sur sa pointe et tourne autour d'une écharpe. Qui sait, peut-être au moment où elle offrait ses bonbons, la Déesse, disait-elle sur ce ton d'ironie (car je la voyais sourire) : « Voulez-vous des bonbons ? » Que m'importait ? J'aurais trouvé d'un délicieux raffinement la sécheresse voulue, à la Mérimée ou à la Meilhac de ces mots adressés par une déesse à un demi-dieu qui, lui, savait quelles étaient les pensées sublimes que tous deux résumaient, sans doute pour le moment où ils se remettraient à vivre leur vraie vie et qui, se prêtant à ce jeu, répondait avec la même mystérieuse malice : « Oui je veux bien une cerise. » Et j'aurais écouté ce dialogue avec la même avidité que telle scène du *Mari de la Débutante*, où l'absence de poésie, de grandes pensées, choses si familières pour moi et que je suppose que Meilhac eût été mille fois capable d'y mettre, me semblait à elle seule une élégance, une élégance conventionnelle, et par là d'autant plus mystérieuse et plus instructive.

— Ce gros-là c'est le marquis de Ganancay, dit d'un air renseigné mon voisin qui avait mal entendu le nom chuchoté derrière lui.

Le marquis de Palancy, le cou tendu, la figure oblique, son gros œil rond collé contre le verre du monocle, se déplaçait lentement dans l'ombre transparente et paraissait ne pas plus voir le public de l'orchestre qu'un poisson qui passe, ignorant de la foule des visiteurs curieux, derrière la cloison vitrée d'un aquarium. Par moment il s'arrêtait, vénérable, soufflant et moussu, et les spectateurs n'auraient pu dire s'il souffrait, dormait, nageait, était en train de pondre ou respirait seulement. Personne n'excitait en moi autant d'envie que lui, à cause de l'habitude qu'il avait l'air d'avoir de cette baignoire et de l'indifférence avec laquelle il laissait la princesse lui tendre des bonbons ; elle jetait alors sur lui un regard de ses beaux yeux taillés dans un diamant que semblait bien fluidifier, à ces moments-là, l'intelligence et l'amitié, mais qui, quand ils étaient au repos, réduits à leur pure beauté matérielle, à leur seul éclat minéralogique, si le moindre réflexe les déplaçait

39

légèrement, incendiaient la profondeur du parterre de feux inhü-
mains, horizontaux et splendides. Cependant, parce que l'acte de *Phèdre*
que jouait la Berma allait commencer, la princesse vint sur le devant de
la baignoire ; alors comme si elle-même était une apparition de théâtre,
dans la zone différente de lumière qu'elle traversa, je vis changer non seulement la couleur mais la matière de ces parures. Et dans la baignoire
asséchée, émergée, qui n'appartenait plus au monde des eaux, la princesse cessant d'être une néréide apparut enturbannée de blanc et de bleu
comme quelque merveilleuse tragédienne costumée en Zaïre ou peut-
être en Orosmane ; puis quand elle se fut assise au premier rang, je
vis que le doux nid d'alcyon qui protégeait tendrement la nacre rose
de ses joues, était douillet, éclatant et velouté, un immense oiseau
de paradis.

Cependant mes regards furent détournés de la baignoire de la princesse de Guermantes par une petite femme mal vêtue, laide, les yeux
en feu, qui vint, suivie de deux jeunes gens, s'asseoir à quelques places
de moi. Puis le rideau se leva. Je ne pus constater sans mélancolie qu'il
ne me restait rien de mes dispositions d'autrefois quand, pour ne rien
perdre du phénomène extraordinaire que j'aurais été contempler au
bout du monde, je tenais mon esprit préparé comme ces plaques sensibles que les astronomes vont installer en Afrique, aux Antilles, en
vue de l'observation scrupuleuse d'une comète ou d'une éclipse ;
quand je tremblais, que quelque nuage (mauvaise disposition de
l'artiste, incident dans le public) empêchât le spectacle de se produire
dans son maximum d'intensité ; quand j'aurais cru ne pas y assister dans
les meilleures conditions si je ne m'étais pas rendu dans le théâtre même
qui lui était consacré comme un autel, où me semblaient alors faire
encore partie, quoique partie accessoire de son apparition sous le petit
rideau rouge, les contrôleurs à œillet blanc nommés par elle, le soubas-
sement de la nef au-dessus d'un parterre plein de gens mal habillés, les ouvreuses vendant un programme avec sa photographie, les marronniers du
square, tous ces compagnons, ces confidents de mes impressions d'alors
et qui m'en semblaient inséparables. *Phèdre*, la « Scène de la Déclaration », la Berma avaient alors pour moi une sorte d'existence absolue.
Situées en retrait du monde de l'expérience courante, elles existaient par
elles-mêmes, il me fallait aller vers elles, je pénétrerais d'elles ce que
je pourrais, et en ouvrant mes yeux et mon âme tout grands j'en absor-
berais encore bien peu. Mais comme la vie me paraissait agréable :
l'insignifiance de celle que je menais n'avait aucune importance, pas

40

plus que les moments, où on s'habille, où on se prépare pour sortir, puisque, au delà existait, d'une façon absolue, bonnes et difficiles à approcher, impossibles à posséder tout entières, ces réalités plus solides, *Phèdre*, la manière dont disait la Berma. Saturé par ces rêveries sur la perfection dans l'art dramatique desquelles on eût pu extraire alors une dose importante, si l'on avait dans ces temps-là, analysé mon esprit à quelque minute du jour et peut-être de la nuit que ce fût, j'étais comme une pile qui développe son électricité. Et il était arrivé un moment où malade, même si j'avais cru en mourir, il aurait fallu que j'allasse entendre la Berma. Mais maintenant comme une colline qui au loin semble faite d'azur et qui de près rentre dans notre vision vulgaire des choses, tout cela avait quitté le monde de l'absolu et n'était plus qu'une chose pareille aux autres, dont je prenais connaissance parce que j'étais là, les artistes étaient des gens de même essence que ceux que je connaissais, tâchant de dire le mieux possible ces vers de *Phèdre* qui eux ne formaient plus une essence sublime et individuelle, séparée de tout, mais des vers plus ou moins réussis, prêts à rentrer dans l'immense matière des vers français où ils étaient mêlés. J'en éprouvais un découragement d'autant plus profond que si l'objet de mon désir têtu et agissant n'existait plus, en revanche les mêmes dispositions à une rêverie fixe, qui changeait d'année en année, mais me conduisait à une impulsion brusque, insouscieuse du danger, existait toujours. Tel jour où malade je partais pour aller voir dans un château un tableau d'Elstir, une tapisserie gothique, ressemblait tellement au jour où j'avais dû partir pour Venise, à celui où j'étais allé entendre la Berma, ou parti pour Balbec, que d'avance je sentais que l'objet présent de mon sacrifice me laisserait indifférent au bout de peu de temps, que je pourrais alors passer très près de lui sans aller regarder ce tableau, ces tapisseries pour lesquelles j'eusse en ce moment affronté tant de nuits sans sommeil, tant de crises douloureuses. Je sentais par l'instabilité de son objet la vanité de mon effort, et en même temps son énormité à laquelle je n'avais pas cru, comme ces neurasthéniques dont on double la fatigue en leur faisant remarquer qu'ils sont fatigués. En attendant ma songerie donnait du prestige à tout ce qui pouvait se rattacher à elle. Et même dans mes désirs les plus charnels toujours orientés d'un certain côté, concentrés autour d'un même rêve, j'aurais pu reconnaître comme premier moteur une idée, une idée à laquelle j'aurais sacrifié ma vie, et au point le plus central de laquelle, comme dans mes rêveries pendant les après-midi de lecture au jardin à Combray, était l'idée de perfection.

41

Je n'eus plus la même indulgence qu'autrefois pour les justes intentions de tendresse ou de colère que j'avais remarquées alors dans le débit et le jeu d'Aricie, d'Ismène et d'Hippolyte. Ce n'est pas que ces artistes — c'étaient les mêmes — ne cherchassent toujours avec la même intelligence à donner ici à leur voix une inflexion caressante ou une ambiguïté calculée, là à leurs gestes une ampleur tragique ou une douceur suppliante. Leurs intonations commandaient à cette voix : « Sois douce, chante comme un rossignol, caresse » ; ou au contraire : « Fais-toi furieuse », et alors se précipitaient sur elle pour tâcher de l'emporter dans leur frénésie. Mais elle, rebelle, restait extérieure à leur diction, irréductiblement leur voix naturelle, avec ses défauts ou ses charmes matériels, sa vulgarité ou son affectation quotidienne, et étalait ainsi un ensemble de phénomènes acoustiques ou sociaux, que n'avait pas altéré le sentiment des vers récités.

De même le geste de ces artistes disait à leurs bras, à leur peplum : « soyez majestueux. » Mais les membres insoumis laissaient se pavaner entre l'épaule et le coude un biceps qui ne savait rien du rôle ; ils continuaient à exprimer l'insignifiance de la vie de tous les jours et à mettre en lumière, au lieu des nuances raciniennes, des connexités musculaires ; et la draperie qu'ils soulevaient retombait selon une verticale où ne le disputait aux lois de la chute des corps qu'une souplesse insipide et textile. A ce moment une petite dame qui était près de moi s'écria.

— Pas un applaudissement ! Et comme elle est ficelée ! Mais elle est trop vieille, elle ne peut plus, on renonce dans ces cas-là.

Devant les chuts des voisins, les deux jeunes gens qui étaient avec elle, tâchèrent de la faire tenir tranquille, et sa fureur ne se déchaînait plus que dans ses yeux. Cette fureur ne pouvait d'ailleurs s'adresser qu'au succès, à la gloire, car la Berma qui avait gagné tant d'argent n'avait que des dettes. Prenant toujours des rendez-vous d'affaires ou d'amitié auxquels elle ne pouvait pas se rendre, elle avait dans toutes les rues des chasseurs qui couraient la décommander, dans les hôtels des appartements retenus à l'avance et qu'elle ne venait jamais occuper, des océans de parfums pour laver ses chiennes, des dédits à payer à tous les directeurs. A défaut de frais plus considérables, et moins voluptueux que Cléopâtre, elle aurait trouvé le moyen de manger en pneumatiques et en voitures de l'Urbaine des provinces et des royaumes. Mais la petite dame était une actrice qui n'avait pas eu de chance et avait voué une haine mortelle à la Berma. Celle-ci venait d'entrer en scène. Et alors, ô miracle, comme ces leçons que nous nous sommes vraiment épuisés à apprendre le soir et que nous retrouvons en nous, sues par cœur, après que nous avons dormi, comme ces visages des morts que les efforts passionnés de notre mémoire poursuivent sans les retrouver, et qui, quand nous ne pensons plus à eux, sont là devant nos yeux, avec la ressemblance de la vie, le talent de la Berma qui m'avait fui quand je cherchais si avidement à en saisir l'essence, maintenant, après ces années d'oubli, dans cette heure d'indifférence, s'imposait avec la force de l'évidence à mon admiration. Autrefois pour tâcher d'isoler ce talent, je défalquais en quelque sorte de ce que j'entendais, le rôle lui-même, le rôle, partie commune à toutes les actrices qui jouaient *Phèdre* et que j'avais étudié d'avance pour que je fusse capable de le soustraire, de ne recueillir comme résidu que le talent de Mme Berma. Mais ce talent que je cherchais à apercevoir en dehors du rôle, il ne faisait qu'un avec lui. Tel pour un grand musicien (il paraît que c'était le cas pour Vinteuil quand il jouait du piano) son jeu est d'un si grand pianiste qu'on ne sait même plus si cet artiste est pianiste du tout, parce que, (n'interposant pas tout cet appareil d'efforts musculaires, çà et là couronnés de brillants effets, toute cette éclaboussure de notes où du moins l'auditeur qui ne sait où se prendre, croit trouver le talent dans sa réalité matérielle, tangible,) ce jeu est devenu si transparent si rempli de ce qu'il interprète que lui-même on ne le voit plus et qu'il n'est plus qu'une fenêtre qui donne sur un chef-d'œuvre. Les intentions entourant comme une bordure majestueuse ou délicate la voix et la mimique d'Aricie, d'Ismène, d'Hippolyte, j'avais pu les distinguer; mais, Phèdre se les était intériorisées, et mon esprit n'avait pas réussi à arracher à la diction et aux attitudes, à appréhender dans l'avare simplicité de leurs surfaces unies, ces trouvailles, ces effets qui n'en dépassaient pas tant ils s'y étaient profondément résorbés. La voix, de la Berma, en laquelle ne subsistait plus un seul déchet de matière inerte et réfractaire à l'esprit, ne laissait pas discerner autour d'elle cet excédent de larmes qu'on voyait couler sur la voix de marbre, parce qu'elles n'avaient pu s'y imbiber sur la voix de marbre d'Aricie ou d'Ismène, mais avait été délicatement assouplie en ses moindres cellules comme l'instrument d'un grand violoniste chez qui on veut, quand on dit qu'il a un beau son, louer non pas une particularité physique mais une supériorité d'âme ; et comme dans le paysage antique où à la place d'une nymphe disparue, il y a une source inanimée, une intention discernable et concrète s'y était changée en quelque qualité du timbre, d'une limpidité étrange appropriée et froide. Les bras de la Berma que les vers eux-mêmes, de la même émission par laquelle ils faisaient sortir sa voix de ses lèvres, semblaient soulever sur sa poitrine comme ces feuillages que l'eau déplace en s'échappant; son attitude, en scène, qu'elle avait lentement constituée, qu'elle modifierait encore, et qui était faite de raisonnements d'une autre profondeur que ceux dont on apercevait la trace dans les gestes de ses camarades, mais de raisonnements ayant perdu leur origine volontaire, fondus dans une sorte de rayonnement où ils faisaient palpiter, autour du personnage de Phèdre, des éléments riches et complexes mais que le spectateur fasciné prenait non pour une réussite de l'artiste mais pour une donnée de la vie ; ces blancs voiles eux-mêmes, qui exténués et fidèles semblaient de la matière vivante et avoir été filés par la souffrance mi-païenne, mi-janséniste, autour de laquelle ils se contractaient comme un cocon fragile et frileux ; tout cela, voix, attitudes, gestes, voiles, n'étaient, autour de ce corps d'une idée qu'est un vers (corps qui au contraire des corps humains n'est pas devant l'âme comme un obstacle opaque qui empêche de l'apercevoir mais, comme un vêtement purifié, vivifié où elle se diffuse et où on la retrouve), que des enveloppes supplémentaires qui au lieu de la cacher rendaient plus splendidement l'âme qui se les était assimilées et s'y était répandue, que des coulées de substances diverses, devenues translucides, dont la superposition ne fait que réfracter plus richement le rayon central et prisonnier qui les traverse et rendre plus étendue, plus précieuse et plus belle la matière imbibée de flamme où il est engainé. Telle l'interprétation de la Berma était autour de l'œuvre, une seconde œuvre, vivifiée aussi par le génie; par le génie de Racine ?

Mon impression, à vrai dire, plus agréable que celle d'autrefois n'était pas différente. Seulement je ne la confrontais plus à une idée préalable, abstraite, et fausse, du génie dramatique, et je comprenais que le génie dramatique c'était justement cela. Je pensais tout à l'heure que si je n'avais pas eu de plaisir la première fois que j'avais entendu la Berma, c'est que comme jadis quand je retrouvais Gilberte aux Champs-Elysées, je venais à elle avec un trop grand désir. Entre les deux déceptions il n'y avait peut-être pas seulement cette ressemblance, une autre aussi, plus profonde. L'impression que nous cause une personne, une œuvre (ou une interprétation) fortement caractérisées, est particulière. Nous avons apporté avec nous les idées de « beauté », « largeur de style » « pathétique », que nous pourrions à la rigueur avoir l'illusion de reconnaître dans la banalité d'un talent, d'un visage corrects, mais notre

44

esprit attentif a devant lui l'insistance d'une forme dont il ne possède pas d'équivalent intellectuel, dont il lui faut dégager l'inconnu. Il entend un son aigu, une intonation bizarrement interrogative. Il se demande : «est-ce beau, ce que j'éprouve? est-ce de l'admiration? est-ce cela la richesse de coloris, la noblesse, la puissance?» Et ce qui lui répond de nouveau, c'est une voix aiguë, c'est un ton curieusement questionneur, c'est l'impression despotique causée par un être qu'on ne connaît pas, toute matérielle, et dans laquelle aucun espace vide n'est laissé pour la «largeur de l'interprétation.» Et à cause de cela ce sont les œuvres vraiment belles, si elles sont sincèrement écoutées, qui doivent le plus nous décevoir, parce que dans la collection de nos idées il n'y en a aucune qui réponde à une impression individuelle.

C'était précisément ce que me montrait le jeu de la Berma. C'était bien cela, la noblesse, l'intelligence de la diction. Maintenant je me rendais compte des mérites d'une interprétation large, poétique, puissante, ou plutôt c'était cela à quoi on a convenu de décerner ces titres, mais comme on donne le nom de Mars, de Vénus, de Saturne, à des étoiles qui n'ont rein de mythologique. Nous sentons dans un monde, nous pensons, nous nommons dans un autre, nous pouvons entre les deux établir une concordance mais non combler l'intervalle. C'est bien peu cet intervalle, cette faille, que j'avais à franchir quand, le premier jour où j'étais allé voir jouer la Berma, l'ayant écoutée de toutes mes oreilles, j'avais eu quelque peine à rejoindre mes idées de « noblesse d'interprétation » d' « originalité » et n'avais éclaté en applaudissements qu'après un moment de vide et comme s'ils naissaient non pas de mon impression même, mais comme si je les rattachais à mes idées préalables, au plaisir que j'avais à me dire : « j'entends enfin la Berma ». Et la différence qu'il y a entre une personne, une œuvre fortement individuelle et l'idée de beauté, existe aussi grande entre ce qu'elles nous font ressentir et les idées d'amour, d'admiration. Aussi ne les reconnaît-on pas. Je n'avais pas eu de plaisir à entendre la Berma (pas plus que je n'en avais à voir Gilberte). Je m'étais dit : « je ne l'admire donc pas. » Mais cependant je ne songeais alors qu'à approfondir le jeu de la Berma, je n'étais préoccupé que de cela, je tâchais d'ouvrir ma pensée le plus largement possible pour recevoir tout ce qu'il contenait. Je comprenais maintenant que c'était justement cela : admirer.

Ce génie que l'interprétation de la Berma n'était seulement que la révélation, était-ce bien seulement le génie de Racine ?

45

Je le crus d'abord. Je devais être détrompé quand, une fois l'acte de *Phèdre* fini, après les rappels du public, pendant lesquels la vieille actrice rageuse, redressant sa taille minuscule, posant son corps de biais, immobilisa les muscles de son visage, et plaça ses bras en croix sur sa poitrine pour montrer qu'elle ne se mêlait pas aux applaudissements des autres et rendre plus évidente une protestation qu'elle jugeait sensationnelle mais qui passa inaperçue. La pièce suivante était une des nouveautés qui jadis me semblaient, à cause du défaut de célébrité, devoir paraître minces, particulières, dépourvues qu'elles étaient d'existence en dehors de la représentation qu'on en donnait. Mais je n'avais pas comme pour une pièce classique cette déception de voir l'éternité d'un chef-d'œuvre ne tenir que la longueur de la rampe et la durée d'une représentation qui l'accomplissait aussi bien qu'une prière de circonstance. Puis à chaque tirade que je sentais que le public aimait et qui serait un jour fameuse, à défaut de la célébrité qu'elle n'avait pu avoir dans le passé, j'ajoutais celle qu'elle aurait dans l'avenir, par un effort d'esprit inverse de celui qui consiste à se représenter des chefs-d'œuvre au temps de leur grêle apparition, quand leur titre qu'on n'avait encore jamais entendu ne semblait pas devoir être mis un jour, confondu dans une même lumière, à côté de ceux des autres œuvres de l'auteur. Et ce rôle serait mis un jour dans la liste de ses plus beaux, auprès de celui de *Phèdre*. Non qu'en lui-même il ne fût dénué de toute valeur littéraire ; mais la Berma y était aussi sublime que dans *Phèdre*. Je compris alors que l'œuvre de l'écrivain n'était pour la tragédienne qu'une matière, à peu près indifférente en soi-même, pour la création de son chef-d'œuvre d'interprétation, comme le grand peintre que j'avais connu à Balbec, Elstir, avait trouvé le motif de deux tableaux qui se valent, dans un bâtiment scolaire sans caractère et dans une cathédrale qui est, par elle-même, un chef-d'œuvre. Et comme le peintre dissout maison, charrette, personnages, dans quelque grand effet de lumière qui les fait homogènes, la Berma étendait de vastes nappes de terreur, de tendresse, sur les mots fondus également tous aplanis ou relevés, un, et qu'une artiste médiocre eut détachés l'un après l'autre. Sans doute chacun avait une inflexion propre et la diction de la Berma n'empêchait pas qu'on perçût le vers. N'est-ce pas déjà un premier élément de complexité ordonnée, c'est-à-dire de beauté, quand en entendant une rime, c'est-à-dire quelque chose qui est à la fois pareil et autre que la rime précédente, qui est motivé par elle, mais y introduit la variation d'une idée nouvelle, on sent deux systèmes qui se superposent, l'un

46

de pensée, l'autre de métrique. Mais la Berma faisait pourtant entrer les mots, même les vers, même les « tirades » dans des ensembles plus vastes qu'eux-mêmes à la frontière desquels c'était un charme de les voir obligés de s'arrêter, s'interrompre ; ainsi un poète prend plaisir à faire hésiter un instant, à la rime, le mot qui va s'élancer, et un musicien à confondre les mots divers du livret dans un même rythme qui les contrarie et les entraîne. Ainsi dans les phrases du dramaturge moderne comme dans les vers de Racine, la Berma savait introduire ces vastes images de douleur, de noblesse, de passion, qui étaient ses chefs-d'œuvre à elle, et où on la reconnaissait comme, dans des portraits qu'il a peints d'après des modèles différents, on reconnaît un peintre.

Je n'aurais plus souhaité comme autrefois de pouvoir immobiliser les attitudes de la Berma, le bel effet de couleur qu'elle donnait un instant seulement dans un éclairage aussitôt évanoui et qui ne se reproduisait pas, ni lui faire redire cent fois un vers. Je comprenais que mon désir d'autrefois était plus exigeant que la volonté du poète, de la tragédienne, du grand artiste décorateur qu'était son metteur en scène et que ce charme répandu au vol sur un vers, ces gestes instables perpétuellement transformés, ces tableaux successifs, c'était le résultat fugitif, le but momentané, le mobile chef-d'œuvre que l'art théâtral se proposait et que détruirait en voulant le fixer l'attention d'un auditeur trop épris. Même je ne tenais pas à venir un autre jour réentendre la Berma ; j'étais satisfait d'elle ; c'est quand j'admirais trop pour ne pas être déçu par l'objet de mon admiration, que cet objet fût Gilberte ou la Berma que je demandais d'avance à l'impression du lendemain le plaisir que m'avait refusé l'impression de la veille. Sans chercher à approfondir la joie que je venais d'éprouver et dont j'aurais peut-être pu faire un plus fécond usage je me disais comme autrefois certain de mes camarades de collège : « C'est vraiment la Berma que je mets en premier », tout en sentant confusément que le génie de la Berma, n'était peut-être pas traduit très exactement par cette affirmation de ma préférence, et cette place de « première » décernée, quelque calme d'ailleurs qu'elles m'apportassent.

Au moment où cette seconde pièce commença, je regardai du côté de la baignoire de Mme de Guermantes. Cette princesse venait par un mouvement générateur d'une ligne délicieuse que mon esprit poursuivait dans le vide, de tourner la tête vers le fond de la baignoire, les invités étaient debout, tournés aussi vers le fond, et entre la double haie qu'ils faisaient, dans son assurance et sa grandeur de déesse, mais avec une douceur inconnue que d'arriver si tard et de faire lever tout le monde au milieu de la représentation, mêlait les mousselines blanches dans lesquelles elle était enveloppée et l'air habilement naïf, timide et confus à son sourire victorieux, la duchesse de Guermantes qui venait d'entrer, alla vers sa cousine, fit une profonde révérence à un jeune homme blond qui était assis au premier rang et, se retournant vers les monstres marins et sacrés flottant au fond de l'antre, fit à ces demi-dieux du Jockey-Club — qui à ce moment-là et particulièrement M. de Palancy furent les hommes que j'aurais le plus aimé être — un bonjour familier de vieille amie, allusion à l'au jour le jour de ses relations avec eux depuis quinze ans. Je ressentais le mystère mais ne pouvais déchiffrer l'énigme de ce regard souriant qu'elle adressait à ses amis, dans l'éclat bleuté dont il brillait tandis qu'elle abandonnait sa main aux uns et aux autres et que si j'eusse pu en décomposer le prisme, en analyser les cristallisations m'eût peut-être révélé l'essence de la vie inconnue qui y apparaissait à ce moment-là. Le duc de Guermantes suivait sa femme, les reflets de son monocle, le rire de sa dentition, la blancheur de son œillet ou de son plastron plissé, écartant pour faire place à leur lumière ses sourcils, ses lèvres, son frac ; d'un geste de sa main étendue qu'il abaissa sur leurs épaules, tout droit, sans bouger la tête, il commanda de se rasseoir aux monstres inférieurs qui lui faisaient place, et s'inclina profondément devant le jeune homme blond. On eût dit que la duchesse avait deviné que sa cousine dont elle raillait, disait-on, ce qu'elle appelait les exagérations, (nom que de son point de vue spirituellement français et tout modéré prenaient vite la poésie et l'enthousiasme germaniques) aurait ce soir une de ces toilettes où la Duchesse la trouvait « costumée », et qu'elle avait voulu lui donner une leçon de goût. Au lieu des merveilleux et doux plumages qui de la tête de la princesse descendaient jusqu'à son cou, au lieu de sa résille de coquillages et de perles, la duchesse n'avait dans les cheveux qu'une simple aigrette qui dominant son nez busqué et ses yeux à fleurs de tête avait l'air de l'aigrette d'un oiseau. Son cou et ses épaules sortaient d'un flot neigeux de mousseline sur lequel venait battre un éventail en plumes de cygne, mais ensuite la robe, dont le corsage avait pour seul ornement, d'innombrables paillettes soit de métal, en baguettes et en grains, soit de brillants, moulait son corps avec une précision toute britannique. Mais si différentes que les deux toilettes fussent l'une de l'autre, après que la princesse eut donné à sa cousine la chaise qu'elle occupait jusque-là, on les vit se retournant l'une vers l'autre, s'admirer réciproquement.

LE COTÉ DE GUERMANTES

Peut-être Madame de Guermantes aurait-elle le lendemain un sourire
quand elle parlerait de la coiffure un peu trop compliquée de la
princesse, mais certainement elle déclarerait que celle-ci n'en était pas
moins ravissante et merveilleusement arrangée ; et la princesse, qui,
par goût, trouvait quelque chose d'un peu froid, d'un peu sec, d'un
peu couturier, dans la façon dont s'habillait sa cousine, découvrirait
dans cette stricte sobriété un raffinement exquis. D'ailleurs entre
elles l'harmonie, l'universelle gravitation préétablie de leur éducation, neutralisaient les constrastes non seulement d'ajustement mais
d'attitude. A ces lignes invisibles et aimantées que l'élégance des
manières tendait entre elles, le naturel expansif de la princesse venait
expirer, tandis que vers elles, la rectitude de la duchesse, se laissait
attirer, infléchir, se faisait douceur et charme. Comme dans la pièce
que l'on était en train de représenter, pour comprendre ce que la
Berma dégageait de poésie personnelle, on n'avait qu'à confier le rôle
qu'elle jouait, et qu'elle seule pouvait jouer, à n'importe quelle autre
actrice, le spectateur qui eût levé les yeux vers le balcon eût vu, dans
deux loges, un « arrangement » qu'elles croyaient rappeler ceux de la
princesse de Guermantes, donner simplement à la baronne de
Morienval l'air excentrique, prétentieux et mal élevé, et un effort à la
fois patient et coûteux pour imiter les toilettes et le chic de la duchesse
de Guermantes, faire seulement ressembler Mme de Cambremer à
quelque pensionnaire provinciale, montée sur fil de fer, droite, sèche et
pointue, un plumet de corbillard verticalement dressé dans les
cheveux. Peut-être la place de cette dernière n'était-elle pas dans une
salle où c'était seulement avec les femmes les plus brillantes de
l'année que les loges (et même celles des plus hauts étages qui d'en bas
semblaient de grosses bourriches piquées de fleurs humaines et atta-
chées au cintre de la salle par les brides rouges de leurs séparations de
velours) composaient un panorama éphémère que les morts, les scandales, les maladies, les brouilles modifieraient bientôt, mais en ce
moment était immobilisé par l'attention, la chaleur, le vertige, la
poussière, l'élégance et l'ennui, dans cette espèce d'instant éternel
et tragique d'inconsciente attente et de calme engourdissement qui,
rétrospectivement, semble avoir précédé l'explosion d'une bombe ou
la première flamme d'un incendie.

La raison pour quoi Mme de Cambremer se trouvait là était que la
princesse de Parme, dénuée de snobisme comme la plupart des véritables
altesses, et en revanche, dévorée par l'orgueil, le désir de la charité qui

49   4

égalait chez elle le goût de ce qu'elle croyait les Arts, avait cédé çà et
là quelques loges à des femmes comme Mme de Cambremer qui ne
faisaient pas partie de la haute société aristocratique, mais avec lesquelles
elle était en relations pour ses œuvres de bienfaisance. Mme de Cambremer ne quittait pas des yeux la duchesse et la princesse de Guermantes ce qui lui était d'autant plus aisé que n'étant pas en relations
véritables avec elles, elle ne pouvait avoir l'air de quêter un salut. Être
reçue chez ces deux grandes dames, était pourtant le but qu'elle poursuivait depuis dix ans avec une inlassable patience. Elle avait calculé qu'elle
y serait sans doute parvenue dans cinq ans. Mais atteinte d'une maladie
qui ne pardonne pas et dont, se piquant de connaissances médicales,
elle croyait connaître le caractère inexorable, elle craignait de ne pouvoir vivre jusque-là. Elle était du moins heureuse ce soir-là de penser
que toutes ces femmes qu'elle ne connaissait guère verraient auprès
d'elle un homme de leurs amis, le jeune marquis de Beausergent,
frère de Mme d'Argencourt, lequel fréquentait également les deux
sociétés, et de la présence de qui les femmes de la seconde aimaient
beaucoup à se parer sous les yeux de celles de la première. Il s'était
assis derrière Mme de Cambremer sur une chaise placée en travers pour
pouvoir lorgner dans les autres loges. Il y connaissait tout le monde et,
pour saluer, avec la ravissante élégance de sa jolie tournure cambrée,
de sa fine tête aux cheveux blonds, il soulevait à demi son corps
redressé, un sourire à ses yeux bleus, avec un mélange de respect et de
désinvolture, gravant ainsi avec précision dans le rectangle du plan
oblique où il était placé comme une de ces vieilles estampes qui
figurent un grand seigneur hautain et courtisan. Il acceptait souvent
de la sorte d'aller au théâtre avec Mme de Cambremer; dans la salle
et à la sortie, dans le vestibule, il restait bravement auprès d'elle au
milieu de la foule des amies plus brillantes qu'il avait là et à qui il
évitait de parler, ne voulant pas les gêner, et comme s'il avait été en
mauvaise compagnie. Si alors passait la princesse de Guermantes,
belle et légère comme Diane, laissant traîner derrière elle un
manteau incomparable, faisant se détourner toutes les têtes et suivie
par tous les yeux (par ceux de Mme de Cambremer plus que par
tous les autres), M. de Beausergent s'absorbait dans une conversation
avec sa voisine, ne répondait au sourire amical et éblouissant de la
princesse que contraint et forcé et avec la réserve bien élevée et la
charitable froideur de quelqu'un dont l'amabilité peut être devenue
momentanément gênante.

LE COTÉ DE GUERMANTES.

Mme de Cambremer n'eût-elle pas su que la baignoire appartenait
la princesse qu'elle eût cependant reconnu que Mme de Guermantes
tait l'invitée, à l'air d'intérêt plus grand qu'elle portait au spectacle
le la scène et de la salle afin d'être aimable envers son hôtesse. Mais en
même temps que cette force centrifuge, une force inverse dévelop-
)ée par le même désir d'amabilité ramenait l'attention de la duchesse
vers sa propre toilette, sur son aigrette, son collier, son corsage et aussi
vers celle de la princesse elle-même dont la cousine semblait se
roclamer la sujette, l'esclave, venue ici seulement pour la voir, prête à
a suivre ailleurs s'il avait pris fantaisie à la titulaire de la loge de s'en
ller et ne regardant que comme composée d'étrangers curieux à
onsidérer le reste de la salle où elle comptait pourtant nombre
l'amis dans la loge desquels elle se trouvait d'autres semaines et à
'égard de qui elle ne manquait pas de faire preuve alors du même
oyalisme exclusif, relativiste et hebdomadaire. Mme de Cambremer
tait étonnée de voir la duchesse ce soir. Elle savait que celle-ci restait
rès tard à Guermantes et supposait qu'elle y était encore. Mais on lui
vait raconté que parfois, quand il y avait à Paris un spectacle qu'elle
ugeait intéressant, Mme de Guermantes faisait atteler une de ses
voitures aussitôt qu'elle avait pris le thé avec les chasseurs et, au soleil
ouchant, partait au grand trot, à travers la forêt crépusculaire, puis
par la route, prendre le train à Combray pour être à Paris le soir.
« Peut-être vient-elle de Guermantes exprès pour entendre la Berma »,
)ensait avec admiration Mme de Cambremer. Et elle se rappellait
ivoir entendu dire à Swann, dans ce jargon ambigu, qu'il avait en
commun avec M. de Charlus : « La duchesse est un des êtres les plus
1obles de Paris, de l'élite la plus raffinée, la plus choisie. » Pour moi
jui faisais dériver du nom de Guermantes, du nom de Bavière et du
1om de Condé la vie, la pensée des deux cousines (je ne le pouvais
plus pour leurs visages puisque je les avais vus), j'aurais mieux aimé
connaître leur jugement sur *Phèdre*, que celui du plus grand critique
du monde. Car dans le sien je n'aurais trouvé que de l'intelligence, de
l'intelligence supérieure à la mienne, mais de même nature. Mais ce
que pensaient la duchesse et la princesse de Guermantes et qui m'eût
fourni sur la nature de ces deux poétiques créatures, un document
inestimable je l'imaginais à l'aide de leurs noms, j'y supposais un
charme irrationnel et, avec la soif et la nostalgie d'un fiévreux, ce que je
demandais à eur opinion sur *Phèdre* de me rendre, c'était le charme
des après-midi d'été où je m'étais promené du côté de Guermantes

Mme de Cambremer essayait de distinguer quelle sorte de toilette portaient les deux cousines. Pour moi, je ne doutais pas que ces toilettes ne leur fussent particulières, non pas seulement dans le sens où la livrée à col rouge ou à revers bleu appartenait jadis exclusivement aux Guermantes et aux Condé, mais plutôt comme pour un oiseau le plumage qui n'est pas seulement un ornement de sa beauté mais une extension de son corps. La toilette de ces deux femmes me semblait comme une matérialisation neigeuse ou diaprée, de leur activité intérieure, et comme les gestes que j'avais vu faire à la princesse de Guermantes et que je n'avais pas douté correspondre à une idée cachée, les plumes qui descendaient du front de la Princesse et le corsage éblouissant et pailleté de sa cousine semblaient avoir une signification, être pour chacune des deux femmes un attribut qui n'était qu'à elle et dont j'aurais voulu connaître la signification : l'oiseau de Paradis me semblait inséparable de l'une, comme le paon de Junon, je ne pensais pas qu'aucune femme pût usurper le corsage pailleté de l'autre plus que l'égide étincelante et frangée de Minerve. Et quand je portais mes yeux sur cette baignoire, bien plus qu'au plafond du théâtre où étaient peintes de froides allégories, c'était comme si j'avais aperçu, grâce au déchirement miraculeux des nuées coutumières, l'assemblée des Dieux en train de contempler le spectacle des hommes, sous velum rouge, dans une éclaircie lumineuse, entre deux piliers du Ciel. Je contemplais cette apothéose momentanée avec un trouble que mélangeait de paix le sentiment d'être ignoré des Immortels ; la duchesse m'avait bien vu une fois avec son mari, mais ne devait certainement pas s'en souvenir, et je ne souffrais pas qu'elle se trouvât par la place qu'elle occupait dans la baignoire, regarder les madrépores anonymes et collectifs du public de l'orchestre car je sentais heureusement mon être dissous au milieu d'eux, quand, au moment où en vertu des lois de la réfraction, vint sans doute se peindre dans le courant impassible des deux yeux bleus, la forme confuse du protozoaire dépourvu d'existence individuelle que j'étais, je vis une clarté les illuminer : la duchesse, de déesse devenue femme et me semblant tout d'un coup mille fois plus belle, leva vers moi la main gantée de blanc qu'elle tenait appuyée sur le rebord de la loge, l'agita en signe d'amitié, mes regards se sentirent croisés par l'incandescence involontaire et les feux des yeux de la princesse laquelle les avait fait entrer à son insu en conflagration rien qu'en les bougeant pour chercher à voir à qui sa cousine venait de dire bonjour, et celle-ci qui m'avait reconnu, fit pleuvoir sur moi l'averse étincelante et céleste de son sourire.

Maintenant tous les matins, bien avant l'heure où elle sortait, j'allais par un long détour me poster à l'angle de la rue qu'elle descendait d'habitude, et, quand le moment de son passage me semblait proche, je remontais d'un air distrait, regardant dans une direction opposée et levant les yeux vers elle dès que j'arrivais à sa hauteur mais comme si je ne m'étais nullement attendu à la voir. Même les premiers jours pour être plus sûr de ne pas la manquer, j'attendais devant la maison. Et chaque fois que la porte cochère s'ouvrait (laissant passer successivement tant de personnes qui n'étaient pas celle que j'attendais), son ébranlement se prolongeait ensuite dans mon cœur en oscillations qui mettaient longtemps à se calmer. Car jamais fanatique d'une grande comédienne qu'il ne connaît pas, allant faire « le pied de grue » devant la sortie des artistes, jamais foule exaspérée ou idolâtre réunie pour insulter ou porter en triomphe, le condamné ou le grand homme qu'on croit être sur le point de passer chaque fois qu'on entend du bruit venu de l'intérieur de la prison ou du palais, ne furent aussi émus que je l'étais, attendant le départ de cette grande dame qui, dans sa toilette simple savait, par la grâce de sa marche (toute différente de l'allure qu'elle avait quand elle entrait dans un salon ou dans une loge) faire de sa promenade matinale — il n'y avait pour moi qu'elle au monde qui se promenât — tout un poème d'élégance et la plus fine parure, la plus curieuse fleur du beau temps. Mais après trois jours, pour que le concierge ne pût se rendre compte de mon manège, je m'en allai beaucoup plus loin, jusqu'à un point quelconque du parcours habituel de la duchesse. Souvent avant cette soirée au théâtre, je faisais ainsi de petites sorties avant le déjeuner, quand il faisait beau ; s'il avait plu, à la première éclarcie, je descendais faire quelques pas, et tout d'un coup, venant, sur le trottoir encore mouillé, changé par la lumière en laque d'or, dans l'apothéose d'un carrefour poudroyant d'un brouillard que tanne et blondit le soleil, j'apercevais une pensionnaire suivie de son institutrice ou une laitière avec ses manches blanches, je restais sans mouvement, une main contre mon cœur qui s'élançait déjà vers une vie étrangère ; je tâchais de me rappeler la rue, l'heure, la porte sous laquelle la fillette (que quelquefois je suivais) avait disparu sans ressortir. Heureusement la fugacité de ces images caressées et que je me promettais de chercher à revoir, les empêchait de se fixer fortement dans mon souvenir. N'importe, j'étais moins triste d'être malade de n'avoir jamais eu encore le courage de me mettre à travailler, à commencer un livre, la terre me paraissait plus agréable à habiter, la vie plus intéressante à parcourir depuis que je voyais que les rues de Paris comme les routes de Balbec étaient fleuries de ces beautés inconnues que j'avais si souvent cherché à faire surgir des bois de Méséglise, et dont chacune excitait un désir voluptueux qu'elle seule semblait capable d'assouvir.

En rentrant de l'Opéra-Comique, j'avais ajouté pour le lendemain à celles que depuis quelques jours je souhaitais de retrouver, l'image de Mme de Guermantes, grande, avec sa coiffure haute de cheveux blonds et légers ; avec la tendresse promise dans le sourire qu'elle m'avait adressé de la baignoire de sa cousine. Je suivrais le chemin que Françoise m'avait dit que prenait la duchesse et je tâcherais pourtant, pour retrouver deux jeunes filles que j'avais vues l'avant-veille, de ne pas manquer la sortie d'un cours et d'un catéchisme. Mais, en attendant, de temps à autre, le scintillant sourire de Mme de Guermantes, la sensation de douceur qu'il m'avait donnée, me revenaient. Et sans trop savoir ce que je faisais, je m'essayais à les placer (comme une femme regarde l'effet que ferait sur une robe, une certaine sorte de boutons de pierrerie qu'on vient de lui donner) à côté des idées romanesques que je possédais depuis longtemps et que la froideur d'Albertine, le départ prématuré de Gisèle et avant cela, la séparation voulue et trop prolongée d'avec Gilberte avaient libérées, (l'idée par exemple d'être aimé d'une femme, d'avoir une vie en commun avec elle) ; puis c'était l'image de l'une ou l'autre des deux jeunes filles que j'approchais de ces idées aux-quelles, aussitôt après, je tâchais d'adapter le souvenir de la duchesse. Auprès de ces idées, le souvenir de Mme de Guermantes à l'Opéra-Comique était bien peu de chose, une petite étoile à côté de la longue queue de sa comète flamboyante ; de plus je connaissais très bien ces idées longtemps avant de connaître Mme de Guermantes ; le souvenir lui, au contraire, je le possédais imparfaitement ; il m'échappait par moments ; ce fut pendant les heures où, de flottant en moi au même titre que les images d'autres femmes jolies, il passa peu à peu à une association unique et définitive — exclusive de tout autre image féminine — avec mes idées romanesques si antérieures à lui, ce fut pendant ces quelques heures où je me le rappelais le mieux que j'aurais dû m'aviser de savoir exactement quel il était ; mais je ne savais pas alors l'importance qu'il allait prendre pour moi ; il était doux seulement comme un premier rendez-vous de Mme de Guermantes en moi-même, il était la première esquisse, la seule vraie, la seule faite d'après la vie, la seule qui fût réellement Mme de Guermantes ; comme seulement durant les quelques heures où j'eus le bonheur de le détenir sans savoir faire attention à lui, il devait être bien charmant pourtant ce souvenir, puisque c'est toujours à lui, librement encore, à ce moment-là, sans hâte, sans fatigue, sans rien de nécessaire ni d'anxieux, que mes idées d'amour revenaient ; ensuite au fur et à mesure que ces idées le fixèrent plus définitivement, il acquit d'elles une plus grande force, mais devint lui-même plus vague ; bientôt je ne sus plus le retrouver ; et dans mes rêveries, je le déformais sans doute complètement, car, chaque fois que je voyais Mme de Guermantes, je constatais un écart, d'ailleurs toujours différent, entre ce que j'avais imaginé et ce que je voyais. Chaque jour maintenant, certes au moment que Mme de Guermantes débouchait au haut de la rue, j'apercevais encore sa taille haute, ce visage au regard clair sous une chevelure légère, toutes choses pour lesquelles j'étais là ; mais en revanche, quelques secondes plus tard, quand, ayant détourné les yeux dans une autre direction pour avoir l'air de ne pas m'attendre à cette rencontre que j'étais venu chercher, je les levais sur la Duchesse au moment où j'arrivais au même niveau de la rue qu'elle, ce que je voyais alors c'étaient des marques rouges, dont je ne savais si elles étaient dues au grand air ou à la couperose, sur un visage maussade qui par un signe fort sec et bien éloigné de l'amabilité du soir de *Phèdre* répondait à ce salut que je lui adressais quotidiennement avec un air de surprise et qui ne semblait pas lui plaire. Pourtant, au bout de quelques jours pendant lesquels le souvenir des deux jeunes filles lutta avec des chances inégales pour la domination de mes idées amoureuses avec celui de Mme de Guermantes, ce fut celui-ci, comme de lui-même, qui finit par renaître le plus souvent pendant que ses concurrents s'éliminaient d'eux-mêmes ; ce fut sur lui que je finis par avoir, en somme volontairement encore et comme par choix et plaisir, transféré toutes mes pensées d'amour. Je ne songeai plus aux fillettes du catéchisme, ni à une certaine laitière ; et pourtant je n'espérai plus de retrouver dans la rue ce que j'étais venu y chercher, ni la tendresse promise au théâtre dans un sourire, ni la silhouette et le visage clair sous la chevelure blonde qui n'étaient tels que de loin. Maintenant je n'aurais même pu dire comment était Mme de Guermantes, à quoi je la reconnaissais, car chaque jour, dans l'ensemble de sa personne, la figure était autre comme la robe et le chapeau.

Pourquoi tel jour voyant s'avancer de face sous une capote mauve, une douce et lisse figure aux charmes distribués avec symétrie autour

de deux yeux bleus et dans laquelle la ligne du nez semblait résorbée,
apprenais-je d'une commotion joyeuse que je ne rentrerais pas sans
avoir aperçu Mme de Guermantes, pourquoi ressentais-je le même
trouble, affectais-je la même indifférence, détournais-je les yeux de
même façon distraite que la veille à l'apparition de profil dans une rue
de traverse et sous un toquet bleu marine, d'un nez en bec d'oiseau,
le long d'une joue rouge, barrée d'un œil perçant, comme quelque divinité égyptienne ? Une fois ce ne fut pas seulement une femme à bec
d'oiseau que je vis, mais comme un oiseau même : la robe et jusqu'au
toquet de Mme de Guermantes étaient en fourrures et, ne laissant ainsi
voir aucune étoffe, elle semblait naturellement fourrée comme certains
vautours, dont le plumage épais, uni, fauve et doux, a l'air d'une sorte
de pelage. Au milieu de ce plumage naturel, la petite tête recourbait
son bec d'oiseau et les yeux à fleur de tête étaient perçants et bleus.

Tel jour, je venais de me promener de long en large dans la
rue pendant des heures sans apercevoir Mme de Guermantes quand
tout d'un coup, au fond d'une boutique de crémier cachée entre
deux hôtels dans ce quartier aristocratique et populaire, se détachait
le visage confus et nouveau d'une femme élégante qui était en train
de se faire montrer des « petits suisses » et, avant que j'eusse eu le
temps de la distinguer, venait me frapper comme un éclair qui
aurait mis moins de temps à venir à moi que le reste de l'image,
le regard de la duchesse ; une autre fois ne l'ayant pas rencontrée et entendant sonner midi, je comprenais que ce n'était
plus la peine de rester à attendre, je reprenais tristement le chemin
de la maison ; et, absorbé dans ma déception, regardant sans la voir
une voiture qui s'éloignait, je comprenais tout d'un coup que le mouvement de tête qu'une dame avait fait de la portière était pour moi et
que cette dame dont les traits dénoués et pâles ou au contraire tendus
et vifs, composaient sous un chapeau rond au bas d'une haute aigrette,
le visage d'une étrangère que j'avais cru ne pas reconnaître, était
Mme de Guermantes par qui je m'étais laissé saluer sans même lui
répondre. Et quelquefois je la trouvais en rentrant au coin de la loge,
où le détestable concierge dont je haïssais les coups d'œil investiga-
teurs était en train de lui faire de grands saluts et sans doute aussi des
« rapports ». Car tout le personnel des Guermantes, dissimulé derrière
les rideaux des fenêtres, épiait en tremblant le dialogue qu'il n'entendait pas et à la suite duquel la duchesse ne manquait pas de priver de
ses sorties tel ou tel domestique que le « pipelet » avait vendu. A cause

de toutes les apparitions successives de visages différents qu'offrait Mme de Guermantes, visages occupant une étendue relative et variée, tantôt étroite, tantôt vaste, dans l'ensemble de sa toilette, mon amour n'était pas attaché à telle ou telle de ces parties changeantes de chair et d'étoffe qui prenaient, selon les jours, la place des autres et qu'elle pouvait modifier et renouveler presque entièrement sans altérer mon trouble parce qu'à travers elles, à travers le nouveau collet de la joue inconnue, je sentais que c'était toujours Mme de Guermantes. Ce que j'aimais, c'était la personne invisible qui mettait en mouvement tout cela, c'était elle, dont l'hostilité me chagrinait, dont l'approche me bouleversait, dont j'eusse voulu capter la vie et chasser les amis ! Elle pouvait arborer une plume bleue ou montrer un teint de feu, sans que ses actions perdissent pour moi de leur importance.

Je n'aurais pas senti moi-même que Mme de Guermantes était excédée de me rencontrer tous les jours que je l'aurais indirectement appris du visage plein de froideur, de réprobation et de pitié, qui était celui de Françoise quand elle m'aidait à m'apprêter pour ces sorties matinales. Dès que je lui demandais mes affaires, je sentais s'élever un vent contraire dans les traits rétractés et battus de sa figure. Je n'essayais même pas de gagner la confiance de Françoise, je sentais que je n'y arriverais pas. Elle avait, pour savoir immédiatement tout ce qui pouvait nous arriver, à mes parents et à moi, de désagréable, un pouvoir dont la nature m'est toujours restée obscure. Peut-être n'était-il pas surnaturel et aurait-il pu s'expliquer par des moyens d'informations qui lui étaient spéciaux; c'est ainsi que des peuplades sauvages apprennent certaines nouvelles plusieurs jours avant que la poste les ait apportées à la colonie européenne, et qui leur ont été en réalité transmises, non par télépathie, mais de colline en colline à l'aide de feux allumés. Ainsi dans le cas particulier de mes promenades, peut-être les domestiques de Mme de Guermantes avaient-ils entendu leur maîtresse exprimer sa lassitude de me trouver inévitablement sur son chemin et avaient-ils répété ces propos à Françoise. Mes parents, il est vrai, auraient pu affecter à mon service quelqu'un d'autre que Françoise, je n'y aurais pas gagné. Françoise en un sens était moins domestique que les autres. Dans sa manière de sentir, d'être bonne et pitoyable, d'être dure et hautaine, d'être fine et bornée, d'avoir la peau blanche et les mains rouges, elle était la demoiselle de village dont les parents « étaient bien de chez eux » mais, ruinés, avaient été obligés de la mettre en condition. Sa présence dans notre maison, c'était l'air de la campagne et la vie sociale dans une ferme, il y a cinquante ans, transportés chez nous, grâce à une sorte de voyage inverse où c'est la villégiature qui vient vers le voyageur. Comme la vitrine d'un musée régional l'est par ces curieux ouvrages, que les paysannes exécutent et passementent encore dans certaines provinces, notre appartement parisien était décoré par les paroles de Françoise inspirées d'un sentiment traditionnel et local et qui obéissaient à des règles très anciennes. Et elle savait y retracer comme avec des fils de couleur, les cerisiers et les oiseaux de son enfance, le lit où était morte sa mère, et qu'elle voyait encore. Mais malgré tout cela, dès qu'elle était entrée à Paris à notre service, elle avait partagé — et à plus forte raison toute autre l'eût fait à sa place — les idées, les jurisprudences d'interprétation des domestiques des autres étages, se rattrapant du respect qu'elle était obligée de nous témoigner, en nous répétant ce que la cuisinière du quatrième, disait de grossier à sa maîtresse, et avec une telle satisfaction de domestique, que, pour la première fois de notre vie, nous sentant une sorte de solidarité avec la détestable locataire du quatrième, nous nous disions que peut être, en effet, nous étions des maîtres. Cette altération du caractère de Françoise était peut-être inévitable. Certaines existences sont si anormales qu'elles doivent engendrer fatalement certaines tares, telle celle que le Roi menait à Versailles entre ses courtisans, aussi étrange que celle d'un pharaon ou d'un doge, et bien plus que celle du roi, la vie des courtisans. Celle des domestiques est sans doute d'une étrangeté plus monstrueuse encore et que seule l'habitude nous voile. Mais c'est jusque dans des détails encore plus particuliers que j'aurais été condamné, même si j'avais renvoyé Françoise, à garder le même domestique. Car divers autres purent entrer plus tard à mon service ; déjà pourvus des défauts généraux des domestiques, ils n'en subissaient pas moins chez moi une rapide transformation. Comme les lois de l'attaque commandent celles de la riposte, pour ne pas être entamés par les aspérités de mon caractère, tous pratiquaient dans le leur un rentrant identique et au même endroit ; et, en revanche, ils profitaient de mes lacunes pour y installer des avancées. Ces lacunes je ne les connaissais pas, non plus que les saillants auxquels leur entre-deux donnait lieu, précisément parce qu'elles étaient des lacunes. Mais mes domestiques, en se gâtant peu à peu, me les apprirent. Ce fut par leurs défauts invariablement acquis que j'appris mes défauts naturels et invariables, leur caractère me présenta une sorte d'épreuve négative du mien. Nous nous étions beaucoup moqués autrefois, ma mère et moi, de Mme Sazerat qui disait en parlant des domestiques : « Cette race, cette espèce ». Mais je dois dire que la raison pourquoi je n'avais pas lieu de souhaiter de remplacer Françoise par quelque autre est que cette autre aurait appartenu tout autant et inévitablement à la race générale des domestiques et à l'espèce particulière des miens.

Pour en revenir à Françoise, je n'ai jamais dans ma vie éprouvé une humiliation sans avoir trouvé d'avance sur le visage de Françoise, des condoléances toutes prêtes ; et si, lorsque dans ma colère d'être plaint par elle, je tentais de prétendre avoir au contraire remporté un succès, mes mensonges venaient inutilement se briser à son incrédulité respectueuse mais visible et à la conscience qu'elle avait de son infaillibilité. Car elle savait la vérité ; elle la taisait et faisait seulement un petit mouvement des lèvres comme si elle avait encore la bouche pleine et finissait un bon morceau. Elle la taisait, du moins je l'ai cru longtemps car à cette époque-là je me figurais encore que c'était au moyen de paroles qu'on apprend aux autres la vérité. Même les paroles qu'on me disait déposaient si bien leur signification inaltérable dans mon esprit sensible que je ne croyais pas plus possible que quelqu'un qui m'avait dit m'aimer ne m'aimât pas, que Françoise elle-même n'aurait pu douter, quand elle l'avait lu dans un journal, qu'un prêtre ou un monsieur quelconque fût capable contre une demande adressée par la poste, de nous envoyer gratuitement un remède infaillible contre toutes les maladies ou un moyen de centupler nos revenus. (En revanche, si notre médecin lui donnait la pommade la plus simple contre le rhume de cerveau, elle si dure aux plus rudes souffrances, gémissait de ce qu'elle avait dû renifler assurant que cela lui « plumait le nez » et qu'on ne savait plus où vivre). Mais la première, Françoise me donna l'exemple (que je ne devais comprendre que plus tard quand il me fut donné de nouveau et plus douloureusement, comme on le verra dans les derniers volumes de cet ouvrage, par une personne qui m'était plus chère), que la vérité n'a pas besoin d'être dite pour être manifestée et qu'on peut peut-être la recueillir plus sûrement sans attendre les paroles et sans tenir même aucun compte d'elles, dans mille signes extérieurs, même dans certains phénomènes invisibles, analogues dans le monde des caractères à ce que sont, dans la nature physique, les changements atmosphériques. J'aurais peut-être pu m'en douter, puisque à moi-même, alors, il m'arrivait souvent de dire des choses où il n'y avait nulle vérité, tandis que je la manifestais

par tant de confidences involontaires de mon corps et de mes actes,
(lesquelles étaient fort bien interprétées par Françoise) j'aurais peut-
être pu m'en douter, mais pour cela il aurait fallu que j'eusse su
que j'étais alors quelquefois menteur et fourbe. Or, le mensonge et
la fourberie étaient chez moi, comme chez tout le monde,
commandés d'une façon si immédiate et contingente, et pour sa
défensive, par un intérêt particulier, que mon esprit, fixé sur un bel
idéal, laissait mon caractère accomplir dans l'ombre ces besognes
urgentes et chétives et ne se détournait pas pour les apercevoir.
Quand Françoise, le soir, était gentille avec moi, me demandait la
permission de s'asseoir dans ma chambre, il me semblait que son visage
devenait transparent et que j'apercevais en elle la bonté et la franchise.
Mais Jupien, lequel avait des parties d'indiscrétion que je ne connus que
plus tard, révéla depuis qu'elle disait que je ne valais pas la corde pour
me pendre et que j'avais cherché à lui faire tout le mal possible. Ces
paroles de Jupien tirèrent aussitôt devant moi, dans une teinte inconnue,
une épreuve de mes rapports avec Françoise si différente de celle
sur laquelle je me complaisais souvent à reposer mes regards et où,
sans la plus légère indécision, Françoise m'adorait et ne perdait pas
une occasion de me célébrer, que je compris que ce n'est pas le monde
physique seul qui diffère de l'aspect sous lequel nous le voyons ;
que toute réalité est peut-être aussi dissemblable de celle que nous
croyons percevoir directement, que les arbres, le soleil et le ciel
seraient tout autres que nous voyons, s'ils étaient connus par des
êtres ayant des yeux autrement constitués que les nôtres, ou bien
possédant pour cette besogne des organes autres que des yeux et qui
donneraient des arbres, du ciel et du soleil des équivalents autres que
visuels. Telle qu'elle fut, cette brusque échappée que m'ouvrit une
fois Jupien sur le monde réel m'épouvanta. Encore ne s'agissait-il
que de Françoise dont je ne me souciais guère. En était-il ainsi dans
tous les rapports sociaux ? Et jusqu'à quel désespoir cela pourrait-il
me mener un jour, s'il en était de même dans l'amour ? C'était le
secret de l'avenir. Alors, il ne s'agissait encore que de Françoise. Pen-
sait-elle sincèrement ce qu'elle avait dit à Jupien ? L'avait-elle dit
seulement pour brouiller Jupien avec moi, peut-être pour qu'on ne prît
pas la fille de Jupien pour la remplacer ? Toujours est-il que je compris l'impossibilité de savoir d'une manière directe et certaine si Françoise m'aimait ou me détestait. Et ainsi ce fut elle qui la première
me donna l'idée qu'une personne n'est pas, comme j'avais cru, claire

t immobile devant nous avec ses qualités, ses défauts, ses projets, es intentions à notre égard (comme un jardin qu'on regarde, avec outes ses plates-bandes à travers une grille), mais est une ombre où ous ne pouvons jamais pénétrer, pour laquelle il n'existe pas de con- aissance directe, au sujet que nous nous faisons des croyances nom- reuses à l'aide de paroles et même d'actions, lesquelles les unes t les autres ne nous donnent que des renseignements insuffisants et d'ailleurs contradictoires, une ombre où nous pouvons tour à tour maginer avec autant de vraisemblance que brillent la haine et l'amour.

J'aimais vraiment Mme de Guermantes. Le plus grand bonheur que j'eusse pu demander à Dieu eût été de faire fondre sur elle toutes es calamités et que ruinée, déconsidérée, dépouillée de tous les privi- èges qui me séparaient d'elle, n'ayant plus de maison où habiter ni gens qui consentissent à la saluer, elle vînt me demander asile. Je 'imaginais le faisant. Et même les soirs où quelque changement dans 'atmosphère, ou dans ma propre santé, amenaient dans ma conscience quelque rouleau oublié sur lequel étaient inscrites des impressions d'au- trefois, au lieu de profiter des forces de renouvellement qui venaient de naître en moi, au lieu de les employer à déchiffrer en moi-même des pensées qui d'habitude m'échappaient, au lieu de me mettre enfin au travail, je préférais parler tout haut, penser d'une manière mouve- mentée, extérieure, qui n'était qu'un discours et une gesticulation inutiles, tout un roman purement d'aventures, stérile et sans vérité, où la duchesse, tombée dans la misère venait m'implorer, moi qui étais devenu par suite de circonstances inverses riche et puissant. Et quand j'avais passé des heures ainsi à imaginer des circonstances, à pronon- cer les phrases que je dirais à la duchesse en l'accueillant sous mon toit, la situation restait la même ; j'avais, hélas, dans la réalité, choisi préci- sément pour l'aimer la femme qui réunissait peut-être le plus d'avan- tages différents ; et aux yeux de qui, à cause de cela, je ne pouvais espérer avoir aucun prestige ; car elle était aussi riche que le plus riche qui n'eût pas été noble ; sans compter ce charme personnel qui la mettait à la mode, en faisait entre toutes une sorte de reine.

Je sentais que je lui déplaisais en allant chaque matin au-devant d'elle ; mais si même j'avais eu le courage de rester deux ou trois jours sans le faire, peut-être cette abstention qui eût représenté pour moi un tel sacrifice, Mme de Guermantes ne l'eût pas remarquée, ou l'aurait attribuée à quelque empêchement indépendant de ma volonté. Et en effet je n'aurais pu réussir à cesser d'aller sur sa route, qu'en m'arrangeant à être dans l'impossibilité de le faire, car le besoin sans cesse renaissant de la rencontrer, d'être pendant un instant l'objet de son attention, la personne à qui s'adressait son salut, ce besoin-là était plus fort que l'ennui de lui déplaire. Il aurait fallu m'éloigner pendant quelque temps ; je n'en avais pas le courage. J'y songeai un instant. Je disais parfois à Françoise de faire mes malles, puis aussitôt après de les défaire. Et comme le démon du pastiche, et de ne pas paraître vieux jeu, altère la forme la plus naturelle et la plus sûre de soi, Françoise, empruntant au vocabulaire de sa fille, disait que j'étais dingo. Elle n'aimait pas cela, elle disait que je « balançais » toujours, car elle usait, quand elle ne voulait pas rivaliser avec les modernes, du langage de Saint-Simon. Il est vrai qu'elle aimait encore moins quand je parlais en maître. Elle savait que cela ne m'était pas naturel et ne me seyait pas, ce qu'elle traduisait en disant que « le voulu ne m'allait pas. » Je n'aurais eu le courage de partir que dans une direction qui me rapprochât de Mme de Guermantes. Ce n'était pas chose impossible. Ne serait-ce pas en effet me trouver plus près d'elle que je ne l'étais le matin dans la rue, solitaire, humilié, sentant que pas une seule des pensées que j'aurais voulu lui adresser n'arrivait jamais jusqu'à elle, dans ce piétinement sur place, de mes promenades qui pourraient durer indéfiniment sans m'avancer en rien — si j'allais à beaucoup de lieues de Mme de Guermantes, mais chez quelqu'un qu'elle connût, qu'elle sut difficile dans le choix de ses relations et qui m'appréciât, qui pourrait lui parler de moi, et sinon obtenir d'elle ce que je voulais, au moins le lui faire savoir, quelqu'un grâce à qui, en tous cas, rien que parce que j'envisagerais avec lui s'il pourrait se charger ou non de tel ou tel message auprès d'elle, je donnerais à mes songeries solitaires et muettes, une forme nouvelle, parlée, active, qui me semblerait un progrès, presque une réalisation. Ce qu'elle faisait durant la vie mystérieuse de la « Guermantes » qu'elle était, cela, qui était l'objet de ma rêverie constante, y intervenir, même de façon indirecte, comme avec un levier, en mettant en œuvre quelqu'un à qui ne fussent pas interdits l'hôtel de la duchesse, ses soirées, la conversation prolongée avec elle, ne serait-ce pas un contact plus distant mais plus effectif que ma contemplation dans la rue tous les matins.

L'amitié, l'admiration que Saint-Loup avait pour moi, me semblaient imméritées et m'étaient restées indifférentes. Tout d'un coup j'y attachai du prix, j'aurais voulu qu'il les révélât à Mme de Guermantes, j'aurais été capable de lui demander de le faire. Car dès qu'on est amoureux, tous les petits privilèges inconnus qu'on possède, on voudrait pouvoir les divulguer à la femme qu'on aime, comme font dans la vie les déshérités et les fâcheux. On souffre qu'elle les ignore, on cherche à se consoler en se disant que justement parce qu'ils ne sont jamais visibles, peut-être ajoute-t-elle à l'idée qu'elle a de vous cette possibilité d'avantages qu'on ne sait pas.

Saint-Loup ne pouvait pas depuis longtemps venir à Paris, soit comme il le disait à cause des exigences de son métier, soit plutôt à cause de chagrins que lui causait sa maîtresse avec laquelle il avait déjà été deux fois sur le point de rompre. Il m'avait souvent dit le bien que je lui ferais en allant le voir dans cette garnison dont le surlendemain du jour où il avait quitté Balbec, le nom m'avait causé tant de joie quand je l'avais lu sur l'enveloppe de la première lettre que j'eusse reçue de mon ami. C'était, moins loin de Balbec que le paysage tout terrien ne l'aurait fait croire, une de ces petites cités aristocratiques et militaires, entourées d'une campagne étendue où par les beaux jours, flotte si souvent dans le lointain une sorte de buée sonore intermittente qui — comme un rideau de peupliers par ses sinuosités dessine le cours d'une rivière qu'on ne voit pas — révèle les changements de place d'un régiment à la manœuvre, que l'atmosphère même des rues, des avenues et des places, a fini par contracter une sorte de perpétuelle vibratilité musicale et guerrière, et que le bruit le plus grossier de chariot ou de tramway s'y prolonge en vagues appels de clairon, ressassés indéfiniment, aux oreilles hallucinées, par le silence. Elle n'était pas située tellement loin de Paris que je ne pusse, en descendant du rapide, rentrer, retrouver ma mère et ma grand'mère et coucher dans mon lit. Aussitôt que je l'eus compris, troublé d'un douloureux désir, j'eus trop peu de volonté pour décider de ne pas revenir à Paris et de rester dans la ville ; mais trop peu aussi pour empêcher un employé de porter ma valise jusqu'à un fiacre et pour ne pas prendre en marchant derrière lui l'âme dépourvue d'un voyageur qui surveille ses affaires et qu'aucune grand'mère n'attend, pour ne pas monter dans une voiture avec la désinvolture de quelqu'un qui ayant cessé de penser à ce qu'il veut, a l'air de savoir ce qu'il veut, et ne pas donner au cocher l'adresse du quartier de cavalerie. Je pensais que Saint-Loup viendrait coucher cette nuit-là à l'hôtel où je descendrais afin de me rendre moins angoissant le premier contact avec cette ville inconnue. Un homme de garde alla le chercher, et je l'attendis à la porte du quartier, devant ce grand

63

vaisseau **tout** retentissant du vent de novembre, et d'où, à chaque
instant, car c'était six heures du soir, des hommes sortaient
deux par deux dans la rue, titubant comme s'ils descendaient
terre dans quelque port exotique où ls eussent momentanément
stationné.

Saint-Loup arriva, remuant dans tous les sens, laissant voler son
monocle devant lui ; je n'avais pas fait dire mon nom, j'étais impatient
de jouir de sa surprise et de sa joie.

— Ah ! quel ennui, s'écria-t-il en m'apercevant tout à coup et en
devenant rouge jusqu'aux oreilles, je viens de prendre la semaine et je
ne pourrai pas sortir avant huit jours.

Et préoccupé par l'idée de me voir passer seul cette première nuit,
car il connaissait mieux que personne mes angoisses du soir qu'il avait
souvent remarquées et adoucies à Balbec, il interrompait ses plaintes
pour se retourner vers moi, m'adresser de petits sourires, de tendres
regards inégaux, les uns venant directement de son œil, les autres
à travers son monocle et qui tous étaient une allusion à l'émotion
qu'il avait de me revoir, une allusion aussi à cette chose importante
que je ne comprenais toujours pas mais qui m'importait maintenant,
notre amitié.

— Mon Dieu ! et où allez-vous coucher ? Vraiment, je ne vous
conseille pas l'hôtel où nous prenons pension, c'est à côté de l'Exposition où des fêtes vont commencer, vous auriez un monde fou.
Non, il vaudrait mieux l'hôtel de Flandre, c'est un ancien petit
palais du XVIIIe siècle avec de vieilles tapisseries. Ça « fait » assez « vieille
demeure historique. »

Saint-Loup employait à tout propos ce mot de « faire » pour
« avoir l'air », parce que la langue parlée, comme la langue écrite,
éprouve de temps en temps le besoin de ces altérations du sens des
mots, de ces raffinements d'expression. Et de même que souvent les
journalistes ignorent de quelle école littéraire proviennent les
« élégances » dont ils usent, de même le vocabulaire, la diction même de
Saint-Loup étaient faites de l'imitation de trois esthètes différents dont
il ne connaissait aucun, mais dont ces modes de langage lui avaient été
indirectement inculqués. « D'ailleurs, conclut-il, cet hôtel est assez
adapté à votre hyperesthésie auditive. Vous n'aurez pas de voisins. Je
reconnais que c'est un piètre avantage et comme en somme un autre
voyageur peut y arriver demain, cela ne vaudrait pas la peine de
choisir pour cet hôtel-là des résultats de précarité. Non, c'est à cause

e l'aspect que je vous le recommande. Les chambres sont assez sympathiques, tous les meubles anciens et confortables, ça a quelque chose e rassurant. » Mais pour moi, moins artiste que Saint-Loup, le plaisir ue peut donner une jolie maison était superficiel, presque nul, et ne ouvait pas calmer mon angoisse commençante, aussi pénible que elle que j'avais jadis à Combray quand ma mère ne venait pas me ire bonsoir ou celle que j'avais ressentie le jour de mon arrivée à albec dans la chambre trop haute qui sentait le vétiver. Saint-Loup e comprit à mon regard fixe.

— Mais vous vous en fichez bien, mon pauvre petit, de ce joli palais, ous êtes tout pâle ; moi, comme une grande brute, je vous parle de apisseries que vous n'aurez pas même le cœur de regarder. Je connais a chambre où on vous mettrait, personnellement je la trouve très aie, mais je me rends bien compte que pour vous avec votre ensibilité ce n'est pas pareil. Ne croyez pas que je ne vous omprenne pas, moi je ne ressens pas la même chose, mais je me nets bien à votre place.

Un sous-officier qui essayait un cheval dans la cour, très occupé à le faire sauter, ne répondant pas aux saluts des soldats, mais envoyant des bordées d'injures à ceux qui se mettaient sur son chemin, adressa à ce moment un sourire à Saint-Loup et s'apercevant alors que celui-ci avait un ami avec lui, salua. Mais son cheval se dressa de toute sa hauteur, écumant. Saint-Loup se jeta à sa tête, le prit par la bride, réussit à le calmer et revint à moi.

— Oui, me dit-il, je vous assure que je me rends compte, que je souffre de ce que vous éprouvez ; je suis malheureux, ajouta-t-il, en posant affectueusement sa main sur mon épaule, de penser que si j'avais pu rester près de vous, peut-être j'aurais pu, en restant à vos côtés, en causant avec vous jusqu'au matin, vous ôter un peu de votre tristesse. Je vous prêterais bien des livres, mais vous ne pourrez pas lire si vous êtes comme cela. Et jamais je n'obtiendrai de me faire remplacer ici, voilà deux fois de suite que je l'ai fait parce que ma gosse était venue.

Et il fronçait le sourcil à cause de son ennui et aussi de sa contention à chercher, comme un médecin, quel remède il pourrait appliquer à mon mal.

— Cours donc faire du feu dans ma chambre, dit-il à un soldat qui passait. Allons, plus vite que ça, grouille-toi.

Puis, de nouveau, il se détournait vers moi et le monocle

et le regard myope faisaient allusion à notre grande amitié :

— Non ! vous ici, dans ce quartier où j'ai tant pensé à vous, je ne peux pas en croire mes yeux, je crois que je rêve. En somme, la santé, cela va-t-il plutôt mieux ? Vous allez me raconter tout cela tout à l'heure. Nous allons monter chez moi, ne restons pas trop dans la cour, il fait un bon dieu de vent, moi je ne le sens même plus, mais pour vous qui n'êtes pas habitué, j'ai peur que vous n'ayez froid. Et le travail vous y êtes-vous mis ? Non ? que vous êtes drôle ! Si j'avais vos dispositions, je crois que j'écrirais du matin au soir. Cela vous amuse davantage de ne rien faire. Quel malheur que ce soient les médiocres comme moi qui soient toujours prêts à travailler et que ceux qui pourraient ne veuillent pas. Et je ne vous ai pas seulement demandé des nouvelles de Madame votre grand'mère. Son Proudhon ne me quitte pas.

Un officier, grand, beau, majestueux, déboucha à pas lents et solennels d'un escalier. Saint-Loup le salua et immobilisa la perpétuelle instabilité de son corps le temps de tenir la main à la hauteur du képi. Mais il l'y avait précipitée avec tant de force, se redressant d'un mouvement si sec, et aussitôt le salut fini la fit retomber par un déclanchement si brusque en changeant toutes les positions de l'épaule, de la jambe et du monocle, que ce moment fut moins d'immobilité que d'une vibrante tension où se neutralisaient les mouvements excessifs qui venaient de se produire et ceux qui allaient commencer. Cependant l'officier, sans se rapprocher, calme, bienveillant, digne, impérial, représentant en somme tout l'opposé de Saint-Loup, leva, lui aussi, mais sans se hâter, la main vers son képi.

— Il faut que je dise un mot au capitaine, me chuchota Saint-Loup, soyez assez gentil pour aller m'attendre dans ma chambre, c'est la seconde à droite, au troisième étage, je vous rejoins dans un moment.

Et, partant au pas de charge, précédé de son monocle qui volait en tous sens, il marcha droit vers le digne et lent capitaine dont on amenait à ce moment le cheval et qui, avant de se préparer à y monter, donnait quelques ordres avec une noblesse de gestes étudiée comme dans quelque tableau historique et s'il allait partir pour une bataille du 1er Empire alors qu'il rentrait simplement chez lui, dans la demeure qu'il avait louée pour le temps qu'il resterait à Doncières et qui était sise sur une place, nommée comme par une ironie anticipée à l'égard de ce napoléonide, Place de la République ! Je m'engageai dans l'escalier, manquant à chaque pas de glisser sur ces marches cloutées, apercevant des cham-

ées aux murs nus, avec le double alignement des lits et des paque-
ges. On m'indiqua la chambre de Saint-Loup. Je restai un instant
vant sa porte fermée, car j'entendais remuer ; on bougeait une chose,
en laissait tomber une autre ; je sentais que la chambre n'était
s vide et qu'il y avait quelqu'un. Mais ce n'était que le feu allumé
i brûlait. Il ne pouvait pas se tenir tranquille, il déplaçait les bûches
fort maladroitement. J'entrai ; il en laissa rouler une, en fit fumer une
tre. Et même quand il ne bougeait pas comme les gens vulgaires il fai-
it tout le temps entendre des bruits qui du moment que je voyais monter
flamme se montraient à moi des bruits de feu, mais que, si j'eusse été de
utre côté du mur, j'aurais cru venir de quelqu'un qui se mouchait et
archait. Enfin, je m'assis dans la chambre. Des tentures de liberty
de vieilles étoffes allemandes du XVIIIᵉ siècle la préservaient de l'odeur
'exhalait le reste du bâtiment, grossière, fade et corruptible comme
lle du pain bis. C'est là, dans cette chambre charmante, que j'eusse
né et dormi avec bonheur et avec calme. Saint-Loup y semblait
esque présent grâce aux livres de travail qui étaient sur sa table à
té des photographies parmi lesquelles je reconnus la mienne et celle
Mme de Guermantes, grâce au feu qui avait fini par s'habituer à la
eminée et comme une bête couchée en une attente ardente, silen-
euse et fidèle, laissait seulement de temps à autre tomber une braise
i s'émiettait, ou léchait d'une flamme la paroi de la cheminée. J'en-
ndais le tic tac de la montre de Saint-Loup laquelle ne devait pas
re bien loin de moi. Ce tic tac changeait de place à tout moment car
ne voyais pas la montre ; il me semblait venir de derrière moi, de
evant, d'à droite, d'à gauche, parfois s'éteindre comme s'il était très
in. Tout d'un coup je découvris la montre sur la table. Alors j'entendis
tic tac en un lieu fixe d'où il ne bougea plus. Du moins je croyais
entendre à cet endroit-là ; je ne l'y entendais pas, je l'y voyais, les
ns n'ont pas de lieu. Du moins les rattachons-nous à des mouvements
: par là ont-ils l'utilité de nous prévenir de ceux-ci, de paraître les
ndre nécessaires et naturels. Certes il arrive quelquefois qu'un malade
quel on a hermétiquement bouché les oreilles n'entende plus le bruit
'un feu pareil à celui qui rabâchait en ce moment dans la cheminée de
aint-Loup, tout en travaillant à faire des tisons et des cendres qu'il
isait ensuite tomber dans sa corbeille, n'entende pas non plus le
assage des tramways dont la musique prenait son vol, à intervalles
éguliers, sur la grand'place de Doncières. Alors que le malade lise,
t les pages se tourneront silencieusement comme si elles étaient

feuilletées par un dieu. La lourde rumeur d'un bain qu'on prépare s'atténue, s'allège et s'éloigne comme un gazouillement céleste. Le recul du bruit, son amincissement, lui ôtent toute puissance agressive à notre égard ; affolés tout à l'heure par des coups de marteau qui semblaient ébranler le plafond sur notre tête, nous nous plaisons maintenant à les recueillir, légers, caressants, lointains comme un murmure de feuillages jouant sur la route avec le zéphir. On fait des réussites avec des cartes qu'on n'entend pas, si bien qu'on croit ne pas les avoir remuées, qu'elles bougent d'elles-mêmes, et, allant au-devant de notre désir de jouer avec elles, se sont mises à jouer avec nous. Et à ce propos on peut se demander si pour l'Amour (ajoutons même à l'Amour l'amour de la vie, l'amour de la gloire, puisqu'il y a, paraît-il, des gens qui connaissent ces deux derniers sentiments) on ne devrait pas agir comme ceux qui contre le bruit, au lieu d'implorer qu'il cesse, se bouchent les oreilles ; et, à leur imitation, reporter notre attention, notre défensive, en nous-même, leur donner comme objet à réduire, non pas l'être extérieur que nous aimons, mais notre capacité de souffrir par lui.

Pour revenir au son, qu'on épaississe encore une des boules qui ferment le conduit auditif, elles obligent au pianissimo la jeune fille qui jouait au-dessus de notre tête un air turbulent ; qu'on enduise une de ces boules d'une matière grasse, aussitôt son despotisme est obéi par toute la maison, ses lois même s'étendent au dehors. Le pianissimo ne suffit plus, la boule fait instantanément fermer le clavier et la leçon de musique est brusquement finie ; le monsieur qui marchait sur notre tête cesse d'un seul coup sa ronde ; la circulation des voitures et des tramways est interrompue comme si on attendait un Chef d'Etat. Et cette atténuation des sons trouble même quelquefois le sommeil au lieu de le protéger. Hier encore les bruits incessants, en nous décrivant d'une façon continue les mouvements dans la rue et dans la maison, finissaient par nous endormir comme un livre ennuyeux ; aujourd'hui à la surface de silence étendue sur notre sommeil, un heurt, plus fort que les autres, arrive à se faire entendre, léger comme un soupir, sans lien avec aucun autre son, mystérieux ; et la demande d'explication qu'il exhale suffit à nous éveiller. Que si on retire pour un instant au malade les cotons superposés à son tympan et soudain la lumière, le plein soleil du son se montre de nouveau, aveuglant, renaît dans l'univers ; à toute vitesse rentre le peuple en bruits exilés ; on assiste, comme si elles étaient psalmodiées par des anges musiciens, à la résurrec-

68

ion des voix. Les rues vides sont remplies pour un instant par les ailes rapides et successives des tramways chanteurs. Et dans la chambre elle-même, le malade vient de créer, non pas comme Prométhée le feu, mais le bruit du feu. Et en augmentant, en relâchant les tampons d'ouate, c'est comme si on faisait jouer alternativement l'une et l'autre des deux pédales qu'on a ajoutées à la sonorité du monde extérieur.

Seulement il y a aussi des suppressions de bruits qui ne sont pas momentanées. Celui qui est devenu entièrement sourd ne peut même pas faire chauffer auprès de lui une bouillotte de lait, sans devoir guetter des yeux, sur le couvercle ouvert, le reflet blanc, hyperboréen, pareil à celui d'une tempête de neige et qui est le signe prémonitoire auquel il est sage d'obéir en retirant, comme le Seigneur arrêtant les flots, les prises électriques ; car déjà l'œuf ascendant et spasmodique du lait qui bout accomplit sa crue en quelques soulèvements obliques, enfle, arrondit quelques voiles à demi chavirées qu'avait plissées la crème, en lance dans la tempête une en nacre et que l'interruption des courants, si l'orage électrique est conjuré à temps, fera toutes tournoyer sur elles-mêmes et jettera à la dérive, changées en pétales de magnolia. Mais si le malade n'a pas pris assez vite les précautions nécessaires, bientôt ses livres et sa montre engloutis émergeant à peine d'une mer blanche après ce mascaret lacté, il serait obligé d'appeler au secours sa vieille bonne qui, fût-il lui-même un homme politique illustre ou un grand écrivain, lui dirait qu'il n'a pas plus de raison qu'un enfant de cinq ans. A d'autres moments dans la chambre magique, devant la porte fermée une personne qui n'était pas là tout à l'heure a fait son apparition, c'est un visiteur qu'on n'a pas entendu entrer et qui fait seulement des gestes comme dans un de ces petits théâtres de marionnettes, si reposants pour ceux qui ont pris en dégoût le langage parlé. Et pour ce sourd total, comme la perte d'un sens ajoute autant de beauté au monde que ne fait son acquisition, c'est avec délices qu'il se promène maintenant sur une Terre presque édénique où le son n'a pas encore été créé. Les plus hautes cascades, déroulant pour ses yeux seuls, leur nappe de cristal, plus calmes que la mer immobile, comme des cataractes du Paradis. Comme le bruit était pour lui, avant sa surdité, la forme perceptible sous laquelle la cause d'un mouvement, les objets remués sans bruit semblent l'être sans cause ; dépouillés de toute qualité sonore, ils montrent une activité spontanée, ils semblent vivre ; ils remuent, s'immobilisent, prennent feu d'eux-mêmes. D'eux-mêmes ils s'envolent comme les monstres ailés de la préhistoire. Dans la maison solitaire et sans voisins du sourd, le service qui, avant que l'infirmité fût complète, montrait déjà plus de réserve, se faisait silencieusement, est assuré maintenant, avec quelque chose de subreptice par des muets ainsi qu'il arrive pour un roi de féerie. Comme sur la scène encore le monument que le sourd voit de sa fenêtre — caserne, église, mairie — n'est qu'un décor. Si un jour il vient à s'écrouler, il pourra émettre un nuage de poussière et des décombres visibles ; mais moins matériel encore qu'un palais de théâtre dont il n'a pourtant pas la minceur, il tombera dans l'univers magique, sans que la chute de ses lourdes pierres de taille ternisse, de la vulgarité d'aucun bruit, la chasteté du silence.

Celui, bien plus relatif, qui régnait dans la petite chambre militaire où je me trouvais depuis un moment, fut rompu. La porte s'ouvrit, et Saint-Loup, laissant tomber son monocle, entra vivement.

— Ah ! Robert, qu'on est bien chez vous, lui dis-je ; comme il serait bon qu'il fût permis d'y dîner et d'y coucher.

Et en effet, si cela n'avait pas été défendu, quel repos sans tristesse j'aurais goûté là, protégé par cette atmosphère de tranquillité, de vigilance et de gaieté qu'entretenaient mille volontés réglées et sans inquiétude, mille esprits insouciants, dans cette grande communauté qu'est une caserne où, le temps ayant pris la forme de l'action, la triste cloche des heures était remplacée par la même joyeuse fanfare de ces appels dont était perpétuellement tenu en suspens sur les pavés de la ville, émietté et pulvérulent, le souvenir sonore ; — voix sûre d'être écoutée, et musicale, parce qu'elle n'était pas seulement le commandement de l'autorité à l'obéissance mais aussi de la sagesse au bonheur.

— Ah ! vous aimeriez mieux coucher ici près de moi que de partir seul à l'hôtel, me dit Saint-Loup en riant.

— Oh! Robert, vous êtes cruel de prendre cela avec ironie, lui dis-je puisque vous savez que c'est impossible et que je vais tant souffrir là-bas.

— Eh bien! vous me flattez, me dit-il, car j'ai justement eu, de moi-même, cette idée que vous aimeriez mieux rester ici ce soir. Et c'est précisément cela que j'étais allé demander au capitaine.

— Et il a permis ? m'écriai-je.

— Sans aucune difficulté.

— Oh ! je l'adore !

— Non, c'est trop. Maintenant laissez-moi appeler mon ordonnance pour qu'il s'occupe de notre dîner, ajouta-t-il, pendant que je me détournais pour cacher mes larmes.

Plusieurs fois entrèrent l'un ou l'autre des camarades de Saint-Loup. Il les jetait à la porte.

— Allons, fous le camp.

Je lui demandais de les laisser rester.

— Mais non, ils vous assommeraient: ce sont des êtres tout à fait incultes, qui ne peuvent parler que courses, si ce n'est pansage. Et puis, même pour moi ils me gâteraient ces instants si précieux que j'ai tant désirés. Remarquez que si je parle de la médiocrité de mes camarades, ce n'est pas que tout ce qui est militaire manque d'intellectualité. Bien loin de là. Nous avons un commandant qui est un homme admirable. Il a fait un cours où l'histoire militaire est traitée comme une démonstration, comme une espèce d'algèbre. Même esthétiquement c'est d'une beauté tour à tour inductive et déductive à laquelle vous ne seriez pas insensible.

— Ce n'est pas le capitaine qui m'a permis de rester ici ?

— Non, Dieu merci, car l'homme que vous «adorez» pour peu de chose, est le plus grand imbécile que la terre ait jamais porté. Il est parfait pour s'occuper de l'ordinaire et de la tenue de ses hommes ; il passe des heures avec le maréchal des logis chef et le maître tailleur. Voilà sa mentalité. Il méprise d'ailleurs beaucoup, comme tout le monde, l'admirable commandant dont je vous parle. Personne ne fréquente celui-là, parce qu'il est franc-maçon et ne va pas à confesse. Jamais le Prince de Borodino ne recevrait chez lui ce petit bourgeois. Et c'est tout de même un fameux culot de la part d'un homme dont l'arrière-grand-père était un petit fermier et qui, sans les guerres de Napoléon, serait probablement fermier aussi. Du reste il se rend bien un peu compte de la situation ni chair ni poisson qu'il a dans la société. Il va à peine au Jockey, tant il y est gêné, ce prétendu prince, ajouta Robert, qui, ayant été amené par un même esprit d'imitation à adopter les théories sociales de ses maîtres et les préjugés mondains de ses parents unissait sans s'en rendre compte à l'amour de la démocratie le dédain de la noblesse d'empire.

Je regardais la photographie de sa tante et la pensée que Saint-Loup possédant cette photographie, il pourrait peut-être me la donner, me fit le chérir davantage et souhaiter de lui rendre mille services qui me semblaient peu de choses en échange d'elle. Car cette photographie c'était comme une rencontre de plus ajoutée à celles que

71

j'avais déjà faites de Mme de Guermantes, bien mieux une rencontre prolongée, comme si, par un brusque progrès dans nos relations,
elle s'était arrêtée auprès de moi, en chapeau de jardin, et m'avait
laissé pour la première fois regarder à loisir ce gras de joue, ce tournant
de nuque, ce coin de sourcils (jusqu'ici voilés pour moi par la rapidité
de son passage, l'étourdissement de mes impressions, l'inconsistance
du souvenir) ; et leur contemplation, autant que celle de la gorge
et des bras d'une femme que je n'aurais jamais vue qu'en robe montante,
m'était une voluptueuse découverte, une faveur. Ces lignes qu'il me
semblait presque défendu de regarder, je pourrais les étudier là comme
dans un traité de la seule géométrie qui eût de la valeur pour moi.
Plus tard, en regardant Robert, je m'aperçus que lui aussi était un
peu comme une photographie de sa tante, et par un mystère presque
aussi émouvant pour moi puisque si sa figure à lui n'avait pas été
directement produite par sa figure à elle, toutes deux avaient
cependant une origine commune. Les traits de la duchesse de Guermantes qui étaient épinglés dans ma vision de Combray, le nez en
bec de faucon, les yeux perçants, semblaient avoir servi aussi à décou-
per — dans un autre exemplaire analogue et mince, d'une peau trop
fine — la figure de Robert presque superposable à celle de sa tante.
Je regardais sur lui avec envie ces traits caractéristiques des Guermantes, de cette race restée si particulière au milieu du monde où elle
ne se perd pas, et où elle reste isolée dans sa gloire divinement
ornithologique, car elle semble issue aux âges de la mythologie de
l'union d'une déesse et d'un oiseau.

Robert, sans en connaître les causes, était touché de mon attendrissement. Celui-ci d'ailleurs s'augmentait du bien-être causé par la
chaleur du feu et par le vin de Champagne qui faisait perler en même
temps des gouttes de sueur à mon front et des larmes à mes yeux ; il
arrosait des perdreaux ; je les mangeais avec l'émerveillement d'un pro-
fane de quelque sorte qu'il soit, quand il trouve dans une certaine vie
qu'il ne connaissait pas ce qu'il avait cru qu'elle excluait (par exemple
d'un libre penseur faisant un dîner exquis dans un presbytère). Et le
lendemain matin en m'éveillant, j'allai jeter par la fenêtre de Saint-Loup
qui, située fort haut, donnait sur tout le pays, un regard de curiosité
pour faire la connaissance de ma voisine, la campagne que je n'avais pas
pu apercevoir la veille, parce que j'étais arrivé trop tard, à l'heure où
elle dormait déjà dans la nuit. Mais de si bonne heure qu'elle fut éveillée,
je ne la vis pourtant en ouvrant la croisée, comme on la voit d'une

fenêtre de château, du côté de l'étang, qu'emmitouflée encore dans sa douce et blanche robe matinale de brouillard qui ne me laissait presque rien distinguer. Mais je savais qu'avant que les soldats qui s'occupaient des chevaux dans la cour, eussent fini leur pansage, elle l'aurait dévêtue. En attendant je ne pouvais voir qu'une maigre colline, dressant tout contre le quartier son dos déjà dépouillé d'ombre, grêle et rugueux. A travers les rideaux ajourés de givre, je ne quittais pas des yeux cette étrangère qui me regardait pour la première fois. Mais quand j'eus pris l'habitude de venir au quartier, la conscience que la colline était là, plus réelle par conséquent, même quand je ne la voyais pas, que l'hôtel de Balbec, que notre maison de Paris auxquels je pensais comme à des absents, comme à des morts, c'est-à-dire sans plus guère croire à leur existence, fit que, même sans que je m'en rendisse compte, sa forme réverbérée se profila toujours sur les moindres impressions que j'eus à Doncières et pour commencer par ce matin-là, sur la bonne impression de chaleur que me donna le chocolat préparé par l'ordonnance de Saint-Loup dans cette chambre confortable qui avait l'air d'un centre optique pour regarder la colline, l'idée de faire autre chose que la regarder et de s'y promener étant rendu impossible par ce même brouillard qu'il y avait. Imbibant la forme de la colline, associé au goût du chocolat et à toute la trame de mes pensées d'alors, ce brouillard sans que je pensasse le moins du monde à lui vint mouiller toutes mes pensées de ce temps-là, comme tel or inaltérable et massif était resté allié, mes impressions de Balbec, ou comme la présence voisine des escaliers extérieurs de grès noirâtre, donnait quelque grisaille à mes impressions de Combray. Il ne persista d'ailleurs pas tard dans la matinée, le soleil commença par user inutilement contre lui quelques flèches qui le passementèrent de brillants puis en eurent raison. La colline put offrir sa croupe grise aux rayons qui, une heure plus tard, quand je descendis dans la ville donnaient aux rouges des feuilles d'arbres, aux rouges et aux bleus des affiches électorales posées sur les murs une exaltation qui me soulevait moi-même et me faisait battre, en chantant, les pavés sur lesquels je me retenais pour ne pas bondir de joie.

Mais, dès le second jour, il me fallut aller coucher à l'hôtel. Et je savais d'avance que fatalement j'allais y trouver la tristesse. Elle était comme un arome irrespirable que depuis ma naissance exhalait pour moi toute chambre nouvelle, c'est-à-dire toute chambre : dans celle que j'habitais d'ordinaire, je n'étais pas présent, ma pensée restait ailleurs et à sa place envoyait seulement l'habitude. Mais je ne pouvais charger cette servante moins sensible de s'occuper de mes affaires dans un pays nouveau, où je la précédais, où j'arrivais seul, où il me fallait faire entrer en contact avec les choses ce « Moi » que je ne retrouvais qu'à des années d'intervalles, mais toujours le même, n'ayant pas grandi depuis Combray, depuis ma première arrivée à Balbec, pleurant, sans pouvoir être consolé, sur le coin d'une malle défaite.

Or, je m'étais trompé. Je n'eus pas le temps d'être triste, car je ne fus pas un instant seul. C'est qu'il restait du palais ancien un excédent de luxe, inutilisable dans un hôtel moderne, et qui, détaché de toute affectation pratique, avait pris dans son désœuvrement une sorte de vie : couloirs revenant sur leurs pas, dont on croisait à tous moments les allées et venues sans but, vestibules longs comme des corridors et ornés comme des salons, qui avaient plutôt l'air d'habiter là que de faire partie de l'habitation, qu'on n'avait pu faire entrer dans aucun appartement, mais qui rôdaient autour du mien et vinrent tout de suite m'offrir leur compagnie — sorte de voisins oisifs mais non bruyants, de fantômes subalternes du passé à qui on avait concédé de demeurer sans bruit à la porte des chambres qu'on louait, et qui chaque fois que je les trouvais sur mon chemin se montraient pour moi d'une prévenance silencieuse. En somme, l'idée d'un logis, simple contenant de notre existence actuelle et nous préservant seulement du froid, de la vue des autres, était absolument inapplicable à cette demeure, ensemble de pièces, aussi réelles qu'une colonie de personnes, d'une vie il est vrai silencieuse, mais qu'on était obligé de rencontrer, d'éviter, d'accueillir, quand on rentrait. On tâchait de ne pas déranger et on ne pouvait regarder sans respect le grand salon qui avait pris, depuis le XVIIIe siècle, l'habitude de s'étendre entre ses appuis de vieil or, sous les nuages de son plafond peint. Et on était pris d'une curiosité plus familière pour les petites pièces qui, sans aucun souci de la symétrie, couraient autour de lui, innombrables, étonnées, fuyant en désordre jusqu'au jardin où elles descendaient si facilement par trois marches ébréchées.

Si je voulais sortir ou rentrer sans prendre l'ascenseur ni être vu dans le grand escalier, un plus petit, privé, qui ne servait plus, me tendait ses marches si adroitement posées l'une tout près de l'autre, qu'il semblait exister dans leur gradation une proportion parfaite du genre de celles qui dans les couleurs, dans les parfums, dans les saveurs viennent souvent émouvoir en nous une sensualité particulière. Mais celle qu'il y a à monter et à descendre, il m'avait fallu venir ici pour la connaître, comme jadis dans une station alpestre pour savoir que l'acte habituellement non perçu, de respirer, peut être une constante volupté. Je reçus cette dispense d'effort que nous accordent seules les choses dont nous avons un long usage, quand je posai mes pieds pour la première fois sur ces marches, familières avant d'être connues, comme si elles possédaient, peut-être déposée, incorporée en elles par les maîtres d'autrefois qu'elles accueillaient chaque jour, la douceur anticipée d'habitudes que je n'avais pas contractées encore et qui même ne pourrait que s'affaiblir quand j'y serais moi-même accoutumé. J'ouvris une chambre, la double porte se referma derrière moi, la draperie fit entrer un silence sur lequel je me sentis comme une sorte d'enivrante royauté ; une cheminée de marbre ornée de cuivres ciselés dont on aurait eu tort de croire qu'elle ne savait que représenter l'art du Directoire me faisait du feu, et un petit fauteuil bas sur pieds m'aida à me chauffer aussi confortablement bien que si j'eusse été assis sur le tapis. Les murs étreignaient la chambre, la séparant du reste du monde et, pour y laisser entrer, y enfermer ce qui la faisait complète, s'écartaient devant la bibliothèque, réservaient l'enfoncement du lit des deux côtés duquel des colonnes soutenaient légèrement le plafond surélevé de l'alcôve. Et la chambre était prolongée dans le sens de la profondeur par deux cabinets aussi larges qu'elle, dont le dernier suspendait à son mur, pour parfumer le recueillement qu'on y vient chercher un voluptueux rosaire de grains d'iris; les portes si je les laissais ouvertes pendant que je me retirais dans ce dernier retrait, ne se contentaient pas de le tripler, sans qu'il cessât d'être harmonieux et ne faisaient pas seulement goûter à mon regard le plaisir de l'étendue après celui de la concentration, mais encore ajoutaient au plaisir de ma solitude qui restait inviolable et cessait d'être enclose le sentiment de la liberté. Ce réduit donnait sur une cour, belle solitaire, que je fus heureux d'avoir pour voisine quand le lendemain matin, je la découvris, captive entre ses hauts murs où ne prenait jour aucune fenêtre, et n'ayant que deux arbres jaunis qui suffisaient à donner une douceur mauve au ciel pur.

Avant de me coucher je voulus sortir de ma chambre pour explorer tout mon féerique domaine. Je marchai en suivant une longue galerie qui me fit successivement hommage de tout ce qu'elle avait à m'offrir si je n'avais pas sommeil, un fauteuil placé dans un coin, une épinette, sur une console, un pot de faïence bleu rempli de cinéraires, et dans un cadre ancien le fantôme d'une dame d'autrefois aux cheveux poudrés mêlés de fleurs bleues et tenant à la main un bouquet d'œillets. Arrivé au bout, son mur plein où ne s'ouvrait aucune porte me dit naïvement « maintenant il faut revenir, mais tu vois, tu es chez toi », tandis que le tapis moelleux ajoutait pour ne pas demeurer en reste que si je ne dormais pas cette nuit je pourrais très bien venir nu-pieds, et que les fenêtres sans volets qui regardaient la campagne m'assuraient qu'elles passeraient une nuit blanche et qu'en venant à l'heure que je voudrais je n'avais à craindre de réveiller personne. Et derrière une tenture je surpris seulement un petit cabinet qui, arrêté par la muraille et ne pouvant se sauver, s'était caché là, tout penaud et me regardait avec effroi de son œil-de-bœuf rendu bleu par le clair de lune. Je me couchai, mais la présence de l'édredon, des colonnettes, de la petite cheminée en mettant mon attention à un cran où elle n'était pas à Paris, m'empêcha de me livrer au traintrain habituel de mes rêvasseries. Et comme c'est cet état particulier de l'attention qui enveloppe le sommeil et agit sur lui, le modifie, le met de plain-pied avec telle ou telle série de nos souvenirs, les images qui remplirent mes rêves, cette première nuit, furent empruntées à une mémoire entièrement distincte de celle que mettait d'habitude à contribution mon sommeil. Si j'avais été tenté en dormant de me laisser réentraîner vers ma mémoire coutumière, le lit auquel je n'étais pas habitué, la douce attention que j'étais obligé de prêter à mes positions quand je me retournais, suffisaient à rectifier ou à maintenir le fil nouveau de mes rêves. Il en est du sommeil comme de la perception du monde extérieur. Il suffit d'une modification dans nos habitudes pour le rendre poétique, il suffit qu'en nous deshabillant nous nous soyons endormi sans le vouloir sur notre lit, pour que les dimensions du sommeil soient changées et sa beauté sentie. On s'éveille, on voit quatre heures à sa montre, ce n'est que quatre heures du matin, mais nous croyons que toute la journée s'est écoulée, tant ce sommeil de quelques minutes et que nous n'avions pas cherché, nous a paru descendu du ciel, en vertu de quelque droit divin, énorme, et plein comme le globe d'or d'un empereur. Le matin, ennuyé de penser que mon grand-père était prêt et qu'on m'attendait pour partir du côté de Méséglise, je fus éveillé par la fanfare d'un régiment qui tous les jours passa sous mes fenêtres. Mais deux ou trois fois — et je le dis, car on ne peut bien décrire la vie des hommes, si on ne la fait baigner dans le sommeil où elle plonge et qui, nuit après nuit la con-

tourne comme une presqu'île est cernée par la mer — le sommeil inter-
posé fut en moi assez résistant pour soutenir le choc de la musique et je
n'entendis rien. Les autres jours il céda un instant ; mais encore veloutée
d'avoir dormi, ma conscience, comme ces organes préalablement anes-
thésiés, par qui une cautérisation, restée d'abord insensible, n'est
perçue que tout à fait à sa fin et comme une légère brûlure, n'était
touchée qu'avec douceur par les pointes aiguës des fifres qui la caressaient comme un vague et frais gazouillis matinal ; et après cette étroite
interruption où le silence s'était fait musique, il reprenait avec mon sommeil avant même que les dragons eussent fini de passer, me dérobant
les dernières gerbes épanouies du bouquet jaillissant et sonore. Et la
zone de ma conscience que ses tiges jaillissantes avaient effleurée, était
si étroite, si circonvenue de sommeil, que plus tard, quand Saint-Loup
me demandait si j'avais entendu la musique, je n'étais pas plus certain
que le son de la fanfare n'eût pas été aussi imaginaire que celui que
j'entendais dans le jour s'élever après le moindre bruit au-dessus des
pavés de la ville. Peut-être ne l'avais-je entendu qu'en un rêve par la
crainte d'être réveillé, ou au contraire de ne pas l'être et ne de pas voir
le défilé. Car souvent quand je restais endormi au moment où j'avais
pensé au contraire que le bruit m'aurait réveillé, pendant une heure
encore je croyais l'être, tout en sommeillant et je me jouais à moi-
même en minces ombres sur l'écran de mon sommeil les divers spectacles auxquels il m'empêchait mais auxquels j'avais l'illusion d'assister.

Ce qu'on aurait fait le jour, il arrive en effet, le sommeil venant, qu'on
ne l'accomplisse qu'en rêve, c'est-à-dire après l'inflexion de l'ensom-
meillement, en suivant une autre voie qu'on n'ait fait éveillé. La même
histoire tourne et a une autre fin. Malgré tout, le monde dans lequel on
vit pendant le sommeil est tellement différent que ceux qui ont de la
peine à s'endormir cherchent avant tout à sortir du nôtre. Après avoir
désespérément, pendant des heures, les yeux clos, roulé des pensées
pareilles à celles qu'ils auraient eues les yeux ouverts, ils reprennent
courage s'ils s'aperçoivent que la minute précédente a été tout alourdie
d'un raisonnement en contradiction formelle avec les lois de la logique,
et l'évidence du présent, cette courte « absence » signifie que la porte est
ouverte par laquelle ils pourront peut-être s'échapper tout à l'heure de
la perception du réel, aller faire une halte plus ou moins loin de lui,
ce qui leur donnera un plus ou moins « bon » sommeil. Mais un grand
pas est déjà fait quand on tourne le dos au réel, atteint les premiers
antres où les « auto-suggestions » préparent comme des sorcières l'in-

fernal fricot des maladies imaginaires ou de la recrudescence des maladies nerveuses, et guettent l'heure où les crises remontées pendant le
sommeil inconscient se déclancheront assez fortes pour le faire cesser.

Non loin de là est le jardin réservé où croissent comme des fleurs
inconnues les sommeils si différents les uns des autres, sommeil du
datura, du chanvre indien, des multiples extraits de l'éther, sommeil de
la belladone, de l'opium, de la valériane, fleurs qui restent closes jusqu'au jour où l'inconnu prédestiné viendra les toucher, les épanouir,
et pour de longues heures dégager l'arome de leurs rêves particuliers,
en un être émerveillé et surpris. Au fond du jardin est le
couvent aux fenêtres ouvertes où l'on entend répéter les
leçons apprises avant de s'endormir et qu'on ne saura qu'au
réveil ; tandis que, présage de celui-ci, fait résonner son tic tac ce
réveille-matin intérieur que notre préoccupation a réglé si bien que
quand notre ménagère viendra nous dire : il est sept heures, elle nous
trouvera déjà prêt. Aux parois obscures de cette chambre qui s'ouvre
sur les rêves, et où travaille sans cesse cet oubli des chagrins amoureux duquel est parfois interrompue et défaite par un cauchemar plein
de réminiscences la tâche vite recommencée, pendent, même après
qu'on est réveillé, les souvenirs des songes, mais si enténébrés que souvent nous ne les apercevons pour la première fois qu'en pleine après-
midi quand le rayon d'une idée similaire vient fortuitement les frapper ;
quelques-uns déjà, harmonieusement clairs pendant qu'on dormait, mais
devenus si méconnaissables que, ne les ayant pas reconnus, nous ne
pouvons que nous hâter de les rendre à la terre, ainsi que des morts
trop vite décomposés ou que des objets si gravement atteints et près de la
poussière que le restaurateur le plus habile ne pourrait leur rendre une
forme, et rien en tirer. — Près de la grille est la carrière où les sommeils
profonds viennent chercher des substances qui imprègnent la tête
d'enduits si durs que pour éveiller le dormeur sa propre volonté est
obligée, même dans un matin d'or, de frapper à grands coups de
hache, comme un jeune Siegfried. Au delà encore sont les cauchemars
dont les médecins prétendent stupidement qu'ils fatiguent plus que
l'insomnie, alors qu'ils permettent au contraire au penseur de s'évader
de l'attention ; les cauchemars avec leurs albums fantaisistes, où nos
parents qui sont morts viennent de subir un grave accident qui n'exclut
pas une guérison prochaine. En attendant nous les tenons dans une
petite cage à rats, où ils sont plus petits que des souris blanches, et
couverts de gros boutons rouges, plantés chacun d'une plume, nous

tiennent des discours cicéroniens. A côté de cet album est le disque tournant du réveil grâce auquel nous subissons un instant l'ennui d'avoir à rentrer tout à l'heure dans une maison qui est détruite depuis cinquante ans, et dont l'image est effacée au fur et à mesure que le sommeil s'éloigne, par plusieurs autres, avant que nous arrivions à celle qui ne se présente qu'une fois le disque arrêté et qui coïncide avec celle que nous verrons avec nos yeux ouverts.

Quelquefois je n'avais rien entendu, étant dans un de ces sommeils où l'on tombe comme dans un trou duquel on est tout heureux d'être tiré un peu plus tard, lourd, surnourri, digérant tout ce que nous ont apporté, comme les nymphes qui nourrissaient Hercule, ces agiles puissances végétatives, à l'activité redoublée pendant que nous dormons.

On appelle cela un sommeil de plomb, il semble qu'on soit devenu, soi-même, pendant quelques instants après qu'un tel sommeil a cessé, un simple bonhomme de plomb. On n'est plus personne. Comment, alors, cherchant sa pensée, sa personnalité comme on cherche un objet perdu, finit-on par retrouver son propre moi plutôt que tout autre ? Pourquoi, quand on se remet à penser, n'est-ce pas alors une autre personnalité que l'antérieure, qui s'incarne en nous ? On ne voit pas ce qui dicte le choix et pourquoi, entre les millions d'êtres humains qu'on pourrait être, c'est sur celui qu'on était la veille qu'on met juste la main. Qu'est-ce qui nous guide, quand il y a eu vraiment interruption (soit que le sommeil ait été complet, ou les rêves entièrement différents de nous) ? Il y a eu vraiment mort, comme quand le cœur a cessé de battre et que des tractions rythmées de la langue nous raniment. Sans doute la chambre, ne l'eussions-nous vue qu'une fois, éveille-t-elle des souvenirs auxquels de plus anciens sont suspendus. Où quelques-uns dormaient-ils en nous-mêmes, dont nous prenons conscience ? La résurrection au réveil — après ce bienfaisant accès d'aliénation mentale qu'est le sommeil — doit ressembler au fond à ce qui se passe quand on retrouve un nom, un vers, un refrain oublié. Et peut-être la résurrection de l'âme après la mort est-elle concevable comme un phénomène de mémoire.

Quand j'avais fini de dormir, attiré par le ciel ensoleillé, mais retenu par la fraîcheur, de ces derniers matins si lumineux et si froids où commence l'hiver, pour regarder les arbres où les feuilles n'étaient plus indiquées que par une ou deux touches d'or ou de rose qui semblaient être restées en l'air, dans une trame invisible, je levais la tête et tendais le cou tout en gardant le corps à demi caché dans mes couvertures ; comme une chrysalide en voie de métamorphose, j'étais une créature double aux diverses parties de laquelle ne convenait pas le même milieu ; à mon regard suffisait de la couleur, sans chaleur ; ma poitrine par contre se souciait de chaleur et non de couleur. Je ne me levais que quand mon feu était allumé et je regardais le tableau si transparent et si doux de la matinée mauve et dorée à laquelle je venais d'ajouter artificiellement les parties de chaleur qui lui manquaient, tisonnant mon feu qui brûlait et fumait comme une bonne pipe et qui me donnait comme elle eût fait un plaisir à la fois grossier parce qu'il reposait sur un bien-être matériel, et délicat parce que derrière lui s'estompait une pure vision. Mon cabinet de toilette était tendu d'un papier à fond d'un rouge violent que parsemaient des fleurs noires et blanches, auxquelles il semble que j'aurais dû avoir quelque peine à m'habituer. Mais elles ne firent que me paraître nouvelles, que me forcer à entrer non en conflit mais en contact avec elles, que modifier la gaieté et les chants de mon lever, elles ne firent que me mettre de force au cœur d'une sorte de coquelicot pour regarder le monde, que je voyais tout autre qu'à Paris, de ce gai paravent qu'était cette maison nouvelle, autrement orientée que celle de mes parents et où affluait un air pur. Certains jours, j'étais agité par l'envie de revoir ma grand'mère ou par la peur qu'elle ne fût souffrante ; ou bien c'était le souvenir de quelque affaire laissée en train, à Paris et qui ne marchait pas : parfois aussi quelque difficulté dans laquelle, même ici, j'avais trouvé le moyen de me jeter. L'un ou l'autre de ces soucis m'avait empêché de dormir, et j'étais sans force contre ma tristesse qui en un instant remplissait pour moi toute l'existence. Alors, de l'hôtel, j'envoyais quelqu'un au quartier, avec un mot pour Saint-Loup : je lui disais que si cela lui était matériellement possible — je savais que c'était très difficile — il fût assez bon pour passer un instant. Au bout d'une heure il arrivait ; et en entendant son coup de sonnette je me sentais délivré de mes préoccupations. Je savais que si elles étaient plus fortes que moi, il était plus fort qu'elles et mon attention se détachait d'elles et se tournait vers lui qui avait à décider. Il venait d'entrer et déjà il avait mis autour de moi le plein air où il déployait tant d'activité depuis le matin, milieu vital fort différent de ma chambre et auquel je m'adaptais immédiatement par des réactions appropriées.

— J'espère que vous ne m'en voulez pas de vous avoir dérangé, j'ai quelque chose qui me tourmente, vous avez dû le deviner.

— Mais non, j'ai pensé simplement que vous aviez envie de me voir et j'ai trouvé ça très gentil. J'étais enchanté que vous m'ayez fait demander. Mais quoi ? ça ne va pas, alors ? qu'est-ce qu'il y a pour votre service ?

Il écoutait mes explications, me répondait avec précision ; mais avant même qu'il eût parlé, il m'avait fait semblable à lui ; à côté des occupations importantes qui le faisaient si pressé, si alerte, si content, les ennuis qui m'empêchaient tout à l'heure de rester un instant sans souffrir, me semblaient, comme à lui, négligeables ; j'étais comme un homme qui, ne pouvant ouvrir les yeux depuis plusieurs jours, fait appeler un médecin lequel avec adresse et douceur lui écarte la paupière, lui enlève et lui montre un grain de sable ; le malade est guéri et rassuré. Tous mes tracas se résolvaient en un télégramme que Saint-Loup se chargeait de faire partir. La vie me semblait si différente, si belle, j'étais inondé d'un tel trop-plein de force que je voulais agir.

— Que faites-vous maintenant, disais-je à Saint-Loup.

— Je vais vous quitter, car on part en marche dans trois quarts d'heure et on a besoin de moi.

— Alors ça vous a beaucoup gêné de venir ?

— Non, ça ne m'a pas gêné, le capitaine a été très gentil, il a dit que du moment que c'était pour vous il fallait que je vienne, mais enfin je ne veux pas avoir l'air d'abuser.

— Mais si je me levais vite et si j'allais de mon côté à l'endroit où vous allez manœuvrer, cela m'intéresserait beaucoup, et je pourrais peut-être causer avec vous dans les pauses.

— Je ne vous le conseille pas ; vous êtes resté éveillé, vous vous êtes mis martel en tête pour une chose qui, je vous assure, est sans aucune conséquence, mais maintenant qu'elle ne vous agite plus, retournez-vous sur votre oreiller et dormez ce qui sera excellent contre la déminéralisation de vos cellules nerveuses ; ne vous endormez pas trop vite parce que notre garce de musique va passer sous vos fenêtres ; mais aussitôt après, je pense que vous aurez la paix, et nous nous reverrons ce soir à dîner.

Mais un peu plus tard j'allai souvent voir le régiment faire du service en campagne, quand je commençai à m'intéresser aux théories militaires que développaient à dîner les amis de Saint-Loup et que cela devint le désir de mes journées de voir de plus près leurs différents chefs, comme quelqu'un qui fait de la musique sa principale étude et

81   6

vit dans les concerts, a du plaisir à fréquenter les cafés où l'on est mêlé
à la vie des musiciens de l'orchestre. Pour arriver au terrain de
manœuvres il me fallait faire de grandes marches. Le soir, après le
dîner, l'envie de dormir faisait par moments tomber ma tête comme
un vertige. Le lendemain, je m'apercevais que je n'avais pas plus
entendu la fanfare, qu'à Balbec, le lendemain des soirs où Saint-Loup
m'avait emmené dîner à Rivebelle, je n'avais entendu le concert de la
plage. Et au moment où je voulais me lever, j'en éprouvais
délicieusement l'incapacité ; je me sentais attaché à un sol invisible et profond par les articulations que la fatigue me rendait sensibles
de radicelles musculeuses et nourricières. Je me sentais plein de force,
la vie s'étendait plus longue devant moi ; c'est que j'avais reculé jusqu'aux bonnes fatigues de mon enfance à Combray, le lendemain des
jours où nous nous étions promenés du côté de Guermantes. Les poètes
prétendent que nous retrouvons un moment ce que nous avons jadis
été en rentrant dans telle maison, dans tel jardin où nous avons vécu
jeunes. Ce sont là pèlerinages fort hasardeux et à la suite desquels on
compte autant de déceptions que de succès. Les lieux fixes, contemporains d'années différentes, c'est en nous-même qu'il vaut mieux les trouver. C'est à quoi peuvent, dans une certaine mesure, nous servir une
grande fatigue que suit une bonne nuit. Mais celles-là du moins,
pour nous faire descendre dans les galeries les plus souterraines du
sommeil, celles où aucun reflet de la veille, aucune lueur de mémoire
n'éclaire plus le monologue intérieur, si tant est que lui-même n'y cesse
pas, retournent si bien le sol et le tuf de notre corps qu'elles nous
font retrouver là où nos muscles plongent et tordent leurs ramifi-
cations et aspirent la vie nouvelle, le jardin où nous avons été enfant.
Il n'y a pas besoin de voyager pour le revoir, il faut descendre
pour le retrouver. Ce qui a couvert la terre, n'est plus sur elle, mais
dessous, l'excursion ne suffit pas pour visiter la ville morte, les fouilles
sont nécessaires. Mais on verra combien certaines impressions
fugitives et fortuites ramènent bien mieux encore vers le passé, avec une
précision plus fine, d'un vol plus léger, plus immatériel, plus vertigineux, plus infaillible, plus immortel, que ces dislocations organiques.
  Quelquefois ma fatigue était plus grande encore : j'avais, sans pouvoir me coucher, suivi les manœuvres pendant plusieurs jours. Que le
retour à l'hôtel était alors béni ! En entrant dans mon lit, il me semblait
avoir enfin échappé à des enchanteurs, à des sorciers, tels que ceux qui
peuplent les « romans » aimés de notre XVIIᵉ siècle. Mon sommeil et

ma grasse matinée du lendemain n'étaient plus qu'un charmant conte de fées. Charmant ; bienfaisant peut-être aussi. Je me disais que les pires souffrances ont leur lieu d'asile, qu'on peut toujours, à défaut de mieux, trouver le repos. Ces pensées me menaient fort loin.

Les jours où il y avait repos et où Saint-Loup ne pouvait cependant pas sortir, j'allais souvent le voir au quartier. C'était loin ; il fallait sortir de la ville, franchir le viaduc, des deux côtés duquel j'avais une immense vue. Une forte brise soufflait presque toujours sur ces hauts lieux, et emplissait tous les bâtiments du quartier qui grondaient sans cesse comme antre des vents. Tandis que, pendant qu'il était occupé à quelque service, j'attendais Robert, devant la porte de sa chambre ou au réfectoire, en causant avec tels de ses amis auxquels il m'avait présenté (et que je vins ensuite voir quelquefois même quand il ne devait pas être là), voyant par la fenêtre à cent mètres au-dessous de moi, la campagne dépouillée mais où çà et là des semis nouveaux, souvent encore mouillés de pluie et éclairés par le soleil mettaient quelques bandes vertes d'un brillant et d'une limpidité translucide d'émail, il m'arrivait d'entendre parler de lui ; et je pus bien vite me rendre compte combien il était aimé et populaire. Chez plusieurs engagés, appartenant à d'autres escadrons, jeunes bourgeois riches qui ne voyaient la haute société aristocratique que du dehors et sans y pénétrer, la sympathie qu'excitait en eux ce qu'ils savaient du caractère de Saint-Loup se doublait du prestige qu'avait à leurs yeux le jeune homme que souvent, le samedi soir, quand ils venaient en permission à Paris, ils avaient vu souper au café de la Paix avec le duc d'Uzès et le prince d'Orléans. Et à cause de cela, dans sa jolie figure, dans sa façon dégingandée de marcher, de saluer, dans le perpétuel lancé de son monocle, dans « la fantaisie » de ses képis trop hauts, de ses pantalons d'un drap trop fin et trop rose, ils avaient introduit l'idée d'un « chic » dont ils assuraient qu'étaient dépourvus les officiers les plus élégants du régiment, même le majestueux capitaine à qui j'avais dû de coucher au quartier, lequel semblait, par comparaison, trop solennel et presque commun.

L'un disait que le capitaine avait acheté un nouveau cheval. Il peut acheter tous les chevaux qu'il veut. J'ai rencontré Saint-Loup dimanche matin allée des Acacias, il monte avec un autre chic ! répondait l'autre ; et en connaissance de cause ; car ces jeunes gens appartenaient à une classe qui si elle ne fréquente pas le même personnel mondain, pourtant, grâce à l'argent et au loisir, ne diffère pas de l'aristocratie dans l'expérience de toutes celles des élégances qui peuvent s'acheter. Tout au plus la leur, avait-elle, par exemple en ce qui concernait les vêtements, quelque chose de plus appliqué, de plus impeccable, que cette libre et négligente élégance de Saint-Loup qui plaisait tant à ma grand'mère. C'était une petite émotion pour ces fils de grands banquiers ou d'agents de change, en train de manger des huîtres après le théâtre, de voir à une table voisine de la leur le sous-officier Saint-Loup. Et que de récits faits au quartier le lundi, en rentrant de permission, par l'un d'eux qui était de l'escadron de Saint-Loup et à qui il avait dit bonjour « très gentiment », par un autre qui n'était pas du même escadron mais qui croyait bien que malgré cela Saint-Loup l'avait reconnu, car deux ou trois fois il avait braqué son monocle dans sa direction.

— Oui, mon frère l'a aperçu à « la Paix », disait un autre qui avait passé la journée chez sa maîtresse, il paraît même qu'il avait un habit trop large et qui ne tombait pas bien.

— Comment était son gilet ?

— Il n'avait pas de gilet blanc, mais mauve avec des espèces de palmes, époilant!

Pour les anciens (hommes du peuple ignorant le Jockey et qui mettaient seulement Saint-Loup dans la catégorie des sous-officiers très riches, où ils faisaient entrer tous ceux qui, ruinés ou non, menaient un certain train, avaient un chiffre assez élevé de revenus ou de dettes et étaient généreux avec les soldats), la démarche, le monocle, les pantalons, les képis de Saint-Loup, s'ils n'y voyaient rien d'aristocratique, n'offraient pas cependant moins d'intérêt et de signification. Ils reconnaissaient dans ces particularités, le caractère, le genre, qu'ils avaient assignés une fois pour toutes à ce plus populaire des gradés du régiment, manières pareilles à celles de personne, dédain de ce que pourraient penser les chefs, et qui leur semblait la conséquence naturelle de sa bonté pour le soldat. Le café du matin dans la chambrée, ou le repos sur les lits pendant l'après-midi, paraissaient meilleurs, quand quelque ancien servait à l'escouade gourmande et paresseuse quelque savoureux détail sur un képi qu'avait Saint-Loup,

— Aussi haut comme mon paquetage

— Voyons, vieux, tu veux nous la faire à l'oseille, il ne pouvait pas être aussi haut que ton paquetage, interrompait un jeune licencié ès lettres qui cherchait en usant de ce dialecte à ne pas avoir l'air d'un bleu et en osant cette contradiction à se faire confirmer un fait qui l'enchantait.

— Ah ! il n'est pas aussi haut que mon paquetage. Tu l'as mesuré peut-être. Je te dis que le lieutenant-colon le fixait comme s'il voulait le mettre au bloc. Et faut pas croire que mon fameux Saint-Loup s'épatait, il allait, il venait, il baissait la tête, il la relevait, et toujours ce coup du monocle. Faudra voir ce que va dire le capiston. Ah ! il se peut qu'il ne dise rien, mais pour sûr que cela ne lui fera pas plaisir. Mais ce képi-là, il n'a encore rien d'épatant. Il paraît que chez lui, en ville, il en a plus de trente ?

— Comment que tu le sais, vieux. Par notre sacré cabot ? demandait le jeune licencié avec pédantisme, étalant les nouvelles formes grammaticales qu'il n'avait apprises que de fraîche date et dont il était fier de parer sa conversation.

— Comment que je le sais ? Par son ordonnance, pardi.

— Tu parles qu'en voilà un qui ne doit pas être malheureux !

— Je comprends ! Il a plus de braise que moi, pour sûr ! Et encore il lui donne tous ses effets, et tout et tout. Il n'avait pas à sa suffisance à la cantine. Voilà mon de Saint-Loup qui s'est amené et le cuistot en a entendu : « Je veux qu'il soit bien nourri, ça coûtera ce que ça coûtera. »

Et l'ancien rachetait l'insignifiance des paroles par l'énergie de l'accent, en une imitation médiocre qui avait le plus grand succès.

Au sortir du quartier je faisais un tour, puis, en attendant le moment où j'allais quotidiennement dîner avec Saint-Loup, à l'hôtel où lui et ses amis avaient pris pension, je me dirigeais vers le mien, sitôt le soleil couché, afin d'avoir deux heures pour me reposer et lire. Sur la place, le soir posait aux toits en poudrière du château de petits nuages roses assortis à la couleur des briques et achevait le raccord en adoucissant celles-ci d'un reflet. Un tel courant de vie affluait à mes nerfs qu'aucun de mes mouvements ne pouvait l'épuiser ; chacun de mes pas, après avoir touché un pavé de la place, rebondissait, il me semblait avoir aux talons les ailes de Mercure. L'une des fontaines était pleine d'une lueur rouge, et dans l'autre déjà le clair de lune rendait l'eau de la couleur d'une opale. Entre elles des marmots jouaient, poussaient des cris, décrivaient des cercles, obéissant à quelque nécessité de l'heure, à la façon des martinets ou des chauves-souris. A côté de l'hôtel, les anciens palais nationaux et l'orangerie de Louis XVI dans lesquels se trouvaient maintenant la caisse d'épargne et le corps d'armée étaient éclairés du dedans par les ampoules pâles et dorées du gaz déjà allumé qui, dans le jour encore clair, seyait à ces hautes et vastes fenêtres du XVIIIe siècle où n'était pas encore effacé le dernier reflet du couchant, comme eût fait à une tête avivée de rouge, une parure d'écaille blonde et me persuadait d'aller retrouver mon feu et ma lampe qui, seule dans la façade de l'hôtel que j'habitais, luttait contre le crépuscule et pour laquelle je rentrais, avant qu'il fût tout à fait nuit, par plaisir, comme on fait pour le goûter. Je gardais, dans mon logis, la même plénitude de sensation que j'avais eue dehors. Elle bombait de telle façon l'apparence de surfaces qui nous semblent si souvent plates et vides, la flamme jaune du feu, le papier gros bleu du ciel sur lequel le soir avait brouillonné, comme un collégien, les tire-bouchons d'un crayonnage rose, le tapis à dessin singulier de la table ronde sur laquelle une rame de papier écolier et un encrier m'attendaient avec un roman de Bergotte, que depuis ces choses ont continué à me sembler riches de toute une sorte particulière d'existence qu'il me semble que je saurais extraire d'elles s'il m'était donné de les retrouver. Je pensais avec joie à ce quartier que je venais de quitter et duquel la girouette tournait à tous les vents. Comme un plongeur respirant dans un tube qui monte jusqu'au-dessus de la surface de l'eau, c'était pour moi comme un être relié à la vie salubre, à l'air libre, que de me sentir pour point d'attache ce quartier, ce haut observatoire dominant la campagne sillonnée de canaux d'émail vert, et sous les hangars et dans les bâtiments duquel je comptais pour un précieux privilège que je souhaitais durable, de pouvoir me rendre quand je voulais, toujours sûr d'être bien reçu.

À sept heures je m'habillais et je ressortais pour aller dîner avec Saint-Loup à l'hôtel où il avait pris pension. J'aimais m'y rendre à pied. L'obscurité était profonde et dès le troisième jour, commença à souffler, aussitôt la nuit venue, un vent glacial qui semblait annoncer la neige. Tandis que je marchais, il semble que j'aurais dû ne pas cesser un instant de penser à Mme de Guermantes ; ce n'était que pour tâcher d'être rapproché d'elle que j'étais venu dans la garnison de Robert. Mais un souvenir, un chagrin, sont mobiles. Il y a des jours où ils s'en vont si loin que nous les apercevons à peine, nous les croyons partis. Alors nous faisons attention à d'autres choses. Et les rues de cette ville n'étaient pas encore pour moi, comme là où nous avons l'habitude de vivre, de simples moyens d'aller d'un endroit à un autre. La vie que menaient les habitants de ce monde inconnu me semblait devoir être merveilleuse et souvent les vitres éclairées de quelque demeure me retenaient longtemps immobile dans la nuit en mettant sous mes yeux les scènes véridiques et mystérieuses d'existence où je ne pénétrais pas. Ici le génie du feu me montrait en un tableau empourpré la taverne d'un marchand de marrons où deux sous-officiers, leurs ceinturons posés sur des chaises, jouaient aux cartes sans se douter qu'un magicien les faisait surgir de la nuit, comme dans une apparition de théâtre, et les évoquait tels qu'ils étaient effectivement à cette minute même, aux yeux d'un passant arrêté qu'ils ne pouvaient voir. Dans un petit magasin de bric-à-brac, une bougie à demi consumée, en projetant sa lueur rouge sur une gravure, la transformait en sanguine, pendant que luttant contre l'ombre, la clarté de la grosse lampe basanait un morceau de cuir, niellait un poignard de paillettes étincelantes, sur des tableaux qui n'étaient que de mauvaises copies déposait une dorure précieuse comme la patine du passé ou le vernis d'un maître, et faisait enfin de ce taudis où il n'y avait que du toc et des croûtes, un inestimable Rembrandt. Parfois je levais les yeux jusqu'à quelque vaste appartement ancien dont les volets n'étaient pas fermés et où des hommes et des femmes amphibies, se réadaptant chaque soir à vivre dans un autre élément que le jour, nageaient lentement dans la grasse liqueur qui, à la tombée de la nuit, sourd incessamment du réservoir des lampes pour remplir les chambres jusqu'au bord de leurs parois de pierre et de verre, et au sein de laquelle ils propageaient, en déplaçant leurs corps, des remous onctueux et dorés. Je reprenais mon chemin, et souvent dans la ruelle noire qui passe devant la cathédrale, comme jadis dans le chemin de Méséglise, et la force de mon désir m'arrêtait ; il me semblait qu'une femme allait surgir pour le satisfaire ; si dans l'obscurité je sentais tout d'un coup passer une robe, la violence même du plaisir que j'éprouvais m'empêchait de croire que ce frôlement fut fortuit et j'essayais d'enfermer dans mes bras une passante effrayée. Cette ruelle gothique avait pour moi quelque chose de si réel, que si j'avais pu y lever et y posséder une femme, il m'eût été impossible de ne pas croire que c'était l'antique volupté qui allait nous unir, cette femme eût-elle été une simple raccrocheuse postée là tous les soirs, mais à laquelle auraient prêté leur mystère l'hiver, le dépaysement, l'obscurité et le moyen âge. Je songeais à l'avenir: essayer d'oublier Mme de Guermantes me semblait affreux, mais raisonnable et, pour la première fois, possible, facile peut-être. Dans le calme absolu de ce quartier, j'entendais devant moi des paroles et des rires qui devaient venir de promeneurs à demi avinés qui rentraient. Je m'arrêtai pour les voir, je regardai du côté où j'avais entendu le bruit,

Mais j'étais obligé d'attendre longtemps, car le silence environnant
était si profond qu'il avait laissé passer avec une netteté et une force
extrême des bruits encore lointains. Enfin, les promeneurs arrivaient
non pas devant moi comme j'avais cru, mais fort loin derrière. Soit que
le croisement des rues, l'interposition des maisons eût causé par réfraction cette erreur d'acoustique, soit qu'il soit très difficile de situer
un son dont la place ne nous est pas connue, je m'étais trompé
tout autant que sur la distance, sur la direction.

Le vent grandissait. Il était tout hérissé et grenu d'une approche de
neige, je regagnais la grand'rue et sautais dans le petit tramway où de
la plate-forme un officier qui semblait ne pas les voir répondait aux
saluts des soldats balourds qui passaient sur le trottoir, la face pein-
turlurée par le froid; et elle faisait penser dans cette cité que le brusque
saut de l'automne dans ce commencement d'hiver semblait avoir
entraînée plus avant dans le nord, à la face rubiconde que Breughel
donne à ses paysans joyeux, ripailleurs et gelés.

Et précisément à l'hôtel où j'avais rendez-vous avec Saint-Loup
et ses amis et où les fêtes qui commençaient attiraient beaucoup de
gens du voisinage et d'étrangers, c'était, pendant que je traversais directement la cour qui s'ouvrait sur de rougeoyantes cuisines où tournaient
des poulets embrochés, où grillaient des porcs, où des homards encore
vivants étaient jetés dans ce que l'hôtelier appelait le « feu éternel »,
une affluence (digne de quelque « Dénombrement devant Bethléem »
comme en peignaient les vieux maîtres flamands), d'arrivants qui s'as-
semblaient par groupes dans la cour, demandant au patron ou à l'un
de ses aides (qui leur indiquait de préférence un logement dans la
ville quand ils ne les trouvaient pas d'assez bonne mine) s'ils pourraient être servis et logés, tandis qu'un garçon passait en tenant par
le cou une volaille qui se débattait. Et dans la grande salle à manger que
je traversai le premier jour, avant d'atteindre la petite pièce où m'attendait mon ami, c'était aussi à un repas de l'évangile figuré avec la naïveté
du vieux temps et l'exagération des Flandres que faisait penser le
nombre des poissons, des poulardes, des coqs de bruyères, des bécasses,
des pigeons, apportés tout décorés et fumants par des garçons hors
d'haleine qui glissaient sur le parquet pour aller plus vite et les déposaient sur l'immense console où ils étaient découpés aussitôt, mais où
— beaucoup de repas touchant à leur fin, quand j'arrivais — ils s'entassaient inutilisés, comme si leur profusion et la précipitation de ceux qui
les apportaient, répondait beaucoup plutôt qu'aux demandes des

dîneurs, au respect du texte sacré scrupuleusement suivi dans sa lettre mais naïvement illustré par des détails réels empruntés à la vie locale, et au souci esthétique et religieux de montrer aux yeux l'éclat de la fête par la profusion des victuailles et l'empressement des serviteurs. Un d'entre eux au bout de la salle songeait, immobile près d'un dressoir ; et pour demander à celui-là qui seul paraissait assez calme pour me répondre dans quelle pièce on avait préparé notre table, m'avançant entre les réchauds allumés çà et là pour empêcher que se refroidissent les plats des retardataires (ce qui n'empêchait pas qu'au centre de la salle les desserts étaient tenus par les mains d'un énorme bonhomme quelquefois supporté sur les ailes d'un canard en cristal, semblait-il, en réalité en glace, ciselée chaque jour, au fer rouge, par un cuisinier sculpteur dans un goût bien flamand) j'allai droit, au risque d'être renversé par les autres, vers ce serviteur dans lequel je crus reconnaître un personnage qui est de tradition dans ces sujets sacrés et dont il reproduisait scrupuleusement la figure camuse, naïve et mal dessinée, l'expression rêveuse, déjà à demi presciente du miracle d'une présence divine que les autres n'ont pas encore soupçonnée. Ajoutons qu'en raison sans doute des fêtes prochaines, à cette figuration fut ajouté un supplément céleste recruté tout entier dans un personnel de chérubins et de séraphins. Un jeune ange musicien aux cheveux blonds encadrant une figure de quatorze ans, ne jouait à vrai dire d'aucun instrument, mais rêvassait devant un gong ou une pile d'assiettes, cependant que des anges moins enfantins s'empressaient à travers les espaces démesurés de la salle, en y agitant l'air du frémissement incessant des serviettes qui descendaient le long de leurs corps en formes d'ailes de primitifs, aux pointes aiguës. Fuyant ces régions mal définies, voilées d'un rideau de palmes, d'où les célestes serviteurs avaient l'air, de loin, de venir de l'empyrée, je me frayai un chemin jusqu'à la petite salle où était la table de Saint-Loup. J'y trouvai quelques-uns de ses amis qui dînaient toujours avec lui, nobles, sauf un ou deux roturiers mais en qui les nobles avaient dès le collège flairé des amis et avec qui ils s'étaient liés volontiers, prouvant ainsi qu'ils n'étaient pas, en principe, hostiles aux bourgeois, fussent-ils républicains, pourvu qu'ils eussent les mains propres et allassent à la messe. Dès la première fois, avant qu'on se mît à table, j'entraînai Saint-Loup dans un coin de la salle à manger, et devant tous les autres, mais qui ne nous entendaient pas, je lui dis :

— Robert, le moment et l'endroit sont mal choisis pour vous dire cela, mais cela ne durera qu'une seconde. Toujours j'oublie de vous le demander au quartier ; est-ce que ce n'est pas Mme de Guermantes dont vous avez la photographie sur la table ?

— Mais si, c'est ma bonne tante.

— Tiens, mais c'est vrai, je suis fou, je l'avais su autrefois, je n'y avais jamais songé, mon Dieu ; vos amis doivent s'impatienter, parlons vite, ils nous regardent, ou bien une autre fois, cela n'a aucune importance.

— Mais si, marchez toujours, ils sont là pour attendre.

— Pas du tout, je tiens à être poli ; ils sont si gentils ; vous savez du reste, je n'y tiens pas autrement.

— Vous la connaissez cette brave Oriane ?

Cette « brave Oriane », comme il eût dit cette « bonne Oriane », ne signifiait pas que Saint-Loup considérât Mme de Guermantes comme particulièrement bonne. Dans ce cas, bonne, excellente, brave, sont de simples renforcements de « cette », désignant une personne qu'on connaît tous deux et dont on ne sait trop que dire avec quelqu'un qui n'est pas de votre intimité. Bonne sert de hors-d'œuvre et permet d'attendre un instant qu'on ait trouvé : « Est-ce que vous la voyez souvent ? » ou « Il y a des mois que je ne l'ai vue », ou « Je la vois mardi » ou « Elle ne doit plus être de la première jeunesse ».

« Je ne peux pas vous dire comme cela m'amuse que ce soit sa photographie, parce que nous habitons maintenant dans sa maison et j'ai appris sur elle des choses inouïes (j'aurais été bien embarrassé de dire lesquelles) qui font qu'elle m'intéresse beaucoup, à un point de vue littéraire, vous comprenez, comment dirai-je, à un point de vue balzacien, vous qui êtes tellement intelligent, vous comprenez cela à demi mot, mais finissons vite, qu'est-ce que vos amis doivent penser de mon éducation !

— Mais ils ne pensent rien du tout ; je leur ai dit que vous êtes sublime et ils sont beaucoup plus intimidés que vous.

— Vous êtes trop gentil. Mais justement, voilà : Mme de Guermantes ne se doute pas que je vous connais, n'est-ce pas ?

— Je n'en sais rien ; je ne l'ai pas vue depuis l'été dernier puisque je ne suis pas venu en permission depuis qu'elle est rentrée.

— C'est que je vais vous dire, on m'a assuré qu'elle me croit tout à fait idiot.

LE CÔTÉ DE GUERMANTES

— Cela, je ne le crois pas : Oriane n'est pas un aigle, mais elle n'est tout de même pas stupide.

— Vous savez que je ne tiens pas du tout en général à ce que vous publiiez les bons sentiments que vous avez pour moi, car je n'ai pas d'amour-propre. Aussi je regrette que vous ayez dit des choses aimables sur mon compte à vos amis (que nous allons rejoindre dans deux secondes). Mais pour Mme de Guermantes si vous pouviez lui faire savoir, même avec un peu d'exagération, ce que vous pensez de moi, vous me feriez un grand plaisir.

— Mais très volontiers, si vous n'avez que cela à me demander, ce n'est pas trop difficile, mais quelle importance cela peut-il avoir ce qu'elle peut penser de vous ? Je suppose que vous vous en moquez bien ; en tout cas si ce n'est que cela, nous pourrons en parler devant tout le monde ou quand nous serons seuls, car j'ai peur que vous vous fatiguiez à parler debout et d'une façon si incommode, quand nous avons tant d'occasion d'être en tête à tête.

C'était bien justement cette incommodité qui m'avait donné le courage de parler à Robert ; la présence des autres était pour moi un prétexte m'autorisant à donner à mes propos un tour bref et décousu, à la faveur duquel je pouvais plus aisément dissimuler le mensonge que je faisais en disant à mon ami que j'avais oublié sa parenté avec la duchesse et pour ne pas lui laisser le temps de me poser sur mes motifs de désirer que Mme de Guermantes me sût lié avec lui, intelligent, etc., des questions qui m'eussent d'autant plus troublé que je n'aurais pas pu y répondre.

— Robert, pour vous si intelligent cela m'étonne que vous ne compreniez pas qu'il ne faut pas discuter ce qui fait plaisir à ses amis mais le faire. Moi, si vous me demandiez n'importe quoi, et même je tiendrais beaucoup à ce que vous me demandiez quelque chose, je vous assure que je ne vous demanderais pas d'explications. Je vais plus loin que ce que je désire ; je ne tiens pas à connaître Mme de Guermantes ; mais j'aurais dû pour vous éprouver, vous dire que je désirerais dîner avec Mme de Guermantes et je sais que vous ne l'auriez pas fait.

— Non seulement je l'aurais fait, mais je le ferai.

— Quand cela ?

— Dès que je viendrai à Paris, dans trois semaines, sans doute.

— Nous verrons, d'ailleurs elle ne voudra pas. Je ne peux pas vous dire comme je vous remercie.

— Mais non, ce n'est rien.

91

— Ne me dites pas cela, c'est énorme, parce que maintenant je vois l'ami que vous êtes ; que la chose que je vous demande soit importante ou non, désagréable ou non, que j'y tienne en réalité ou seulement pour vous éprouver, peu importe, vous dites que vous le ferez, et vous montrez par là la finesse de votre intelligence et de votre cœur. Un ami bête eût discuté.

C'était justement ce qu'il venait de faire ; mais peut-être je voulais le prendre par l'amour-propre : peut-être aussi j'étais sincère, la seule pierre de touche du mérite me semblant être l'utilité dont on pouvait être pour moi à l'égard de l'unique chose qui me semblât importante, mon amour. Puis j'ajoutai soit par duplicité, soit par un surcroît véritable de tendresse produit par la reconnaissance, par l'intérêt et par tout ce que la nature avait mis des traits même de Mme de Guermantes en son neveu Robert :

— Mais voilà qu'il faut rejoindre les autres et je ne vous ai demandé que l'une des deux choses, la moins importante, l'autre l'est plus pour moi, mais je crains que vous ne me la refusiez ; cela vous ennuierait-il que nous nous tutoyions ?

— Comment m'ennuyer, mais voyons ! *joie ! pleurs de joie ! félicité inconnue !*

— Comme je vous remercie... te remercie. Quand vous aurez commencé ! Cela me fait un tel plaisir que vous pouvez ne rien faire pour Mme de Guermantes si vous voulez, le tutoiement me suffit

— On fera les deux.

— Ah ! Robert ! Ecoutez, dis-je encore à Saint-Loup pendant le dîner — oh ! c'est d'un comique cette conversation à propos interrompus et du reste je ne sais pas pourquoi — vous savez la dame dont je viens de vous parler ?

— Oui.

— Vous savez bien qui je veux dire.

— Mais voyons, vous me prenez pour un crétin du Valais, pour un *demeuré.*

— Vous ne voudriez pas me donner sa photographie ?

Je comptais lui demander seulement de me la prêter. Mais au moment de parler, j'éprouvai de la timidité, je trouvai ma demande indiscrète et pour ne pas le laisser voir, je la formulai plus brutalement, et la grossis encore, comme si elle avait été toute naturelle.

— Non, il faudrait que je lui demande la permission d'abord, me répondit-il.

Aussitôt il rougit. Je compris qu'il avait une arrière-pensée, qu'il m'en prêtait une, qu'il ne servirait mon amour qu'à moitié, sous la réserve de certains principes de moralité, et je le détestai.

Et pourtant j'étais touché de voir combien Saint-Loup se montrait autre à mon égard depuis que je n'étais plus seul avec lui et que ses samis étaient en tiers. Son amabilité plus grande m'eût laissé indifférent si j'avais cru qu'elle était voulue; mais je la sentais involontaire et faite seulement de tout ce qu'il devait dire à mon sujet quand j'étais absent et qu'il taisait quand j'étais seul avec lui. Dans nos tête-à-tête, certes je soupçonnais le plaisir qu'il avait à causer avec moi, mais ce plaisir restait presque toujours inexprimé. Maintenant les mêmes propos de moi, qu'il goûtait d'habitude sans le marquer, il surveillait du coin de l'œil s'ils produisaient chez ses amis l'effet sur lequel il avait compté et qui devait répondre à ce qu'il leur avait annoncé. La mère d'une débutante ne suspend pas davantage son attention aux répliques de sa fille et à l'attitude du public. Si j'avais dit un mot dont, devant moi seul, il n'eût que souri, il craignait qu'on ne l'eût pas bien compris, il me disait: «Comment, comment ?» pour me faire répéter, pour faire faire attention, et aussitôt se tournant vers les autres et se faisant, sans le vouloir, en les regardant avec un bon rire, l'entraîneur de leur rire, il me présentait pour la première fois l'idée qu'il avait de moi et qu'il avait dû souvent leur exprimer. De sorte que je m'apercevais tout d'un coup moi-même du dehors, comme quelqu'un qui lit son nom dans le journal ou qui s'aperçoit dans une glace.

Il m'arriva un de ces soirs-là de vouloir raconter une histoire assez comique sur Mme Blandais mais je m'arrêtai immédiatement car je me rappelai que Saint-Loup la connaissait déjà et qu'ayant voulu la lui dire le lendemain de mon arrivée, il m'avait interrompu en me disant : «Vous me l'avez déjà racontée à Balbec». Je fus donc surpris de voir Saint-Loup m'exhorter à continuer en m'assurant qu'il ne connaissait pas cette histoire et qu'elle l'amuserait beaucoup. Je lui dis : «Vous avez un moment d'oubli, mais vous allez bientôt la reconnaître. — Mais non, je te jure que tu confonds. Jamais tu ne me l'as dite. Va.» Et pendant toute l'histoire il attachait fiévreusement ses regards ravis tantôt sur moi, tantôt sur ses camarades. Je compris seulement quand j'eus fini au milieu des rires de tous qu'il avait songé qu'elle donnerait une haute idée de mon esprit à mes camarades et que c'était pour cela qu'il avait feint de ne pas la connaître. Telle est l'amitié.

Le troisième soir, un de ses amis auquel je n'avais pas eu l'occasion de parler les deux premières fois, causa très longuement avec moi ; et je l'entendais qui disait à mi-voix à Saint-Loup le plaisir qu'il y trouvait. Et de fait nous causâmes presque toute la soirée ensemble devant nos verres de sauterne que nous ne vidions pas, séparés, protégés des autres, par les voiles magnifiques d'une de ces sympathies entre hommes qui, lorsqu'elles n'ont pas d'attrait physique à leur base, sont les seules qui soient tout à fait mystérieuses. Tel, de nature énigmatique, m'était apparu à Balbec ce sentiment que Saint-Loup ressentait pour moi, qui ne se confondait pas avec l'intérêt de nos conversations, détaché de tout lien matériel, invisible, intangible et dont pourtant il éprouvait la présence en lui-même comme une sorte de phlogistique, de gaz, assez pour en parler en souriant. Et peut-être y avait-il quelque chose de plus surprenant encore dans cette sympathie née ici en une seule soirée, comme une fleur qui se serait ouverte en quelques minutes dans la chaleur de cette petite pièce. Je ne pus me tenir de demander à Robert, comme il me parlait de Balbec, s'il était vraiment décidé qu'il épousait Mlle d'Ambresac. Il me déclara que non seulement ce n'était pas décidé, mais qu'il n'en avait jamais été question, qu'il ne l'avait jamais vue, qu'il ne savait pas qui c'était. Si j'avais vu à ce moment-là quelques-unes des personnes du monde qui avaient annoncé ce mariage, elles m'eussent fait part de celui de Mlle d'Ambresac avec quelqu'un qui n'était pas Saint-Loup et de celui de Saint-Loup avec quelqu'un qui n'était pas Mlle d'Ambresac. Je les eusse beaucoup étonnés en leur rappelant leurs prédictions contraires et encore si récentes. Pour que ce petit jeu puisse continuer et multiplier les fausses nouvelles en en accumulant successivement sur chaque nom le plus grand nombre possible, la nature a donné à ce genre de joueurs, une mémoire d'autant plus courte que leur crédulité est plus grande.

Saint-Loup m'avait parlé d'un autre de ses camarades qui était là aussi, avec qui il s'entendait particulièrement bien, car ils étaient dans ce milieu les deux seuls partisans de la révision du procès Dreyfus.

— Oh ! lui, ce n'est pas comme Saint-Loup, c'est un énergumène, me dit mon nouvel ami ; il n'est même pas de bonne foi. Au début, il disait : « Il n'y a qu'à attendre, il y a là un homme que je connais bien, « plein de finesse, de bonté, le général de Boisdeffre ; on pourra sans « hésiter, accepter son avis. » Mais quand il a su que Boisdeffre proclamait la culpabilité de Dreyfus, Boisdeffre ne valait plus rien ; le cléricalisme, les préjugés de l'état-major l'empêchaient de juger sincèrement, quoique personne ne soit, ou du moins ne fut aussi clérical, avant son Dreyfus, que notre ami. Alors il nous a dit qu'en tout cas on saurait la vérité, car l'affaire allait être entre les mains de Saussier, et que celui-là, soldat républicain (notre ami est d'une famille ultra-monarchiste) était un homme de bronze, une conscience inflexible. Mais quand Saussier a proclamé l'innocence d'Esterhazy, il a trouvé à ce verdict des explications nouvelles, défavorables non à Dreyfus, mais au général Saussier. C'était l'esprit militariste qui aveuglait Saussier (et remarquez que lui est aussi militariste que clérical, ou du moins qu'il l'était, car je ne sais plus que penser de lui). Sa famille est désolée de le voir dans ces idées-là.

— Voyez-vous, dis-je et en me tournant à demi vers Saint-Loup pour ne pas avoir l'air de m'isoler, ainsi que vers son camarade et pour le faire participer à la conversation, c'est que l'influence qu'on prête au milieu est surtout vraie du milieu intellectuel. On est l'homme de son idée ; il y a beaucoup moins d'idées que d'hommes, ainsi tous les hommes d'une même idée sont pareils. Comme une idée n'a rien de matériel, les hommes qui ne sont que matériellement autour de l'homme d'une idée ne la modifient en rien.

Saint-Loup ne se contenta pas de ce rapprochement. Dans un délire de joie que redoublait sans doute celle qu'il avait à me faire briller devant ses amis, avec une volubilité extrême, il me répétait en me bouchonnant comme un cheval arrivé le premier au poteau : « Tu es l'homme le plus intelligent que je connaisse, tu sais ». Il se reprit et ajouta : « Avec Elstir. — Cela ne te fâche pas, n'est-ce pas ? tu comprends, scrupule. Comparaison : je te le dis comme on l'aurait dit à Balzac, vous êtes le plus grand romancier du siècle, avec Stendhal. Excès de scrupule, tu comprends, au fond immense admiration. Non ? tu ne marches pas pour Stendhal ? ajoutait-il avec une confiance naïve dans mon jugement, qui se traduisait par une charmante interrogation souriante, presque enfantine, de ses yeux verts. Ah ! bien, je vois que tu es de mon avis, Bloch déteste Stendhal, je trouve cela idiot de sa part. *La Chartreuse*, c'est tout de même quelque chose d'énorme ? Je suis content que tu sois de mon avis. Qu'est-ce que tu aimes le mieux dans *La Chartreuse*, réponds, me disait-il avec une impétuosité juvénile. Et sa force physique, menaçante, donnait presque quelque chose d'effrayant à sa question, Mosca ? Fabrice ? » Je répondais timidement que Mosca avait quelque chose de M. de Norpois. Sur quoi tempête de rire du jeune Siegfried-Saint-Loup. Je n'avais pas fini d'ajouter : « Mais Mosca est bien plus intelligent, moins pédantesque » que j'entendis Robert crier bravo en battant effectivement des mains, en riant à s'étouffer, et en ciiant : « D'une justesse ! Excellent ! Tu es inouï. »

A ce moment je fus interrompu par Saint-Loup parce qu'un des jeunes militaires venait en souriant de me désigner à lui en disant : « Duroc, tout à fait Duroc ». Je ne savais pas ce que ça voulait dire, mais je sentais que l'expression du visage intimidé était plus que bienveillante. Quand je parlais, l'approbation des autres semblait encore de trop à Saint-Loup, il exigeait le silence. Et comme un chef d'orchestre interrompt ses musiciens en frappant avec son archet parce que quelqu'un a fait du bruit il réprimanda le perturbateur :

« Gibergue, dit-il, il faut vous taire quand on parle. Vous direz ça après. Allez continuez. », me dit-il.

Je respirai, car j'avais craint qu'il ne me fît tout recommencer.

Et comme une idée, continuai-je, est quelque chose qui ne peut participer aux intérêts humains et ne pourrait jouir de leurs avantages, les hommes d'une idée ne sont pas influencés par l'intérêt.

— Dites donc, ça vous en bouche un coin mes enfants, s'exclama après que j'eus fini de parler Saint-Loup qui m'avait suivi des yeux avec la même sollicitude anxieuse que si j'avais marché sur la corde raide. Qu'est-ce que vous vouliez dire, Gibergue ?

— Je disais que monsieur me rappelait beaucoup le commandant Duroc. Je croyais l'entendre.

— Mais j'y ai pensé bien souvent, répondit Saint-Loup, il y a bien des rapports, mais vous verrez que celui-ci a mille choses que n'a pas Duroc.

De même qu'un frère de cet ami de Saint-Loup, élève à la Schola Cantorum, pensait sur toute nouvelle œuvre musicale, nullement comme son père, sa mère, ses cousins, ses camarades de club, mais exactement comme tous les autres élèves de la Schola, de même ce sous-officier noble (dont Bloch se fit une idée extraordinaire quand je lui en parlai, parce que touché d'apprendre qu'il était du même parti que lui, il l'imaginait cependant à cause de ses origines aristocratiques et son éducation religieuse et militaire on ne peut plus différent, paré du même charme qu'un natif d'une contrée lointaine), avait une « mentalité », comme on commençait à dire, analogue à celle de tous les dreyfusards en général et de Bloch en particulier et sur laquelle ne pouvaient avoir aucune espèce de prise les traditions de sa famille et les intérêts de sa carrière. C'est ainsi qu'un cousin de Saint-Loup avait épousé une jeune princesse d'Orient qui disait-on faisait des vers aussi beaux que ceux de Victor Hugo ou d'Alfred de Vigny et à qui, malgré cela, on supposait un esprit autre que ce qu'on pouvait concevoir, un esprit de princesse d'Orient recluse dans un palais des *Mille et une Nuits*. Aux écrivains qui eurent le privilège de l'approcher fut réservée la déception ou plutôt la joie d'entendre une conversation qui donnait l'idée non de Schéhérazade, mais d'un être de génie du genre d'Alfred de Vigny ou de Victor Hugo.

Je me plaisais surtout à causer avec ce jeune homme, comme avec les autres amis de Robert du reste, et avec Robert lui-même, du quartier, des officiers de la garnison, de l'armée en général. Grâce à cette échelle immensément agrandie, à laquelle nous voyons les choses, si petites qu'elles soient au milieu desquelles nous mangeons, nous causons, nous menons notre vie réelle, grâce à cette formidable majoration qu'elles subissent et qui fait que le reste absent du monde ne peut lutter avec elles et prend, à côté, l'inconsistence d'un songe, j'avais commencé à m'intéresser aux diverses personnalités du quartier, aux officiers que j'apercevais dans la cour quand j'allais voir Saint-Loup, ou, si j'étais réveillé quand le régiment passait sous mes fenêtres. J'aurais voulu avoir des détails sur le commandant qu'admirait tant Saint-Loup et sur le cours d'histoire militaire, qui m'aurait ravi « même esthétiquement ». Je savais que chez Robert un certain verbalisme était trop souvent un peu creux, mais d'autres fois signifiait l'assimilation d'idées profondes qu'il était fort capable de comprendre. Malheureusement, au point de vue armée, Robert était surtout précoccupé en ce moment de l'affaire Dreyfus. Il en parlait peu parce que seul de sa table il était dreyfusard ; les autres étaient violemment hostiles à la révision, excepté mon voisin de table, mon nouvel ami dont les opinions paraissaient assez flottantes. Admirateur convaincu du colonel qui passait pour un officier remarquable et qui avait flétri l'agitation contre l'armée en divers ordres du jour, qui le faisaient passer pour antidreyfusard, mon voisin avait appris que son chef avait laissé échapper quelques assertions qui avaient donné à croire qu'il avait des doutes sur la culpabilité de Dreyfus et gardait son estime à Picquart. Sur ce dernier point, en tout cas, le bruit de dreyfusisme relatif du colonel était mal fondé comme tous les bruits venus on ne sait d'où qui se produisent autour de toute grande affaire. Car, peu après, ce colonel ayant été chargé d'interroger l'ancien chef de bureau des rensei-

7

gnements, le traita avec une brutalité et un mépris, qui n'avaient encore jamais été égalés. Quoi qu'il en fût et bien qu'il ne se fût pas permis de se renseigner directement auprès du colonel, mon voisin avait fait à Saint-Loup la politesse de lui dire — du ton dont une dame catholique annonce à une dame juive que son curé blâme les massacres de juifs en Russie et admire la générosité de certains israélites — que le colonel n'était pas pour le dreyfusisme — pour un certain dreyfusisme au moins — l'adversaire fanatique, étroit, qu'on avait représenté.

— Cela ne m'étonne pas, dit Saint-Loup, car c'est un homme intelligent. Mais malgré tout les préjugés de naissance et surtout le cléricalisme l'aveuglent. Ah ! me dit-il, le commandant Duroc, le professeur d'histoire militaire dont je t'ai parlé, en voilà un qui, paraît-il, marche à fond dans nos idées. Du reste, le contraire m'eût étonné, parce qu'il est non seulement sublime d'intelligence, mais radical-socialiste et franc-maçon.

Autant par politesse pour ses amis à qui les professions de foi dreyfusardes de Saint-Loup étaient pénibles que parce que le reste m'intéressait davantage, je demandai à mon voisin si c'était exact que ce commandant fît, de l'histoire militaire, une démonstration d'une véritable beauté esthétique. « C'est absolument vrai. »

— Mais qu'entendez-vous par là ?

— Eh bien ! par exemple, tout ce que vous lisez, je suppose dans le récit d'un narrateur militaire, les plus petits faits, les plus petits événements, ne sont que les signes d'une idée qu'il faut dégager et qui souvent en recouvre d'autres, comme dans un palimpseste. De sorte que vous avez un ensemble aussi intellectuel que n'importe quelle science ou n'importe quel art et qui est satisfaisant pour l'esprit.

— Exemples, si je n'abuse pas.

— C'est difficile à te dire comme cela, interrompit Saint-Loup. Tu lis par exemple que tel corps a tenté... Avant même d'aller plus loin, le nom du corps, sa composition, ne sont pas sans signification. Si ce n'est pas la première fois que l'opération est essayée, et si pour la même opération nous voyons apparaître un autre corps, ce peut-être le signe que les précédents ont été anéantis ou fort endommagés par ladite opération, qu'ils ne sont plus en état de la mener à bien. Or, il faut s'enquérir quel était ce corps aujourd'hui anéanti; si c'étaient des troupes de choc, mises en réserves pour de puissants assauts, un nouveau corps de moindre qualité a peu de chance de réussir là où elles ont échoué. De plus si ce n'est pas au début d'une campagne, ce nouveau corps lui-même peut être composé de bric et de broc, ce qui sur les forces dont dispose encore le belligérant, sur la proximité du moment, où elles seront inférieures à celles de l'adversaire, peut fournir des indications qui donneront à l'opération elle-même que ce corps va tenter une signification différente, parce que, s'il n'est plus en état de réparer ses pertes, ses succès eux-mêmes ne feront que l'acheminer, arithmétiquement, vers l'anéantissement final. D'ailleurs le n° désignatif du corps qui lui est opposé n'a pas moins de signification. Si, par exemple c'est une unité beaucoup plus faible et qui a déjà consommé plusieurs unités importantes de l'adversaire, l'opération elle-même change de caractère car, dût-elle se terminer par la perte de la position que tenait le défenseur, l'avoir tenue quelque temps peut être un grand succès, si avec de très petites forces cela a suffi à en détruire de très importantes chez l'adversaire. Tu peux comprendre que si dans l'analyse des corps engagés, on trouve ainsi des choses importantes, l'étude de la position elle-même, des routes, des voies ferrées qu'elle commande, des ravitaillements qu'elle protège est de plus grande conséquence. Il faut étudier ce que j'appellerai tout le contexte géographique, ajouta-t-il en riant. (Et en effet, il fut si content de cette expression, que, dans la suite, chaque fois qu'il l'employa, même des mois après, il eut toujours le même rire.) Pendant que l'opération est préparée par l'un des belligérants, si tu lis qu'une de ses patrouilles est anéantie dans les environs de la position par l'autre belligérant, une des conclusions que tu peux tirer, est que le premier cherchait à se rendre compte des travaux défensifs, par lesquels le deuxième a l'intention de faire échec à son attaque. Une action particulièrement violente sur un point peut signifier le désir de le conquérir, mais aussi le désir de retenir là l'adversaire, de ne pas lui répondre là où il a attaqué, ou même n'être qu'une feinte et cacher, par ce redoublement de violence, des prélèvements de troupes à cet endroit (C'est une feinte classique dans les guerres de Napoléon). D'autre part, pour comprendre la signification d'une manœuvre, son but probable et, par conséquent, de quelles autres elle sera accompagnée ou suivie, il n'est pas indifférent de consulter beaucoup moins ce qu'en annonce le commandement et qui peut être destiné à tromper l'adversaire, à masquer un échec possible ; que les règlements militaires du pays. Il est toujours à supposer que la manœuvre qu'a voulu tenter une armée est celle que prescrivait le règlement en vigueur dans les circonstances analogues. Si par exemple, le règlement prescrit d'accompagner une attaque de front par une attaque de flanc, si cette seconde attaque ayant échoué le commandement prétend qu'elle était sans lien avec la première et n'était qu'une diversion, il y a chance pour que la vérité doive être cherchée dans le règlement et non dans les dires du commandement. Et il n'y a pas que les règlements de chaque armée, mais leurs traditions, leurs habitudes, leurs doctrines. L'étude de l'action diplomatique toujours en perpétuel état d'action ou de réaction sur l'action militaire ne doit pas être négligée non plus. Des incidents en apparence insignifiants, mal compris à l'époque, t'expliqueront que l'ennemi, comptant sur une aide dont ces incidents trahissent qu'il a été privé, n'a exécuté en réalité qu'une partie de son action stratégique. De sorte que si tu sais lire l'histoire militaire, ce qui est récit confus pour le commun des lecteurs est pour toi un enchaînement aussi rationnel qu'un tableau pour l'amateur qui sait regarder ce que le personnage porte sur lui, tient dans les mains et tandis que le visiteur ahuri des musées se laisse étourdir et migrainer par de vagues couleurs. Mais comme pour certains tableaux où il ne suffit pas de remarquer que le personnage tient un calice, mais où il faut savoir pourquoi le peintre lui a mis dans les mains un calice, ce qu'il symbolise par là, ces opérations militaires, en dehors même de leur but immédiat, sont habituellement dans l'esprit du général qui dirige la campagne, calquées sur des batailles plus anciennes qui sont, si tu veux, comme le passé, comme la bibliothèque, comme l'érudition, comme l'étymologie, comme l'aristocratie des batailles nouvelles. Remarque que je ne parle pas en ce moment de l'identidé locale, comment dirais-je, spatiale des batailles. Elle existe aussi. Un champ de bataille n'a pas été ou ne sera pas à travers les siècles que le champ d'une seule bataille. S'il a été champ de bataille c'est qu'il réunissait certaines conditions de situation géographique, de nature géologique, de défauts même propres à gêner l'adversaire (un fleuve, par exemple, le coupant en deux) qui en ont fait un bon champ de bataille. Donc il l'a été, il le sera. On ne fait pas un atelier de peinture avec n'importe quelle chambre, on ne fait pas un champ de bataille avec n'importe quel endroit. Il y a des lieux prédestinés. Mais encore une fois, ce n'est pas de cela que je parlais, mais du type de bataille qu'on imite, d'une espèce de décalque stratégique, de pastiche tactique, si tu veux : la bataille d'Ulm, de Lodi, de Leipzig, de Cannes. Je ne sais s'il y aura encore des guerres ni entre

100

quels peuples ; mais s'il y en a, sois sûr qu'il y aura (et sciemment de la part du chef) un Cannes, un Austerlitz, un Rosbach, un Waterloo, sans parler des autres quelques-uns ne se gênent pas pour le dire. Le Maréchal von Schieffer et le Général de Falkenhausen ont d'avance préparé contre la France une bataille de Cannes, genre Annibal, avec fixation de l'adversaire sur tout le front et avance par les deux ailes, surtout par la droite en Belgique, tandis que Bernhardi préfère l'ordre oblique de Frédéric le Grand, Lenthen plutôt que Cannes. D'autres exposent moins crûment leurs vues mais je te garantis bien, mon vieux, que Beauconseil, ce chef d'escadrons à qui je t'ai présenté l'autre jour et qui est un officier du plus grand avenir a potassé sa petite attaque du Pratzen, la connaît dans les coins, la tient en réserve et que si jamais il a l'occasion de l'exécuter, il ne ratera pas le coup et nous la servira dans les grandes largeurs. L'enfoncement du centre à Rivoli, va, ça se refera s'il y a encore des guerres. Ce n'est pas plus périmé que l'*Iliade*. J'ajoute qu'on est presque condamné aux attaques frontales parce qu'on ne veut pas retomber dans l'erreur de 70, mais faire de l'offensive, rien que de l'offensive. La seule chose qui me trouble est que si je ne vois que des esprits retardataires s'opposer à cette magnifique doctrine, pourtant un de mes plus jeunes maîtres qui est un homme de génie, Mangin, voudrait qu'on laisse sa place, place provisoire, naturellement, à la défensive. On est bien embarrassé de lui répondre quand il cite comme exemple Austerlitz où la défense n'est que le prélude de l'attaque et de la victoire. »

Ces théories de Saint-Loup me rendaient heureux. Elles me faisaient espérer que peut-être je n'étais pas dupe dans ma vie de Doncières, à l'égard de ces officiers dont j'entendais parler en buvant du sauternes qui projetait sur eux son reflet charmant, de ce même grossissement qui m'avait fait paraître énorme tant que j'étais à Balbec, le roi et la reine d'Océanie, la petite société des quatre gourmets, le jeune homme joueur, le beau-frère de Legrandin, maintenant diminués à mes yeux jusqu'à me paraître inexistants. Ce qui me plaisait aujourd'hui ne me deviendrait peut-être pas indifférent demain, comme cela m'était toujours arrivé jusqu'ici, l'être que j'étais encore en ce moment, n'était peut-être pas voué à une destruction prochaine, puisque, à la passion ardente et fugitive que je portais ces quelques soirs, à tout ce qui concernait la vie militaire, Saint-Loup, par ce qu'il venait de me dire, touchant l'art de la guerre, ajoutait un fondement intellectuel, d'une nature permanente, capable de m'attacher assez fortement pour que je pusse croire, sans essayer de me tromper moi-même, qu'une fois parti, je continuerais à m'intéresser aux travaux de mes amis de Doncières et ne tarderais pas à revenir parmi eux. Afin d'être plus assuré pourtant que cet art de la guerre fût bien un art au sens spirituel du mot :

— Vous m'intéressez, pardon, tu m'intéresses beaucoup, dis-je à Saint-Loup, mais dis-moi, il y a un point qui m'inquiète. Je sens que je pourrais me passionner pour l'art militaire, mais pour cela, il faudrait que je ne le crusse pas différent à tel point des autres arts, que la règle apprise n'y fût pas tout. Tu me dis qu'on calque des batailles. Je trouve cela en effet esthétique, comme tu disais, de voir sous une bataille moderne une plus ancienne, je ne peux te dire comme cette idée me plaît. Mais alors, est-ce que le génie du chef n'est rien ? Ne fait-il vraiment qu'appliquer des règles ? Ou bien, à science égale, y a-t-il des grands généraux comme il y a de grands chirurgiens, à qui les éléments fournis par deux états maladifs étant les mêmes au point de vue matériel, sentent pourtant à un rien, peut-être fait de leur expérience, mais interprété, que dans tel cas, ils ont plutôt à faire ceci, dans tel cas plutôt à faire cela, que dans tel cas, il convient plutôt d'opérer, dans tel cas de s'abstenir.

— Mais je crois bien ! Tu verras Napoléon ne pas attaquer quand toutes les règles voulaient qu'il attaquât, mais une obscure divination le lui déconseillait. Par exemple, vois à Austerlitz ou bien, en 1806, ses instructions à Lannes. Mais tu verras des généraux imiter scolastiquement telle manœuvre de Napoléon et arriver au résultat diamétralement opposé. Dix exemples de cela en 1870. Mais même pour l'interprétation de ce que *peut* faire l'adversaire, ce qu'il fait n'est qu'un symptôme qui peut signifier beaucoup de choses différentes. Chacune de ces choses a autant de chance d'être la vraie, si on s'en tient au raisonnement et à la science, de même que dans certains cas complexes, toute la science médicale du monde ne suffira pas à décider si la tumeur invisible est fibreuse ou non, si l'opération doit être faite ou pas. C'est le flair, la divination genre Mme de Thèbes (tu me comprends) qui décide chez le grand général, comme chez le grand médecin. Ainsi je l'ai dit, pour te prendre un exemple, ce que pouvait signifier une reconnaissance au début d'une bataille. Mais elle peut signifier dix autres choses, par exemple faire croire à l'ennemi qu'on va attaquer sur un point, pendant qu'on veut attaquer sur un autre, tendre un rideau qui l'empêchera de voir les préparatifs

102

de l'opération réelle, le forcer à amener des troupes, à les fixer, à les immobiliser dans un autre endroit que celui où elles sont nécessaires, se rendre compte des forces dont il dispose, le tâter, le forcer à découvrir son jeu. Même quelquefois, le fait qu'on engage dans une opération des troupes énormes, n'est pas la preuve que cette opération soit la vraie ; car on peut l'exécuter pour de bon, bien qu'elle ne soit qu'une feinte, pour que cette feinte ait plus de chances de tromper. Si j'avais le temps de te raconter à ce point de vue, les guerres de Napoléon, je t'assure que ces simples mouvements classiques que nous étudions, et que tu nous verras faire en service en campagne, par simple plaisir de promenade, jeune cochon; non, je sais que tu es malade, pardon ! eh bien, dans une guerre, quand on sent derrière eux la vigilance, le raisonnement et les profondes recherches du haut commandement, on est ému devant eux comme devant les simples feux d'un phare, lumière matérielle, mais émanation de l'esprit et qui fouille l'espace pour signaler le péril aux vaisseaux. J'ai même peut-être tort de te parler seulement littérature de guerre. En réalité comme la constitution du sol, la direction du vent et de la lumière indiquent de quel côté un arbre poussera, les conditions dans lesquelles se font une campagne, les caractéristiques du pays où on manœuvre, commandent en quelque sorte et limitent les plans entre lesquels le général peut choisir. De sorte que le long des montagnes, dans un système de vallées, sur telles plaines, c'est presque avec le caractère de nécessité et de beauté grandiose des avalanches que tu peux prédire la marche des armées.

— Tu me refuses maintenant la liberté chez le chef, la divination chez l'adversaire qui veut lire dans ses plans, que tu m'octroyais tout à l'heure.

— Mais pas du tout ! Tu te rappelles ce livre de philosophie que nous lisions ensemble à Balbec, la richesse du monde des possibles par rapport au monde réel. Eh bien! c'est encore ainsi en art militaire. Dans une situation donnée il y aura quatre plans qui s'imposent et entre lesquels le général a pu choisir, comme une maladie peut suivre diverses évolutions auxquelles le médecin doit s'attendre. Et là encore la faiblesse et la grandeur humaines sont des causes nouvelles d'incertitude. Car entre ces quatre plans, mettons que des raisons contingentes, (comme des buts accessoires à atteindre, ou le temps, qui presse, ou le petit nombre et le mauvais ravitaillement de ses effectifs) fassent préférer au général le premier plan qui est moins parfait, mais

103

d'une exécution moins coûteuse, plus rapide et ayant pour terrain un pays plus riche pour nourrir son armée. Il peut, ayant commencé par ce premier plan dans lequel l'ennemi, d'abord incertain, lira bientôt, ne pas pouvoir y réussir, à cause d'obstacles trop grands, c'est ce que j'appelle l'aléa né de la faiblesse humaine, l'abandonner et essayer du deuxième ou du troisième ou du quatrième plans. Mais il se peut aussi qu'il n'ait essayé du premier — et c'est ici ce que j'appelle la grandeur humaine — que par feinte pour fixer l'adversaire de façon à le surprendre là où il ne croyait pas être attaqué. C'est ainsi qu'à Ulm, Mack qui attendait l'ennemi à l'ouest, fut enveloppé par le nord où il se croyait bien tranquille. Mon exemple n'est du reste pas très bon. Et Ulm est un meilleur type de bataille d'enveloppement que l'avenir verra se reproduire parce qu'il n'est pas seulement un exemple classique dont les généraux s'inspireront mais une forme en quelque sorte nécessaire (nécessaire entre d'autres, ce qui laisse le choix, la variété) comme un type de cristallisation. Mais tout cela ne fait rien parce que ces cadres sont malgré tout factices. J'en reviens à notre livre de philosophie, c'est comme les principes rationnels, ou les lois scientifiques, la réalité se conforme à cela, à peu près, mais rappelle-toi le grand mathématicien Poincaré, il n'est pas sûr que les mathématiques soient rigoureusement exactes. Quant aux règlements eux-mêmes, dont je t'ai parlé, ils sont en somme d'une importance secondaire et d'ailleurs on les change de temps en temps. Ainsi pour nous autres cavaliers, nous vivons sur le *Service en Campagne* de 1895 dont on peut dire qu'il est périmé, puisqu'il repose sur la vieille et désuète doctrine qui considère que le combat de cavalerie n'a guère qu'un effet moral par l'effroi que la charge produit sur l'adversaire. Or, les plus intelligents de nos maîtres, tout ce qu'il y a de meilleur dans la cavalerie et notamment le commandant dont je te parlais, envisagent au contraire que la décision sera obtenue par une véritable mêlée où on s'escrimera du sabre et de la lance et où le plus tenace sera vainqueur non pas simplement moralement et par impression de terreur, mais matériellement.

— Saint-Loup a raison et il est probable que le prochain *Service en Campagne* portera la trace de cette évolution, dit mon voisin.

— Je ne suis pas fâché de ton approbation car tes avis semblent faire plus impression que les miens sur mon ami, dit en riant Saint-Loup, soit que cette sympathie naissante entre son camarade et moi l'agaçât un peu, soit qu'il trouvât gentil de la consacrer en le constatant aussi officiellement. Et puis j'ai peut-être diminué l'importance des règlements. On les change, c'est certain. Mais en attendant ils commandent la situation militaire, les plans de campagne et de concentration. S'ils reflètent une fausse conception stratégique, ils peuvent être le principe initial de la défaite. Tout cela, c'est un peu technique pour toi, me dit-il. Au fond, dis-toi bien que ce qui précipite le plus l'évolution de l'art de la guerre, ce sont les guerres elles-mêmes. Au cours d'une campagne, si elle est un peu longue, on voit l'un des belligérants profiter des leçons que lui donnent les succès et les fautes de l'adversaire, perfectionner les méthodes de celui-ci qui, à son tour, enchérit. Mais cela c'est du passé. Avec les terribles progrès de l'artillerie, les guerres futures, s'il y a encore des guerres, seront si courtes qu'avant qu'on ait pu songer à tirer parti de l'enseignement, la paix sera faite.

— Ne sois pas si susceptible, dis-je à Saint-Loup, répondant à ce qu'il avait dit avant ces dernières paroles. Je t'ai écouté avec assez d'avidité !

— Si tu veux bien ne plus prendre la mouche et le permettre, reprit l'ami de Saint-Loup, j'ajouterai à ce que tu viens de dire que si les batailles s'imitent et se superposent, ce n'est pas seulement à cause de l'esprit du chef. Il peut arriver qu'une erreur du chef (par exemple son appréciation insuffisante de la valeur de l'adversaire) l'amène à demander à ses troupes, des sacrifices exagérés, sacrifices que certaines unités accompliront avec une abnégation si sublime que leur rôle sera par là analogue à celui de telle autre unité dans telle autre bataille et seront cités dans l'histoire comme des exemples interchangeables: pour nous en tenir à 1870, la garde prussienne à Saint-Privat, les turcos à Fræschviller et à Wissembourg.

— Ah ! interchangeables, très exact ! excellent ! tu es intelligent, dit Saint-Loup.

Je n'étais pas indifférent à ces derniers exemples comme chaque fois que sous le particulier on me montrait le général. Mais pourtant le génie du chef, voilà ce qui m'intéressait, j'aurais voulu me rendre compte en quoi il consistait, comment, dans une circonstance donnée, où le chef sans génie ne pourrait résister à l'adversaire, s'y prendrait le chef génial pour rétablir la bataille compromise, ce qui, au dire de Saint-Loup, était très possible et avait été réalisé par Napoléon plusieurs fois. Et pour comprendre ce que c'était que la valeur militaire, je demandais des comparaisons entre les généraux dont je savais les noms, lequel avait le plus une nature de chef, des dons de tacticien, quitte à ennuyer mes nouveaux amis, qui du moins ne le laissaient pas voir et me répondaient avec une infatigable bonté.

Je me sentais séparé (non seulement de la grande nuit glacée qui s'étendait au loin et dans laquelle nous entendions de temps en temps le sifflet d'un train qui ne faisait que rendre plus vif le plaisir d'être là, ou les tintements d'une heure qui heureusement était encore éloignée de celle où ces jeunes gens devraient reprendre leurs sabres et rentrer), mais aussi de toutes les préoccupations extérieures, presque du souvenir de Mme de Guermantes, par la bonté de Saint-Loup à laquelle celle de ses amis qui s'y ajoutait donnait comme plus d'épaisseur; par la chaleur aussi de cette petite salle à manger, par la saveur des plats raffinés qu'on nous servait. Ils donnaient autant de plaisir à mon imagination qu'à ma gourmandise ; parfois le petit morceau de nature d'où ils avaient été extraits, bénitier rugueux de l'huître dans lequel restent quelques gouttes d'eau salée, ou sarment noueux, pampres jaunis d'une grappe de raisin, les entourait encore, incomestible, poétique et lointain comme un paysage et faisant se succéder au cours du dîner les évocations d'une sieste sous une vigne et d'une promenade en mer ; d'autres soirs c'est par le cuisinier seulement qu'était mise en relief cette particularité originale des mets, qu'il présentait dans son cadre naturel comme une œuvre d'art ; et un poisson cuit au court-bouillon était apporté dans un long plat en terre, où, comme il se détachait en relief sur des jonchées d'herbes bleuâtres, infrangible mais contourné encore d'avoir été jeté vivant dans l'eau bouillante, entouré d'un cercle, de coquillages d'animalcules satellites, crabes, crevettes et moules, il avait l'air d'apparaître dans une céramique de Bernard Palissy.

— Je suis jaloux, je suis furieux, me dit Saint-Loup, moitié en riant, moitié sérieusement, faisant allusion aux interminables conversations à part que j'avais avec son ami. « Est-ce que vous le trouvez plus intelligent que moi, est-ce que vous l'aimez mieux que moi ? Alors, comme ça, il n'y en a plus que pour lui ? » Les hommes qui aiment énormément une femme, qui vivent dans une société d'hommes à femmes se permettent des plaisanteries que d'autres qui y verraient moins d'innocence n'oseraient pas.

Dès que la conversation devenait générale, on évitait de parler de Dreyfus de peur de froisser Saint-Loup. Pourtant une semaine plus tard, deux de ses camarades firent remarquer combien il était curieux que vivant dans un milieu si militaire, il fût tellement dreyfusard, presque antimilitariste : « C'est, dis-je, ne voulant pas entrer dans des détails

106

que l'influence du milieu n'a pas l'importance qu'on croit...» Certes, je comptais m'en tenir là et ne pas reprendre les réflexions que j'avais présentées à Saint-Loup quelques jours plus tôt. Malgré cela, comme ces mots-là, du moins, je les lui avais dits presque textuellement, j'allais m'en excuser en ajoutant : « C'est justement ce que l'autre jour... » Mais j'avais compté sans le revers qu'avait la gentille admiration de Robert pour moi et pour quelques autres personnes. Cette admiration se complétait d'une si entière assimilation de leurs idées qu'au bout de quarante-huit heures il avait oublié que ces idées n'étaient pas de lui. Aussi en ce qui concernait ma modeste thèse, Saint-Loup absolument comme si elle eut toujours habité son cerveau, et si je ne faisais que chasser sur ses terres, crut devoir me souhaiter la bienvenue avec chaleur et m'approuver.

— Mais oui ! le milieu n'a pas d'importance.

Et avec la même force que s'il avait peur que je l'interrompisse ou ne le comprisse pas :

— La vraie influence c'est celle du milieu intellectuel ! On est l'homme de son idée !

Il s'arrêta un instant, avec le sourire de quelqu'un qui a bien digéré, laissa tomber son monocle, et posant son regard comme une vrille sur moi :

— Tous les hommes d'une même idée sont pareils, me dit-il, d'un air de défi. Il n'avait sans doute aucun souvenir que je lui avais dit peu de jours auparavant ce qu'il s'était en revanche si bien rappelé. Je n'arrivais pas tous les soirs au restaurant de Saint-Loup dans les mêmes dispositions. Si un souvenir, un chagrin qu'on a, sont capables de nous laisser, au point que nous ne les apercevions plus ils reviennent aussi et parfois de longtemps, ne nous quittent. Il y avait des soirs où en traversant la ville pour aller vers le restaurant, je regrettais tellement Mme de Guermantes, que j'avais peine à respirer : on aurait dit qu'une partie de ma poitrine avait été sectionnée par un anatomiste habile, enlevée, et remplacée par une partie égale de souffrance immatérielle, par un équivalent de nostalgie et d'amour. Et les points de suture ont beau avoir été bien faits, on vit assez malaisément quand le regret d'un être est substitué aux viscères, il a l'air de tenir plus de place qu'eux, on le sent perpétuellement, et puis, quelle ambiguité d'être obligé de *penser* une partie de son corps. Seulement il semble qu'on vaille davantage. A la moindre brise on soupire d'oppression, mais aussi de langueur. Je regardais le ciel. S'il

107

était clair, je me disais : « Peut-être elle est à la campagne, elle regarde les mêmes étoiles », et qui sait si en arrivant au restaurant Robert ne va pas me dire : « Une bonne nouvelle, ma tante vient de m'écrire, elle voudrait te voir, elle va venir ici ». Ce n'est pas dans le firmament seul que je mettais la pensée de Mme de Guermantes. Un souffle d'air un peu doux qui passait, semblait m'apporter un message d'elle comme jadis de Gilberte, dans les blés de Méséglise : on ne change pas, on fait entrer dans le sentiment qu'on rapporte à un être bien des éléments assoupis qu'il réveille mais qui lui sont étrangers. Et puis ces sentiments particuliers toujours quelque chose en nous s'efforce de les amener à plus de vérité, c'est-à-dire de les faire se rejoindre à un sentiment plus général, commun à toute l'humanité, avec lesquel les individus et les peines qu'ils nous causent nous sont seulement une occasion de communiquer. Ce qui mêlait quelque plaisir à ma peine c'est que je la savais une petite partie de l'universel amour. Sans doute de ce que je croyais reconnaître des tristesses que j'avais éprouvées à propos de Gilberte, ou bien quand le soir à Combray, maman ne restait pas dans ma chambre, et aussi le souvenir de certaines pages de Bergotte, dans la souffrance que j'éprouvais et à laquelle Mme de Guermantes, sa froideur, son absence, n'étaient pas liées clairement comme la cause l'est à l'effet dans l'esprit d'un savant, je ne concluais pas que Mme de Guermantes ne fût pas cette cause. N'y a-t-il pas telle douleur physique diffuse, s'étendant par irradiation dans des régions extérieures à la partie malade, mais qu'elle abandonne pour se dissiper entièrement si un praticien touche le point précis d'où elle vient. Et pourtant avant cela, son extension lui donnait pour nous un tel caractère de vague et de fatalité qu'impuissants à l'expliquer, à la localiser même, nous croyions impossible de la guérir. Tout en m'acheminant vers le restaurant je me disais : « Il y a déjà quatorze jours que je n'ai vu Mme de Guermantes ». Quatorze jours ce qui ne paraissait pas une chose énorme qu'à moi qui, quand il s'agissait de Mme de Guermantes, comptais par minutes. Pour moi ce n'était plus seulement les étoiles et la brise mais jusqu'aux divisions arithmétiques du temps qui prenaient quelque chose de douloureux et de poétique. Chaque jour était maintenant comme la crête mobile d'une colline incertaine : d'un côté je sentais que je pouvais descendre vers l'oubli, de l'autre, j'étais emporté par le besoin de revoir la duchesse. Et j'étais tantôt plus près de l'un ou de l'autre, n'ayant pas d'équilibre stable. Un jour je me dis : « Il y aura peut-être une lettre ce soir » et en arrivant dîner j'eus le courage de dire à Saint-Loup :

— Tu n'as pas par hasard des nouvelles de Paris ?

— Si, me répondit-il, d'un air sombre, elles sont mauvaises.

Je respirai en comprenant que ce n'était que lui qui avait du chagrin et que les nouvelles étaient celles de sa maîtresse. Mais je vis bientôt qu'une de leurs conséquences serait d'empêcher Robert de me mener, de longtemps, chez sa tante.

J'appris qu'une querelle avait éclaté entre lui et sa maîtresse, soit par correspondance, soit qu'elle fût venue un matin le voir entre deux trains. Et les querelles, même moins graves, qu'ils avaient eues jusqu'ici, semblaient toujours devoir être insolubles. Car elle était de mauvaise humeur, trépignait, pleurait, pour des raisons aussi incompréhensibles que les enfants qui s'enferment dans un cabinet noir, ne viennent pas dîner, refusant toute explication, et ne font que redoubler de sanglots quand, à bout de raisons, on leur donne des claques. Saint-Loup souffrit horriblement de cette brouille, mais c'est une manière de dire qui est trop simple et fausse par là l'idée qu'on doit se faire de cette douleur. Quand il se retrouva seul, n'ayant plus qu'à songer à sa maîtresse partie avec le respect pour lui qu'elle avait éprouvé en le voyant si énergique, les anxiétés qu'il avait eues les premières heures prirent fin devant l'irréparable, et la cessation d'une anxiété est une chose si douce, que la brouille une fois certaine prit pour lui un peu du même genre de charme qu'aurait eu une réconciliation. Ce dont il commença à souffrir un peu plus tard, furent une douleur, un accident secondaires, dont le flux venait incessamment de lui-même, à l'idée que peut-être elle aurait bien voulu se rapprocher, qu'il n'était pas impossible qu'elle attendît un mot de lui, qu'en attendant pour se venger elle ferait peut-être tel soir, à tel endroit telle chose et qu'il n'y aurait qu'à lui télégraphier qu'il arrivait pour qu'elle n'eût pas lieu, que d'autres peut-être profitaient du temps qu'il laissait perdre, et qu'il serait trop tard dans quelques jours pour la retrouver car elle serait prise. De toutes ces possibilités il ne savait rien, sa maîtresse gardait un silence qui finit par affoler sa douleur jusqu'à lui faire se demander si elle n'était pas cachée à Doncières ou partie pour les Indes.

On a dit que le silence était une force ; dans un tout autre sens il en est une terrible à la disposition de ceux qui sont aimés. Elle accroît l'anxiété de qui attend. Rien n'invite tant à s'approcher d'un être que ce qui en sépare, et quelle plus infranchissable barrière que le silence ? On a dit aussi que le silence était un supplice, et capable de rendre fou celui qui y était astreint dans les prisons. Mais quel supplice — plus grand que de garder le silence — de l'endurer de ce qu'on aime ! Robert se disait : « Que fait-elle donc, pour qu'elle se taise ainsi ? Sans doute, elle me trompe avec d'autres ? » Il disait encore : « Qu'ai-je donc fait pour qu'elle se taise ainsi ? Elle me hait peut-être, et pour toujours. » Et il s'accusait. Ainsi le silence le rendait fou en effet, par la jalousie et par le remords. D'ailleurs, plus cruel que celui des prisons, ce silence-là est prison lui-même. Une clôture immatérielle, sans doute, mais impénétrable, cette tranche interposée d'atmosphère vide, mais que les rayons visuels de l'abandonné ne peuvent traverser. Est-il un plus terrible éclairage que le silence qui ne nous montre pas une absente, mais mille, et chacune se livrant à quelque autre trahison. Parfois, dans une brusque détente, ce silence, Robert, croyait qu'il allait cesser à l'instant, que la lettre attendue allait venir. Il la voyait, elle arrivait, il épiait chaque bruit, il était déjà désaltéré, il murmurait : « La lettre ! La lettre ! » Après avoir entrevu ainsi une oasis imaginaire de tendresse, il se retrouvait piétinant dans le désert réel du silence sans fin.

Il souffrait d'avance sans en oublier une, toutes les douleurs d'une rupture qu'à d'autres moments il croyait pouvoir éviter, comme les gens qui règlent toutes leurs affaires en vue d'une expatriation qui ne s'effectuera pas, et dont la pensée, qui ne sait plus où elle devra se situer le lendemain, s'agite momentanément, détachée d'eux, pareille à ce cœur qu'on arrache à un malade et qui continue à battre, séparé du reste du corps. En tout cas, cette espérance que sa maîtresse reviendrait, lui donnait le courage de persévérer dans la rupture, comme la croyance qu'on pourra revenir vivant du combat aide à affronter la mort. Et comme l'habitude est de toutes les plantes humaines, celle qui a le moins besoin de sol nourricier pour vivre et qui apparaît la première sur le roc en apparence le plus désolé, peut-être en pratiquant d'abord la rupture par feinte, il aurait fini par s'y accoutumer sincèrement. Mais l'incertitude entretenait chez lui un état qui, lié au souvenir de cette femme ressemblait à l'amour. Il se forçait cependant à ne pas lui écrire, pensant peut-être que le tourment était moins cruel de vivre sans sa maîtresse qu'avec elle dans certaines conditions, ou qu'après la façon dont ils s'étaient quittés, attendre ses excuses était nécessaire pour qu'elle conservât ce qu'il croyait qu'elle avait pour lui sinon d'amour, du moins d'estime et de respect. Il se contentait d'aller au téléphone qu'on venait d'installer à Doncières, et de demander des nouvelles, ou donner des instructions à une femme de chambre qu'il avait placée auprès de son amie. Ces communications étaient du reste compliquées et lui prenaient plus de temps parce que suivant les opinions de ses amis littéraires relativement à la laideur de la capitale mais surtout en considération de ses bêtes, de ses chiens, de son singe, de ses serins et de son perroquet, dont son propriétaire de Paris avait cessé de tolérer les cris incessants, la maîtresse de Robert venait de louer une petite propriété aux environs de Versailles. Cependant lui, à Doncières ne dormait plus un instant la nuit. Une fois, chez moi, vaincu par la fatigue, il s'assoupit un peu. Mais tout d'un coup, il commença à parler, il voulait courir, empêcher quelque chose, il disait : « Je l'entends, vous ne... vous ne... » Il s'éveilla. Il me dit qu'il venait de rêver qu'il était à la campagne chez le maréchal des logis chef. Celui-ci avait tâché de l'écarter d'une certaine partie de la maison. Saint-Loup avait deviné que le maréchal des logis avait chez lui un lieutenant très riche et très vicieux qu'il savait désirer beaucoup son amie. Et tout à coup dans son rêve il avait distinctement entendu les cris intermittents et réguliers qu'avait l'habitude de pousser sa maîtresse aux instants de volupté. Il avait voulu forcer le maréchal des logis de le mener à la chambre. Et celui-ci le maintenait pour l'empêcher d'y aller, tout en ayant un certain air froissé de tant d'indiscrétion, que Robert disait qu'il ne pourrait jamais oublier.

— Mon rêve est idiot, ajouta-t-il encore tout essoufflé.

Mais je vis bien que pendant l'heure qui suivit, il fut plusieurs fois sur le point de téléphoner à sa maîtresse pour lui demander de se réconcilier. Mon père avait le téléphone depuis peu mais je ne sais si cela eût beaucoup servi à Saint-Loup. D'ailleurs il ne me semblait pas très convenable de donner à mes parents, même seulement à un appareil posé chez eux, ce rôle d'intermédiaire entre Saint-Loup et sa maîtresse, si distinguée et noble de sentiments que pût être celle-là. Le cauchemar qu'avait eu Saint-Loup s'effaça un peu de son esprit. Le regard distrait et fixe, il vint me voir durant tous ces jours atroces qui dessinèrent pour moi, en se suivant l'un l'autre, comme la courbe magnifique de quelque rampe durement forgée d'où Robert restait à se demander quelle résolution son amie allait prendre.

Enfin, elle lui demanda s'il consentirait à pardonner. Aussitôt qu'il eut compris que la rupture était évitée, il vit tous les inconvénients d'un rapprochement. D'ailleurs il souffrait déjà moins et avait presque accepté une douleur dont il faudrait, dans quelques mois peut-être retrouver à nouveau la morsure si sa liaison recommençait. Il n'hésita pas longtemps. Et peut-être n'hésita-t-il que parce qu'il était enfin certain de pouvoir reprendre sa maîtresse, de le pouvoir, donc de le faire. Seulement elle lui demandait pour qu'elle retrouvât son calme, de ne pas revenir à Paris au 1er janvier. Or, il n'avait pas le courage d'aller à Paris sans la voir. D'autre part elle avait consenti à voyager avec lui, mais pour cela il lui fallait un véritable congé que le capitaine de Borodino ne voulait pas lui accorder.

— Cela m'ennuie à cause de notre visite chez ma tante qui se trouve ajournée. Je retournerai sans doute à Paris à Pâques.

— Nous ne pourrons pas aller chez Mme de Guermantes à ce moment-là, car je serai déjà à Balbec. Mais ça ne fait absolument rien.

— A Balbec ? mais vous n'y étiez allé qu'au mois d'août.

— Oui, mais cette année à cause de ma santé on doit m'y envoyer plus tôt.

Toute sa crainte était que je ne jugeasse mal sa maîtresse, après ce qu'il m'avait raconté. « Elle est violente seulement parce qu'elle est trop franche, trop entière dans ses sentiments. Mais c'est un être sublime. Tu ne peux pas t'imaginer les délicatesses de poésie qu'il y a chez elle. Elle va passer tous les ans le jour des morts à Bruges. C'est « bien » n'est-ce pas. Si jamais tu la connais, tu verras, elle a une grandeur... » Et comme il était imbu d'un certain langage qu'on parlait autour de cette femme dans des milieux littéraires : « Elle a quelque chose de sidéral et même de vatique, tu comprends ce que je veux dire, le poète qui était presque un prêtre. »

Je cherchai pendant tout le dîner un prétexte qui permît à Saint-Loup de demander à sa tante de me recevoir sans attendre qu'il vînt à Paris. Or, ce prétexte me fut fourni par le désir que j'avais de revoir des tableaux d'Elstir, le grand peintre que Saint-Loup et moi nous avions connu à Balbec. Prétexte où il y avait d'ailleurs, quelque vérité car si dans mes visites à Elstir, j'avais demandé à sa peinture de me conduire à la compréhension et à l'amour de choses meilleures qu'elle-même, un dégel véritable, une authentique place de province, de vivantes femmes sur la plage (tout au plus lui eussé-je commandé le portrait des réalités que je n'avais pas su approfondir, comme un chemin d'aubépine, non pour qu'il me conservât leur beauté mais me la découvrit), maintenant au contraire, c'était l'originalité, la séduction de ces peintures qui excitait mon désir et ce que je voulais surtout voir, c'était d'autres tableaux d'Elstir.

Il me semblait d'ailleurs que ses moindres tableaux à lui, étaient quelque chose d'autre que les chefs-d'œuvre de peintres même plus grands. Son œuvre était comme un royaume clos, aux frontières infranchissables, à la matière sans seconde. Collectionnant avidement les rares revues où on avait publié des études sur lui, j'y avais appris que ce n'était que récemment qu'il avait commencé à peindre des paysages et des natures mortes, mais qu'il avait commencé par des tableaux mythologiques (j'avais vu les photographies de deux d'entre eux dans son atelier), puis avait été longtemps impressionné par l'art japonais.

Certaines des œuvres les plus caractéristiques de ses diverses manières, se trouvaient en province. Telle maison des Andelys où était un de ses plus beaux paysages, m'apparaissait aussi précieuse, me donnait un aussi vif désir du voyage, qu'un village chartrain dans la pierre meulière duquel est enchâssé un glorieux vitrail ; et vers le possesseur de ce chef-d'œuvre, vers cet homme qui au fond de sa maison grossière, sur le grand'rue, enfermé comme un astrologue, interrogeait un de ces miroirs du monde qu'est un tableau d'Elstir et qui l'avait peut-être acheté plusieurs milliers de francs, je me sentais porté par cette sympathie qui unit jusqu'aux cœurs, jusqu'aux caractères de ceux qui pensent de la même façon que nous sur un sujet capital. Or, trois œuvres importantes de mon peintre préféré étaient désignées dans l'une de ces revues comme appartenant à Mme de Guermantes. Ce fut donc en somme sincèrement que le soir où Saint-Loup m'avait annoncé le voyage de son amie à Bruges je pus, pendant le dîner, devant ses amis, lui jeter comme à l'improviste :

— Ecoute, tu permets ? dernière conversation au sujet de la dame dont nous avons parlé. Tu te rappelles Elstir, le peintre que j'ai connu à Balbec.

— Mais, voyons, naturellement.

— Tu te rappelles mon admiration pour lui

— Très bien, et la lettre que nous lui avions fait remettre.

— Eh bien, une des raisons pas des plus importantes, une raison accessoire pour laquelle je désirerais connaître ladite dame, tu sais toujours bien laquelle.

— Mais oui ! que de parenthèses.

— C'est qu'elle a chez elle au moins un très beau tableau d'Elstir.

— Tiens, je ne savais pas.

— Elstir sera sans doute à Balbec à Pâques, vous savez qu'il passe maintenant presque toute l'année sur cette côte. J'aurais beaucoup aimé avoir vu ce tableau avant mon départ. Je ne sais si vous êtes en termes assez intimes avec votre tante : ne pourriez-vous, en me faisant assez habilement valoir à ses yeux pour qu'elle ne refuse pas, lui demander de me laisser aller voir le tableau sans vous, puisque vous ne serez pas là.

— C'est entendu, je réponds pour elle, j'en fais mon affaire.

— Robert, comme je vous aime.

— Vous êtes gentil de m'aimer mais vous le seriez aussi de me tutoyer comme vous l'aviez promis et comme tu avais commencé de le faire.

— J'espère que ce n'est pas votre départ, que vous complotez, me dit un des amis de Robert. Vous savez, si Saint-Loup part en permission, cela ne doit rien changer, nous sommes là. Ce sera peut-être moins amusant pour vous, mais on se donnera tant de peine pour tâcher de vous faire oublier son absence. En effet, au moment où on croyait que l'amie de Robert irait seule à Bruges, on venait d'apprendre que le Capitaine de Borodino, jusque là d'un avis contraire, venait de faire accorder au sous-officier Saint-Loup une longue permission pour Bruges. Voici ce qui s'était passé. Le Prince, très fier de son opulente chevelure, était un client assidu du plus grand coiffeur de la ville, autrefois garçon de l'ancien coiffeur de Napoléon III. Le Capitaine de Borodino était au mieux avec le coiffeur car il était, malgré ses façons mystérieuses, simple avec les petites gens. Mais le coiffeur chez qui le Prince avait une note arriérée d'au moins cinq ans et que les flacons de « Portugal », d' « Eau des Souverains », les fers, les rasoirs, les cuirs enflaient non moins que les shampoings, les coupes de cheveux, etc., plaçait plus haut Saint-Loup qui payait rubis sur l'ongle, avait plusieurs voitures et des chevaux de selle. Mis au courant de l'ennui de Saint-Loup de ne pouvoir partir avec sa maîtresse, il en parla chaudement au Prince ligoté d'un surplis blanc dans le moment que le barbier lui tenait la tête renversée et menaçait sa gorge. Le récit de ces aventures galantes d'un jeune homme arracha au capitaine-prince un sourire d'indulgence bonapartiste. Il est peu probable qu'il pensa à sa note impayée, mais la recommandation du coiffeur l'inclinait autant à la bonne humeur qu'à la mauvaise, celle d'un duc. Il avait encore du savon plein le menton que la permission était promise et elle fut signée le soir même. Quant au coiffeur qui avait l'habitude de se vanter sans cesse et, afin de le pouvoir, s'attribuait, avec une faculté de mensonge extraordinaire, des prestiges entièrement inventés, pour une fois qu'il rendit un service signalé à Saint-Loup, non seulement il n'en fit pas sonner le mérite, mais, comme si la vanité avait besoin de mentir, et quand il n'y a pas lieu de le faire, cède la place à la modestie, n'en reparla jamais à Robert.

Et tous me dirent qu'aussi longtemps que je resterais à Doncières, ou à quelque époque que j'y revinsse, si Robert n'était pas là, leurs voitures, leurs chevaux, leurs maisons, leurs heures de liberté seraient à moi et je sentais que c'était de grand cœur que ces jeunes gens mettaient leur luxe, leur jeunesse, leur vigueur au service de ma faiblesse.

— Pourquoi du reste, reprirent les amis de Saint-Loup après avoir insisté pour que je restasse, ne reviendriez-vous pas tous les ans, vous voyez bien que cette petite vie vous plaît ! Et, même, vous vous intéressez à tout ce qui se passe au régiment comme un ancien.

Car je continuais à leur demander avidement de classer les différents officiers dont je savais les noms, selon l'admiration plus ou moins grande qu'ils leur semblaient mériter, comme jadis au collège, je faisais faire à mes camarades pour les acteurs du Théâtre-Français. Si à la place d'un des généraux que j'entendais toujours citer en tête de tous les autres, un Galliffet ou un Négrier, quelque ami de Saint-Loup disait : « Mais Négrier est un officier général des plus médiocres » et jetait le nom nouveau, intact et savoureux de Pau ou de Geslin de Bourgogne, j'éprouvais la même surprise heureuse, que jadis quand les noms épuisés de Thiron ou de Febvre se trouvaient refoulés par l'épanouissement soudain du nom inusité d'Amaury. « Même supérieur à Négrier ? Mais en quoi, donnez-moi un exemple ? » Je voulais qu'il existât des différences profondes jusqu'entre les officiers subalternes du régiment, et j'espérais dans la raison de ces différences saisir l'essence de ce qu'était la supériorité militaire. L'un de ceux dont cela m'eût le plus intéressé d'entendre parler, parce que c'est lui que j'avais aperçu le plus souvent, était le prince de Borodino. Mais ni Saint-Loup, ni ses amis, s'ils rendaient en lui justice au bel officier, qui assurait à son escadron une tenue incomparable, n'aimaient l'homme. Sans parler de lui évidemment sur le même ton que de certains officiers sortis du rang et francs-maçons, qui ne fréquentaient pas les autres et gardaient à côté d'eux un aspect farouche d'adjudants, ils ne semblaient pas situer M. de Borodino au nombre des autres officiers nobles, desquels à vrai dire, même à l'égard de Saint-Loup, il différait beaucoup par l'attitude. Eux, profitant de ce que Robert n'était que sous-officier et qu'ainsi sa puissante famille pouvait être heureuse qu'il fût invité chez des chefs qu'elle eût dédaignés sans cela, ne perdaient pas une occasion de le recevoir à leur table quand s'y trouvait quelque gros bonnet capable d'être utile à un jeune maréchal des logis. Seul, le capitaine de Borodino n'avait que des rapports de service, d'ailleurs excellents, avec Robert. C'est que le prince dont le grand-père avait été fait maréchal et prince-duc par l'Empereur à la famille de qui il s'était ensuite allié par son mariage, puis dont le père avait épousé une cousine de Napoléon III et avait été deux fois ministre après le coup d'Etat, sentait que malgré cela il n'était pas grand'chose pour Saint-Loup et la société des Guermantes, lesquels à leur tour, comme il ne se plaçait pas au même point de vue qu'eux, ne comptaient guère pour lui. Il se doutait que, pour Saint-Loup, il était — lui apparenté aux Hohenzollern — non pas un vrai noble mais le petit-fils d'un fermier, mais en revanche, considérait Saint-Loup comme le fils d'un homme dont le comté avait été confirmé par l'Empereur — on appelait cela dans le faubourg Saint-Germain les comtes refaits — et avait sollicité de lui une préfecture, puis tel autre poste placé bien bas sous les ordres de S. A. le prince de Borodino, ministre d'Etat à qui l'on écrivait Monseigneur et qui était neveu du souverain.

Plus que neveu peut-être. La première princesse de Borodino passait pour avoir eu des bontés pour Napoléon Ier qu'elle suivit à l'île d'Elbe, et la seconde pour Napoléon III. Et si, dans la face placide du capitaine, on retrouvait de Napoléon Ier sinon les traits naturels du visage, du moins la majesté étudiée du masque, l'officier avait surtout dans le regard mélancolique et bon, dans la moustache tombante quelque chose qui faisait penser à Napoléon III; et cela d'une façon si frappante qu'ayant demandé après Sedan à pouvoir rejoindre l'Empereur, et ayant été éconduit par Bismarck auprès de qui on l'avait mené, ce dernier levant par hasard les yeux sur le jeune homme qui se disposait à s'éloigner, fut saisi soudain par cette ressemblance et se ravisant, le rappela et lui accorda l'autorisation que comme à tout le monde il venait de lui refuser.

Si le prince de Borodino ne voulait pas faire d'avances à Saint-Loup ni aux autres membres de la société du faubourg Saint-Germain qu'il y avait dans le régiment (alors qu'il invitait beaucoup deux lieutenants roturiers qui étaient des hommes agréables) c'est que, les considérant tous, du haut de sa grandeur impériale, il faisait, entre ces inférieurs, cette différence que les uns étaient des inférieurs qui se savaient l'être et avec qui il était charmé de frayer, étant, sous ses apparences de majesté, d'une humeur simple et joviale, et les autres des inférieurs qui se croyaient supérieurs, ce qu'il n'admettait pas. Aussi alors que tous les officiers du régiment faisaient fête à Saint-Loup, le prince de Borodino à qui il avait été recommandé par le maréchal de X... se borna à être obligeant pour lui dans le service où Saint-Loup était d'ailleurs exemplaire, mais il ne le reçut jamais chez lui sauf en une circonstance particulière où il fut en quelque sorte forcé de l'inviter, et comme elle se présentait pendant mon séjour, lui demanda de m'amener. Je pus facilement, ce soir-là, en voyant Saint-Loup à la table de son capitaine, discerner jusque dans les manières et l'élégance de chacun d'eux, la différence qu'il y avait entre les deux aristocraties : l'ancienne noblesse et celle de l'Empire. Issu d'une caste dont les défauts, même s'il les répudiait de toute son intelligence, avaient passé dans son sang, et qui ayant cessé d'exercer une autorité réelle depuis au moins un siècle, ne voit plus dans l'amabilité protectrice qui fait partie de l'éducation qu'elle reçoit, qu'un exercice, comme l'équitation ou l'escrime, cultivé sans but sérieux, par divertissement, à l'encontre des bourgeois que cette noblesse méprise assez pour croire que sa familiarité les flatte et que son sans-gêne les honorerait, Saint-Loup prenait amicalement la main de n'importe quel bourgeois qu'on lui présentait et dont il n'avait peut-être pas entendu le nom, et en causant avec lui (sans cesser de croiser et de décroiser les jambes, se renversait en arrière, dans une attitude débraillée, le pied dans la main) l'appelait « mon cher ». Mais au contraire, d'une noblesse dont les titres gardaient encore leur signification tout pourvus qu'ils restaient de riches majorats récompensant de glorieux services, et rappelant le souvenir de hautes fonctions dans lesquelles on commande à beaucoup d'hommes et où l'on doit connaître les hommes, le prince de Borodino, — sinon distinctement, et dans sa conscience personnelle et claire, du moins en son corps qui le révélait par ses attitudes et ses façons, — considérait son rang comme une prérogative effective ; à ces mêmes roturiers que Saint-Loup eût touchés à l'épaule et pris par le bras, il s'adressait avec une affabilité majestueuse, où une réserve pleine de grandeur tempérait la bonhomie souriante qui lui était naturelle, sur un ton empreint à la fois d'une bienveillance sincère et d'une hauteur voulue. Cela tenait sans doute à ce qu'il était moins éloigné des grandes ambassades et de la cour, où son père avait eu les plus hautes charges et où les manières de Saint-Loup, le coude sur la table et le pied dans la main, eussent été mal reçues, mais surtout cela tenait à ce que cette bourgeoisie, il la méprisait moins,

117

qu'elle était le grand réservoir où le premier Empereur avait pris ses maréchaux, ses nobles, où le second avait trouvé un Fould, un Rouher.

Sans doute fils ou petit-fils d'empereur, et qui n'avait plus qu'à commander un escadron, les préoccupations de son père et de son grand-père ne pouvaient faute d'objet à quoi s'appliquer, survivre réellement dans la pensée de M. de Borodino. Mais comme l'esprit d'un artiste continue à modeler bien des années après qu'il est éteint la statue qu'il sculpta — elles avaient pris corps en lui, s'y étaient matérialisées, incarnées, c'était elles que reflétait son visage. C'est avec, dans la voix, la vivacité du premier Empereur, qu'il adressait un reproche à un brigadier, avec la mélancolie songeuse du second qu'il exhalait la bouffée d'une cigarette. Quand il passait en civil dans les rues de Doncières un certain éclat dans ses yeux s'échappant de sous le chapeau melon, faisait reluire autour du capitaine un incognito souverain ; on tremblait quand il entrait dans le bureau du maréchal des logis chef, suivi de l'adjudant et du fourrier, comme de Berthier et de Masséna. Quand il choisissait l'étoffe d'un pantalon pour son escadron, il fixait sur le brigadier tailleur un regard capable de déjouer Talleyrand et tromper Alexandre ; et parfois en train de passer une revue d'installage, il s'arrêtait, laissant rêver ses admirables yeux bleus, tortillait sa moustache, avait l'air d'édifier une Prusse et une Italie nouvelles. Mais aussitôt, redevenant de Napoléon III, Napoléon Ier, il faisait remarquer que le paquetage n'était pas astiqué et voulait goûter à l'ordinaire des hommes. Et chez lui, dans sa vie privée, c'était pour les femmes d'officiers bourgeois (à la condition qu'ils ne fussent pas francs-maçons), qu'il faisait servir non seulement une vaisselle de Sèvres bleu de roi, digne d'un ambassadeur (donnée à son père par Napoléon, et qui paraissait plus précieuse encore dans la maison provinciale qu'il habitait sur le Mail, comme ces porcelaines rares que les touristes admirent avec plus de plaisir dans l'armoire rustique d'un vieux manoir aménagé en ferme achalandée et prospère), mais encore d'autres présents de l'Empereur : ces nobles et charmantes manières qui elles aussi eussent fait merveille dans quelque poste de représentation, si pour certains ce n'était pas être voué pour toute sa vie au plus injuste des ostracismes que d'être « né », des gestes familiers, la bonté, la grâce et, enfermant sous un émail bleu de roi aussi, des images glorieuses, la relique mystérieuse, éclairée et survivante du regard. Et à propos des relations bourgeoises que le prince avait à Doncières, il convient de dire ceci. Le lieutenant-colonel jouait admirablement du piano, la femme du médecin-chef chantait comme si elle avait eu un premier prix au Conservatoire. Ce dernier couple, de même que le lieutenant-colonel et sa femme dînaient chaque semaine chez M. de Borodino Ils étaient certes flattés, sachant que quand le prince allait à Paris en permission, il dînait chez Mme de Pourtalès, chez les Murat, etc. Mais ils se disaient : c'est un simple capitaine, il est trop heureux que nous venions chez lui. C'est du reste un vrai ami pour nous. Mais quand M. de Borodino, qui faisait depuis longtemps des démarches pour se rapprocher de Paris, fut nommé à Beauvais, il fit son déménagement, oublia aussi complètement les deux couples musiciens que le théâtre de Doncières et le petit restaurant d'où il faisait souvent venir son déjeuner, et à leur grande indignation ni le lieutenant-colonel, ni le médecin-chef, qui avaient si souvent dîné chez lui, ne reçurent plus, de toute leur vie, de ses nouvelles.

Un matin, Saint-Loup m'avoua qu'il avait écrit à ma grand'mère pour lui donner de mes nouvelles et lui suggérer l'idée, puisque un service téléphonique fonctionnait entre Doncières et Paris, de causer avec moi. Bref, le même jour, elle devait me faire appeler à l'appareil et il me conseilla d'être vers quatre heures moins un quart à la poste. Le téléphone n'était pas encore à cette époque d'un usage aussi courant qu'aujourd'hui. Et pourtant l'habitude met si peu de temps à dépouiller de leur mystère les formes sacrées avec lesquelles nous sommes en contact que, n'ayant pas eu ma communication immédiatement, la seule pensée que j'eus ce fut que c'était bien long, bien incommode, presque l'intention d'adresser une plainte. Comme nous tous maintenant, je ne trouvais pas assez rapide à mon gré dans ses brusques changements, l'admirable féerie à laquelle quelques instants suffisent pour qu'apparaisse près de nous, invisible mais présent, l'être à qui nous voulions parler, et qui restant à sa table, dans la ville qu'il habite (pour ma grand'mère c'était Paris), sous un ciel différent du nôtre, par un temps qui n'est pas forcément le même, au milieu de circonstances et de préoccupations que nous ignorons et que cet être va nous dire, se trouve tout à coup transporté à des centaines de lieues (lui et toute l'ambiance où il reste plongé) près de notre oreille, au moment où notre caprice l'a ordonné. Et nous sommes comme le personnage du conte à qui une magicienne, sur le souhait qu'il en exprime, fait apparaître dans une clarté surnaturelle sa grand'mère ou sa fiancée, en train de feuilleter un livre, de verser des larmes, de cueillir des fleurs, tout près du spectateur et pourtant très loin, à l'endroit même où elle se trouve réellement. Nous n'avons, pour que ce miracle s'accomplisse, qu'à approcher nos lèvres de la planchette magique et à appeler — quelquefois un peu trop longtemps, je le veux bien — les Vierges Vigilantes dont nous entendons chaque jour la voix sans jamais connaître le visage, et qui sont nos Anges gardiens dans les ténèbres vertigineuses dont elles surveillent jalousement les portes ; les Toutes-Puissantes par qui les absents surgissent à notre côté, sans qu'il soit permis de les apercevoir : les Danaïdes de l'invisible qui sans cesse vident, remplissent, se transmettent les urnes des sons ; les ironiques Furies qui au moment que nous murmurions une confidence à une amie, avec l'espoir que personne ne nous entendait, nous crient cruellement : « J'écoute » ; les servantes toujours irritées du Mystère, les ombrageuses prêtresses de l'Invisible, les Demoiselles du téléphone !

Et aussitôt que notre appel a retenti, dans la nuit pleine d'apparitions sur laquelle nos oreilles s'ouvrent seules, un bruit léger — un bruit abstrait — celui de la distance supprimée — et la voix de l'être cher s'adresse à nous.

C'est lui, c'est sa voix qui nous parle, qui est là. Mais comme elle est loin ! Que de fois je n'ai pu l'écouter sans angoisse, comme si devant cette impossibilité de voir, avant de longues heures de voyage, celle dont la voix était si près de mon oreille, je sentais mieux ce qu'il y a de décevant dans l'apparence du rapprochement le plus doux, et à quelle distance nous pouvons être des personnes aimées au moment où il semble que nous n'aurions qu'à étendre la main pour les retenir. Présence réelle que cette voix si proche — dans la séparation effective ! Mais anticipation aussi d'une séparation éternelle ! Bien souvent, écoutant de la sorte, sans voir celle qui me parlait de si loin, il m'a semblé que cette voix clamait des profondeurs d'où l'on ne remonte pas, et j'ai connu l'anxiété qui allait m'étreindre un jour, quand une voix reviendrait ainsi, (seule, et ne tenant plus à un corps que je ne devais jamais revoir), murmurer à mon oreille des paroles que j'aurais voulu embrasser au passage sur des lèvres à jamais en poussière.

Ce jour-là, hélas, à Doncières, le miracle n'eut pas lieu. Quand j'entrai dans la cabine, ma grand'mère m'avait déjà demandé ; j'entrai dans la cabine, la ligne était prise, quelqu'un causait qui ne savait pas sans doute qu'il n'y avait personne pour lui répondre car quand j'amenai à moi le récepteur, ce morceau de bois se mit à parler comme Polichinelle ; je le fis taire, ainsi qu'au guignol, en le remettant à sa place, mais, comme Polichinelle, dès que je le ramenais près de moi, il recommençait son bavardage. Je finis en désespoir de cause, en raccrochant définitivement le récepteur, par étouffer les convulsions de ce tronçon sonore qui jacassa jusqu'à la dernière seconde et j'allai chercher l'employé qui me dit d'attendre un instant ; puis je parlai et après quelques instants de silence tout d'un coup j'entendis cette voix que je croyais à tort connaître si bien, car jusque là, chaque fois que ma grand'mère avait causé avec moi, ce qu'elle me disait, je l'avais toujours suivi sur la partition ouverte de son visage où les yeux tenaient beaucoup de place, mais sa voix elle-même, je l'écoutais aujourd'hui pour la première fois. Et parce que cette voix m'apparaissait changée dans ses proportions dès l'instant qu'elle était un tout, et m'arrivait ainsi seule et sans l'accompagnement des traits de la figure, je découvris à quel point cette voix était douce ; peut-être d'ailleurs ne l'avait-elle jamais été à ce point, car ma grand'mère me sentant loin et malheureux, croyait pouvoir s'abandonner à l'effusion d'une tendresse que, par « principes » d'éducatrice, elle contenait et cachait d'habitude. Elle était douce mais aussi combien elle était triste, d'abord à cause de sa douceur même presque décantée, combien peu de voix humaines ont jamais dû l'être, de toute dureté, de tout élément de résistance aux autres, de tout égoïsme ; fragile à force de délicatesse, elle semblait à tout moment prête à se briser, à expirer en un pur flot de larmes, puis l'ayant seule près de moi, vue, sans le masque du visage, j'y remarquais, pour la première fois, les chagrins qui l'avaient fêlée au cours de la vie.

Etait-ce d'ailleurs uniquement la voix qui, parce qu'elle était seule me donnait cette impression nouvelle qui me déchirait. Non pas ; mais plutôt que cet isolement de la voix était comme un symbole, une évocation, un effet direct d'un autre isolement, celui de ma grand' mère, pour la première fois séparée de moi. Les commandements ou défenses qu'elle m'adressait à tout moment dans l'ordinaire de la vie, l'ennui de l'obéissance ou la fièvre de la rébellion qui neutralisaient la tendresse que j'avais pour elle, étaient supprimés en ce moment et même pouvaient l'être pour l'avenir (puisque ma grand'mère n'exigeait plus de m'avoir près d'elle sous sa loi, était en train de me dire son espoir que je resterais tout à fait à Doncières, ou en tout cas que j'y prolongerais mon séjour le plus longtemps possible, ma santé et mon travail pouvant s'en bien trouver) ; aussi, ce que j'avais sous cette petite cloche approchée de mon oreille, c'était débarrassée des pressions opposées qui chaque jour lui avaient fait contrepoids, et dès lors irrésistible me soulevant tout entier, notre mutuelle tendresse. Ma grand'mère en me disant de rester, me donna un besoin anxieux et fou de revenir. Cette liberté qu'elle me laissait désormais et à laquelle je n'avais jamais entrevu qu'elle pût consentir, me parut tout d'un coup aussi triste que pourrait être ma liberté après sa mort (quand je l'aimerais encore et qu'elle aurait à jamais renoncé à moi). Je criais : « Grand'mère, grand'mère, » et j'aurais voulu l'embrasser ; mais je n'avais près de moi que cette voix, fantôme, aussi impalpable que celui qui reviendrait peut-être me visiter quand ma grand'mère serait morte. «Parle-moi» ; mais alors il arriva que me laissant plus seul encore, je cessai tout d'un coup de percevoir cette voix. Ma grand'mère ne m'entendait plus, elle n'était plus en communication avec moi, nous avions cessé d'être en face l'un de l'autre, d'être l'un pour l'autre audibles, je continuais à l'interpeller en tâtonnant dans la nuit, sentant que des appels d'elle aussi devaient s'égarer. Je palpitais de la même angoisse que bien loin dans le passé, j'avais éprouvée autrefois, un jour que petit enfant, dans une foule, je l'avais perdue, angoisse moins de ne pas la retrouver que de sentir qu'elle me cherchait, de sentir qu'elle se disait que je la cherchais ; angoisse assez semblable à celle que j'éprouverais le jour où on parle à ceux qui ne peuvent plus répondre et de qui on voudrait au moins tant faire entendre tout ce qu'on ne leur a pas dit, et l'assurance qu'on ne souffre pas. Il me semblait que c'était déjà une ombre chérie que je venais de laisser se perdre parmi les ombres, et seul devant l'appareil, je continuais à répéter en vain « Grand'mère, grand'mère », comme Orphée, resté seul, répète le nom de la morte. Je me décidais à quitter la poste, à aller retrouver Robert à son restaurant pour lui dire que, allant peut-être recevoir une dépêche qui m'obligerait à revenir, je voudrais savoir à tout hasard l'horaire des trains. Et pourtant avant de prendre cette résolution, j'aurais voulu une dernière fois invoquer les Filles de la Nuit, les Messagères de la parole, les divinités sans visage ; mais les capricieuses Gardiennes n'avaient plus voulu ouvrir les portes merveilleuses ou sans doute elles ne le purent pas ; elles eurent beau invoquer inlassablement, selon leur coutume, le vénérable inventeur de l'imprimerie et le jeune prince amateur de peinture impressionniste et chauffeur (lequel était neveu du capitaine de Borodino), Gutenberg et Wagram laissèrent leurs supplications sans réponse et je partis, sentant que l'Invisible sollicité resterait sourd.

En arrivant auprès de Robert et de ses amis, je ne leur avouai pas que mon cœur n'était plus avec eux, que mon départ était déjà irrévocablement décidé. Il parut me croire mais j'ai su depuis qu'il avait, dès la première minute, compris que mon incertitude était simulée, et que le lendemain il ne me retrouverait pas. Tandis que, laissant les plats refroidir auprès d'eux, ses amis cherchaient avec lui dans l'indicateur le train que je pourrais prendre pour rentrer à Paris, et qu'on entendait dans la nuit étoilée et froide les sifflements des locomotives, je n'éprouvais certes plus la même paix que m'avaient donnée ici tant de soirs l'amitié des uns, le passage lointain des autres. Ils ne manquaient pas, pourtant ce soir, sous une autre forme à ce même office. Mon départ m'accabla moins quand je ne fus plus obligé d'y penser seul, quand je sentis employer à ce qui s'effectuait l'activité plus normale et plus saine de mes énergiques amis, les camarades de Saint-Loup, et de ces autres êtres forts, les trains dont l'allée et venue, matin et soir, de Doncières à Paris, émiettait rétrospectivement ce qu'avait de trop compact et insoutenable mon long isolement d'avec ma grand'mère, en des possibilités quotidiennes de retour.

— Je ne doute pas de la vérité de tes paroles et que tu ne comptes pas partir encore, me dit en riant Saint-Loup, mais fais comme si tu partais et viens me dire adieu demain matin de bonne heure, sans cela je cours le risque de ne pas te revoir ; je déjeune justement en ville, le capitaine m'a donné l'autorisation ; il faut que je sois rentré à deux heures au quartier car on va en marche toute la journée. Sans doute, le seigneur chez qui je déjeune à trois kilomètres d'ici me ramènera à temps pour être au quartier à deux heures.

A peine disait-il ces mots qu'on vint me chercher de mon hôtel, on m'avait demandé de la poste au téléphone. J'y courus car elle allait fermer. Le mot interurbain revenait sans cesse dans les réponses que me donnaient les employés. J'étais au comble de l'anxiété car c'était ma grand'mère qui me demandait. Le bureau allait fermer. Enfin j'eus la communication. « C'est toi grand'mère ? » Une voix de femme avec un fort accent anglais me répondit : « Oui, mais je ne reconnais pas votre voix. » Je ne reconnaissais pas davantage la voix qui me parlait, puis ma grand'mère ne me disait pas « vous ». Enfin, tout s'expliqua. Le jeune homme que sa grand'mère avait fait demander au téléphone portait un nom presque identique au mien et habitait une annexe de l'hôtel. M'interpellant le jour même où j'avais voulu téléphoner à ma grand'-mère, je n'avais pas douté un seul instant que ce fût elle qui me demandât. Or c'était par une simple coïncidence que la poste et l'hôtel venaient de faire une double erreur.

Le lendemain matin, je me mis en retard, je ne trouvai pas Saint-Loup déjà parti pour déjeuner dans ce château voisin. Vers une heure et demie, je me préparais à aller à tout hasard au quartier pour y être dès son arrivée, quand en traversant une des avenues qui y conduisait, je vis, dans la direction même où j'allais, un tilbury qui, en passant près de moi, m'obligea à me garer ; un sous-officier le conduisait le monocle à l'œil, c'était Saint-Loup. A côté de lui était l'ami chez qui il avait déjeuné et que j'avais déjà rencontré une fois à l'hôtel où Robert dînait. Je n'osais pas appeler Robert comme il n'était pas seul, mais voulant qu'il s'arrêtât pour me prendre avec lui, j'attirai son attention par un grand salut qui était censé motivé par la présence d'un inconnu. Je savais Robert myope, j'aurais pourtant cru que, si seulement il me voyait, il ne manquerait pas de me reconnaître ; or, il vit bien le salut et le rendit, mais sans s'arrêter ; et, s'éloignant à toute vitesse, sans un sourire, sans qu'un muscle de sa physionomie bougeât, il se contenta de tenir pendant deux minutes sa main levée au bord de son képi, comme il eût répondu à un soldat qu'il n'eût pas connu. Je courus jusqu'au quartier, mais c'était encore loin ; quand j'arrivai, le régiment se formait dans la cour où on ne me laissa pas rester et j'étais désolé de n'avoir pu dire adieu à Saint-Loup, je montai à sa chambre il n'y était plus ; je pus m'informer de lui à un groupe de soldats malades, des recrues dispensées de marche, le jeune bachelier, un ancien qui regardaient le régiment se former.

— Vous n'avez pas vu le maréchal de logis Saint-Loup, demandai-je.

— Monsieur, il est déjà descendu, dit l'ancien.

— Je ne l'ai pas vu, dit le bachelier.

— Tu ne l'as pas vu, dit l'ancien, sans plus s'occuper de moi, tu n'as pas vu notre fameux Saint-Loup, ce qu'il dégotte avec son nouveau phalzard ! quand le capiston va voir ça, du drap d'officier.

— Ah ! tu en as des bonnes, du drap d'officier, dit le jeune bachelier qui, malade à la chambre, n'allait pas en marche et s'essayait non sans une certaine inquiétude à être hardi avec les anciens. Ce drap d'officier, c'est du drap comme ça.

— Monsieur ? demanda avec colère l' « ancien » qui avait parlé du phalzard.

Il était indigné que le jeune bachelier mît en doute que ce phalzard fût en drap d'officier, mais, Breton, né dans un village qui s'appelle

124

Penguern-Stereden, ayant appris le français aussi difficilement que s'il eût été anglais ou allemand, quand il se sentait possédé par une émotion, il disait deux ou trois fois « monsieur » pour se donner le temps de trouver ses paroles, puis après cette préparation il se livrait à son éloquence se contentant de répéter quelques mots qu'il connaissait mieux que les autres, mais sans hâte, en prenant ses précautions contre son manque d'habitude de la prononciation.

— Ah, ! c'est du drap comme ça, reprit-il, avec une colère dont s'accroissaient progressivement l'intensité et la lenteur de son débit. Ah ! c'est du drap comme ça, quand je te dis que c'est du drap d'officier, quand je-te-le-dis, puisque-je-te-le-dis, c'est que je le sais, je pense.

— Ah ! alors, dit le jeune bachelier vaincu par cette argumentation. C'est pas à nous qu'il faut faire des boniments à la noix de coco.

— Tiens, v'là justement le capiston qui passe. Non mais regarde un peu Saint-Loup ; c'est ce coup de lancer la jambe ; et puis sa tête. Dirait-on un sous-off ? Et le monocle ; ah ! il va un peu partout. Je demandai à ces soldats que ma présence ne troublait pas à regarder aussi par la fenêtre. Ils ne m'en empêchèrent pas, ni ne se dérangèrent. Je vis le capitaine de Borodino passer majestueusement en faisant trotter son cheval, et semblant avoir l'illusion qu'il se trouvait à la bataille d'Austerlitz. Quelques passants étaient assemblés devant la grille du quartier pour voir le régiment sortir. Droit sur son cheval, le visage un peu gras, les joues d'une plénitude impériale, l'œil lucide, le Prince devait être le jouet de quelque hallucination comme je l'étais moi-même chaque fois qu'après le passage du tramway le silence qui suivit son roulement, me semblait parcouru et strié par une vague palpitation musicale. J'étais désolé de ne pas avoir dit adieu à Saint-Loup, mais je partis tout de même, car mon seul souci était de retourner auprès de ma grand'mère : jusqu'à ce jour, dans cette petite ville, quand je pensais à ce que ma grand'mère faisait seule, je me la représentais telle qu'elle était avec moi, mais en me supprimant sans tenir compte des effets sur elle de cette suppression ; maintenant, j'avais à me délivrer au plus vite, dans ses bras, du fantôme insoupçonné jusqu'alors et soudain évoqué par sa voix d'une grand'mère réellement séparée de moi, résignée, ayant, ce que je ne lui avais encore jamais connu, un âge, et qui venait de recevoir une lettre de moi dans l'appartement vide où j'avais déjà imaginé maman quand j'étais parti pour Balbec.

Hélas, ce fantôme-là, ce fut lui que j'aperçus quand, entré au salon

sans que ma grand'mère fût avertie de mon retour, je la trouvai en train
de lire. J'étais là, ou plutôt je n'étais pas encore là puisqu'elle ne le
savait pas et comme une femme qu'on surprend en train de faire un
ouvrage qu'elle cachera si on entre, elle était livrée à des pensées qu'elle
n'avait jamais montrées devant moi. De moi, — par ce privilège qui
ne dure pas et où nous avons pendant le court instant du retour, la faculté d'assister brusquement à notre propre absence — il n'y avait là
que le témoin, l'observateur, en chapeau et manteau de voyage, l'étranger
qui n'est pas de la maison, le photographe qui vient prendre un cliché
des lieux qu'on ne reverra plus. Ce qui, mécaniquement, se fit à ce
moment dans mes yeux quand j'aperçus ma grand'mère, ce fut bien une
photographie! Nous ne voyons jamais les êtres chéris que dans le système
animé, le mouvement perpétuel de notre incessante tendresse, laquelle
avant de laisser les images que nous présente leur visage arriver jusqu'à nous, les prend dans son tourbillon, les rejette sur l'idée que
nous nous faisons d'eux, depuis toujours, les fait adhérer à elle, coïn-
cider avec elle. Comment puisque le front, les joues, de ma grand'mère,
je leur faisais signifier ce qu'il y avait de plus délicat et de plus permanent dans son esprit, comment, puisque tout regard habituel est une
nécromancie et chaque visage qu'on aime le miroir du passé, comment
n'en eussé-je pas omis ce qui en elle avait pu s'alourdir et changer,
alors que même dans les spectacles les plus indifférents de la vie,
notre œil, chargé de pensée, néglige comme ferait une tragédie classique,
toutes les images qui ne concourent pas à l'action et ne retient que celles
qui peuvent en rendre intelligible le but. Mais qu'au lieu de notre œil
ce soit un objectif purement matériel, une plaque photographique,
qui ait regardé, alors ce que nous verrons, par exemple, dans la cour
de l'Institut au lieu de la sortie d'un académicien qui veut appeler un
fiacre, ce sera sa titubation, ses précautions pour ne pas tomber
en arrière, la parabole de sa chute, comme s'il était ivre ou
que le sol fût couvert de verglas. Il en est de même quand
quelque cruelle ruse du hasard empêche notre intelligente
et pieuse tendresse d'accourir à temps pour cacher à nos regards ce qu'ils ne doivent jamais contempler, quand elle est devancée
par eux qui arrivés les premiers sur place et laissés à eux-mêmes, fonc-
tionnent mécaniquement à la façon d'une pellicule, et nous montrent
au lieu de l'être aimé qui n'existe plus depuis longtemps mais dont elle
n'avait jamais voulu que la mort nous fût révélée, l'être nouveau que
cent fois par jour elle revêtait d'une chère et menteuse ressemblance.

LE CÔTÉ DE GUERMANTES

Et, comme un malade qui ne s'était pas regardé depuis longtemps, et composant à tout moment le visage qu'il ne voit pas, d'après l'image idéale qu'il porte de soi-même dans sa pensée, recule en apercevant dans une glace, au milieu d'une figure aride et déserte, l'exhaussement oblique et rose d'un nez gigantesque comme une pyramide d'Egypte, moi pour qui ma grand'mère c'était encore moi-même, moi qui ne l'avais jamais vue que dans mon âme, toujours à la même place du passé, à travers la transparence des souvenirs contigus et superposés, tout d'un coup, dans notre salon qui faisait partie d'un monde nouveau, celui du temps, celui où vivent les étrangers dont on dit « il vieillit bien », pour la première fois et seulement pour un instant car elle disparut bien vite, j'aperçus sur le canapé, sous la lampe, rouge, lourde et vulgaire, malade, rêvassant, promenant au-dessus d'un livre des yeux un peu fous, une vieille femme accablée que je ne connaissais pas.

A ma demande d'aller voir les Elstir de Mme de Guermantes, Saint-Loup m'avait dit : « Je réponds pour elle ». Et malheureusement, en effet, pour elle ce n'était que lui qui avait répondu. Nous répondons aisément des autres quand disposant dans notre pensée les petites images qui les figurent, nous faisons manœuvrer celles-ci à notre guise. Sans doute même à ce moment-là nous tenons compte des difficultés, provenant de la nature de chacun, différente de la nôtre, et nous ne manquons pas d'avoir recours à tel ou tel moyen d'action puissant sur elle, intérêt, persuasion, émoi, qui neutralisera des penchants contraires. Mais ces différences d'avec notre nature, c'est encore notre nature qui les imagine, ces difficultés, c'est nous qui les levons ; ces mobiles efficaces, c'est nous qui les dosons. Et quand les mouvements que dans notre esprit nous avons fait répéter à l'autre personne, et qui la font agir à notre gré, nous voulons les lui faire exécuter dans la vie, tout change, nous nous heurtons à des résistances imprévues qui peuvent être invincibles. L'une des plus fortes est sans doute celle que peut développer en une femme qui n'aime pas, le dégoût que lui inspire, insurmontable et fétide, l'homme qui l'aime : pendant les longues semaines que Saint-Loup resta encore sans venir à Paris, sa tante à qui je ne doutai pas qu'il eût écrit pour la supplier de le faire, ne me demanda pas une fois de venir chez elle voir les tableaux d'Elstir.

Je reçus des marques de froideur de la part d'une autre personne de la maison. Ce fut de Jupien. Trouvait-il que j'aurais dû entrer lui dire bonjour, à mon retour de Doncières, avant même de monter chez moi ? Ma mère me dit que non, qu'il ne fallait pas s'étonner. Françoise lui avait dit qu'il était ainsi, sujet à de brusques mauvaises humeurs, sans raison. Cela se dissipait toujours au bout de peu de temps.

Cependant l'hiver finissait. Un matin, après quelques semaines de giboulées et de tempêtes, j'entendis dans ma cheminée — au lieu du vent informe, élastique et sombre qui me secouait, de l'envie d'aller au bord de la mer, — le roucoulement des pigeons qui nichaient dans la muraille: irisé, imprévu, comme une première jacinthe, déchirant doucement son cœur nourricier pour qu'en jaillît, mauve et satinée, sa fleur sonore, faisant entrer comme une fenêtre ouverte, dans ma chambre encore fermée et noire, la tiédeur, l'éblouissement, la fatigue d'un premier beau jour. Ce matin-là, je me surpris à fredonner un air de café-concert que j'avais oublié depuis l'année où j'avais dû aller à Florence et à Venise. Tant l'atmosphère, selon le hasard des jours, agit profondément sur notre organisme et tire des réserves obscures où nous l'avions oublié, les mélodies inscrites que n'a pas déchiffrées notre mémoire. Un rêveur plus conscient accompagna bientôt ce musicien que j'écoutais en moi, sans même avoir reconnu tout de suite ce qu'il jouait.

Je sentais bien que les raisons n'étaient pas particulières à Balbec pour lesquelles, quand j'y étais arrivé je n'avais plus trouvé à son église le charme qu'elle avait pour moi avant que je la connusse ; qu'à Florence, à Parme ou à Venise, mon imagination ne pourrait pas davantage se substituer à mes yeux pour regarder. Je le sentais. De même, un soir du 1er janvier, à la tombée de la nuit, devant une colonne d'affiches, j'avais découvert l'illusion qu'il y a à croire que certains jours de fête diffèrent essentiellement des autres. Et pourtant je ne pouvais pas empêcher que le souvenir du temps pendant lequel j'avais cru passer à Florence la semaine sainte, ne continuât à faire d'elle comme l'atmosphère de la cité des Fleurs, à donner à la fois au jour de Pâques quelque chose de florentin, et à Florence quelque chose de pascal. La semaine de Pâques était encore loin ; mais dans la rangée des jours qui s'étendait devant moi, les jours saints se détachaient plus clairs au bout des jours mitoyens. Touchés d'un rayon comme certaines maisons d'un village qu'on aperçoit au loin dans un effet d'ombre et de lumière, ils retenaient sur eux tout le soleil

Le temps était devenu plus doux. Et mes parents eux-mêmes, en me conseillant de me promener, me fournissaient un prétexte à continuer mes sorties du matin. J'avais voulu les cesser parce que j'y rencontrais Mme de Guermantes. Mais c'est à cause de cela même, que je pensais tout le temps à ces sorties, ce qui me faisait trouver à chaque instant une raison nouvelle de les faire, laquelle n'avait aucun rapport avec Mme de Guermantes et me persuadait aisément que, n'eût-elle pas existé, je n'en eusse pas moins manqué de me promener à cette même heure.

. Hélas ! si pour moi rencontrer toute autre personne qu'elle, eût été indifférent, je sentais que pour elle, rencontrer n'importe qui excepté moi, eût été supportable. Il lui arrivait dans ses promenades matinales, de recevoir le salut de bien des sots et qu'elle jugeait tels. Mais elle tenait leur apparition sinon pour une promesse de plaisir, du moins pour un effet du hasard. Et elle les arrêtait quelquefois car il y a des moments où on a besoin de sortir de soi, d'accepter l'hospitalité de l'âme des autres, à condition que cette âme si modeste et laide soit-elle, soit une âme étrangère, tandis que dans mon cœur, elle sentait avec exaspération que ce qu'elle eût retrouvé, c'était elle. Aussi même quand j'avais pour prendre le même chemin, une autre raison que de la voir, je tremblais comme un coupable au moment où elle passait ; et quelquefois pour neutraliser ce que mes avances pouvaient avoir d'excessif, je répondais à peine à son salut, ou je la fixais du regard sans la saluer, ni réussir qu'à l'irriter davantage et à faire qu'elle commença en plus à me trouver insolent et mal élevé.

Elle avait maintenant des robes plus légères, ou du moins plus claires et descendait la rue où déjà, comme si c'était le printemps, devant les étroites-boutiques intercalées entre les vastes façades des vieux hôtels aristocratiques, à l'auvent de la marchande de beurre, de fruits, de légumes, des stores étaient tendus contre le soleil. Je me disais que la femme que je voyais de loin marcher, ouvrir son ombrelle, traverser la rue, était de l'avis des connaisseurs, la plus grande artiste actuelle dans l'art d'accomplir ces mouvements et d'en faire quelque chose de délicieux. Cependant elle s'avançait ignorant de cette réputation éparse, son corps étroit, réfractaire et qui n'en avait rien absorbé, était obliquement cambré sous une écharpe de surah violet : ses yeux maussades et clairs regardaient distraitement devant elle et m'avaient peut-être aperçu ; elle mordait le coin de sa lèvre ; je la voyais redresser son manchon, faire l'aumône à un pauvre, acheter un bouquet de violettes à une marchande, avec la même curiosité que j'aurais eue à regarder un grand peintre donner des coups de pinceau. Et quand, arrivée à ma hauteur elle me faisait un salut auquel s'ajoutait parfois un mince sourire, c'était comme si elle eût exécuté pour moi, en y ajoutant une dédicace, un lavis qui était un chef-d'œuvre. Chacune de ses robes m'apparaissait comme une ambiance naturelle, nécessaire, comme la projection d'un aspect particulier de son âme. Un de ces matins de carême où elle allait déjeuner en ville, je la rencontrai dans une robe d'un velours rouge clair, laquelle était légèrement échancrée au cou. Le visage de Mme de Guermantes paraissait rêveur, sous ses cheveux blonds. J'étais moins triste que d'habitude parce que la mélancolie de son expression, l'espèce de claustration que la violence de la couleur mettait autour d'elle et le reste du monde, lui donnait quelque chose de malheureux et de solitaire qui me rassurait. Cette robe me semblait la matérialisation autour d'elle des rayons écarlates d'un cœur que je ne lui connaissais pas et que j'aurais peut-être pu consoler ; réfugiée dans la lumière mystique de l'étoffe aux flots adoucis elle me faisait penser à quelque Sainte des premiers âges chrétiens. Alors j'avais honte d'affliger par ma vue cette martyre. « Mais après tout la rue est à tout le monde. »

' La rue est à tout le monde, reprenais-je en donnant à ces mots un sens différent et en admirant qu'en effet dans la rue populeuse souvent mouillée de pluie, et qui devenait précieuse comme est parfois la rue dans les vieilles cités de l'Italie, la duchesse de Guermantes mêlât à la vie publique des moments de sa vie secrète, se montrant ainsi à chacun, mystérieuse, coudoyée de tous, avec la splendide gratuité des grands chefs-d'œuvre. Comme je sortais le matin, après être resté éveillé toute la nuit, l'après-midi mes parents me disaient de me coucher un peu et de chercher le sommeil. Il n'y a pas besoin pour savoir le trouver ¡de beaucoup de réflexion, mais l'habitude y est très utile et¡ même l'absence de la réflexion. Or, à ces heures-là, les deux ¡me faisaient défaut. Avant de m'endormir je pensais si longtemps que je ne le pourrais, que, même endormi, il me restait un peu de pensée. Ce n'était qu'une lueur dans la presque obscurité, mais elle suffisait ¡pour faire se refléter dans mon sommeil, d'abord l'idée que je ne pourrais dormir, puis, reflet de ce reflet, l'idée que c'était en dormant que j'avais eu l'idée que je ne dormais pas, puis par une réfraction nouvelle, mon éveil... à un nouveau somme où je voulais raconter à des amis qui étaient entrés dans ma chambre, que tout à l'heure en dormant, j'avais cru que je ne dormais pas. Ces ombres étaient à peine distinctes ;

il eut fallu une grande et bien vaine délicatesse de perception pour les saisir. Ainsi plus tard, à Venise, bien après le coucher du soleil, quand il semble qu'il fasse tout à fait nuit, j'ai vu, grâce à l'écho invisible pourtant d'une dernière note de lumière indéfiniment tenue sur les canaux comme par l'effet de quelque pédale optique, les reflets des palais déroulés comme à tout jamais en velours plus noir sur le gris crépusculaire des eaux. Un de mes rêves était la synthèse de ce que mon imagination avait souvent cherché à se représenter, pendant la veille, d'un certain paysage marin et de son passé médiéval. Dans mon sommeil je voyais une cité gothique au milieu d'une mer aux flots immobilisés comme sur un vitrail. Un bras de mer divisait en deux la ville ; l'eau verte s'étendait à mes pieds ; elle baignait sur la rive opposée une église orientale, puis des maisons qui existaient encore dans le XIVe siècle, si bien qu'aller vers elles, c'eût été remonter le cours des âges. Ce rêve où la nature avait appris l'art, où la mer était devenue gothique, ce rêve où je désirais, où je croyais aborder à l'impossible, il me semblait l'avoir déjà fait souvent. Mais comme c'est le propre de ce qu'on imagine en dormant de se multiplier dans le passé, et de paraître, bien qu'étant nouveau, familier, je crus m'être trompé. Je m'aperçus au contraire que je faisais en effet souvent ce rêve.

Les amoindrissements même qui caractérisent le sommeil se reflétaient dans le mien, mais d'une façon symbolique : je ne pouvais pas dans l'obscurité distinguer le visage des amis qui étaient là, car on dort les yeux fermés ; moi qui me tenais sans fin des raisonnements verbaux en rêvant, dès que je voulais parler à ces amis, je sentais le son s'arrêter dans ma gorge, car on ne parle pas distinctement dans le sommeil ; je voulais aller à eux et je ne pouvais pas déplacer mes jambes, car on n'y marche pas non plus ; et tout à coup, j'avais honte de paraître devant eux, car on dort déshabillé. Tels les yeux aveugles, les lèvres scellées, les jambes liées, le corps nu, la figure du sommeil que projetait mon sommeil lui-même avait l'air de ces grandes figures allégoriques où Giotto a représenté l'Envie avec un serpent dans la bouche, et que Swann m'avait données.

Saint-Loup vint à Paris pour quelques heures seulement. Tout en m'assurant qu'il n'avait pas eu l'occasion de parler de moi à sa cousine. « Elle n'est pas gentille du tout Oriane, me dit-il, en se trahissant naïvement, ce n'est plus mon Oriane d'autrefois, on me l'a changée. Je t'assure qu'elle ne vaut pas la peine que tu t'occupes d'elle. Tu lui fais beaucoup trop d'honneur. Tu ne veux pas que je te présente à ma cousine Poictiers ? ajouta-t-il sans se rendre compte que cela ne pourrait me faire aucun plaisir. Voilà une jeune femme intelligente et qui te plairait. Elle a épousé mon cousin, le duc de Poictiers, qui est un bon garçon, mais un peu simple pour elle. Je lui ai parlé de toi. Elle m'a demandé de t'amener. Elle est autrement jolie qu'Oriane et plus jeune. C'est quelqu'un de gentil, tu sais, c'est quelqu'un de bien. » C'étaient des expressions nouvellement — d'autant plus ardemment — adoptées par Robert et qui signifiaient qu'on avait une nature délicate : « Je ne te dis pas qu'elle soit dreyfusarde, il faut aussi tenir compte de son milieu, mais enfin elle dit : « S'il était innocent quelle horreur ce serait qu'il fût à l'île du Diable. » Tu comprends, n'est-ce pas ? Et puis enfin c'est une personne qui fait beaucoup pour ses anciennes institutrices, elle a défendu qu'on les fasse monter par l'escalier de service. Je t'assure, c'est quelqu'un de très bien. » Dans le fond Oriane ne l'aime pas parce qu'elle la sent plus intelligente.

Quoique absorbée par la pitié que lui inspirait un valet de pied des Guermantes — lequel ne pouvait aller voir sa fiancée même quand la Duchesse était sortie car cela eut été immédiatement rapporté par la loge — Françoise fut navrée de ne s'être pas trouvée là au moment de la visite de Saint-Loup, mais c'est qu'elle maintenant en faisait aussi. Elle sortait infailliblement les jours où j'avais besoin d'elle. C'était toujours pour aller voir son frère, sa nièce, et surtout sa propre fille arrivée depuis peu à Paris. Déjà la nature familiale de ces visites que faisait Françoise ajoutait à mon agacement d'être privé de ses services, car je prévoyais qu'elle parlerait de chacune comme d'une de ces choses dont on ne peut se dispenser, selon les lois enseignées à Saint-André-des-Champs. Aussi je n'écoutais jamais ses excuses sans une mauvaise humeur fort injuste et à laquelle venait mettre le comble la manière dont Françoise disait non pas : j'ai été voir mon frère, j'ai été voir ma nièce, mais j'ai été voir le frère, je suis entrée « en courant » donner le bonjour à la nièce (ou à ma nièce la bouchère). Quant à sa fille, Françoise eût voulu la voir retourner à Combray. Mais la nouvelle parisienne, usant, comme une élégante, d'abréviatifs mais vulgaires, elle disait que la semaine qu'elle devrait aller passer à Combray lui semblerait bien longue sans avoir seulement « l'Intran ». Elle voulait encore moins aller chez la sœur de Françoise dont la province était montagneuse, car « les montagnes, disait la fille de Françoise en donnant à intéressant un sens affreux et nouveau, ce n'est guère inté-

132

essant. » Elle ne pouvait se décider à retourner à Méséglise où « le monde est si bête », où, au marché, les commères, les « pétrousses » se découvriraient un cousinage avec elle et diraient : « Tiens, mais c'est-il pas la fille au défunt Bazireau ? » Elle aimerait mieux mourir que de retourner se fixer là-bas, « maintenant qu'elle avait goûté à la vie de Paris » et Françoise traditionaliste souriait pourtant avec complaisance l'esprit d'innovation qu'incarnait la nouvelle « parisienne » quand elle disait : « Eh bien, mère, si tu n'as pas ton jour de sortie, tu n'as qu'à envoyer un pneu. »

Le temps était redevenu froid. « Sortir ? pourquoi ? pour prendre la crève » disait Françoise qui aimait mieux rester à la maison pendant la semaine que sa fille, le frère et la bouchère étaient allés passer à Combray. D'ailleurs dernière sectatrice en qui survécût obscurément la doctrine de ma tante Léonie — sachant la physique, Françoise ajoutait en parlant de ce temps hors de saison : « C'est le restant de la colère de Dieu ! » Mais je ne répondais à ses plaintes que par un sourire plein de langueur, d'autant plus indifférent à ces prédictions que de toutes manières, il ferait beau pour moi ; déjà je voyais briller le soleil du matin sur la colline de Fiesole, je me chauffais à ses rayons ; leur force m'obligeait à ouvrir et à fermer à demi les paupières, en souriant et comme des veilleuses d'albâtre, elles se remplissaient d'une lueur rose. Ce n'était pas seulement les cloches qui revenaient d'Italie, l'Italie était venue avec elle. Mes mains fidèles ne manqueraient pas de fleurs pour honorer l'anniversaire du voyage que j'avais dû faire jadis car depuis qu'à Paris le temps était redevenu froid comme une autre année au moment de nos préparatifs de départ à la fin du carême, dans l'air liquide et glacial qui baignait les marronniers, les platanes des boulevards, l'arbre de la cour de notre maison, entr'ouvraient déjà, leurs feuilles comme dans une coupe d'eau pure, les narcisses, les jonquilles, les anémones du Ponte-Vecchio.

Mon père nous avait raconté qu'il savait maintenant par A. J. où allait M. de Norpois quand il le rencontrait dans la maison.

— C'est chez Mme de Villeparisis, il la connaît beaucoup, je n'en savais rien. Il paraît que c'est une personne délicieuse, une femme supérieure. Tu devrais aller la voir, me dit-il. Du reste, j'ai été très étonné. Il m'a parlé de M. de Guermantes, comme d'un homme tout à fait distingué : je l'avais toujours pris pour une brute. Il paraît qu'il sait infiniment de choses, qu'il a un goût parfait, il est seulement très fier de son nom et de ses alliances. Mais du reste, au dire de Norpois, sa situation est énorme, non seulement ici, mais partout en Europe. Il paraît que l'empereur d'Autriche, l'empereur de Russie le traitent tout à fait en ami. Le père Norpois m'a dit que Mme de Villeparisis t'aimait beaucoup et que tu ferais dans son salon la connaissance de gens intéressants. Il m'a fait un grand éloge de toi, tu le retrouveras chez elle, et il pourrait être pour toi d'un bon conseil même si tu dois écrire. Car je vois que tu ne feras pas autre chose. On peut trouver cela une belle carrière, moi ce n'est pas ce que j'aurais préféré pour toi, mais tu seras bientôt un homme, nous ne serons pas toujours auprès de toi, et il ne faut pas que nous t'empêchions de suivre ta vocation. »

Si, au moins, j'avais pu commencer à écrire ! Mais quelles que fussent les conditions dans lesquelles j'abordasse ce projet (de même, hélas ! que celui de ne plus prendre d'alcool, de me coucher de bonne heure, de dormir, de me bien porter) que ce fût avec emportement, avec méthode, avec plaisir, en me privant d'une promenade, en l'ajournant et en la réservant comme récompense, en profitant d'une heure de bonne santé, en utilisant l'inaction forcée d'un jour de maladie, ce qui finissait toujours par sortir de mes efforts, c'était une page blanche, vierge de toute écriture, inéluctable comme cette carte forcée que dans certains tours on finit fatalement par tirer, de quelque façon qu'on eût préalablement brouillé le jeu. Je n'étais que l'instrument d'habitudes de ne pas travailler, de ne pas me coucher, de ne pas dormir qui devaient se réaliser coûte que coûte ; si je ne leur résistais pas, si je me contentais du prétexte qu'elles tiraient de la première circonstance venue que leur offrait ce jour-là pour les laisser agir à leur guise je m'en tirais sans trop de dommage, je reposais quelques heures tout de même, à la fin de la nuit, je lisais un peu, je ne faisais pas trop d'excès, mais si je voulais les contrarier, si je prétendais entrer tôt dans mon lit, ne boire que de l'eau, travailler, elles s'irritaient, elles avaient recours aux grands moyens, elles me rendaient tout à fait malade, j'étais obligé de doubler la dose d'alcool, je ne me mettais pas au lit de deux jours, je ne pouvais même plus lire, et je me promettais une autre fois d'être plus raisonnable c'est-à-dire moins sage, comme une victime qui se laisse voler de peur, si elle résiste, d'être assassinée.

Mon père dans l'intervalle avait rencontré une fois ou deux M. de Guermantes et maintenant que M. de Norpois lui avait dit que le duc était un homme remarquable, il faisait plus attention à ses paroles. Justement ils parlèrent dans la cour de Mme de Villeparisis.

« Il m'a dit que c'était sa tante ; il prononce Viparisi. Il m'a dit qu'elle
était extraordinairement intelligente. Il a même ajouté qu'elle tenait
un *bureau d'esprit* », ajouta mon père impressionné par le vague de
cette expression qu'il avait bien lue une ou deux fois dans des
mémoires, mais à laquelle il n'attachait pas un sens précis. Ma mère
avait tant de respect pour lui que, le voyant ne pas trouver indifférent que Mme de Villeparisis tînt bureau d'esprit, elle jugea que ce
fait était de quelque conséquence. Bien que par ma grand'mère,
elle sût de tout temps ce que valait exactement la marquise, elle
s'en fit immédiatement une idée plus avantageuse. Ma grand'mère,
qui était un peu souffrante, ne fut pas d'abord favorable à la visite,
puis s'en désintéressa. Depuis que nous habitions notre nouvel appartement, Mme de Villeparisis lui avait demandé plusieurs fois d'aller la
voir. Et toujours ma grand'mère avait répondu qu'elle ne sortait pas
en ce moment, dans une de ces lettres que, par une habitude nouvelle
et que nous ne comprenions pas, elle ne cachetait plus jamais elle-
même, et laissait à Françoise le soin de fermer. Quant à moi, sans bien
me représenter ce « bureau d'esprit » je n'aurais pas été très étonné de
trouver la vieille dame de Balbec installée devant un « bureau », ce qui
du reste, arriva.

Mon père aurait bien voulu par surcroît savoir si l'appui de l'ambassadeur lui vaudrait beaucoup de voix à l'Institut où il comptait se présenter comme membre libre. A vrai dire tout en n'osant pas douter de
l'appui de M. de Norpois, il n'avait pourtant pas de certitude. Il avait
cru avoir affaire à de mauvaises langues, quand on lui avait dit au ministère que M. de Norpois désirait être seul à y représenter l'Institut,
ferait tous les obstacles possibles à sa candidature qui d'ailleurs le
gênerait particulièrement en ce moment où il en soutenait une autre.
Mon père pourtant, quand M. Leroy-Beaulieu lui avait conseillé de se
présenter et avait supputé ses chances, avait été impressionné de voir
que parmi les collègues sur qui il pouvait compter en cette circonstance,
l'éminent économiste n'avait pas cité M. de Norpois. Mon père n'osait
poser directement la question à l'ancien ambassadeur mais espérait
que je reviendrais de chez Mme de Villeparisis avec son élection faite.
Cette visite était imminente. La propagande de M. de Norpois capable
en effet d'assurer à mon père les deux tiers de l'Académie lui paraissait d'ailleurs d'autant plus probable que l'obligeance de l'Ambassadeur
était proverbiale, les gens qui l'aimaient le moins reconnaissant que
personne n'aimait autant que lui à rendre service. Et d'autre part au

ministère, sa protection s'étendait sur mon père, d'une façon beaucoup plus marquée que sur tout autre fonctionnaire.

Mon père fit une autre rencontre mais qui, celle-là, lui causa un étonnement, puis une indignation extrêmes. Il passa dans la rue près de Mme Sazerat dont la pauvreté relative réduisait la vie à Paris à de rares séjours chez une amie. Personne autant que Mme Sazerat n'ennuyait mon père, au point que maman était obligée une fois par an de lui dire d'une voix douce et suppliante : « Mon ami, il faudrait bien que j'invite une fois Mme Sazerat, elle ne restera pas tard. » et même : « Ecoute, mon ami, je vais te demander un grand sacrifice, va faire une petite visite à Mme Sazerat. Tu sais que je n'aime pas t'ennuyer, mais ce serait si gentil de ta part. » Mon père riait, se fâchait un peu, et allait faire cette visite. Malgré donc que Mme Sazerat ne le divertît pas, mon père, la rencontrant, alla vers elle en se découvrant, mais à sa profonde surprise, Mme Sazerat se contenta d'un salut glacé, forcé par la politesse envers quelqu'un qui est coupable d'une mauvaise action ou est condamné à vivre désormais dans un hémisphère différent. Mon père était rentré fâché, stupéfait. Le lendemain ma mère rencontra Mme Sazerat dans un salon. Celle-ci ne lui tendit pas la main, et lui sourit d'un air vague et triste comme à une personne avec qui on a joué dans son enfance, mais avec qui on a cessé depuis lors toutes relations parce qu'elle a mené une vie de débauches, épousé un forçat ou, qui pis est, un homme divorcé. Or de tous temps mes parents accordaient et inspiraient à Mme Sazerat l'estime la plus profonde. Mais (ce que ma mère ignorait) Mme Sazerat, seule de son espèce à Combray, était dreyfusarde. Mon père, ami de M. Méline, était convaincu de la culpabilité de Dreyfus. Il avait envoyé promener avec mauvaise humeur des collègues qui lui avaient demandé de signer une liste révisionniste. Il ne me reparla pas de huit jours quand il apprit que j'avais suivi une ligne de conduite différente. Ses opinions étaient connues. On n'était pas loin de le traiter de nationaliste. Quand à ma grand'mère que seule de la famille paraissait devoir enflammer un doute généreux, chaque fois qu'on lui parlait de l'innocence possible de Dreyfus, elle avait un hochement de tête dont nous ne comprenions pas alors le sens, et qui était semblable à celui d'une personne qu'on vient déranger dans des pensées plus sérieuses. Ma mère, partagée entre son amour pour mon père et l'espoir que je fusse intelligent, gardait une indécision qu'elle traduisait par le silence. Enfin mon grand-père adorant l'armée (bien que ses obligations de garde national eussent été le cauchemar de son âge mûr), ne voyait jamais à Combray un régiment défiler devant la grille sans se découvrir quand passaient le colonel et le drapeau. Tout cela était assez pour que Mme Sazerat qui connaissait à fond la vie de désintéressement et d'honneur de mon père et de mon grand-père, les considérât comme des suppôts de l'Injustice. On pardonne les crimes individuels, mais non la participation à un crime collectif. Dès qu'elle le sut antidreyfusard, elle mit entre elle et lui des continents et des siècles. Ce qui explique qu'à une pareille distance dans le temps et dans l'espace, son salut ait paru imperceptible à mon père et qu'elle n'eût pas songé à une poignée de main et à des paroles, lesquelles n'eussent pu franchir les mondes qui les séparaient.

Saint-Loup devant venir à Paris m'avait promis de me mener chez Mme de Villeparisis où j'espérais sans le lui avoir dit, que nous rencontrerions Mme de Guermantes. Il me demanda de déjeuner au restaurant avec sa maîtresse que nous conduirions ensuite à une répétition. Nous devions aller la chercher le matin, aux environs de Paris où elle habitait.

J'avais demandé à Saint-Loup que le restaurant où nous déjeunerions (dans la vie des jeunes nobles qui dépensent de l'argent le restaurant joue un rôle aussi important que les caisses d'étoffe dans les contes arabes) fût de préférence celui où Aimé m'avait annoncé qu'il devait entrer comme maître d'hôtel en attendant la saison de Balbec. C'était un grand charme pour moi qui rêvais à tant de voyages et en faisais si peu de revoir quelqu'un qui faisait partie plus que de mes souvenirs de Balbec, mais de Balbec même, qui y allait tous les ans, qui, quand la fatigue ou mes cours me forçaient à rester à Paris, n'en regardait pas moins pendant les longues fins d'après-midi de juillet en attendant que les clients vinssent dîner, le soleil descendre et se coucher dans la mer, à travers les panneaux de verre de la grande salle à manger derrière lesquels, à l'heure où il s'éteignait, les ailes immobiles des vaisseaux lointains et bleuâtres avaient l'air de papillons exotiques et nocturnes dans une vitrine. Magnétisé lui-même par son contact avec le puissant aimant de Balbec, ce maître d'hôtel devenait à son tour aimant pour moi. J'espérais en causant avec lui, être déjà en communication avec Balbec, avoir réalisé sur place un peu du charme du voyage.

Je quittai dès le matin la maison où je laissai Françoise gémissante parce que le valet de pied fiancé n'avait pu encore une fois, la veille au soir, aller voir sa promise. Françoise l'avait trouvé en pleurs, il avait failli aller gifler le concierge mais s'était contenu car il tenait à sa place.

Avant d'arriver chez Saint-Loup qui devait m'attendre devant sa porte, je rencontrai Legrandin, que nous avions perdu de vue depuis Combray et qui, tout grisonnant maintenant, avait gardé son air jeune et candide. Il s'arrêta.

— Ah ! vous voilà, me dit-il, homme chic, et en redingote encore ! Voilà une livrée dont mon indépendance ne s'accommoderait pas. Il est vrai que vous devez être un mondain, faire des visites ! Pour aller rêver comme je le fais devant quelque tombe à demi détruite, ma lavallière et mon veston ne sont pas déplacés. Vous savez que j'estime la jolie qualité de votre âme ; c'est vous dire combien je regrette que vous alliez la renier parmi les Gentils. En étant capable de rester un instant dans l'atmosphère nauséabonde pour moi irrespirable des salons, vous rendez contre votre avenir la condamnation, la damnation du Prophète. Je vois cela d'ici, vous fréquentez les « cœurs légers », la société des châteaux ; tel est le vice de la bourgeoisie contemporaine. Ah ! les aristocrates, la Terreur a été bien coupable de ne pas leur couper le cou à tous. Ce sont tous de sinistres crapules quand ce ne sont pas tout simplement de sombres idiots. Enfin, mon pauvre enfant, si cela vous amuse ! Pendant que vous irez à quelque five o'clock votre vieil ami sera plus heureux que vous, car seul dans un faubourg, il regardera monter dans le ciel violet la lune rose. La vérité est que je n'appartiens guère à cette Terre où je me sens si exilé ; il faut toute la force de la loi de gravitation pour m'y maintenir et que je ne m'évade pas dans une autre sphère. Je suis d'une autre planète. Adieu, ne prenez pas en mauvaise part la vieille franchise du paysan de la Vivonne qui est aussi resté le paysan du Danube. Pour vous prouver que je fais cas de vous, je vais vous envoyer mon dernier roman. Mais vous n'aimerez pas cela ; ce n'est pas assez déliquescent, assez fin de siècle pour vous, c'est trop franc, trop honnête ; vous il vous faut du Bergotte, vous l'avez avoué, du faisandé pour les palais blasés de jouisseurs raffinés. On doit me considérer dans votre groupe comme un vieux troupier ; j'ai le tort de mettre du cœur dans ce que j'écris, cela ne se porte plus ; et puis la vie du peuple ce n'est pas assez distingué pour intéresser vos snobinettes. Allons, tâchez de vous rappeler quelquefois la parole du Christ : « Faites cela et vous vivrez. » Adieu, ami.

Ce n'est pas de trop mauvaise humeur contre Legrandin que je le quittai. Certains souvenirs sont comme des amis communs, ils savent faire des réconciliations ; jeté au milieu des champs semés de boutons d'or où s'entassaient les ruines féodales le petit pont de bois nous unissait, Legrandin et moi, comme les deux bords de la Vivonne.

Ayant quitté Paris où, malgré le printemps commençant, les arbres des boulevards étaient à peine pourvus de leurs premières feuilles, quand le train de ceinture nous arrêta, Saint-Loup, et moi dans le village de banlieue où habitait sa maîtresse, ce fut un émerveillement de voir chaque jardinet pavoisé par les immenses reposoirs blancs des arbres fruitiers en fleurs. C'était comme une des fêtes singulières, poétiques, éphémères et locales qu'on vient de très loin contempler à époques fixes, mais celle-là donnée par la nature. Les fleurs des cerisiers sont si étroitement collées aux branches, comme un blanc fourreau, que de loin, parmi les arbres qui n'étaient presque ni fleuris, ni feuillus, on aurait pu croire, par ce jour de soleil encore si froid, que c'était de la neige fondue ailleurs, qui était encore restée après les arbustes. Mais les grands poiriers enveloppaient chaque maison, chaque modeste cour, d'une blancheur plus vaste, plus unie, plus éclatante et comme si tous les logis, tous les enclos du village fussent en train de faire, à la même date, leur première communion.

Ces villages des environs de Paris gardent encore à leurs portes des parcs du XVIIᵉ et du XVIIIᵉ siècle qui furent les « folies » des intendants et des favorites. Un horticulteur avait utilisé l'un d'eux situé en contre-bas de la route pour la culture des arbres fruitiers (ou peut-être conservé simplement le dessin d'un immense verger de ce temps-là). Cultivés en quinconces, ces poiriers, plus espacés, moins avancés que ceux que j'avais vus, formaient de grands quadrilatères — séparés par des murs bas — de fleurs blanches sur chaque côté desquels la lumière venait se peindre différemment, si bien que toutes ces chambres sans toit et en plein air avaient l'air d'être celles du Palais du Soleil, tel qu'on aurait pu le retrouver dans quelque Crète ; et elles faisaient penser aussi aux chambres d'un réservoir ou de telles parties de la mer que l'homme pour quelque pêche ou ostréiculture subdivise, quand on voyait des branches, selon l'exposition, la lumière venir se jouer sur les espaliers comme sur les eaux printanières et faire déferler çà et là, étincelant parmi le treillage à claire-voie et rempli d'azur des branches, l'écume blanchissante d'une fleur ensoleillée et mousseuse.

C'était un village ancien, avec sa vieille mairie cuite et dorée devant laquelle en guise de mats de cocagne et d'oriflammes, trois grands poiriers étaient, comme pour une fête civique et locale, galamment pavoisés de satin blanc. Jamais Robert ne me parla plus tendrement de son amie que pendant ce trajet.

Seule elle avait des racines dans son cœur ; l'avenir qu'il avait dans l'armée, sa situation mondaine, sa famille, tout cela ne lui était pas indifférent certes, mais cela ne comptait en rien auprès des moindres choses qui concernaient sa maîtresse. C'était la seule chose qui eût pour lui du prestige, infiniment plus de prestige que les Guermantes et tous les rois de la terre. Je ne sais pas s'il se formulait à lui-même qu'elle était d'une essence supérieure à tout, mais je sais qu'il n'avait de considération, de souci, que pour ce qui la touchait. Par elle, il était capable de souffrir, d'être heureux, peut-être de tuer. Il n'y avait vraiment d'intéressant, de passionnant pour lui, que ce que voulait, ce que ferait sa maîtresse, que ce qui se passait, discernable tout au plus par des expressions fugitives, dans l'espace étroit de son visage et sous son front privilégié. Si délicat pour tout le reste, il envisageait la perspective d'un brillant mariage, seulement pour pouvoir continuer à l'entretenir, à la garder. Si on s'était demandé à quel prix il l'estimait, je crois qu'on n'eût jamais pu imaginer un prix assez élevé. S'il ne l'épousait pas c'est parce qu'un instinct pratique lui faisait sentir que dès qu'elle n'aurait plus rien à attendre de lui, elle le quitterait ou du moins vivrait à sa guise et qu'il fallait la tenir par l'attente du lendemain. Car il supposait que peut-être elle ne l'aimait pas. Sans doute l'affection générale appelée amour, devait le forcer — comme elle fait pour tous les hommes — à croire par moments qu'elle l'aimait. Mais pratiquement il sentait que cet amour qu'elle avait pour lui n'empêchait pas qu'elle ne restât avec lui qu'à cause de son argent et que le jour où elle n'aurait plus rien à attendre de lui elle s'empressait (victime des théories de ses amis de la littérature et tout en l'aimant, pensait-il) de le quitter.

— Je lui ferai aujourd'hui si elle est gentille, me dit-il, un cadeau qui lui fera plaisir. C'est un collier qu'elle a vu chez Boucheron. C'est un peu cher pour moi en ce moment trente mille francs. Mais ce pauvre loup, elle n'a pas tant de plaisir dans la vie. Elle va être joliment contente. Elle m'en avait parlé et elle m'avait dit qu'elle connaissait quelqu'un qui le lui donnerait peut-être. Je ne crois pas que ce soit vrai, mais je me suis à tout hasard entendu avec Boucheron qui est le fournisseur de ma famille, pour qu'il me le réserve. Je suis heureux de penser que tu vas la voir ; elle n'est pas extraordinaire comme figure, tu sais (je vis bien qu'il pensait tout le contraire et ne disait cela que pour que mon admiration fût plus grande), elle a surtout un jugement merveilleux ;

devant toi elle n'osera peut-être pas beaucoup parler, mais je me réjouis d'avance de ce qu'elle me dira ensuite de toi, tu sais elle dit des choses qu'on peut approfondir indéfiniment, elle a vraiment quelque chose de pythique

Pour arriver à la maison qu'elle habitait, nous passions devant de petits jardins et je ne pouvais m'empêcher de m'arrêter, car ils avaient floraison de cerisiers et de poiriers, en fleurs ; sans doute vide et inhabitée hier encore comme une propriété qu'on n'a pas louée, ils étaient subitement peuplés et embellis par ces nouvelles venues arrivées de la veille et dont à travers les grillages on apercevait les belles robes blanches au coin des allées.

— Ecoute, puisque je vois que tu veux regarder tout cela, être poétique, me dit Robert, attends-moi là, mon amie habite tout près, je vais aller la chercher.

En l'attendant je fis quelques pas, je passais devant de modestes jardins. Si je levais la tête, je voyais quelquefois des jeunes filles aux fenêtres, mais même en plein air et à la hauteur d'un petit étage, çà et là, souples et légères, dans leur fraîche toilette mauve, suspendues dans les feuillages, de jeunes touffes de lilas se laissaient balancer par la brise sans s'occuper du passant qui levait les yeux jusqu'à leur entresol de verdure. Je reconnaissais en elles les pelotons violets disposés à l'entrée du parc de M. Swann, passé la petite barrière blanche, dans les chauds après-midi du printemps, pour une ravissante tapisserie provinciale. Je pris un sentier qui aboutissait à une prairie. Un air froid y soufflait vif comme à Combray, mais au milieu de la terre grasse, humide et campagnarde qui eût pu être au bord de la Vivonne, n'en avait pas moins surgi, exact au rendez-vous comme toute la bande de ses compagnons, un grand poirier blanc qui agitait en souriant et opposait au soleil, comme un rideau de lumière matérialisée et palpable, ses fleurs convulsées par la brise, mais lissées et glacées d'argent par les rayons.

Tout à coup, Saint-Loup apparut, accompagné de sa maîtresse et alors, dans cette femme qui était pour lui tout l'amour, toutes les douceurs possibles de la vie, dont la personnalité mystérieusement enfermée dans un corps comme dans un Tabernacle était l'objet encore sur lequel travaillait sans cesse l'imagination de mon ami, qu'il sentait qu'il ne connaîtrait jamais, dont il se demandait perpétuellement ce qu'elle était en elle-même, derrière le voile des regards et de la chair, dans cette femme, je reconnus à l'instant « Rachel quand du Seigneur » celle qui, il y a quelques années — les femmes changent si vite de situation dans ce monde-là, quand elles en changent — disait à la maquerelle :

— Alors, demain soir, si vous avez besoin de moi pour quelqu'un, vous me ferez chercher.

Et quand on était «venu la chercher» en effet et qu'elle se trouvait seule dans la chambre avec ce quelqu'un, elle savait si bien ce qu'on voulait d'elle, qu'après avoir fermé à clef, par précaution de femme prudente, ou par geste rituel, elle commençait à ôter toutes ses affaires, comme on fait devant le docteur qui va vous ausculter et ne s'arrêtant en route que si le «quelqu'un» n'aimant pas la nudité lui disait qu'elle pouvait garder sa chemise, comme certains praticiens qui, ayant l'oreille très fine et la crainte de faire se refroidir leur malade, se contentent d'écouter la respiration et le battement de cœur à travers un linge. A cette femme dont toute la vie, toutes les pensées, tout le passé, tous les hommes par qui elle avait pu être possédée, m'étaient chose si indifférente que, si elle me l'eût conté, je ne l'eusse écoutée que par politesse et à peine entendue, je sentis que l'inquiétude, le tourment, l'amour de Saint-Loup s'étaient appliqués jusqu'à faire — de ce qui était pour moi un jouet mécanique, — un objet de souffrances infinies, le prix même de l'existence. Voyant ces deux éléments dissociés (parce que j'avais connu «Rachel quand du Seigneur» dans une maison de passe), je comparais que bien des femmes pour lesquelles des hommes vivent, souffrent, se tuent, peuvent être en elles-mêmes ou pour d'autres ce que Rachel était pour moi. L'idée qu'on pût avoir une curiosité douloureuse à l'égard de sa vie me stupéfiait. J'aurais pu apprendre bien des coucheries d'elle à Robert, lesquelles me semblaient la chose la plus indifférente du monde. Et combien elles l'eussent peiné. Et que n'avait-il pas donné pour les connaître sans y réussir.

Je me rendais compte de tout ce qu'une imagination humaine peut mettre derrière un petit morceau de visage comme était celui de cette femme, si c'est l'imagination qui l'a connue d'abord ; et, inversement en quels misérables éléments matériels et dénués de toute valeur, sans prix, pouvait se décomposer ce qui était le but de tant de rêveries, si, au contraire, cela avait été comme d'une manière opposée par la connaissance la plus triviale. Je comprenais que ce qui m'avait paru ne pas valoir vingt francs quand cela m'avait été offert pour vingt francs dans la maison de passe, où c'était seulement pour moi une femme désireuse de gagner vingt francs, peut valoir plus qu'un million, que

la famille, que toutes les situations enviées si on a commencé par
imaginer en elle un être inconnu, curieux de connaître, difficile à saisir,
à garder. Sans doute c'était le même mince et étroit visage que nous
voyions Robert et moi. Mais nous étions arrivés à lui par les deux routes
opposées qui ne communiqueront jamais et nous n'en verrions jamais la
même face. Ce visage, avec ses regards, ses sourires, les mouvements de
sa bouche, moi je l'avais connu du dehors comme étant celui d'une
forme quelconque qui pour vingt francs ferait tout ce que je voudrais.
Aussi les regards, les sourires, les mouvements de bouche m'avait paru
seulement significatifs d'actes généraux, sans rien d'individuel, et sans
eux je n'aurais pas eu la curiosité de chercher une personne. Mais ce qui
m'avait en quelque sorte été offert au départ, ce visage consentant,
c'avait été pour Robert un point d'arrivée vers lequel il s'était dirigé
à travers combien d'espoirs, de doutes, de soupçons, de rêves. Il
donnait plus d'un million pour avoir, pour que ne fût pas offert à
d'autres ce qui m'avait été offert comme à chacun pour vingt francs.
Pour quel motif cela, il ne l'avait pas eu à ce prix-là, peut tenir au hasard
d'un instant, d'un instant pendant lequel celle qui semblait prête à
se donner, se dérobe, ayant peut-être un rendez-vous, quelque raison
qui la rende plus difficile ce jour-là. Si elle a affaire à un sentimental,
même si elle ne s'en aperçoit pas, et surtout si elle s'en aperçoit, un jeu
terrible commence. Incapable de surmonter sa déception, de se passer
de cette femme, il la relance, elle le fuit, si bien qu'un sourire, qu'il
n'osait plus espérer est payé mille fois ce qu'eussent dû l'être les dernières faveurs. Il arrive même parfois dans ce cas, quand on a eu par
un mélange de naïveté dans le jugement et de lâcheté devant la
souffrance, la folie de faire d'une fille une inaccessible idole, que ces
dernières faveurs, où même le premier baiser on ne l'obtiendra jamais,
on n'ose même plus le demander pour ne pas démentir des assurances
de platonique amour. Et c'est une grande souffrance alors de quitter
la vie sans avoir jamais su ce que pouvait être le baiser de la femme
qu'on a le plus aimée. Les faveurs de Rachel, Saint-Loup pourtant
avait réussi par chance à les avoir toutes. Certes s'il avait su maintenant
qu'elles avaient été offertes à tout le monde pour un louis, il eût
sans doute terriblement souffert mais n'eût pas moins donné un million
pour les conserver, car tout ce qu'il eût appris n'eût pas pu le faire sortir
— car cela qui est au-dessus des forces de l'homme et ne peut arriver
que malgré lui par l'action de quelque grande loi naturelle — de
la route dans laquelle il était et d'où ce visage ne pouvait lui appa-

143

raître qu'à travers les rêves qu'il avait formés, d'où ces regards, ces sourires, ce mouvement de bouche étaient pour lui la seule révélation d'une personne dont il aurait voulu connaître la vraie nature et posséder à lui seul les désirs. L'immobilité de ce mince visage comme celle d'une feuille de papier soumise aux colossales pressions de deux atmosphères, me semblait équilibrée par deux infinis qui venaient aboutir à elle sans se rencontrer, car elle les séparait. Et en effet la regardant tous les deux Robert et moi nous ne la voyions pas du même côté du mystère.

Ce n'était pas « Rachel quand du Seigneur » qui me semblait peu de chose, c'était la puissance de l'imagination humaine, l'illusion sur laquelle reposaient les douleurs de l'amour que je trouvais grandes. Robert vit que j'avais l'air ému. Je détournai les yeux vers les poiriers et les cerisiers du jardin d'en face pour qu'il crût que c'était leur beauté qui me touchait. Et elle me touchait un peu de la même façon, elle mettait aussi près de moi de ces choses qu'on ne voit pas qu'avec ses yeux, mais qu'on sent dans nos cœurs. Ces arbustes que j'avais vus dans le jardin, en les prenant pour des dieux étrangers, ne m'étais-je pas trompé comme Madeleine quand, dans un autre jardin, un jour dont l'anniversaire allait bientôt venir, elle vit une forme humaine et « crut que c'était le jardinier ». Gardiens des souvenirs de l'âge d'or, garants de la promesse que la réalité n'est pas ce qu'on croit, que la splendeur de la poésie, que l'éclat merveilleux de l'innocence peuvent y resplendir et pourront être la récompense que nous nous efforcerons de mériter, les grandes créatures blanches merveilleusement penchées au-dessus de l'ombre propice à la sieste, à la pêche, à la lecture, n'était-ce pas plutôt des anges ? J'échangeais quelques mots avec la maîtresse de Saint-Loup. Nous coupâmes par le village. Les maisons en étaient sordides. Mais à côté des plus misérables, de celles qui avaient un air d'avoir été brûlées par une pluie de salpêtre, un mystérieux voyageur, arrêté pour un jour dans la cité maudite, un ange resplendissant se tenait debout, étendant largement sur elle l'éblouissante protection de ses ailes d'innocence en fleurs : c'était un poirier. Saint-Loup fit quelques pas en avant avec moi :

— J'aurais aimé que nous puissions, toi et moi, attendre ensemble, j'aurais même été plus content de déjeuner seul avec toi, et à ce que nous restions seuls ensemble jusqu'au moment d'aller chez ma tante. Mais ma pauvre gosse, ça lui fait tant de plaisir, et elle est si gentille pour moi, tu sais, je n'ai pu lui refuser. Du reste elle te plaira, c'est une littéraire, une vibrante et puis c'est une chose si gentille de déjeuner avec elle au restaurant, elle est si agréable, si simple, toujours contente de tout.

Je crois pourtant que, précisément ce matin-là, et probablement pour la seule fois, Robert s'évada un instant hors de la femme que, tendresse après tendresse, il avait lentement composée, et aperçut tout d'un coup à quelque distance de lui une autre Rachel, un double d'elle, mais absolument différent et qui figurait une simple petite grue. Quittant le beau verger, nous allions prendre le train pour rentrer à Paris quand à la gare, Rachel marchant à quelques pas de nous, fut reconnue et interpellée par de vulgaires « poules » comme elle était et qui d'abord, la croyant seule, lui crièrent : « Tiens, Rachel, tu montes avec nous, Lucienne et Germaine sont dans le wagon et il y a justement encore de la place, viens, on ira ensemble au skating », et s'apprêtaient à lui présenter deux « calicots », leurs amants qui les accompagnaient, quand devant l'air légèrement gêné de Rachel, elles levèrent curieusement les yeux un peu plus loin, nous aperçurent et s'excusant lui dirent adieu en recevant d'elle un adieu aussi, un peu embarrassé mais amical. C'étaient deux pauvres petites poules, avec des collets en fausse loutre, ayant à peu près l'aspect qu'avait Rachel quand Saint-Loup l'avait rencontrée la première fois. Il ne les connaissait pas, ni leur nom, et voyant qu'elles avaient l'air très liées avec son amie eut l'idée que celle-ci avait peut-être eu sa place, l'avait peut-être encore, dans une vie insoupçonnée de lui, fort différente de celle qu'il menait avec elle, une vie où on avait les femmes pour un louis tandis qu'il donnait plus de cent mille francs par an à Rachel. Il ne fit pas qu'entrevoir cette vie, mais aussi au milieu une Rachel tout autre que celle qu'il connaissait, une Rachel pareille à ces deux petites poules, une Rachel à vingt francs. En somme Rachel s'était un instant dédoublée pour lui, il avait aperçu à quelque distance de sa Rachel, la Rachel petite poule, la Rachel réelle, à supposer que la Rachel poule fût plus réelle que l'autre. Robert eut peut-être l'idée alors que cet enfer où il vivait, avec la perspective et la nécessité d'un mariage riche, d'une vente de son nom, pour pouvoir continuer à donner cent mille francs par an à Rachel, il aurait peut-être pu s'en arracher aisément, et avoir les faveurs de sa maîtresse, comme ces calicots celles de leurs grues, pour peu de chose. Mais comment faire. Elle n'avait démérité en rien. Moins comblée, elle serait moins gentille, ne lui dirait plus, ne lui écrirait plus de ces choses qui le touchaient tant et qu'il citait avec un peu d'ostentation à ses camarades, en prenant soin de faire remarquer combien c'était gentil d'elle mais en omettant qu'il l'entretenait fastueusement, même qu'il lui donnât quoi que ce fût, que ces dédicaces sur une photographie ou cette formule pour terminer une dépêche, c'était la transmutation sous sa forme la plus réduite et la plus précieuse de cent mille francs. S'il se gardait de dire que ces rares gentillesses de Rachel étaient payées par lui, il serait faux — et pourtant en raisonnement simpliste on en use absurdement pour tous les amants qui casquent, pour tant de maris — de dire que c'était par amour-propre, par vanité. Saint-Loup était assez intelligent pour se rendre compte que tous les plaisirs de la vanité, il les aurait trouvés aisément et gratuitement dans le monde, grâce à son grand nom, à son joli visage, et que sa liaison avec Rachel au contraire, était ce qui l'avait mis un peu hors du monde, faisait qu'il y était moins coté. Non, cet amour-propre à vouloir paraître avoir gratuitement les marques apparentes de prédilection de celle qu'on aime, c'est simplement un dérivé de l'amour, le besoin de se représenter à soi-même et aux autres comme aimé par ce qu'on aime tant. Rachel se rapprocha de nous, laissant les deux poules monter dans leur compartiment ; mais, non moins que la fausse loutre de celles-ci et l'air guindé des calicots, les noms de Lucienne et de Germaine maintinrent un instant la Rachel nouvelle. Un instant il imagina une vie de la place Pigalle, avec des amis inconnus, des bonnes fortunes sordides, des après-midi de plaisirs naïfs, promenade ou partie de plaisir, dans ce Paris où l'ensoleillement des rues depuis le boulevard de Clichy ne lui sembla pas le même que la clarté solaire où il se promenait avec sa maîtresse, mais devoir être autre, car l'amour et la souffrance qui fait un avec lui ont comme l'ivresse le pouvoir de différencier pour nous les choses. Ce fut presque comme un Paris inconnu au milieu de Paris même qu'il soupçonna, sa liaison lui apparut comme l'exploration d'une vie étrange, car si avec lui Rachel était un peu semblable à lui-même, pourtant c'était bien une partie de sa vie réelle que Rachel vivait avec lui, même la partie la plus précieuse à cause des sommes folles qu'il lui donnait, la partie qui la faisait tellement envier des amies et lui permettrait un jour de se retirer à la campagne ou de se lancer dans les grands théâtres, après avoir fait sa pelote. Robert aurait voulu demander à son amie qui étaient Lucienne et Germaine, les choses qu'elles lui eussent dites, si elle était montée dans leur compartiment, à quoi elles eussent ensemble, elle et ses camarades, passé une journée qui eût peut-être fini comme divertissement suprême, après les plaisirs

146

du skating, à la taverne de l'Olympia, si lui Robert et moi n'avions pas été présents. Un instant les abords de l'Olympia qui jusque là lui avaient paru assommants, excitèrent sa curiosité, sa souffrance et le soleil de ce jour printanier donnant dans la rue Caumartin où, peut-être, si elle n'avait pas connu Robert, Rachel fût allée tantôt et eût gagné un louis, lui donnèrent une vague nostalgie. Mais à quoi bon poser à Rachel des questions, quand il savait d'avance que la réponse serait ou un simple silence ou un mensonge ou quelque chose de très pénible pour lui sans pourtant lui décrire rien. Les employés fermaient les portières, nous montâmes vite dans une voiture de première, les perles admirables de Rachel rapprirent à Robert qu'elle était une femme d'un grand prix, il la caressa, la fit rentrer dans son propre cœur où il la contempla, intériorisée, comme il avait toujours fait jusqu'ici — sauf pendant ce bref instant où il l'avait vue sur une place Pigalle de peintre impressionniste — et le train partit.

C'était du reste vrai qu'elle était une « littéraire ». Elle ne s'interrompit de me parler livres, art nouveau, tolstoïsme, que pour faire des reproches à Saint-Loup qu'il bût trop de vin.

— Ah ! si tu pouvais vivre un an avec moi on verrait, je te ferais boire de l'eau et tu serais bien mieux.

— C'est entendu, partons.

— Mais tu sais bien que j'ai beaucoup à travailler (car elle prenait au sérieux l'art dramatique). D'ailleurs que dirait ta famille ?

Et elle se mit à me faire sur sa famille des reproches qui me semblèrent du reste fort justes et auxquels Saint-Loup tout en désobéissant à Rachel sur l'article du champagne adhéra entièrement. Moi qui craignais tant le vin pour Saint-Loup et sentais la bonne influence de sa maîtresse, j'étais tout prêt à lui conseiller d'envoyer promener sa famille. Les larmes montèrent aux yeux de la jeune femme parce que j'eus l'imprudence de parler de Dreyfus.

— Le pauvre martyr, dit-elle en retenant un sanglot, ils le feront mourir là-bas.

— Tranquillise-toi, Zézette, il reviendra, il sera acquitté, l'erreur sera reconnue.

— Mais avant cela, il sera mort ! Enfin au moins ses enfants porteront un nom sans tache. Mais penser à ce qu'il doit souffrir c'est ce qui me tue ! Et croyez-vous que la mère de Robert, une femme pieuse, dit qu'il faut qu'il reste à l'île du Diable, même s'il est innocent, n'est-ce pas une horreur ?

— Oui, c'est absolument vrai, elle le dit, affirma Robert. C'est
ma mère, je n'ai rien à objecter, mais il est bien certain qu'elle n'a pas
la sensibilité de Zézette.

En réalité ces déjeuners « choses si gentilles », se passaient toujours fort mal. Car dès que Saint-Loup se trouvait avec sa maîtresse
dans un endroit public, il s'imaginait qu'elle regardait tous les
hommes présents il devenait sombre, elle s'apercevait de sa mauvaise humeur qu'elle s'amusait peut-être à attiser mais que, plus probablement, par amour-propre bête, elle ne voulait pas, blessée par son
ton, avoir l'air de chercher à désarmer ; elle faisait semblant de ne pas
détacher ses yeux de tel ou tel homme, et d'ailleurs ce n'était pas
toujours par pur jeu. En effet que le monsieur qui au théâtre ou au
café se trouvait leur voisin, que tout simplement le cocher du fiacre
qu'ils avaient pris, eût quelque chose d'agréable, Robert, aussitôt
averti par sa jalousie, l'avait remarqué avant sa maîtresse ; il voyait
immédiatement en lui un de ces êtres immondes dont il m'avait parlé
à Balbec, qui pervertissent et déshonorent les femmes pour s'amuser,
il suppliait sa maîtresse de détourner de lui ses regards et par là même
le lui désignait. Or, quelquefois elle trouvait que Robert avait eu si bon
goût dans ses soupçons qu'elle finissait même par cesser de le taquiner
pour qu'il se tranquillisât et consentît à aller faire une course pour
qu'il lui laissât le temps d'entrer en conversation avec l'inconnu, souvent
de prendre rendez-vous, quelquefois même d'expédier une passade.
Je vis bien dès notre entrée au restaurant que Robert avait l'air soucieux.
C'est ainsi que Robert avait immédiatement remarqué, ce qui nous avait
échappé à Balbec, que, au milieu de ses camarades vulgaires, Aimé, avec
un éclat modeste, dégageait, bien involontairement, le romanesque qui
émane pendant un certain nombre d'années de cheveux légers et d'un
nez grec, grâce à quoi, il se distinguait au milieu de la foule des autres
serviteurs. Ceux-ci, presque tous assez âgés, offraient des types extraordinairement laids et accusés de curés hypocrites, de confesseurs
papelards, plus souvent d'anciens acteurs comiques dont on ne retrouve
plus guère le front en pain de sucre que dans les collections de portraits
exposés dans le foyer humblement historique de petits théâtres désuets
où ils sont représentés jouant des rôles de valets de chambre ou de
grands pontifes et dont ce restaurant semblait, grâce à un recrutement
sélectionné et peut-être à un mode de nomination héréditaire, conserver
le type solennel en une sorte de collège augural. Malheureusement,
Aimé nous ayant reconnus, ce fut lui qui vint prendre notre commande,

tandis que s'écoulait vers d'autres tables le cortège des grands prêtres d'opérette. Aimé s'informa de la santé de ma grand'mère, je lui demandai des nouvelles de sa femme et de ses enfants. Il me les donna avec émotion car il était homme de famille. Il avait un air intelligent, énergique, mais respectueux. La maîtresse de Robert se mit à le regarder avec une étrange attention. Mais les yeux enfoncés d'Aimé auxquels une légère myopie donnait une sorte de profondeur dissimulée, ne trahirent aucune impression au milieu de sa figure immobile. Dans l'hôtel de province où il avait servi bien des années avant de venir à Balbec, le joli dessin, un peu jauni et fatigué maintenant, qu'était sa figure et que pendant tant d'années, comme telle gravure représentant le prince Eugène, on avait vu toujours à la même place, au fond de la salle à manger, presque toujours vide, n'avait pas dû attirer de regards bien curieux. Il était donc resté longtemps, sans doute faute de connaisseurs, ignorant de la valeur artistique de son visage, et d'ailleurs disposé à la faire remarquer, car il était d'un tempérament froid. Tout au plus quelque Parisienne de passage, s'étant arrêtée une fois dans la ville avait levé les yeux sur lui, lui avait peut-être demandé de venir la servir dans sa chambre avant de reprendre le train, et dans le vide translucide, monotone et profond de cette existence de bon mari et de domestique de province, avait enfoui le secret d'un caprice sans lendemain que personne n'y viendrait jamais découvrir. Pourtant Aimé dut s'apercevoir de l'insistance avec laquelle les yeux de la jeune artiste restaient attachés sur lui. En tout cas elle n'échappa pas à Robert sous le visage duquel je voyais s'amasser une rougeur non pas vive comme celle qui l'empourprait s'il avait une brusque émotion, mais faible, émiettée.

— Ce maître d'hôtel est très intéressant, Zézette ? demanda-t-il à sa maîtresse après avoir renvoyé Aimé assez brusquement. On dirait que tu veux faire une étude d'après lui.

— Voilà que ça commence, j'en étais sûre !

— Mais qu'est-ce qui commence, mon petit ? Si j'ai eu tort, je n'ai rien dit, je veux bien. Mais j'ai tout de même le droit de te mettre en garde contre ce larbin que je connais de Balbec (sans cela je m'en ficherais pas mal), et qui est une des plus grandes fripouilles que la terre ait jamais portées.

Elle parut vouloir obéir à Robert et engagea avec moi une conversation littéraire à laquelle il se mêla. Je ne m'ennuyais pas en causant avec elle car elle connaissait très bien les œuvres que j'admirais et était à peu près d'accord avec moi dans ses jugements ; mais comme j'avais entendu dire par Mme de Villeparisis qu'elle n'avait pas de talent, je n'attachais pas grande importance à cette culture. Elle plaisantait finement de mille choses, et eût été vraiment agréable si elle n'eût pas affecté d'une façon agaçante le jargon des cénacles et des ateliers. Elle l'étendait d'ailleurs à tout, et, par exemple, ayant pris l'habitude de dire d'un tableau s'il était impressionniste ou d'un opéra s'il était wagnérien. « Ah ! c'est *bien* », un jour qu'un jeune homme l'avait embrassée sur l'oreille et que touché qu'elle simulât un frisson, il faisait le modeste, elle dit : « Si, comme sensation, je trouve que c'est *bien* ». Mais surtout ce qui m'étonnait, c'est que les expressions propres à Robert (et qui d'ailleurs étaient peut-être venues à celui-ci de littérateurs connus par elle), elle les employait devant lui, lui devant elle, comme si c'eût été un langage nécessaire et sans se rendre compte du néant d'une originalité qui est à tous.

Elle était, en mangeant, maladroite de ses mains à un degré qui laissait supposer qu'en jouant la comédie sur la scène, elle devait se montrer bien gauche. Elle ne retrouvait de la dextérité que dans l'amour par cette touchante prescience des femmes qui aiment tant le corps de l'homme qu'elles devinent du premier coup ce qui fera le plus de plaisir à ce corps pourtant si différent du leur.

Je cessai de prendre part à la conversation quand on parla théâtre car sur ce chapitre Rachel était trop malveillante. Elle fit, il est vrai, sur un ton de commisération — contre Saint-Loup, ce qui prouvait qu'elle l'attaquait souvent devant lui — la défense de la Berma, en disant : « Oh ! non, c'est une femme remarquable. Evidemment ce qu'elle fait ne nous touche plus, cela ne correspond plus tout à fait à ce que nous cherchons, mais il faut la placer au moment où elle est venue, on lui doit beaucoup. Elle a fait des choses bien, tu sais. Et puis c'est une si brave femme, elle a un si grand cœur, elle n'aime pas naturellement les choses qui nous intéressent, mais elle a eu, avec un visage assez émouvant, une jolie qualité d'intelligence. (Les doigts n'accompagnent pas de même tous les jugements esthétiques. S'il s'agit de peinture, pour montrer que c'est un beau morceau, en pleine pâte, on se contente de faire saillir le pouce. Mais la « jolie qualité d'esprit » est plus exigeante. Il lui faut deux doigts, ou plutôt deux ongles comme s'il s'agissait de faire sauter une poussière). Mais — cette exception faite — la maîtresse de Saint-Loup parlait des artistes les plus connus sur un ton d'ironie et de supériorité, qui m'irritait parce que je croyais — faisant erreur en cela — que c'était elle qui leur était inférieure. Elle s'aperçut très bien que je devais la tenir pour une artiste médiocre et avoir au contraire beaucoup de considération pour ceux qu'elle méprisait. Mais elle ne s'en froissa pas, parce qu'il y a dans le grand talent non reconnu encore, comme était le sien, si sûr qu'il puisse être de lui-même, une certaine humilité, et que nous proportionnons les égards que nous exigeons, non à nos dons cachés mais à notre situation acquise. (Je devais, une heure plus tard, voir au théâtre la maîtresse de Saint-Loup montrer beaucoup de déférence envers les mêmes artistes sur lesquels elle portait un jugement si sévère). Aussi, si peu de doute qu'eût dû lui laisser mon silence, n'en insista-t-elle pas moins pour que nous dînions le soir ensemble, assurant que jamais la conversation de personne ne lui avait autant plu que la mienne. Si nous n'étions pas encore au théâtre où nous devions aller après le déjeuner, nous avions l'air de nous trouver dans un « foyer » qu'illustraient des portraits anciens de la troupe, tant les maîtres d'hôtel avaient de ces figures qui semblent perdues avec toute une génération d'artistes hors ligne, du Palais-Royal ; ils avaient l'air d'académiciens aussi, arrêté devant un buffet l'un examinait des poires avec la figure et la curiosité désintéressée qu'eût pu avoir M. de Jussieu. D'autres, à côté de lui, jetaient sur la salle les regards empreints de curiosité et de froideur que des membres de l'Institut déjà arrivés jettent sur le public tout en échangeant quelques mots qu'on n'entend pas. C'étaient des figures célèbres parmi les habitués. Cependant on s'en montrait un nouveau au nez raviné, à la lèvre papelarde qui avait l'air d'église et entrait en fonctions pour la première fois et chacun regardait avec intérêt le nouvel élu. Mais bientôt, peut-être pour faire partir Robert afin de se trouver seule avec Aimé, Rachel se mit à faire de l'œil à un jeune boursier, qui déjeunait à une table voisine avec un ami.

— Zézette, je te prierai de ne pas regarder ce jeune homme comme cela, dit Saint-Loup sur le visage de qui les hésitantes rougeurs de tout à l'heure s'étaient concentrées en une nuée sanglante qui dilatait et fonçait les traits distendus de mon ami, si tu dois nous donner en spectacle, j'aime mieux déjeuner de mon côté et aller t'attendre au théâtre.

A ce moment on vint dire à Aimé qu'un monsieur le priait de venir lui parler à la portière de sa voiture. Saint-Loup toujours inquiet et craignant qu'il ne s'agît d'une commission amoureuse à transmettre à sa maîtresse regarda par la vitre et aperçut au fond de son coupé, les mains serrées dans des gants blancs rayés de noir, une fleur à la boutonnière, M. de Charlus.

— Tu vois, me dit-il à voix basse, ma famille me fait traquer jusqu'ici. Je t'en prie, moi je ne peux pas, mais puisque tu connais bien le maître d'hôtel qui va sûrement nous vendre, demande-lui de ne pas aller à la voiture. Au moins que ce soit un garçon qui ne me connaisse pas. Si on dit à mon oncle qu'on ne me connaît pas, je sais comment il est, il ne viendra pas voir dans le café, il déteste ces endroits-là. N'est ce pas tout de même dégoûtant qu'un vieux coureur de femmes comme lui, qui n'a pas dételé, me donne perpétuellement des leçons et vienne m'espionner!

Aimé, ayant reçu mes instinctions envoya un de ses commis qui devait dire qu'il ne pouvait pas se déranger et que si on demandait le marquis de Saint-Loup, on dise qu'on ne le connaissait pas. La voiture repartit bientôt. Mais la maîtresse de Saint-Loup qui n'avait pas entendu nos propos chuchotés à voix basse, et avait cru qu'il s'agissait du jeune homme à qui Robert lui reprochait de faire de l'œil, éclata en injures.

— Allons bon! c'est ce jeune homme maintenant ? tu fais bien de me prévenir; oh! c'est délicieux de déjeuner dans ces conditions! Ne vous occupez pas de ce qu'il dit, il est un peu piqué et surtout, ajouta-t-elle en se tournant vers moi, il dit cela parce qu'il croit que ça fait élégant, que ça fait grand seigneur d'avoir l'air jaloux.

Et elle se mit à donner avec ses pieds et avec ses mains, des signes d'énervement.

— Mais, Zézette, c'est pour moi que c'est désagréable. Tu nous rends ridicule aux yeux de ce monsieur qui va être persuadé que tu lui fais des avances et qui m'a l'air tout ce qu'il y a de pis.

— Moi, au contraire il me plaît beaucoup ; d'abord il a des yeux ravissants, et qui ont une manière de regarder les femmes, on sent qu'il doit les aimer.

— Tais-toi au moins jusqu'à ce que je sois parti, si tu es folle, s'écria Robert. Garçon, mes affaires.

Je ne savais si je devais le suivre.

— Non, j'ai besoin d'être seul, me dit-il sur le même ton dont il venait de parler à sa maîtresse et comme s'il était tout fâché contre moi. Sa colère était comme une même phrase musicale sur laquelle dans un opéra se chantent plusieurs répliques, entièrement différentes entre elles, dans le livret, de sens et de caractère mais qu'elle réunit par un même sentiment. Quand Robert fut parti, sa maîtresse appela Aimé et lui demanda différents renseignements. Elle voulait ensuite savoir comment je le trouvais.

— Il a un regard amusant, n'est-ce pas ? Vous comprenez ce qui m'amuserait, ce serait de savoir ce qu'il peut penser, d'être souvent servie par lui, de l'emmener en voyage. Mais pas plus que ça. Si on était obligé d'aimer tous les gens qui vous plaisent ce serait au fond assez terrible. Robert a tort de se faire des idées. Tout ça, ça se forme dans ma tête, Robert devrait être bien tranquille. Elle regardait toujours Aimé. Tenez, regardez les yeux noirs qu'il a, je voudrais savoir ce qu'il y a dessous.

Bientôt on vint lui dire que Robert la faisait demander dans un cabinet particulier où, en passant par une autre entrée, il était allé finir de déjeuner sans retraverser le restaurant. Je me trouvai ainsi rester seul, puis à mon tour Robert me fit appeler. Je trouvai sa maîtresse étendue sur un sofa riant sous les baisers, les caresses qu'il lui prodiguait. Ils buvaient du champagne. « Bonjour, vous ! » lui dit-elle, car elle avait appris récemment cette formule qui lui paraissait le dernier mot de la tendresse et de l'esprit. J'avais mal déjeuné, j'étais mal à l'aise, et sans que les paroles de Legrandin y fussent pour quelque chose, je regrettais de penser que je commençais dans un cabinet de restaurant et finirais dans des coulisses de théâtre, cette première après-midi de printemps. Après avoir regardé l'heure pour voir si elle ne se mettrait pas en retard, elle m'offrit du champagne, me tendit une de ses cigarettes d'Orient et détacha pour moi une rose de son corsage. Je me dis alors : je n'ai pas trop à regretter ma journée ; ces heures passées auprès de cette jeune femme ne sont pas perdues pour moi puisque par elle j'ai, chose gracieuse et qu'on ne peut payer trop cher, une rose, une cigarette parfumée, une coupe de champagne. Je me le disais parce qu'il me semblait que c'était douer d'un caractère esthétique, et par là justifier, sauver ces heures d'ennui. Peut-être aurais-je dû penser que le besoin même que j'éprouvais d'une raison qui me consolât de mon ennui, suffisait à prouver que je ne ressentais rien d'esthétique. Quand à Robert et à sa maîtresse, ils avaient l'air de ne garder aucun souvenir de la querelle qu'ils avaient eue quelques instants auparavant, ni que j'y eusse assisté. Ils n'y firent aucune allusion, ils ne lui cherchèrent aucune excuse pas plus qu'au contraste que faisaient avec elle leurs façons de maintenant. A force de boire du champagne avec eux, je commençai à éprouver un peu de l'ivresse que je ressentais à Rivebelle, probablement pas tout à fait la même. Non seulement chaque genre d'ivresse depuis celle que donne le soleil ou le voyage à celle que donne la fatigue ou le vin, mais chaque degré d'ivresse et qui devrait porter une « cote » différente comme celles qui indiquent les fonds dans la mer, met à nu en nous exactement à la profondeur où il se trouve un homme spécial. Le cabinet où se trouvait Saint-Loup était petit, mais la glace unique qui le décorait était de telle sorte qu'elle semblait en réfléchir une trentaine d'autres, le long d'une perspective infinie ; et l'ampoule électrique placée au sommet du cadre, devait le soir, quand elle était allumée, suivie de la procession d'une trentaine de reflets pareils à elle-même, donner au buveur même solitaire l'idée que l'espace autour de lui se multipliait en même temps que ses sensations exaltées par l'ivresse et qu'enfermé seul dans ce petit réduit, il régnait pourtant sur quelque chose de bien plus étendu en sa courbe indéfinie et lumineuse, qu'une allée du « Jardin de Paris ». Or, étant alors à ce moment-là ce buveur, tout d'un coup, le cherchant dans la glace je l'aperçus, hideux, inconnu qui me regardait. La joie de l'ivresse était plus forte que le dégoût ; par gaîté ou bravade, je lui souris et en même temps il me souriait. Et je me sentais tellement sous l'empire éphémère et puissant de la minute où les sensations sont si fortes que je ne sais si ma seule tristesse ne fut pas de penser que le moi affreux que je venais d'apercevoir c'était peut-être son dernier jour et que je ne rencontrerais plus jamais cet étranger dans le cours de ma vie.

Robert était seulement fâché que je ne voulusse pas briller davantage aux yeux de sa maîtresse.

— Voyons, ce monsieur que tu as rencontré ce matin et qui mêle le snobisme et l'astronomie, raconte-le lui, je ne me rappelle pas bien et il la regardait du coin de l'œil.

— Mais, mon petit, il n'y a rien à dire d'autre que ce que tu viens de dire.

— Tu es assommant. Alors raconte les choses de Françoise aux Champs-Elysées, cela lui plaira tant.

— Oh oui ! Bobbey m'a tant parlé de Françoise. Et en prenant Saint-Loup par le menton, elle redit, par manque d'invention, en attirant ce menton vers la lumière : « Bonjour, vous ! »

Depuis que les acteurs n'étaient plus exclusivement pour moi, les dépositaires, en leur diction et leur jeu, d'une vérité artistique, ils m'intéressaient en eux-mêmes, je m'amusais, croyant avoir devant moi les personnages d'un vieux roman comique, de voir au visage nouveau d'un jeune seigneur qui venait d'entrer dans la salle, l'ingénue écouter distraitement la déclaration que lui faisait le jeune premier dans la pièce, tandis que celui-ci, dans le feu roulant de sa tirade amoureuse, n'en dirigeait pas moins une œillade enflammée vers une vieille dame assise dans une loge voisine, et dont les magnifiques perles l'avaient frappé ; et ainsi, surtout grâce aux renseignements que Saint-Loup me donnait sur la vie privée des artistes je voyais une autre pièce muette et expressive, se jouer sous la pièce parlée, laquelle d'ailleurs, quoique médiocre, m'intéressait ; car j'y sentais germer et s'épanouir pour une heure à la lumière de la rampe, faites de l'agglutinement sur le visage d'un acteur d'un autre visage de fard et de carton, sur son âme personnelle des paroles d'un rôle.

Ces individualités éphémères et vivaces que sont les personnages, d'une pièce séduisante aussi, qu'on aime, qu'on admire, qu'on plaint, qu'on voudrait retrouver encore, une fois qu'on a quitté le théâtre mais qui déjà se sont désagrégées en un comédien qui n'a plus la condition qu'il avait dans la pièce, en un texte qui ne montre plus le visage du comédien, en une poudre colorée qu'efface le mouchoir, qui sont retournées en un mot à des éléments qui n'ont plus rien d'elles, à cause de leur dissolution, consommée sitôt après la fin du spectacle, font comme celle d'un être aimé, douter de la réalité du moi et méditer sur le mystère de la mort.

Un numéro du programme qui me fut extrêmement pénible. Une jeune femme que détestait Rachel et plusieurs de ses amies, devait y faire dans des chansons anciennes un début sur lequel elle avait fondé toutes ses espérances d'avenir et celles des siens. Cette jeune femme avait une croupe trop proéminente, presque ridicule, et une voix jolie mais trop menue, encore affaiblie par l'émotion et qui contrastait avec cette puissante musculature. Rachel avait aposté dans la salle un certain nombre d'amis et d'amies dont le rôle était de décontenancer par leurs sarcasmes la débutante qu'on savait timide, de lui faire perdre la tête de façon qu'elle fît un fiasco complet après lequel le directeur ne conclurait pas d'engagement. Dès les premières notes de la malheureuse, quelques spectateurs recrutés pour cela, se mirent à se montrer son dos en riant, quelques femmes qui étaient du complot rirent tout haut, chaque note flûtée augmentait l'hilarité voulue qui tournait au scandale. La malheureuse qui suait de douleur sous son fard, essaya un instant de lutter, puis jeta autour d'elle sur l'assistance des regards désolés, indignés, qui ne firent que redoubler les huées. L'instinct d'imitation, le désir de se montrer spirituelles et braves, mirent de la partie de jolies actrices qui n'avaient pas été prévenues, mais qui lançaient aux autres des œillades de complicité méchante, se tordaient de rire, avec de violents éclats, si bien qu'à la fin de la seconde chanson et bien que le programme en comportât, encore cinq, le régisseur fit baisser le rideau. Je m'efforçai de ne pas plus penser à cet incident qu'à la souffrance de ma grand'mère quand mon grand-oncle, pour la taquiner, faisait prendre du cognac à mon grand-père, l'idée de la méchanceté ayant pour moi quelque chose de trop douloureux. Et pourtant de même que la pitié pour le malheur n'est peut-être pas très exacte car par l'imagination, nous recréons toute une douleur sur laquelle le malheureux obligé de lutter contre elle ne songe pas à s'attendrir, de même la méchanceté n'a probablement dans l'âme du méchant cette pure et voluptueuse cruauté qui nous fait si mal à imaginer. La haine l'inspire, la colère lui donne une ardeur, une activité qui n'ont rien de très joyeux ; il faudrait le sadisme pour en extraire du plaisir, le méchant croit que c'est un méchant qu'il fait souffrir. Rachel s'imaginait certainement que l'actrice qu'elle faisait souffrir était loin d'être intéressante, en tous cas qu'en la faisant huer, elle-même vengeait le bon goût en se moquant du grotesque et en donnant une leçon à une mauvaise camarade. Néanmoins, je préférai ne pas parler de cet incident puisque je n'avais eu ni le courage, ni la puissance de l'empêcher, il m'eût été trop pénible en disant du bien de la victime, de faire ressembler aux satisfactions de la cruauté les sentiments qui animaient les bourreaux de cette débutante.

Mais le commencement de cette représentation m'intéressa encore d'une autre manière. Il me fit comprendre en partie la nature de l'illusion dont Saint-Loup était victime à l'égard de Rachel et qui avait mis un abîme entre les images que nous avions de sa maîtresse, Robert et moi, quand nous la voyions ce matin même sous les poiriers en fleurs. Rachel jouait un rôle presque de simple figurante, dans la petite pièce. Mais vue ainsi, c'était une autre femme. Rachel avait un de ces visages que l'éloignement — et pas nécessairement celui de la salle à la scène, le monde n'étant pour cela qu'un plus grand théâtre — dessine et qui, vus de près, retombent en poussière. Placé à côté d'elle, on ne voyait qu'une nébuleuse, une voie lactée de taches de rousseurs, de tout petits boutons, rien d'autre. A une distance convenable, tout cela cessait d'être visible et, des joues effacées, résorbées, se levait comme un croissant' de lune un nez si fin, si pur, qu'on aurait voulu être l'objet de l'attention de Rachel, la revoir autant qu'on voudrait, la posséder auprès de soi, si jamais on ne l'avait vue autrement et de près ! Ce n'était pas mon cas, mais c'était celui de Saint-Loup quand il l'avait vue jouer la première fois. Alors, il s'était demandé comment l'approcher, comment la connaître, en lui s'était ouvert tout un domaine merveilleux — celui où elle vivait — d'où émanaient des radiations délicieuses mais où il ne pourrait pénétrer. Il sortit du théâtre, se disant qu'il serait fou de lui écrire, qu'elle ne lui répondrait pas, tout prêt à donner sa fortune et son nom pour la créature qui vivait en lui dans un monde tellement supérieur à ces réalités trop connues, un monde embelli par le désir et le rêve, quand du théâtre, vieille petite construction qui avait elle-même l'air d'un décor, il vit à la sortie des artistes, par une porte déboucher la troupe gaie et gentiment chapeautée des artistes qui avaient joué. Des jeunes gens qui les connaissaient étaient là à les attendre. Le nombre des pions humains étant moins nombreux que celui des combinaisons qu'ils peuvent former, dans une salle où font défaut toutes les personnes qu'on pouvait connaître, il s'en trouve une qu'on ne croyait jamais avoir l'occasion de revoir et qui vient si à point que le hasard semble providentiel, auquel pourtant quelque autre hasard se fut sans doute substitué si nous avions été non dans ce lieu mais dans un différent où seraient nés d'autres désirs et où se serait rencontrée quelque autre vieille connaissance pour la seconder. Les portes d'or du monde des rêves s'étaient refermées sur Rachel avant que Saint-Loup l'eut vu sortir du théâtre, de sorte que les taches de rousseur et les boutons eurent peu d'importance. Ils lui déplurent cependant, d'autant que, n'étant plus seul, il n'avait plus le même pouvoir de rêver qu'au théâtre. Mais celle-ci, bien qu'il ne pût plus l'apercevoir, continuait à régir ses actes comme ces astres qui nous gouvernent par leur attraction, même pendant les heures où ils ne sont pas visibles à nos yeux. Aussi, le désir de la comédienne aux fins traits qui n'étaient même pas présents au souvenir de Robert, fit que sautant sur l'ancien camarade qui par hasard était là, il se fit présenter à la personne sans traits et aux taches de rousseur, puisque c'était la même et en se disant que plus tard on aviserait de savoir laquelle des deux cette même personne était en réalité. Elle était pressée, elle n'adressa même pas cette fois-là la parole à Saint-Loup et ce ne fut qu'après plusieurs jours qu'il avait pu enfin, obtenant qu'elle quittât ses camarades, revenir avec elle. Il l'aimait déjà. Le besoin de rêve, le désir d'être heureux par celle à qui on a rêvé, font que beaucoup de temps n'est pas nécessaire pour qu'on confie toutes ses chances de bonheur à celle qui quelques jours auparavant n'était qu'une apparition fortuite, inconnue, indifférente, sur les planchers de la scène.

Quand, le rideau tombé, nous passâmes sur la scène, intimidé de me promener sur le plateau, je voulus parler avec vivacité à Saint-Loup ; de cette façon mon attitude, comme je ne savais pas laquelle on devait prendre dans ces lieux nouveaux pour moi, serait entièrement accaparée par notre conversation et on penserait que j'y étais si absorbé, si distrait qu'on trouvait naturel que je n'eusse pas les expressions de physionomie que j'aurais dû avoir dans un endroit où, tout à ce que je disais, je savais à peine que je me trouvais ; et saisissant pour aller plus vite, le premier sujet de conversation :

— Tu sais, dis-je à Robert, que j'ai été pour te dire adieu le jour de mon départ, nous n'avons jamais eu l'occasion d'en causer. Je t'ai salué dans la rue.

— Ne m'en parle pas, me répondit-il, j'en ai été désolé ; nous nous sommes rencontrés tout près du quartier, mais je n'ai pas pu m'arrêter parce que j'étais déjà très en retard. Je t'assure que j'étais navré.

Ainsi il m'avait reconnu ! Je revoyais encore le salut entièrement impersonnel qu'il m'avait adressé en levant la main à son képi, sans un regard dénonçant qu'il me connût, sans un geste qui manifestât qu'il regrettait de ne pouvoir s'arrêter. Évidemment cette fiction qu'il avait adoptée à ce moment-là, de ne pas me reconnaître, avait dû lui simplifier beaucoup les choses. Mais j'étais stupéfait qu'il eût su s'y arrêter si rapidement et avant qu'un réflexe eût décelé sa première impression. J'avais déjà remarqué à Balbec que, à côté de cette sincérité naïve de son visage dont la peau laissait voir par transparence le brusque afflux de certaines émotions, son corps avait été admirablement dressé par l'éducation à un certain nombre de dissimulations de bienséance et comme un parfait comédien il pouvait dans sa vie de régiment, dans sa vie mondaine, jouer l'un après l'autre des rôles différents. Dans l'un de ses rôles il m'aimait profondément, il agissait à mon égard presque comme s'il était mon frère ; mon frère il l'avait été, il l'était redevenu, mais pendant un instant il avait été un autre personnage qui ne me connaissait pas et qui, levant les guides, le monocle à l'œil, sans un regard ni un sourire, avait levé la main à la visière de son képi pour me rendre correctement le salut militaire !

Les décors encore plantés entre lesquels je passais, vus ainsi de près, et dépouillés de tout ce que leur ajoutent l'éloignement et l'éclairage que le grand peintre qui les avait brossés avait calculé, étaient misérables et Rachel quand je m'approchai d'elle ne subit pas un moindre pouvoir de destruction. Les ailes de son nez charmant étaient restées dans la perspective, entre la salle et la scène, tout comme le relief des décors. Ce n'était plus elle, je ne la reconnaissais que grâce à ses yeux où son identité s'était réfugiée. La forme, l'éclat, de ce jeune astre si brillant tout à l'heure avaient disparu. En revanche, comme si nous nous approchions de la lune et qu'elle cessât de nous paraître de rose et d'or, sur ce visage si uni tout à l'heure, je ne distinguais plus que des protubérances, des taches, des fondrières. Malgré l'incohérence où se résolvaient de près, non seulement le visage féminin mais les toiles peintes, j'étais heureux d'être là, de cheminer parmi les décors, tout ce cadre qu'autrefois mon amour de la nature m'eût fait trouver ennuyeux et factice, mais auquel sa peinture par Goethe dans Wilhelm Meister avait donné pour moi une certaine beauté ; et j'étais déjà charmé d'apercevoir au milieu de journalistes ou de gens du monde amis des actrices, qui saluaient, causaient, fumaient comme à la ville, un jeune homme en toque de velours noir, en jupe hortensia, les joues crayonnées de rouge comme une page d'album de Watteau lequel, la bouche souriante, les yeux au ciel, esquissant de gracieux signes avec les paumes de ses mains, bondissant légèrement, semblait tellement d'une autre espèce que les gens raisonnables en veston et en redingote au milieu desquels il poursuivait comme un fou son rêve extasié, si étranger aux préoccupations de leur vie, si antérieur aux habitudes de leur civilisation, si affranchi des lois de la nature que c'était quelque chose d'aussi reposant et d'aussi frais que de voir un papillon égaré dans une foule, de suivre des yeux, entre les frises, les arabesques naturelles qu'y traçait ses ébats ailés, capricieux et fardés. Mais au même instant Saint-Loup s'imagina que sa maîtresse faisait attention à ce danseur en train de repasser une dernière fois une figure du divertissement dans lequel il allait paraître, et sa figure se rembrunit.

— Tu pourrais regarder d'un autre côté, lui dit-il d'un air sombre. Tu sais que ces danseurs ne valent pas la corde sur laquelle ils feraient bien de monter pour se casser les reins, et ce sont des gens à aller après se vanter que tu as fait attention à eux. Du reste tu entends bien qu'on te dit d'aller dans ta loge t'habiller. Tu vas encore être en retard.

Trois messieurs, — trois journalistes —, voyant l'air furieux de Saint-Loup, se rapprochèrent, amusés, pour entendre ce qu'on disait. Et

159

comme on plantait un décor de l'autre côté nous fûmes resserrés contre eux.

— Oh ! mais je le reconnais, c'est mon ami, s'écria la maîtresse de Saint-Loup en regardant le danseur. Voilà qui est bien fait, regardez-moi ces petites mains qui dansent comme tout le reste de sa personne !

Le danseur tourna la tête vers elle, et sa personne humaine apparaissant sous le sylphe qu'il s'exerçait à être, la gelée droite et grise de ses yeux trembla et brilla entre ses cils raidis et peints, et un sourire prolongea des deux côtés sa bouche, dans sa face pastellisée de rouge ; puis, pour amuser la jeune femme, comme une chanteuse qui nous fredonne par complaisance l'air où nous lui avons dit que nous l'admirions, il se mit à refaire le mouvement de ses paumes, en se contrefaisant lui-même avec une finesse de pasticheur et une bonne humeur d'enfant.

— Oh ! c'est trop gentil, ce coup de s'imiter soi-même, s'écria-t-elle en battant des mains.

— Je t'en supplie, mon petit, lui dit Saint-Loup d'une voix désolée, ne te donne pas en spectacle comme cela, tu me tues, je te jure que si tu dis un mot de plus, je ne t'accompagne pas à ta loge, et je m'en vais ; voyons, ne fais pas la méchante.

— Ne reste pas comme cela dans la fumée du cigare, cela va te faire mal, me dit Saint-Loup avec cette sollicitude qu'il avait pour moi depuis Balbec.

— Oh ! quel bonheur si tu t'en vas.

— Je te préviens que je ne reviendrai plus.

— Je n'ose pas l'espérer.

— Ecoute, tu sais, je t'ai promis le collier si tu étais gentille, mais du moment que tu me traites comme cela...

— Ah ! voilà une chose qui ne m'étonne pas de toi. Tu m'avais fait une promesse, j'aurais bien dû penser que tu ne la tiendrais pas. Tu veux faire sonner que tu as de l'argent, mais je ne suis pas intéressée comme toi. Je m'en fous de ton collier. J'ai quelqu'un qui me le donnera.

— Personne d'autre ne pourra te le donner, car je l'ai retenu chez Boucheron et j'ai sa parole qu'il ne le vendra qu'à moi.

— C'est bien cela, tu as voulu me faire chanter, tu as pris toutes tes précautions d'avance. C'est bien ce qu'on dit Marsantes, Mater Semita, ça sent la race, répondit Rachel répétant une étymologie qui reposait sur un grossier contresens car Semita signifie sente et non Sémite, mais que les nationalistes appliquaient à Saint-Loup à cause des opinions dreyfusardes qu'il devait pourtant à l'actrice. Elle était moins

160

bien venue que personne à traiter de Juive Mme de Marsantes à qui
les ethnographes de la société ne pouvaient arriver à trouver de Juif
que sa parenté avec les Lévy-Mirepoix. Mais tout n'est pas fini, sois-en
sûr. Une parole donnée dans ces conditions n'a aucune valeur. Tu as
agi par traîtrise avec moi. Boucheron le saura et on lui en donnera le
double de son collier. Tu auras bientôt de mes nouvelles, sois tranquille.

Robert avait cent fois raison. Mais les circonstances sont toujours
si embrouillées que celui qui a cent fois raison, peut avoir eu une fois
tort. Et si je ne pus m'empêcher de me rappeler ce mot désagréable
et pourtant bien innocent qu'il avait eu à Balbec : « De cette façon, j'ai
barre sur elle ».

— Tu as mal compris ce que je t'ai dit pour le collier. Je ne te l'avais
pas promis d'une façon formelle. Du moment que tu fais tout ce qu'il
faut pour que je te quitte, il est bien naturel, voyons, que je ne te le donne
pas, je ne comprends pas où tu vois de la traîtrise là-dedans, ni que je
suis intéressé. On ne peut pas dire que je fais sonner mon argent, je te
dis toujours que je suis un pauvre bougre qui n'a pas le sou. Tu as
tort de le prendre comme ça, mon petit. En quoi suis-je intéressé ?
Tu sais bien que mon seul intérêt, c'est toi.

— Oui, oui, tu peux continuer, lui dit-elle ironiquement, en
esquissant le geste de quelqu'un qui vous fait la barbe. Et se tournant
vers le danseur :

— Ah ! vraiment il est épatant avec ses mains. Moi qui suis une
femme, je ne pourrais pas faire ce qu'il fait là. Et se tournant vers
lui en lui montrant les traits convulsés de Robert : « Regarde, il
souffre » lui dit-elle tout bas, dans l'élan momentané d'une cruauté
sadique qui n'était d'ailleurs nullement en rapport avec ses vrais sentiments d'affection pour Saint-Loup.

— Ecoute, pour la dernière fois, je te jure que tu auras beau faire,
tu pourras avoir dans huit jours tous les regrets du monde, je ne
reviendrai pas, la coupe est pleine, fais attention, c'est irrévocable, tu
le regretteras un jour, il sera trop tard.

Peut-être était-il sincère et le tourment de quitter sa maîtresse lui
semblait-il moins cruel que celui de rester près d'elle dans certaines
conditions.

— Mais mon petit, ajouta-t-il en s'adressant à moi, ne reste pas
là, je te dis, tu vas te mettre à tousser.

Je lui montrai le décor qui m'empêchait de me déplacer. Il toucha
légèrement son chapeau et dit au journaliste :

— Monsieur, est-ce que vous voudriez bien jeter votre cigare, la fumée fait mal à mon ami.

Sa maîtresse ne l'attendant pas, s'en allait vers sa loge et se retournant :

— Est-ce qu'elles font aussi comme ça avec les femmes ces petites mains-là ? jeta-t-elle au danseur du fond du théâtre, avec une voix facticement mélodieuse et innocente d'ingénue : « Tu as l'air d'une femme toi-même, je crois qu'on pourrait très bien s'entendre avec toi et une de mes amies. »

— Il n'est pas défendu de fumer que je sache ; quand on est malade, on n'a qu'à rester chez soi, dit le journaliste.

Le danseur sourit mystérieusement à l'artiste.

— Oh ! tais-toi, tu me rends folle, lui cria-t-elle, on en fera des parties !

— En tout cas, monsieur, vous n'êtes pas très aimable, dit Saint-Loup au journaliste, toujours sur un ton poli et doux, avec l'air de constatation de quelqu'un qui vient de juger rétrospectivement un incident terminé.

A ce moment, je vis Saint-Loup lever son bras verticalement au-dessus de sa tête comme s'il avait fait signe à quelqu'un que je ne voyais pas, ou comme un chef d'orchestre, et en effet, — sans plus de transition que, sur un simple geste d'archet, dans une symphonie ou un ballet, des rythmes violents succèdent à un gracieux andante — après les paroles courtoises qu'il venait de dire, il abattit sa main, en une gifle retentissante, sur la joue du journaliste.

Maintenant qu'aux conversations cadencées des diplomates, aux arts riants de la paix, avait succédé l'élan furieux de la guerre, les coups appelant les coups, je n'eusse pas été trop étonné de voir les adversaires baignant dans leur sang. Mais ce que je ne pouvais pas comprendre (comme les personnes qui trouvent que ce n'est pas de jeu que survienne une guerre entre deux pays quand il n'a encore été question que d'une rectification de frontière, ou la mort d'un malade, alors qu'il n'était question que d'une grosseur du foie), c'était comment Saint-Loup avait pu faire suivre ces paroles qui appréciaient une nuance d'amabilité, d'un geste qui ne sortait nullement d'elles, qu'elles n'annonçaient pas, le geste de ce bras levé non seulement au mépris du droit des gens, mais du principe de causalité, en une génération spontanée de colère, ce geste créé *ex nihilo*. Heureusement le journaliste qui, trébuchant sous la violence du coup, avait pâli et hésité un instant ne riposta pas. Quant à ses amis, l'un avait aussitôt détourné la tête en regardant avec attention du côté des coulisses quelqu'un qui évidemment ne s'y trouvait pas, le second fit semblant qu'un grain de poussière lui était entré dans l'œil et se mit à pincer sa paupière en faisant des grimaces de souffrance ; pour le troisième il s'était élancé en s'écriant :

— Mon Dieu, je crois qu'on va lever le rideau, nous n'aurons pas nos places.

J'aurais voulu parler à Saint-Loup mais il était tellement rempli par son indignation contre le danseur, qu'elle venait adhérer exactement à la surface de ses prunelles; comme une armature intérieure, elle tendait ses joues, de sorte que son agitation intérieure se traduisant par une entière inamovibilité extérieure, il n'avait même pas le relâchement, le « jeu » nécessaire pour accueillir un mot de moi et y répondre. Les amis du journaliste, voyant que tout était terminé, revinrent auprès de lui, encore tremblants. Mais honteux de l'avoir abandonné, ils tenaient absolument à ce qu'il crût qu'ils ne s'étaient rendu compte de rien. Aussi s'étendaient-ils l'un sur sa poussière dans l'œil, l'autre sur la fausse alerte qu'il avait eue en se figurant qu'on levait le rideau, le troisième sur l'extraordinaire ressemblance d'une personne qui avait passé avec son frère. Et même ils lui témoignèrent une certaine mauvaise humeur de ce qu'il n'avait pas partagé leurs émotions.

— Comment, cela ne t'a pas frappé ? Tu ne vois donc pas clair ?

— C'est-à-dire que vous êtes tous des capons, grommela le journaliste giflé.

Inconséquents avec la fiction qu'ils avaient adoptée et en vertu de laquelle ils auraient dû — mais ils n'y songèrent pas — avoir l'air de ne pas comprendre ce qu'il voulait dire, ils proférèrent une phrase qui est de tradition en ces circonstances : « Voilà que tu t'emballes, ne prends pas la mouche, on dirait que tu as le mors aux dents ! »

J'avais compris le matin devant les poiriers en fleurs l'illusion sur laquelle reposait son amour pour « Rachel quand du Seigneur », je ne me rendais pas moins compte de ce qu'avait au contraire de réel les souffrances qui naissaient de cet amour. Peu à peu celle qu'il ressentait depuis une heure, sans cesser, se rétracta, rentra en lui, une zone disponible et souple parut dans ses yeux. Nous quittâmes le théâtre, Saint-Loup et moi, et marchâmes d'abord un peu. Je m'étais attardé un instant à un angle de l'avenue Gabriel d'où je voyais souvent jadis arriver Gilberte. J'essayai pendant quelques secondes de me rappeler ces impressions lointaines, et j'allais rattraper Saint-Loup au pas « gymnastique », quand je vis qu'un monsieur assez mal habillé avait l'air de lui parler d'assez près. J'en conclus que c'était un ami personnel

163

de Robert ; cependant ils semblaient se rapprocher encore l'un de l'autre ; tout à coup, comme apparaît au ciel un phénomène astral, je vis des corps ovoïdes prendre avec une rapidité vertigineuse toutes les positions qui leur permettaient de composer, devant Saint-Loup, une instable constellation. Lancés comme par une fronde ils me semblèrent être au moins au nombre de sept. Ce n'étaient pourtant que les deux poings de Saint-Loup, multipliés par leur vitesse à changer de place dans cet ensemble en apparence idéal et décoratif. Mais cette pièce d'artifice n'était qu'une roulée qu'administrait Saint-Loup, et dont le caractère agressif au lieu d'esthétique me fut d'abord révélé par l'aspect du monsieur médiocrement habillé, lequel parut perdre à la fois toute contenance, une mâchoire, et beaucoup de sang. Il donna des explications mensongères aux personnes qui s'approchaient pour l'interroger, tourna la tête et, voyant que Saint-Loup s'éloignait définitivement pour me rejoindre, resta à le regarder d'un air de rancune et d'accablement, mais nullement furieux. Saint-Loup au contraire l'était, bien qu'il n'eût rien reçu, et ses yeux étincelaient encore de colère quand il me rejoignit. L'incident ne se rapportait en rien, comme je l'avais cru, aux gifles du théâtre. C'était un promeneur passionné qui, voyant le beau militaire qu'était Saint-Loup, lui avait fait des propositions. Mon ami n'en revenait pas de l'audace de cette « clique » qui n'attendait même plus les ombres nocturnes pour se hasarder, et il parlait des propositions qu'on lui avait faites avec la même indignation que les journaux d'un vol à main armée, osé en plein jour, dans un quartier central de Paris. Pourtant le monsieur battu était excusable en ceci qu'un plan incliné rapproche assez vite le désir de la jouissance pour que la seule beauté apparaisse déjà comme un consentement. Or que Saint-Loup fût beau n'était pas discutable. Des coups de poing comme ceux qu'il venait de donner ont cette utilité, pour des hommes du genre de celui qui l'avait accosté tout à l'heure, de leur donner sérieusement à réfléchir mais toutefois pendant assez peu de temps pour qu'ils puissent se corriger et échapper ainsi à des châtiments judiciaires. Ainsi, bien que Saint-Loup eût donné sa râclée sans beaucoup réfléchir, toutes celles de ce genre, même si elles viennent en aide aux lois, n'arrivent pas à homogénéiser les mœurs.

Ces incidents, et sans doute celui auquel il pensait le plus, donnèrent sans doute à Robert le désir d'être un peu seul. Au bout d'un moment il me demanda de nous séparer et que j'allasse de mon côté chez Mme de Villeparisis, il m'y retrouverait, mais aimait mieux que nous n'entrions pas ensemble pour qu'il eût l'air d'arriver seulement à Paris plutôt que de donner à penser que nous avions déjà passé une partie de l'après-midi ensemble.

Comme je l'avais supposé avant de faire la connaissance de Mme de Villeparisis à Balbec, il y avait une grande différence entre le milieu où elle vivait et celui de Mme de Guermantes. Mme de Villeparisis était une de ces femmes qui, nées dans une maison glorieuse, entrées par leur mariage dans une autre qui ne l'était pas moins, ne jouissent pas cependant d'une grande situation mondaine, et, en dehors de quelques duchesses qui sont leurs nièces ou leurs belles-sœurs, et même d'une ou deux têtes couronnées, vieilles relations de famille, n'ont dans leur salon qu'un public de troisième ordre, bourgeoisie, noblesse de province ou tarée, dont la présence a depuis longtemps éloigné les gens élégants et snobs qui ne sont pas obligés d'y venir par devoirs de parenté ou d'intimité trop ancienne. Certes je n'eus au bout de quelques instants aucune peine à comprendre pourquoi Mme de Villeparisis s'était trouvée, à Balbec, si bien informée, et mieux que nous-mêmes, des moindres détails du voyage que mon père faisait alors en Espagne avec M. de Norpois. Mais il n'était pas possible malgré cela de s'arrêter à l'idée que la liaison, depuis plus de vingt ans, de Mme de Villeparisis avec l'ambassadeur, pût être la cause du déclassement de la marquise dans un monde où les femmes les plus brillantes affichaient des amants moins respectables que celui-ci, lequel d'ailleurs n'était probablement plus depuis long-temps pour la marquise autre chose qu'un vieil ami. Mme de Villeparisis avait-elle eu jadis d'autres aventures ? étant alors d'un caractère plus passionné que maintenant, dans une vieillesse apaisée et pieuse qui devait peut-être pourtant un peu de sa couleur à ces années ardentes et consumées, n'avait-elle pas su, en province où elle avait vécu longtemps, éviter certains scandales, inconnus des nouvelles générations lesquelles en constataient seulement l'effet dans la composition mêlée et défectueuse d'un salon fait sans cela pour être un des plus purs de tout médiocre alliage ? Cette « mauvaise langue » que son neveu lui attribuait, lui avait-elle, dans ces temps-là, fait des ennemis ? l'avait-elle poussée à profiter de certains succès auprès des hommes pour exercer des vengeances contre des femmes ? Tout cela était possible; et ce n'est pas la façon exquise, sensible — nuançant si délicatement non seulement les expressions mais les intonations — avec laquelle Mme de Villeparisis parlait de la pudeur, de la bonté, qui pouvait in-

165

firmer cette supposition ; car ceux qui non seulement parlent bien de certaines vertus, mais même en ressentent le charme et les comprennent à merveille, (qui sauront en peindre dans leurs Mémoires une digne image), sont souvent issus mais ne font pas eux-mêmes partie de la génération muette, fruste et sans art, qui les pratiqua. Celle-ci se reflète en eux, mais ne s'y continue pas. A la place du caractère qu'elle avait, on trouve une sensibilité, une intelligence, qui ne servent pas à l'action. Et qu'il y eût ou non dans la vie de Mme de Villeparisis de ces scandales qu'eût effacés l'éclat de son nom, c'est cette intelligence, une intelligence presque d'écrivain de second ordre bien plus que de femme du monde, qui était certainement la cause de sa déchéance mondaine.

Sans doute c'étaient des qualités assez peu exaltantes, comme la pondération et la mesure, que prônait surtout Mme de Villeparisis ; mais pour parle de la mesure d'une façon entièrement adéquate, la mesure ne suffit pas et il faut certains mérites d'écrivains qui supposent une exaltation peu mesurée ; j'avais remarqué à Balbec que le génie de certains grands artistes restait incompris de Mme de Villeparisis ; et qu'elle ne savait que les railler finement, et donner à son incompréhension une forme spirituelle et gracieuse. Mais cet esprit et cette grâce, au degré où ils étaient poussés chez elle, devenaient eux-mêmes — dans un autre plan, et fussent-ils déployés pour méconnaître les plus hautes œuvres — de véritables qualités artistiques. Or, de telles qualités exercent sur toute situation mondaine, une action morbide élective, comme disent les médecins, et si désagrégeante, que les plus solidement assises ont peine à y résister quelques années. Ce que les artistes appellent intelligence semble prétention pure à la société élégante qui, incapable de se placer au seul point de vue d'où ils jugent tout, ne comprenant jamais l'attrait particulier auquel ils cèdent en choisissant une expression ou en faisant un rapprochement, éprouve auprès d'eux une fatigue, une irritation d'où naît très vite l'antipathie. Pourtant dans sa conversation, et il en est de même des mémoires d'elle qu'on a publiés depuis, Mme de Villeparisis ne montrait qu'une sorte de grâce tout à fait mondaine. Ayant passé à côté de grandes choses sans les approfondir, quelquefois sans les distinguer, elle n'avait guère retenu des années où elle avait vécu et qu'elle dépeignait d'ailleurs avec beaucoup de justesse et de charme, que ce qu'elles avaient offert de plus frivole. Mais un ouvrage, même s'il s'applique seulement à des

166

sujets qui ne sont pas intellectuels, est encore une œuvre de l'intelligence et pour donner dans un livre ou dans une causerie qui en diffère peu, l'impression achevée de la frivolité, il faut une dose de sérieux dont une personne purement frivole serait incapable. Dans certains mémoires écrits par une femme, et considérés comme un chef-d'œuvre, telle phrase qu'on cite comme un modèle de grâce légère m'a toujours fait supposer que pour arriver à une telle légèreté l'auteur avait dû posséder autrefois une science un peu lourde, une culture rébarbative, et que, jeune fille, elle semblait probablement à ses amies un insupportable bas bleu. Et entre certaines qualités littéraires et l'insuccès mondain, la connexité est si nécessaire, qu'en lisant aujourd'hui les mémoires de Mme de Villeparisis, telle épithète juste, telles métaphores qui se suivent, suffiront au lecteur pour qu'à leur aide il reconstitue le salut profond, mais glacial que devait adresser à la vieille marquise, dans l'escalier d'une ambassade, telle snob comme Mme Léroi, qui lui cornait peut-être un carton en allant chez les Guermantes, mais ne mettait jamais les pieds dans son salon de peur de s'y déclasser parmi toutes ces femmes de médecins ou de notaires. Un bas bleu, Mme de Villeparisis en avait peut-être été un dans sa prime jeunesse, et ivre alors de son savoir n'avait peut-être pas su retenir contre des gens du monde moins intelligents et moins instruits qu'elle, des traits acérés que le blessé n'oublie pas.

Puis le talent n'est pas un appendice postiche qu'on ajoute artificiellement à ces qualités différentes qui font réussir dans la société, afin de faire avec le tout, ce que les gens du monde appellent une « femme complète ». Il est le produit vivant d'une certaine complexion morale où généralement beaucoup de qualités font défaut et où prédomine une sensibilité dont d'autres manifestations que nous ne percevons pas dans un livre, peuvent se faire sentir assez vivement au cours de l'existence, par exemple telles curiosités, telles fantaisies, le désir d'aller ici ou là pour son propre plaisir, et non en vue de l'accroissement, du maintien, ou pour le simple fonctionnement, des relations mondaines. J'avais vu à Balbec Mme de Villeparisis enfermée entre ses gens et ne jetant pas un coup d'œil sur les personnes assises dans le hall de l'hôtel. Mais j'avais eu le pressentiment que cette abstention n'était pas de l'indifférence, et il paraît qu'elle ne s'y était pas toujours cantonnée. Elle se toquait de connaître tel ou tel individu qui n'avait aucun titre à être reçu chez elle, parfois parce qu'elle l'avait trouvé beau, ou seulement parce qu'on lui avait dit qu'il était amusant, ou qu'il lui avait semblé

différent des gens qu'elle connaissait, lesquels à cette époque où elle
ne les appréciait pas encore parce qu'elle croyait qu'ils ne la lâche-
raient jamais, appartenaient tous au plus pur faubourg Saint-Germain.
Ce bohème, ce petit bourgeois qu'elle avait distingué, elle était obligée
de lui adresser ses invitations, dont il ne pouvait pas apprécier la valeur,
avec une insistance qui la dépréciait peu à peu aux yeux des snobs
habitués à coter un salon d'après les gens que la maîtresse de maison
exclut plutôt que d'après ceux qu'elle reçoit. Certes, si à un moment
donné de sa jeunesse, Mme de Villeparisis, blasée sur la satisfaction
d'appartenir à la fine fleur de l'aristocratie, s'était en quelque sorte
amusée à scandaliser les gens parmi lesquels elle vivait, à défaire délibé-
rément sa situation, elle s'était mise à attacher de l'importance à
cette situation après qu'elle l'eut perdue. Elle avait voulu montrer
aux duchesses qu'elle était plus qu'elles, en disant, en faisant tout ce
que celles-ci n'osaient pas dire, n'osaient pas faire. Mais maintenant
que celles-ci, sauf celles de sa proche parenté, ne venaient plus chez elle,
elle se sentait amoindrie et souhaitait encore de régner, mais d'une autre
manière que par l'esprit. Elle eut voulu attirer toutes celles qu'elle avait
pris tant de soin d'écarter. Combien de vies de femmes, vies peu connues
d'ailleurs (car chacun, selon son âge, a comme un monde différent et la
discrétion des vieillards empêche les jeunes gens de se faire une idée du
passé et d'embrasser tout le cycle), ont été divisées ainsi en périodes con-
trastées, la dernière tout employée à reconquérir ce qui dans la deuxième
avait été si gaiement jeté au vent. Jeté au vent de quelle manière ? Les
jeunes gens se le figurent d'autant moins, qu'ils ont sous les yeux une vieille
et respectable marquise de Villeparisis et n'ont pas l'idée que le grave
mémorialiste d'aujourd'hui, si digne sous sa perruque blanche, ait
pu être jadis une gaie soupeuse qui fit peut-être alors les délices,
mangea peut-être la fortune d'hommes couchés depuis dans la tombe;
qu'elle se fut employée aussi à défaire, avec une industrie persévé-
rante et naturelle, la situation qu'elle tenait de sa grande naissance ne
signifie d'ailleurs nullement que même à cette époque reculée, Mme de
Villeparisis n'attachât pas un grand prix à sa situation. De même l'isolement, l'inaction où vit un neurasthénique peuvent être ourdis par
lui du matin au soir sans lui paraître pour cela supportables et tandis
qu'il se dépêche d'ajouter une nouvelle maille au filet qui le retient
prisonnier, il est possible qu'il ne rêve que bals, chasses et voyages.
Nous travaillons à tout moment à donner sa forme à notre vie, mais en
copiant malgré nous comme un dessin les traits de la personne que nous

sommes et non de celle qu'il nous serait agréable d'être. Les saluts dédaigneux de Mme Leroi pouvaient exprimer en quelque manière la nature véritable de Mme de Villeparisis, ils ne répondaient aucunement à son désir.

Sans doute, au même moment où Mme Leroi, selon une expression chère à Mme Swann « coupait » la marquise, celle-ci pouvait chercher à se consoler en se rappelant qu'un jour la reine Marie-Amélie, lui avait dit : « Je vous aime comme une fille ». Mais de telles amabilités royales, secrètes et ignorées, n'existaient que pour la marquise, poudreuses comme le diplôme d'un ancien premier prix du Conservatoire. Les seuls vrais avantages mondains sont ceux qui créent de la vie, ceux qui peuvent disparaître sans que celui qui en a bénéficié ait à chercher à les retenir ou à les divulguer, parce que dans la même journée cent autres leur succèdent. Se rappelant de telles paroles de la reine, Mme de Villeparisis les eût pourtant volontiers troquées contre le pouvoir permanent d'être invitée que possédait Mme Leroi, comme, dans un restaurant un grand artiste inconnu, et de qui le génie n'est écrit ni dans les traits de son visage timide, ni dans la coupe désuète de son veston râpé, voudrait bien être même le jeune coulissier du dernier rang de la société mais qui déjeune à une table voisine avec deux actrices, et vers qui, dans une course obséquieuse et incessante s'empressent patron, maître d'hôtel, garçons, chasseurs et jusqu'aux marmitons qui sortent de la cuisine en défilés pour le saluer comme dans les féeries, tandis que s'avance le sommelier, aussi poussiéreux que ses bouteilles, bancroche et ébloui comme si, venant de la cave il s'était tordu le pied avant de remonter au jour.

Il faut dire pourtant que dans le salon de Mme de Villeparisis, l'absence de Mme Leroi, si elle désolait la maîtresse de maison, passait inaperçue aux yeux d'un grand nombre de ses invités. Ils ignoraient totalement la situation particulière de Mme Leroi, connue seulement du monde élégant, et ne doutaient pas que les réceptions de Mme de Villeparisis ne fussent, comme en sont persuadés aujourd'hui les lecteurs de ses mémoires, les plus brillantes de Paris.

A cette première visite qu'en quittant Saint-Loup j'allai faire à Mme de Villeparisis, suivant le conseil que M. de Norpois avait donné à mon père, je la trouvai dans son salon tendu de soie jaune sur laquelle les canapés et les admirables fauteuils en tapisseries de Beauvais, se détachaient en une couleur rose, presque violette, de framboises mûres. A côté des portraits des Guermantes, des Villeparisis, on en

169

voyait — offerts par le modèle lui-même — de la reine Marie-Amélie, de la reine des Belges, du prince de Joinville, de l'impératrice d'Autriche. Mme de Villeparisis coiffée d'un bonnet de dentelles noires de l'ancien temps (qu'elle conservait avec le même instinct avisé de la couleur locale ou historique qu'un hôtelier breton qui, si parisienne que soit devenue sa clientèle, croit plus habile de faire garder à ses servantes la coiffe et les grandes manches), était assise à un petit bureau, où devant elle, à côté de ses pinceaux, de sa palette et d'une aquarelle de fleurs commencée, il y avait dans des verres, dans des soucoupes, dans des tasses, des roses mousseuses, des zinias, des cheveux de Vénus, qu'à cause de l'affluence à ce moment-là des visites elle s'était arrêtée de peindre et qui avaient l'air d'achalander le comptoir d'une fleuriste, dans quelque estampe du XVIIIe siècle. Dans ce salon légèrement chauffé à dessein, parce que la marquise s'était enrhumée en revenant de son château, il y avait parmi les personnes présentes quand j'arrivai, un archiviste avec qui Mme de Villeparisis avait classé le matin les lettres autographes de personnages historiques à elle adressées et qui étaient destinées à figurer en *fac-similés* comme pièces justificatives dans les mémoires qu'elle était en train de rédiger, et un historien solennel et intimidé qui, ayant appris qu'elle possédait par héritage un portrait de la duchesse de Montmorency, était venu lui demander la permission de reproduire ce portrait dans une planche de son ouvrage sur la Fronde, visiteurs auxquels vint se joindre mon ancien camarade Bloch, maintenant jeune auteur dramatique, sur qui elle comptait pour lui procurer à l'œil des artistes qui joueraient à ses prochaines matinées. Il est vrai que le Kaléidoscope social était en train de tourner et que l'affaire Dreyfus allait précipiter les juifs au dernier rang de l'échelle sociale. Mais d'une part le cyclone dreyfusiste avait beau faire rage, ce n'est pas au début d'une tempête que les vagues atteignent leur plus grand courroux. Puis Mme de Villeparisis laissant toute une partie de sa famille tonner contre les juifs était jusqu'ici restée entièrement étrangère à l'Affaire et ne s'en souciait pas. Enfin un jeune homme comme Bloch que personne ne connaissait pouvait passer inaperçu, alors que de grands juifs représentatifs de leur parti étaient déjà menacés. Il avait maintenant le menton ponctué d'un « bouc », il portait un binocle, une longue redingote, un gant, comme un rouleau de papyrus à la main. Les roumains, les égyptiens et les turcs peuvent détester les juifs. Mais dans un salon français les différences entre ces peuples ne sont pas si perceptibles et un israélite faisant son entrée comme s'il sortait

du fond du désert, le corps penché comme une hyène, la nuque obliquement inclinée et se répandant en grands « salams » contente parfaitement un goût d'orientalisme. Seulement il faut pour cela que le juif
n'appartienne pas au « monde », sans quoi il prend facilement l'aspect
d'un lord, et ses façons sont tellement francisées que chez lui un nez
rebelle, poussant comme les capucines dans des directions imprévues,
fait penser au nez de Mascarille plutôt qu'à celui de Salomon. Mais
Bloch n'ayant pas été assoupli par la gymnastique du « Faubourg »,
ni ennobli par un croisement avec l'Angleterre ou l'Espagne, restait
pour un amateur d'exotisme, aussi étrange et savoureux à regarder
malgré son costume européen qu'un juif de Decamp. Admirable puissance de la race qui du fond des siècles pousse en avant jusque dans le
Paris moderne, dans les couloirs de nos théâtres, derrière les guichets
de nos bureaux, à un enterrement, dans la rue, une phalange intacte
stylisant la coiffure moderne, absorbant, faisant oublier, disciplinant
la redingote, demeure en somme toute pareille à celle des scribes assyriens peints en costume de cérémonie à la frise d'un monument de
Suse défend les portes du palais de Darius. (Une heure plus tard,
Bloch allait se figurer que c'était par malveillance antisémitique que
M. de Charlus s'informait s'il portait un prénom juif, alors que c'était
simplement par curiosité esthétique et amour de la couleur locale.)
Mais, au reste, parler de permanence de races, rend inexactement
l'impression que nous recevons des juifs, des grecs, des persans, de tous
ces peuples auxquels il vaut mieux laisser leur variété. Nous connaissons,
par les peintures antiques, le visage des anciens Grecs, nous avons vu des
Assyriens au fronton d'un palais de Suse. Or il nous semble quand nous
rencontrons dans le monde des orientaux appartenant à tel ou tel groupe,
être en présence de créatures que la puissance du spiritisme aurait fait
apparaître. Nous ne connaissions qu'une image superficielle ; voici
qu'elle a pris de la profondeur, qu'elle s'étend dans les trois dimensions, qu'elle bouge. La jeune dame grecque, fille d'un riche banquier,
et à la mode en ce moment, a l'air d'une de ces figurantes qui dans
un ballet historique et esthétique à la fois, symbolisent, en chair et en
os, l'art hellénique ; encore au théâtre la mise en scène banalise-t-elle
ces images ; au contraire le spectacle auquel l'entrée dans un salon
d'une turque, d'un juif, nous fait assister, en animant les figures, les
rend plus étranges, comme s'il s'agissait en effet d'êtres évoqués par un
effort médiumnimique. C'est l'âme (ou plutôt le peu de chose auquel se
réduit, jusqu'ici du moins, l'âme, dans ces sortes de matérialisations)

171

c'est l'âme entrevue auparavant par nous dans les seuls musées, l'âme
des Grecs anciens, des anciens juifs, arrachée à une vie tout à la fois
insignifiante et transcendantale, qui semble exécuter devant nous cette
mimique déconcertante. Dans la jeune dame grecque qui se dérobe,
ce que nous voudrions vainement étreindre, c'est une figure jadis admirée
aux flancs d'un vase. Il me semblait que si j'avais dans la lumière du
salon de Mme de Villeparisis pris des clichés d'après Bloch, ils eussent
donné d'Israël cette même image, si troublante parce qu'elle ne paraît
pas émaner de l'humanité, si décevante parce que tout de même elle
ressemble trop à l'humanité, et que nous montrent les photographies
spirites. Il n'est pas, d'une façon plus générale, jusqu'à la nullité des
propos tenus par les personnes au milieu desquelles nous vivons qui ne
nous donne l'impression du surnaturel, dans notre pauvre monde de
tous les jours où même un homme de génie de qui nous attendons,
rassemblés comme autour d'une table tournante, le secret de l'infini,
prononce seulement ces paroles — les mêmes qui venaient de sortir
des lèvres de Bloch : « Qu'on fasse attention à mon chapeau haute-
forme. »

« Mon Dieu, les ministres, mon cher monsieur, était en train de dire
Mme de Villeparisis s'adressant plus particulièrement à mon ancien
camarade, et renouant le fil d'une conversation que mon entrée avait
interrompue, personne ne voulait les voir. Si petite que je fusse, je me
rappelle encore le roi priant mon grand-père d'inviter M. Decaze
à une redoute où mon père devait danser avec la duchesse de Berry.
«Vous me ferez plaisir, Florimond », disait le roi. Mon grand-
père, qui était un peu sourd, ayant entendu M. de Castries, trouvait la demande toute naturelle. Quand il comprit qu'il s'agissait
de M. Decaze, il eut un moment de révolte, mais s'inclina et écrivit le
soir même à M. Decaze en le suppliant de lui faire la grâce et l'honneur
d'assister à son bal qui avait lieu la semaine suivante. Car on était poli,
Monsieur, dans ce temps-là et une maîtresse de maison n'aurait pas su
se contenter d'envoyer sa carte en ajoutant à la main : « une tasse de
thé », ou «thé dansant » ou «thé musical ». Mais si on savait la politesse
on n'ignorait pas non plus l'impertinence. M. Decaze accepta, mais
la veille du bal on apprenait que mon grand-père se sentant souffrant
avait décommandé la redoute. Il avait obéi au roi, mais il n'avait pas
eu M. Decaze à son bal... — Oui, Monsieur, je me souviens très
bien de M. Molé, c'était un homme d'esprit, il l'a prouvé quand il a
reçu M. de Vigny à l'Académie, mais il était très solennel et je le vois

encore descendant dîner chez lui son chapeau haut de forme à la main.

— Ah ! c'est bien évocateur d'un temps assez pernicieusement philistin, car c'était sans doute une habitude universelle d'avoir son chapeau à la main chez soi, dit Bloch, désireux de profiter de cette occasion si rare de s'instruire, auprès d'un témoin oculaire, des particularités de la vie aristocratique d'autrefois, tandis que l'archiviste, sorte de secrétaire intermittent de la marquise, jetait sur elle des regards attendris et semblait nous dire : « Voilà comme elle est, elle sait tout, elle a connu tout le monde, vous pouvez l'interroger sur ce que vous voudrez, elle est extraordinaire.

— Mais non, répondit Mme de Villeparisis tout en disposant plus près d'elle le verre où trempaient les cheveux de Vénus que tout à l'heure elle recommencerait à peindre, c'était une habitude à M. Molé, tout simplement. Je n'ai jamais vu mon père avoir son chapeau chez lui, excepté bien entendu quand le roi venait, puisque le roi étant partout chez lui, le maître de la maison n'est plus qu'un visiteur dans son propre salon.

— Aristote nous a dit dans le chapitre II... hasarda M. Pierre, l'historien de la Fronde, mais si timidement que personne n'y fit attention. Atteint depuis quelques semaines d'insomnie nerveuse qui résistait à tous les traitements, il ne se couchait plus et, brisé de fatigue, ne sortait que quand ses travaux rendaient nécessaire qu'il se déplaçât. Incapable de recommencer souvent ces expéditions si simples pour d'autres mais qui lui coûtaient autant que si pour les faire il descendait de la lune, il était surpris de trouver souvent que la vie de chacun n'était pas organisée d'une façon permanente pour donner leur maximum d'utilité aux brusques élans de la sienne. Il trouvait parfois fermée une bibliothèque qu'il n'était allé voir qu'en se campant artificiellement debout et dans une redingote comme un homme de Wells. Par bonheur il avait rencontré Mme de Villeparisis chez elle et allait voir le portrait.

Bloch lui coupa la parole.

— Vraiment, dit-il en répondant à ce que venait de dire Mme de Villeparisis au sujet du protocole réglant les visites royales, je ne savais absolument pas cela, comme s'il était étrange qu'il ne le sût pas.

— A propos de ce genre de visites, vous savez la plaisanterie stupide que m'a faite hier matin mon neveu Basin ? demanda Mme de Villeparisis à l'archiviste. Il m'a fait dire au lieu de s'annoncer que c'était la reine de Suède qui demandait à me voir.

— Ah ! il vous a fait dire cela froidement comme cela ! Il en a de bonnes ! s'écria Bloch en s'esclaffant, tandis que l'historien souriait avec une timidité majestueuse.

— J'étais assez étonnée parce que je n'étais revenue de la campagne que depuis quelques jours ; j'avais demandé pour être un peu tranquille qu'on ne dise à personne que j'étais à Paris, et je me demandais comment la reine de Suède le savait déjà, reprit Mme de Villeparisis laissant ses visiteurs étonnés qu'une visite de la reine de Suède ne fût en elle-même rien d'anormal pour leur hôtesse.

Certes si le matin Mme de Villeparisis avait compulsé avec l'archiviste la documentation de ses mémoires, en ce moment, elle en essayait à son insu le mécanisme et le sortilège sur un public moyen, représentatif de celui où se recruteraient un jour ses lecteurs. Le salon de Mme de Villeparisis pouvait se différencier d'un salon véritablement élégant d'où auraient été absentes beaucoup de bourgeoises qu'elle recevait et où on aurait vu en revanche telles des dames brillantes que Mme Leroi avait fini par attirer, mais cette nuance n'est pas perceptible dans ses mémoires, où certaines relations médiocres qu'avait l'auteur disparaissent, parce qu'elles n'ont pas l'occasion d'y être citées ; et, des visiteuses qu'il n'avait pas n'y font pas faute, parce que dans l'espace forcément restreint qu'offrent ces mémoires, peu de personnes peuvent figurer et que si ces personnes sont des personnages princiers, des personnalités historiques, l'impression maximum d'élégance que des mémoires puissent donner au public se trouve atteinte. Au jugement de Mme Leroi, le salon de Mme de Villeparisis était un salon de troisième ordre ; et Mme de Villeparisis souffrait du jugement de Mme Leroi. Mais personne ne sait plus guère aujourd'hui qui était Mme Leroi, son jugement s'est évanoui, et c'est le salon de Mme de Villeparisis, où fréquentait la reine de Suède, où avaient fréquenté le duc d'Aumale, le duc de Broglie, Thiers, Montalembert, Mgr Dupanloup, qui sera considéré comme un des plus brillants du XIXᵉ siècle par cette postérité qui n'a pas changé depuis les temps d'Homère et de Pindare, et pour qui le rang enviable c'est la haute naissance, royale ou quasi royale, l'amitié des rois, des chefs du peuple, des hommes illustres.

Or de tout cela Mme de Villeparisis avait un peu dans son salon actuel et dans les souvenirs, quelquefois retouchés légèrement, à l'aide desquels elle le prolongeait dans le passé. Puis M. de Norpois, qui n'était pas capable de refaire une vraie situation à son amie, lui amenait en revanche les hommes d'Etat étrangers ou français qui avaient besoin de lui et savaient que la seule manière efficace de lui faire leur cour, était de fréquenter chez Mme de Villeparisis. Peut-être Mme Leroi connaissait-elle aussi ces éminentes personnalités européennes. Mais en femme agréable et qui fuit le ton des bas-bleus elle se gardait de parler de la question d'Orient aux premiers ministres aussi bien que de l'essence de l'amour aux romanciers et aux philosphes. « L'amour ? avait-elle répondu une fois à une dame prétentieuse qui lui avait demandé : « Que pensez-vous de l'amour ? » L'amour ? je le fais souvent mais je n'en parle jamais. » Quand elle avait chez elle de ces célébrités de la littérature et de la politique elle se contentait, comme la duchesse de Guermantes, de les faire jouer au poker. Ils aimaient souvent mieux cela que les grandes conversations à idées générales où les contraignait Mme de Villeparisis. Mais ces conversations, peut-être ridicules dans le monde, ont fourni aux « Souvenirs » de Mme de Villeparisis de ces morceaux excellents, de ces dissertations politiques qui font bien dans des mémoires comme dans les tragédies à la Corneille. D'ailleurs les salons des Mme de Villeparisis peuvent seuls passer à la postérité parce que les Mme Leroi ne savent pas écrire, et le sauraient-elles n'en auraient pas le temps. Et si les dispositions littéraires des Mme de Villeparisis sont la cause du dédain des Mme Leroi, à son tour le dédain des Mme Leroi sert singulièrement les dispositions littéraires des Mme de Villeparisis en faisant aux dames bas bleus le loisir que réclame la carrière des lettres. Dieu qui veut qu'il y ait quelques livres bien écrits souffle pour cela ces dédains dans le cœur des Mme Leroi, car il sait que si elles invitaient à dîner les Mme de Villeparisis, celles-ci laisseraient immédiatement leur écritoire et feraient atteler pour huit heures.

Au bout d'un instant entra d'un pas lent et solennel une vieille dame d'une haute taille et qui, sous son chapeau de paille relevé laissait voir une monumentale coiffure blanche à la Marie-Antoinette. Je ne savais pas alors qu'elle était une des trois femmes qu'on pouvait observer encore dans la société parisienne et qui comme Mme de Villeparisis, tout en étant d'une grande naissance avaient été réduites pour des raisons qui se perdaient dans la nuit des temps et qu'aurait pu nous dire seul quelque vieux beau de cette époque à ne recevoir qu'une lie de gens dont on ne voulait pas ailleurs. Chacune de ces dames avait sa « duchesse de Guermantes », sa nièce brillante qui venait lui rendre des devoirs mais ne serait pas parvenue à attirer chez elle la «duchesse de Guermantes» d'une des deux autres. Mme de Villeparisis était fort liée avec ces trois dames, mais elle ne les aimait pas. Peut-être leur situation assez analogue à la sienne lui en présentait-elle une image qui ne lui était pas agréable. Puis aigries, bas bleus, cherchant par le nombre des saynètes qu'elles faisaient jouer, à se donner l'illusion d'un salon, elles avaient entre elles des rivalités qu'une fortune assez délabrée au cours d'une existence peu tranquille, forçait à compter, à profiter du concours gracieux d'un artiste, en une sorte de lutte pour la vie. De plus la dame à la coiffure de Marie-Antoinette, chaque fois qu'elle voyait Mme de Villeparisis, ne pouvait s'empêcher de penser que la duchesse de Guermantes n'allait pas à ses vendredis. Sa consolation était qu'à ces mêmes vendredis ne manquait jamais, en bonne parente, la princesse de Poix, laquelle était sa Guermantes à elle et qui n'allait jamais chez Mme de Villeparisis quoique Mme de Poix fût amie intime de la duchesse.

Néanmoins de l'hôtel du quai Malaquais aux salons de la rue de Tournon, de la rue de la Chaise et du faubourg Saint-Honoré, un lien aussi fort que détesté, unissait les trois divinités déchues desquelles j'aurais bien voulu apprendre en feuilletant quelque dictionnaire mythologique de la société, quelle aventure galante, quelle outrecuidance sacrilège, avaient amené la punition. La même origine brillante, la même déchéance actuelle entrait peut-être pour beaucoup dans telle nécessité qui les poussait, en même temps qu'à se haïr, à se fréquenter. Puis chacune d'elles trouvait dans les autres un moyen commode de faire des politesses à leurs visiteurs. Comment ceux-ci n'eussent-ils pas cru pénétrer dans le faubourg le plus fermé, quand on les présentait à une dame fort titrée dont la sœur avait épousé un duc de Sagan ou un prince de Ligne. D'autant plus qu'on parlait infiniment plus dans les journaux de ces prétendus salons que des vrais. Même les neveux « gratins » à qui un camarade demandait de les mener dans le monde (Saint-Loup tout le premier) disaient : « Je vous conduirai chez ma tante Villeparisis, ou chez ma tante X..., c'est un salon intéressant ». Ils savaient surtout que cela leur donnerait moins de peine que de faire pénétrer les dits amis chez les nièces ou belles-sœurs élégantes de ces dames. Les hommes très âgés, les jeunes femmes qui l'avaient appris d'eux, me dirent que si ces vieilles dames n'étaient pas reçues, c'était à cause du dérèglement extraordinaire de leur conduite, lequel quand j'objectai que ce n'est pas un empêchement à l'élégance, me fut représenté comme ayant dépassé toutes les proportions aujourd'hui connues. L'inconduite de ces dames solennelles qui se tenaient assises toutes droites, prenait, dans la bouche de ceux qui en parlaient, quelque chose que je ne pouvais imaginer, proportionné à la grandeur des époques antéhistoriques, à l'âge du Mammouth. Bref ces trois Parques à cheveux blancs, bleus ou roses, avaient filé le mauvais coton d'un nombre incalculable de messieurs. Je pensais que les hommes d'aujourd'hui exagéraient les vices de ces temps fabuleux, comme les Grecs qui composèrent Icare, Thésée, Hercule avec des hommes qui avaient été peu différents de ceux qui longtemps après les divinisaient. Mais on ne fait la somme des vices d'un être que quand il n'est plus guère en état de les exercer, et qu'à la grandeur du châtiment social, qui commence à s'accomplir et qu'on constate seul, on mesure, on imagine, on exagère celle du crime qui a été commis. Dans cette galerie de figures symboliques qu'est le « monde », les femmes véritablement légères, les Messalines complètes, présentent toujours l'aspect solennel d'une dame d'au moins soixante-dix ans, hautaine, qui reçoit tant qu'elle peut, mais non qui elle veut, chez qui ne consentent pas aller les femmes dont la conduite prête un peu à redire, à laquelle le pape donne toujours sa « rose d'or », et qui quelquefois a écrit sur la jeunesse de Lamartine, un ouvrage couronné par l'Académie française. « Bonjour Alix, dit Mme de Villeparisis à la dame à coiffure blanche de Marie-Antoinette, laquelle dame jetait un regard perçant sur l'assemblée afin de dénicher s'il n'y avait pas dans ce salon quelque morceau qui pût être utile pour le sien et que, dans ce cas, elle devrait découvrir elle-même, car Mme de Villeparisis, elle n'en doutait pas, serait assez maligne pour essayer de le lui cacher. C'est ainsi que Mme de Villeparisis eut grand soin de ne pas présenter Bloch à la vieille dame de peur qu'il ne fît jouer la même saynète que chez elle, dans l'hôtel du quai Malaquais. Ce n'était d'ailleurs qu'un rendu. Car la vieille dame avait eu la veille Mme Ristori qui avait dit des vers, et avait eu soin que Mme de Villeparisis à qui elle avait chipé l'artiste italienne ignorât l'événement avant qu'il fût accompli. Pour que celle-ci ne l'apprît pas par les journaux et ne s'en trouvât pas froissée, elle venait le lui raconter, comme ne se sentant pas coupable. Mme de Villeparisis jugeant que ma présentation n'avait pas les mêmes inconvénients que celle de Bloch, me nomma la Marie-Antoinette du quai. Celle-ci cherchant en faisant le moins de mouvements possible à garder dans sa vieillesse cette ligne de déesse de Coysevox, qui avait, il y a bien des années, charmé la jeunesse élégante et que de faux hommes de lettres célébraient maintenant dans des bouts rimés — ayant pris d'ailleurs l'habitude de la raideur hautaine et compensatrice, commune à toutes les personnes qu'une disgrâce particulière oblige à faire perpétuellement des avances — abaissa légèrement la tête avec une majesté glaciale et la tournant d'un autre côté ne s'occupa pas plus de moi que si je n'eusse pas existé. Son attitude à double fin semblait dire à Mme de Villeparisis : « Vous voyez que je n'en suis pas à une relation près et que les petits jeunes — à aucun point de vue, mauvaise langue, — ne m'intéressent pas ». Mais quand un quart d'heure après elle se retira, profitant du tohu-bohu elle me glissa à l'oreille de venir le vendredi suivant dans sa loge, avec une des trois dont le nom éclatant — elle était d'ailleurs née Choiseul — me fit un prodigieux effet.

— Monsieur, j'crois que vous voulez écrire quelque chose sur Mme la duchesse de Montmorency, dit Mme de Villeparisis à l'historien de la Fronde, avec cet air bougon dont à son insu sa grande amabilité était froncée, par le recroquevillement boudeur, le dépit physiologique de la vieillesse, ainsi que par l'affectation d'imiter le ton presque paysan de l'ancienne aristocratie. J'vais vous montrer son portrait, l'original de la copie qui est au Louvre.

Elle se leva en posant ses pinceaux près de ses fleurs, et le petit tablier qui apparut alors à sa taille et qu'elle portait pour ne pas se salir avec ses couleurs, ajoutait encore à l'impression presque d'une campagnarde que donnaient son bonnet et ses grosses lunettes et contrastait avec le luxe de sa domesticité, du maître d'hôtel qui avait apporté le thé et les gâteaux, du valet de pied en livrée qu'elle sonna pour éclairer le portrait de la duchesse de Montmorency, abbesse dans un des plus célèbres chapitres de l'Est. Tout le monde s'était levé. Ce qui est assez amusant, dit-elle, c'est que dans ces chapitres où nos grand'tantes étaient souvent abbesses, les filles du roi de France n'eussent pas été admises. C'étaient des chapitres très fermés. — Pas admises les filles du Roi, pourquoi cela ? demanda Bloch stupéfait. — « Mais parce que la Maison de France n'avait plus assez de quartiers depuis qu'elle s'était mésalliée. » L'étonnement de Bloch allait grandissant. « Mésalliée la Maison de France ? Comment ça ? — Mais en s'alliant aux Médicis, répondit Mme de Villeparisis du ton le plus naturel. Le portrait est beau, n'est-ce pas ? et dans un état de conservation parfaite », ajouta-t-elle.

— Ma chère amie, dit la dame coiffée à la Marie-Antoinette, vous

vous rappelez que quand je vous ai amené Liszt, il vous a dit que c'était celui-là qui était la copie.

— Je m'inclinerai devant une opinion de Liszt en musique, mais pas en peinture ! D'ailleurs, il était déjà gâteux et je ne me rappelle pas qu'il ait jamais dit cela. Mais ce n'est pas vous qui me l'avez amené. J'avais dîné vingt fois avec lui, chez la princesse de Sayn-Wittgenstein.

Le coup d'Alix avait raté, elle se tut, resta debout et immobile. Des couches de poudre plâtrant son visage, celui-ci avait l'air d'un visage de pierre. Et comme le profil était noble, elle semblait sur un socle triangulaire et moussu caché par le mantelet, la déesse effritée d'un parc.

— Ah ! voilà encore un autre beau portrait, dit l'historien.

La porte s'ouvrit et la duchesse de Guermantes entra.

— Tiens, bonjour, lui dit sans un signe de tête Mme de Villeparisis en tirant d'une poche de son tablier une main qu'elle tendit à la nouvelle arrivante ; et cessant aussitôt de s'occuper d'elle pour se retourner vers l'historien : C'est le portrait de la duchesse de La Rochefoucauld...

Un jeune domestique, à l'air hardi et à la figure charmante (mais rogue si juste pour rester parfaite que le nez un peu rouge et la peau légèrement enflammée comme s'ils gardaient quelque trace de la récente et sculpturale incision), entra portant une carte sur un plateau.

— C'est ce monsieur qui est déjà venu plusieurs fois pour voir Mme la Marquise.

— Est-ce que vous lui avez dit que je recevais ?

— Il a entendu causer.

— Eh bien ! soit, faites-le entrer. C'est un monsieur qu'on m'a présenté dit Mme de Villeparisis. Il m'a dit qu'il désirait beaucoup être reçu ici. Jamais je ne l'ai autorisé à venir. Mais enfin voilà cinq fois qu'il se dérange, il ne faut pas froisser les gens. Monsieur, me dit-elle, et vous, monsieur, ajouta-t-elle en désignant l'historien de la Fronde, je vous présente ma nièce, la duchesse de Guermantes.

L'historien s'inclina profondément ainsi que moi et semblant supposer que quelque réflexion cordiale devait suivre ce salut, ses yeux s'animèrent et il s'apprêtait à ouvrir la bouche quand il fut refroidi par l'aspect de Mme de Guermantes qui avait profité de l'indépendance de son torse pour le jeter en avant avec une politesse exagérée et le ramener avec justesse sans que son visage et son regard eussent paru avoir remarqué qu'il y avait quelqu'un devant eux ; après avoir poussé un léger soupir, elle se contenta de manifester de la nullité de l'impression que lui produisaient la vue de l'historien et la mienne en exécutant certains mouvements des ailes du nez avec une précision qui attestait l'inertie absolue de son attention désœuvrée.

Le visiteur importun entra, marchant droit vers Mme de Villeparisis d'un air ingénu et fervent, c'était Legrandin.

— Je vous remercie beaucoup de me recevoir, madame, dit-il en insistant sur le mot beaucoup : c'est un plaisir d'une qualité tout à fait rare et subtil que vous faites à un vieux solitaire, je vous assure que sa répercussion...

Il s'arrêta net en m'apercevant.

— Je montrais à monsieur le beau portrait de la duchesse de La Rochefoucauld, femme de l'auteur des *Maximes*, il me vient de famille.

Mme de Guermantes, elle, salua Alix, en s'excusant de n'avoir pu, cette année comme les autres, aller la voir. « J'ai eu de vos nouvelles par Madeleine, » ajouta-t-elle.

— Elle a déjeuné chez moi ce matin, dit la marquise du quai Malaquais avec la satisfaction de penser que Mme de Villeparisis n'en pourrait jamais dire autant.

Cependant je causais avec Bloch et craignant d'après ce qu'on m'avait dit du changement à son égard de son père, qu'il n'enviât ma vie, je lui dis que la sienne devait être plus heureuse. Ces paroles étaient de ma part un simple effet de l'amabilité. Mais elle persuade aisément de leur bonne chance ceux qui ont beaucoup d'amour-propre, ou leur donne le désir de persuader les autres. « Oui j'ai en effet une vie délicieuse, me dit Bloch d'un air de béatitude. J'ai trois grands amis, je n'en voudrais pas un de plus, une maîtresse adorable, je suis infiniment heureux. Rare est le mortel à qui le Père Zeus accorde tant de félicités. » Je crois qu'il cherchait surtout à se louer et à me faire envie. Peut-être aussi y avait-il quelque désir d'originalité dans son optimisme. Il fut visible qu'il ne voulait pas répondre les mêmes banalités que tout le monde : « Oh ! ce n'était rien, etc. » quand, à ma question : « était-ce joli ? » posée à propos d'une matinée dansante donnée chez lui et à laquelle je n'avais pu aller, il me répondit d'un air uni, indifférent comme s'il s'était agi d'un autre : « Mais oui c'était très joli, on ne peut plus réussi. C'était vraiment ravissant. »

— Ce que vous nous apprenez-là m'intéresse infiniment, dit Legrandin à Mme de Villeparisis, car je me disais justement l'autre jour que vous teniez beaucoup de lui par la netteté alerte du tour, par quelque chose que j'appellerai de deux termes contradictoires, la rapidité lapidaire et l'instantané immortel. J'aurais voulu ce soir prendre en note toutes les choses que vous dites ; mais je les retiendrai. Elles sont d'un mot qui est je crois de Joubert, amies de la mémoire. Vous n'avez jamais lu Joubert ? Oh ! vous lui auriez tellement plu ! Je me permettrai dès ce soir de vous envoyer ses œuvres, très fier de vous présenter son esprit. Il n'avait pas votre force. Mais il avait aussi bien de la grâce.

J'avais voulu tout de suite aller dire bonjour à Legrandin, mais il se tenait constamment le plus éloigné de moi qu'il pouvait, sans doute dans l'espoir que je n'entendisse pas les flatteries qu'avec un grand raffinement d'expression, il ne cessait à tout propos de prodiguer à Mme de Villeparisis.

Elle haussa les épaules en souriant comme s'il avait voulu se moquer et se tourna vers l'historien.

— Et celle-ci c'est la fameuse Marie de Rohan, duchesse de Chevreuse qui avait épousé en première noces M. de Luynes.

— Ma chère, Mme de Luynes me fait penser à Yolande ; elle est venue hier chez moi, si j'avais su que vous n'aviez votre soirée prise par personne, je vous aurais envoyé chercher, Mme Ristori, qui est venue à l'improviste, a dit devant l'auteur des vers de la reine Carmen Sylva, c'était d'une beauté !

« Quelle perfidie ! pensa Mme de Villeparisis. C'est sûrement de cela qu'elle parlait tout bas, l'autre jour, à Mme de Beaulaincourt et à Mme de Chaponay. » — J'étais libre, mais je ne serais pas venue, répondit-elle. J'ai entendu Mme Ristori dans son beau temps, ce n'est plus qu'une ruine. Et puis je déteste les vers de Carmen Sylva. La Ristori est venue ici une fois amenée par la duchesse d'Aoste dire un chant de l'*Enfer*, de Dante. Voilà où elle est incomparable.

Alix supporta le coup sans faiblir. Elle restait de marbre. Son regard était perçant et vide, son nez noblement arqué. Mais une joue s'écaillait. Des végétations légères, étranges, vertes et roses, envahissaient le menton. Peut-être un hiver de plus la jetterait bas.

— Tenez, monsieur, si vous aimez la peinture, regardez le portrait de Mme de Montmorency, dit Mme de Villeparisis à Legrandin pour interrompre les compliments qui recommençaient.

Profitant de ce qu'il s'était éloigné, Mme de Guermantes le désigna à sa tante d'un regard ironique et interrogateur.

— C'est M. Legrandin, dit à mi-voix Mme de Villeparisis, il a une sœur qui s'appelle Mme de Cambremer, ce qui ne doit pas du reste te dire plus qu'à moi.

— Comment, mais je la connais parfaitement, s'écria en mettant sa main devant sa bouche Mme de Guermantes. Ou plutôt je ne la connais pas, mais je ne sais pas ce qui a pris à Basin qui rencontre Dieu sait où le mari, de dire à cette grosse femme de venir me voir. Je ne peux pas vous dire ce que ça été que sa visite. Elle m'a raconté qu'elle était allée à Londres, elle m'a énuméré tous les tableaux du British. Telle que vous me voyez, en sortant de chez vous, je vais fourrer un carton chez ce monstre. Et ne croyez pas que ce soit des plus faciles, car sous prétexte qu'elle est mourante elle est toujours chez elle et qu'on y aille à sept heures du soir ou à neuf heures du matin, elle est prête à vous offrir des tartes aux fraises.

« Mais bien entendu, voyons, c'est un monstre, dit Mme de Guermantes à un regard interrogatif de sa tante. C'est une personne impossible : elle dit « plumitif » enfin des choses comme ça. » « Qu'est-ce que ça veut dire « plumitif » demanda Mme de Villeparisis à sa nièce ? » « Mais je n'en sais rien ! s'écria la Duchesse avec une indignation feinte. Je ne veux pas le savoir. Je ne parle pas ce français-là. » Et voyant que sa tante ne savait vraiment pas ce que voulait dire plumitif, pour avoir la satisfaction de montrer qu'elle était savante autant que puriste et pour se moquer de sa tante après s'être moquée de Mme de Cambremer : « Mais si, dit-elle avec un demi-rire, que les restes de la mauvaise humeur jouée réprimaient, tout le monde sait ça, un plumitif c'est un écrivain, c'est quelqu'un qui tient une plume. Mais c'est une horreur de mot. C'est à vous faire tomber vos dents de sagesse. Jamais on ne me ferait dire ça. »

Comment, c'est le frère! je n'ai pas encore réalisé. Mais au fond ce n'est pas incompréhensible. Elle a la même humilité de descente de lit et les mêmes ressources de bibliothèque tournante. Elle est aussi flagorneuse que lui et aussi embêtante. Je commence à me faire assez bien à l'idée de cette parenté.

— Assieds-toi, on va prendre un peu de thé, dit Mme de Villeparisis à Mme de Guermantes, sers-toi toi-même, toi tu n'as pas besoin de voir les portraits de tes arrière-grand'mères, tu les connais aussi bien que moi.

Mme de Villeparisis revint bientôt s'asseoir et se mit à peindre. Tout le monde se rapprocha, j'en profitai pour aller vers Legrandin et ne trouvant rien de coupable à sa présence chez Mme de Villeparisis, je lui dis sans songer combien j'allais à la fois le blesser et lui faire croire à l'intention de le blesser : « Eh bien, Monsieur, je suis presque excusé d'être dans un salon puisque je vous y trouve. » M. Legrandin conclut de ces paroles (ce fut du moins le jugement qu'il porta sur moi quelques jours plus tard) que j'étais un petit être foncièrement méchant qui ne se plaisait qu'au mal.

« Vous pourriez avoir la politesse de commencer par me dire bonjour », me répondit-il, sans me donner la main et d'une voix rageuse et vulgaire que je ne lui soupçonnais pas et qui, nullement en rapport rationnel avec ce qu'il disait d'habitude, en avait un autre plus immédiat et plus saisissant avec quelque chose qu'il éprouvait. C'est que, ce que nous éprouvons comme nous sommes décidés à toujours cacher, nous n'avons jamais pensé à la façon dont nous l'exprimerions. Et tout d'un coup, c'est en nous une bête immonde et inconnue qui se fait entendre et dont l'accent parfois peut aller jusqu'à faire aussi peur à qui reçoit cette confidence involontaire, elliptique et presque irrésistible de votre défaut ou de votre vice, que ferait l'aveu soudain indirectement et bizarrement proféré par un criminel ne pouvant s'empêcher de confesser un meurtre dont vous ne le saviez pas coupable. Certes je savais bien que l'idéalisme, même subjectif, n'empêche pas de grands philosophes, de rester gourmands ou de se présenter avec ténacité à l'Académie. Mais vraiment Legrandin n'avait pas besoin de rappeler si souvent qu'il appartenait à une autre planète quand tous ses mouvements convulsifs de colère ou d'amabilité étaient gourvernés par le désir d'avoir une bonne position dans celle-ci.

— Naturellement quand on me persécute vingt fois de suite pour me faire venir quelque part, continua-t-il à voix basse, quoique j'aie bien droit à ma liberté, je ne peux pourtant pas agir comme un rustre.

Mme de Guermantes s'était assise. Son nom, comme il était accompagné de son titre, ajoutait à sa personne physique, son duché qui se projetait autour d'elle et faisait régner la fraîcheur ombreuse et dorée des bois des Guermantes au milieu du salon, à l'entour du pouf où elle était. Je me sentais seulement étonné que leur ressemblance ne fût pas plus lisible sur le visage de la duchesse, lequel n'avait rien de végétal et où tout au plus le couperosé des joues — qui auraient dû, semblait-il, être blasonnées par le nom de Guermantes, était l'effet, mais non l'image, de longues chevauchées au grand air. Plus tard, quand elle me fut devenue indifférente, je connus bien des particularités de la duchesse, et notamment (afin de m'en tenir pour le moment à ce dont je subissais déjà le charme alors sans savoir le distinguer), ses yeux, où était captif comme dans un tableau le ciel bleu d'une après-midi de France, largement découvert, baigné de lumière même quand elle ne brillait pas ; et une voix qu'on eût cru aux premiers sons enroués, presque canaille, où traînait comme sur les marches de l'église de Combray ou la pâtisserie de la place, l'or paresseux et gras d'un soleil de province. Mais ce premier jour je ne discernais rien, mon ardente attention volatilisait immédiatement le peu que j'eusse pu recueillir et où j'aurais pu retrouver quelque chose du nom de Guermantes. En tout cas je me disais que c'était bien elle que désignait pour tout le monde le nom de duchesse de Guermantes : la vie inconcevable que ce nom signifiait, ce corps la contenait bien ; il venait de l'introduire au milieu d'êtres différents, dans ce salon qui la circonvenait de toutes parts et sur lequel elle exerçait une réaction si vive que je croyais voir, là où cette vie cessait de s'étendre, une frange d'effervescence en délimiter les frontières : dans la circonférence que découpait sur le tapis le ballon de la jupe de pékin bleu, et dans les prunelles claires de la duchesse, à l'intersection des préoccupations, des souvenirs, de la pensée incompréhensible, méprisante, amusée et curieuse qui les remplissaient, et des images étrangères qui s'y reflétaient. Peut-être eussé-je été un peu moins ému si je l'eusse rencontrée chez Mme de Villeparisis à une soirée, au lieu de la voir ainsi à un des « jours » de la marquise, à un de ces thés, qui ne sont pour les femmes qu'une courte halte au milieu de leur sortie et où gardant le chapeau avec lequel elles viennent de faire leurs courses elles apportent dans l'enfilade des salons la qualité de l'air du dehors et donnent plus jour sur Paris à la fin de l'après-midi que ne font les hautes fenêtres ouvertes dans lesquelles on entend les roulements des victorias : Mme de Guermantes était coiffée d'un canotier fleuri de bleuets ; et ce qu'ils m'évoquaient, ce n'était pas, sur les sillons de Combray où si souvent j'en avais cueilli, sur le talus contigu à la haie de Tansonville, les soleils des lointaines années, c'était l'odeur et la poussière du crépuscule, telles qu'elles étaient tout à l'heure, au moment où Mme de Guermantes venait de les traverser, rue de la Paix. D'un air souriant, dédaigneux et vague, tout en faisant la moue avec ses lèvres serrées, de la pointe de son ombrelle comme de l'extrême antenne de sa vie mystérieuse, elle dessinait des ronds sur le tapis, puis avec cette attention indifférente qui commence par ôter tout point de contact avec ce que l'on considère soi-même, son

184

regard fixait tour à tour chacun de nous, puis inspectait les canapés et les fauteuils mais en s'adoucissant alors de cette sympathie humaine qu'éveille la présence même insignifiante d'une chose que l'on connaît, d'une chose qui est presque une personne ; ces meubles n'étaient pas comme nous, ils étaient vaguement de son monde, ils étaient liés à la vie de sa tante ; puis du meuble de Beauvais ce regard était ramené à la personne qui y était assise et reprenait alors le même air de perspicacité et de cette même désapprobation que le respect de Mme de Guermantes pour sa tante l'eût empêchée d'exprimer, mais enfin qu'elle eût éprouvée, si elle eût constaté sur les fauteuils au lieu de notre présence celle d'une tache de graisse ou d'une couche de poussière.

L'excellent écrivain G... entra ; il venait faire à Mme de Villeparisis une visite qu'il considérait comme une corvée. La duchesse, qui fut enchantée de le retrouver, ne lui fit pourtant pas signe, mais tout naturellement il vint près d'elle, le charme qu'elle avait, son tact, sa simplicité la lui faisant considérer comme une femme d'esprit. D'ailleurs la politesse lui faisait un devoir d'aller auprès d'elle, car, comme il était agréable et célèbre, Mme de Guermantes l'invitait souvent à déjeuner même en tête à tête avec elle et son mari, ou l'automne à Guermantes, profitait de cette intimité pour le convier certains soirs à dîner avec des altesses curieuses de le rencontrer. Car la duchesse aimait à recevoir certains hommes d'élite, à la condition toutefois qu'ils fussent garçons, condition que même mariés, ils remplissaient toujours pour elle, car comme leurs femmes, toujours plus ou moins vulgaires, eussent fait tache dans un salon où il n'y avait que les plus élégantes beautés de Paris, c'est toujours sans elles qu'ils étaient invités ; et le duc pour prévenir toute susceptibilité, expliquait à ces veufs malgré eux, que la duchesse ne recevait pas de femmes, ne supportait pas la société des femmes, presque comme si c'était par ordonnance du médecin et comme il eût dit qu'elle ne pouvait rester dans une chambre où il y avait des odeurs, manger trop salé, voyager en arrière, ou porter un corset. Il est vrai que ces grands hommes voyaient chez les Guermantes la princesse de Parme, la princesse de Sagan (que Françoise, entendant toujours parler d'elle, finit par appeler, croyant ce féminin exigé par la grammaire, la Sagante), et bien d'autres, mais on justifiait leur présence en disant que c'était la famille, ou des amies d'enfance qu'on ne pouvait éliminer. Persuadés ou non par les explications que le duc de Guermantes leur avait données sur la singulière maladie de la duchesse de ne pouvoir fréquenter des femmes, les grands hommes les transmettaient à leurs épouses. Quelques-unes pensaient que la maladie n'était qu'un prétexte pour cacher sa jalousie, parce que la duchesse voulait être seule à régner sur une cour d'adorateurs. De plus naïves encore pensaient que peut-être la duchesse avait un genre singulier, voire un passé scandaleux, que les femmes ne voulaient pas aller chez elle, et qu'elle donnait le nom de sa fantaisie à la nécessité. Les meilleures entendant leur mari dire monts et merveilles de l'esprit de la duchesse, estimaient que celle-ci était si supérieure au reste des femmes qu'elle s'ennuyait dans leur société car elles ne savent parler de rien. Et il est vrai que la duchesse s'ennuyait auprès des femmes, si leur qualité princière ne leur donnait pas un intérêt particulier. Mais les épouses éliminées se trompaient quand elles s'imaginaient qu'elle ne voulait recevoir que des hommes pour pouvoir parler littérature, science et philosophie. Car elle n'en parlait jamais, du moins avec les grands intellectuels. Si, en vertu de la même tradition de famille qui fait que les filles de grands militaires gardent au milieu de leurs préoccupations les plus vaniteuses, le respect des choses de l'armée, petite-fille de femmes qui avaient été liées avec Thiers, Mérimée et Augier, elle pensait qu'avant tout il faut garder dans son salon une place aux gens d'esprit, mais avait d'autre part gardé de la façon à la fois condescendante et intime dont ces hommes célèbres étaient reçus à Guermantes, le pli de considérer les gens de talent comme des relations familières dont le talent ne vous éblouit pas, à qui on ne parle pas de leurs œuvres, ce qui ne les intéresserait d'ailleurs pas. Puis le genre d'esprit Mérimée et Meilhac et Halévy, qui était le sien la portait par contraste avec le sentimentalisme verbal d'une époque antérieure, à un genre de conversation qui rejette tout ce qui est grandes phrases et expression de sentiments élevés, et faisait qu'elle mettait une sorte d'élégance quand elle était avec un poète ou un musicien à ne parler que des plats qu'on mangeait ou de la partie de cartes qu'on allait faire. Cette abstention avait pour un tiers peu au courant, quelque chose de troublant qui allait jusqu'au mystère. Si Mme de Guermantes lui demandait s'il lui ferait plaisir d'être invité avec tel poète célèbre, dévoré de curiosité il arrivait à l'heure dite. La duchesse parlait au poète du temps qu'il faisait. On passait à table. « Aimez-vous cette façon de faire les œufs ? » demandait-elle au poète. Devant son assentiment qu'elle partageait, car tout ce qui était chez elle lui paraissait exquis jusqu'à un cidre affreux qu'elle faisait venir de Guermantes : « Redonnez des œufs à

186

monsieur », ordonnait-elle au maître d'hôtel, cependant que le tiers anxieux, attendait toujours ce qu'avaient sûrement eu l'intention puisqu'ils avaient arrangé de se voir malgré mille difficultés avant le départ du poète, celui-ci et la duchesse. Mais le repas continuait, les plats étaient enlevés les uns après les autres, non sans fournir à Mme de Guermantes l'occasion de spirituelles plaisanteries ou de fines historiettes. Cependant le poète mangeait toujours sans que duc ou duchesse eussent eu l'air de se rappeler qu'il était poète. Et bientôt le déjeuner était fini et on se disait, adieu, sans avoir dit un mot de la poésie que tout le monde pourtant aimait, mais dont par une réserve analogue à celle dont Swann m'avait donné l'avant-goût, personne ne parlait. Cette réserve était simplement de bon ton. Mais pour le tiers, s'il y réfléchissait un peu, elle avait quelque chose de fort mélancolique et les repas du milieu Guermantes faisaient alors penser à ces heures que des amoureux timides passent souvent ensemble à parler de banalités jusqu'au moment de se quitter, et sans que, soit timidité, pudeur, ou maladresse, le grand secret qu'ils seraient plus heureux d'avouer ait pu jamais passer de leur cœur à leurs lèvres. D'ailleurs il faut ajouter que ce silence gardé sur les choses profondes qu'on attendait toujours en vain le moment de voir aborder, s'il pouvait passer pour caractéristique de la duchesse n'était pas chez elle absolu. Mme de Guermantes avait passé sa jeunesse dans un milieu un peu différent, aussi aristocratique, mais moins brillant et surtout moins futile que celui où elle vivait aujourd'hui, et de grande culture. Il avait laissé à sa frivolité actuelle une sorte de tuf plus solide, invisiblement nourricier et où même la duchesse allait chercher (fort rarement car elle détestait le pédantisme), quelque citation de Victor Hugo ou de Lamartine qui fort bien appropriée, dite avec un regard senti de ses beaux yeux, ne manquait pas de surprendre et de charmer. Parfois même sans prétentions, avec pertinence et simplicité, elle donnait à un auteur dramatique académicien quelque conseil sagace, lui faisait atténuer une situation ou changer un dénouement.

Si, dans le salon de Mme de Villeparisis, tout autant que dans l'église de Combray, au mariage de Mlle Percepied, j'avais peine à retrouver dans le beau visage, trop humain, de Mme de Guermantes, l'inconnu de son nom, je pensais du moins que quand elle parlait, sa causerie, profonde, mystérieuse, aurait une étrangeté de tapisserie médiévale, de vitrail gothique. Mais pour que je n'eusse pas été déçu par les paroles que j'entendrais prononcer à une personne qui s'appelait

187

Mme de Guermantes, même si je ne l'eusse pas aimée, il n'eût pas plus suffi que les paroles fussent fines, belles et profondes, il eût fallu qu'elles reflétassent cette couleur amarante, de la dernière syllabe de son nom, cette couleur que je m'étais dès le premier jour étonné de ne pas trouver dans sa personne et que j'avais fait se réfugier dans sa pensée. Sans doute j'avais déjà entendu Mme de Villeparisis, Saint-Loup, des gens dont l'intelligence n'avait rien d'extraordinaire prononcer sans précaution ce nom de Guermantes, simplement comme étant celui d'une personne qui allait venir en visite ou avec qui on devait dîner, en n'ayant pas l'air de sentir dans ce nom, des aspects de bois jaunissants et tout un mystérieux coin de province. Mais ce devait être une affectation de leur part comme quand les poètes classiques ne nous avertissent pas des intentions profondes qu'ils ont cependant eues, affectation que moi aussi je m'efforçais d'imiter en disant sur le ton le plus naturel la duchesse de Guermantes, comme un nom qui eût ressemblé à d'autres. Du reste tout le monde assurait que c'était une femme très intelligente, d'une conversation spirituelle, vivant dans une petite coterie des plus intéressantes : paroles qui se faisaient complices de mon rêve. Car quand ils disaient coterie intelligente, conversation spirituelle, ce n'est nullement l'intelligence telle que je la connaissais que j'imaginais, fût-ce celle des plus grands esprits, ce n'était nullement de gens comme Bergotte que je composais cette coterie. Non, par intelligence j'entendais une faculté ineffable, dorée, imprégnée d'une fraîcheur sylvestre. Même en tenant les propos les plus intelligents (dans le sens où je prenais le mot intelligent quand il s'agissait d'un philosophe ou d'un critique), Mme de Guermantes aurait peut-être déçu plus encore mon attente d'une faculté si particulière, que si dans une conversation insignifiante, elle s'était contentée de parler de recettes de cuisine ou de mobilier de château, de citer des noms de voisines ou de parents à elle, qui m'eussent évoqué sa vie.

— Je croyais trouver Basin ici, il comptait venir vous voir, dit Mme de Guermantes à sa tante.

— Je ne l'ai pas vu, ton mari, depuis plusieurs jours, répondit d'un ton susceptible et fâché Mme de Villeparisis. Je ne l'ai pas vu, ou enfin peut-être une fois, depuis cette charmante plaisanterie de se faire annoncer comme la reine de Suède.

Pour sourire Mme de Guermantes pinça le coin de ses lèvres comme si elle avait mordu sa voilette.

188

LE COTÉ DE GUERMANTES

— Nous avons dîné avec elle hier chez Blanche Leroi, vous ne la reconnaîtriez pas, elle est devenue énorme, je suis sûre qu'elle est malade.

— Je disais justement à ces messieurs que tu lui trouvais l'air d'une grenouille.

Mme de Guermantes fit entendre une espèce de bruit rauque qui signifiait qu'elle ricanait par acquit de conscience.

— Je ne savais pas que j'avais fait cette jolie comparaison, mais, dans ce cas, maintenant c'est la grenouille qui a réussi à devenir aussi grosse que le bœuf. Ou plutôt ce n'est pas tout à fait cela, parce que toute sa grosseur s'est amoncelée sur le ventre, c'est plutôt une grenouille dans une position intéressante.

— Ah ! je trouve ton image drôle, dit Mme de Villeparisis qui était au fond assez fière pour ses visiteurs de 'esprit de sa nièce.

— Elle est surtout *arbitraire*, répondit Mme de Guermantes en détachant ironiquement cette épithète choisie, comme eût fait Swann car, j'avoue n'avoir jamais vu de grenouille en couches. En tout cas cette grenouille, qui d'ailleurs ne demande pas de roi, car je ne l'ai jamais vue plus folâtre que depuis la mort de son époux, doit venir dîner à la maison un jour de la semaine prochaine. J'ai dit que je vous préviendrais à tout hasard.

Mme de Villeparisis fit entendre une sorte de grommellement indistinct.

— Je sais qu'elle a dîné avant-hier chez Mme de Mecklembourg, ajouta-t-elle. Il y avait Hannibal de Bréauté. Il est venu me le raconter, assez drôlement je dois dire.

— Il y avait à ce dîner quelqu'un de bien plus spirituel encore que Babal, dit Mme de Guermantes, qui si intime qu'elle fût avec M. de Bréauté-Consalvi tenait à le montrer en l'appelant par ce diminutif. C'est M. Bergotte.

Je n'avais pas songé que Bergotte pût être considéré comme spirituel ; de plus il m'apparaissait comme mêlé à l'humanité intelligente, c'est-à-dire infiniment distant de ce royaume mystérieux que j'avais aperçu sous les toiles de pourpre d'une baignoire et où M. de Bréauté, faisant rire la duchesse, tenait avec elle, dans la langue des Dieux, cette chose inimaginable : une conversation entre gens du faubourg Saint-Germain. Je fus navré de voir l'équilibre se rompre et Bergotte passer pardessus M. de Bréauté. Mais, surtout, je fus désespéré d'avoir évité Bergotte le soir de *Phèdre*, de ne pas être allé

189

à lui, en entendant Mme de Guermantes dire à Mme de Villeparisis.

— C'est la seule personne que j'aie envie de connaître, ajouta la duchesse en qui on pouvait toujours, comme au moment d'une marée spirituelle, voir le flux d'une curiosité à l'égard des intellectuels célèbres croiser en route le reflux du snobisme aristocratique. Cela me ferait un plaisir !

La présence de Bergotte à côté de moi, présence qu'il m'eût été si facile d'obtenir mais que j'aurais cru capable de donner une mauvaise idée de moi à Mme de Guermantes, eût sans doute eu au contraire pour résultat qu'elle m'eût fait signe de venir dans sa baignoire et m'eût demandé d'amener un jour déjeuner le grand écrivain.

— Il paraît qu'il n'a pas été très aimable, on l'a présenté à M. de Cobourg et il ne lui a pas dit un mot, ajouta Mme de Guermantes en signalant ce trait curieux, comme elle aurait raconté qu'un Chinois se serait mouché avec du papier. Il ne lui a pas dit une fois « Monseigneur », ajouta-t-elle, d'un air amusé par ce détail aussi important pour elle que le refus, par un protestant au cours d'une audience du pape, de se mettre à genoux devant Sa Sainteté.

Intéressée par ces particularités de Bergotte, elle n'avait d'ailleurs pas l'air de les trouver blâmables, et paraissait plutôt lui en faire un mérite sans qu'elle sût elle-même xactement de quel genre. Malgré cette façon étrange de comprendre l'originalité de Bergotte, il m'arriva plus tard de ne pas trouver tout à fait négligeable que Mme de Guermantes, au grand étonnement de beaucoup, trouvât Bergotte plus spirituel que M. de Bréauté. Ces jugements subversifs, isolés et malgré tout justes, sont ainsi portés dans le monde par de rares personnes supérieures aux autres. Et ils y dessinent les premiers linéaments de la hiérarchie des valeurs telle que l'établira la génération suivante au lieu de s'en tenir éternellement à l'ancienne.

Le comte d'Argencourt, chargé d'affaires de Belgique et petit cousin par alliance de Mme de Villeparisis, entra en boitant, suivi bientôt de deux jeunes gens, le baron de Guermantes et S. A. le duc de Châtellerault, à qui Mme de Guermantes dit : « Bonjour, mon petit Châtellerault », d'un air distrait et sans bouger de son pouf, car elle était une grande amie de la mère du jeune duc lequel avait, à cause de cela et depuis son enfance, un extrême respect pour elle. Grands, minces, la peau et les cheveux dorés, tout à fait de type Guermantes, ces deux jeunes gens avaient l'air d'une condensation de la lumière

printanière et vespérale qui inondait le grand salon. Suivant une habitude qui était à la mode à ce moment-là, ils posèrent leurs hauts de forme par terre, près d'eux. L'historien de la Fronde pensa qu'ils étaient gênés, comme un paysan entrant à la mairie et ne sachant que faire de son chapeau. Croyant devoir venir charitablement en aide à la gaucherie et à la timidité qu'il leur supposait :

— Non, non, leur dit-il, ne les posez pas par terre, vous allez les abîmer.

Un regard du baron de Guermantes en rendant oblique le plan de ses prunelles y roula tout à coup une couleur d'un bleu cru et tranchant qui glaça le bienveillant historien.

— Comment s'appelle ce monsieur, me demande le baron, qui venait de m'être présenté par Mme de Villeparisis ?

— M. Pierre, répondis-je à mi-voix.

— Pierre de quoi ?

— Pierre, c'est son nom, c'est un historien de grande valeur.

— Ah !... vous m'en direz tant.

— Non, c'est une nouvelle habitude qu'ont ces messieurs de poser leurs chapeaux à terre, expliqua Mme de Villeparisis, je suis comme vous, je ne m'y habitue pas. Mais j'aime mieux cela que mon neveu Robert qui laisse toujours le sien dans l'antichambre. Je lui dis quand je le vois entrer ainsi qu'il a l'air de l'horloger et je lui demande s'il vient remonter les pendules.

— Vous parliez tout à l'heure, madame la marquise, du chapeau de M. Molé, nous allons bientôt arriver à faire comme Aristote au chapitre des chapeaux, dit l'historien de la Fronde, un peu rassuré par l'intervention de Mme de Villeparisis, mais pourtant d'une voix encore si faible que, sauf moi, personne ne l'entendit.

— Elle est vraiment étonnante la petite duchesse, dit M. d'Argencourt en montrant Mme de Guermantes qui causait avec G. Dès qu'il y a un homme en vue dans un salon, il est toujours à côté d'elle. Evidemment cela ne peut être que le grand pontife qui se trouve là. Cela ne peut pas être tous les jours M. de Borelli, Schlumberger ou d'Avenel. Mais alors ce sera M. Pierre Loti ou M. Edmond Rostand. Hier soir, chez les Doudeauville où, entre parenthèses, elle était splendide sous son diadème d'émeraudes, dans une grande robe rose à queue, elle avait d'un côté d'elle M. Deschanel, de l'autre l'ambassadeur d'Allemagne : elle leur tenait tête sur la Chine ; le gros public, à distance respectueuse, et qui n'entendait pas ce qu'ils disaient se demandait s'il n'y allait pas y avoir la guerre. Vraiment on aurait dit une reine qui tenait le cercle.

Chacun s'était rapproché de Mme de Villeparisis pour la voir peindre.

— Ces fleurs sont d'un rose vraiment céleste, dit Legrandin, je veux dire couleur de ciel rose. Car il y a un rose ciel comme il y a un bleu ciel. Mais, murmura-t-il pour tâcher de n'être entendu que de la marquise, je crois que je penche encore pour le soyeux, pour l'incarnat vivant de la copie que vous en faites. Ah ! vous laissez bien loin derrière vous Pisanello et Van Huysun, leur herbier minutieux et mort.

Un artiste, si modeste qu'il soit, accepte toujours d'être préféré à ses rivaux et tâche seulement de leur rendre justice.

— Ce qui vous fait cet effet-là, c'est qu'ils peignaient des fleurs de ce temps-là que nous ne connaissons plus, mais ils avaient une bien grande science.

— Ah ! des fleurs de ce temps-là, comme c'est ingénieux, s'écria Legrandin.

— Vous peignez en effet de belles fleurs de cerisier... ou de roses de mai, dit l'historien de la Fronde non sauf hésitation quant à la fleur, mais avec de l'assurance dans la voix, car il commençait à oublier l'incident des chapeaux.

— Non, ce sont des fleurs de pommier, dit la duchesse de Guermantes en s'adressant à sa tante.

— Ah ! je vois que tu es une bonne campagnarde ; comme moi, tu sais distinguer les fleurs.

— Ah ! oui, c'est vrai ! mais je croyais que la saison des pommiers était déjà passée, dit au hasard l'historien de la Fronde pour s'excuser.

— Mais non, au contraire, ils ne sont pas en fleurs, ils ne le seront pas avant une quinzaine, peut-être trois semaines, dit l'archiviste qui, gérant un peu les propriétés de Mme de Villeparisis, était plus au courant des choses de la campagne.

— Oui, et encore dans les environs de Paris où ils sont très en avance. En Normandie, par exemple, chez son père, dit-elle en désignant le duc de Châtellerault, qui a de magnifiques pommiers au bord de la mer, comme sur un paravent japonais, ils ne sont vraiment roses qu'après le 20 mai.

— Je ne les vois jamais, dit le jeune duc, parce que ça me donne la fièvre des foins, c'est épatant.

— La fièvre des foins, je n'ai jamais entendu parler de cela, dit l'historien.

— C'est la maladie à la mode, dit l'archiviste.

— Ça dépend, cela ne vous donnerait peut-être rien si c'est une année où il y a des pommes. Vous savez le mot du Normand. Pour une année où il y a des pommes, dit M. d'Argencourt, qui n'étant pas tout à fait français, cherchait à se donner l'air parisien.

— Tu as raison, répondit à sa nièce Mme de Villeparisis, ce sont des pommiers du midi. C'est une fleuriste qui m'a envoyé ces branches-là en me demandant de les accepter. Cela vous étonne, monsieur Valmère, dit-elle en se tournant vers l'archiviste, qu'une fleuriste m'envoie des branches de pommier. Mais j'ai beau être une vieille dame, je connais du monde, j'ai quelques amis, ajouta-t-elle en souriant par simplicité, crut-on généralement, plutôt, me sembla-t-il, parce qu'elle trouvait du piquant à tirer vanité de l'amitié d'une fleuriste quand on avait d'aussi grandes relations.

Bloch se leva pour venir à son tour admirer les fleurs que peignait Mme de Villeparisis.

— N'importe, marquise, dit l'historien regagnant sa chaise, quand même reviendrait une de ces révolutions qui ont si souvent ensanglanté l'histoire de France — et, mon Dieu, par les temps où nous vivons on ne peut savoir, ajouta-t-il en jetant un regard circulaire et circonspect comme pour voir s'il ne se trouvait aucun « mal pensant » dans le salon, encore qu'il n'en doutât pas, — avec un talent pareil et vos cinq langues, vous seriez toujours sûre de vous tirer d'affaire. L'historien de la Fronde goûtait quelque repos, car il avait oublié ses insomnies. Mais il se rappela soudain qu'il n'avait pas dormi depuis six jours, alors une dure fatigue, née de son esprit, s'empara des jambes, lui fit courber les épaules, et son visage désolé pendait, pareil à celui d'un vieillard.

Bloch voulut faire un geste pour exprimer son admiration mais d'un coup de coude il renversa le vase où était la branche et toute l'eau se répandit sur le tapis.

— Vous avez vraiment des doigts de fée, dit à la marquise l'historien qui, me tournant le dos à ce moment-là, ne s'était pas aperçu de la maladresse de Bloch.

Mais celui-ci crut que ces mots s'appliquaient à lui, et pour cacher sous une insolence la honte de sa gaucherie :

— Cela ne présente aucune importance, dit-il, car je ne suis pas mouillé.

Mme de Villeparisis sonna et un valet de pied vint essuyer le tapis et ramasser les morceaux de verre. Elle invita les deux jeunes gens à sa

matinée ainsi que la duchesse de Guermantes à qui elle recommanda :
— Pense à dire à Gisèle et à Berthe (les duchesses d'Auberjon et de Portefin) d'être là un peu avant deux heures pour m'aider, comme elle aurait dit à des maîtres d'hôtel extras d'arriver d'avance pour faire les compotiers.

Elle n'avait avec ses parents princiers, pas plus qu'avec M. de Norpois, aucune de ces amabilités qu'elle avait avec l'historien, avec Cottard, avec Bloch, avec moi, et ils semblaient n'avoir pour elle d'autre intérêt que de les offrir en pâture à notre curiosité. C'est qu'elle savait qu'elle n'avait pas à se gêner avec des gens pour qui elle n'était pas une femme plus ou moins brillante, mais la sœur susceptible, et ménagée de leur père ou de leur oncle. Il ne lui eût servi à rien de chercher à briller vis-à-vis d'eux, à qui cela ne pouvait donner le change sur le fort ou le faible de sa situation, et qui mieux que personne connaissaient son histoire et respectaient la race illustre dont elle était issue. Mais surtout ils n'étaient plus pour elle qu'un résidu mort qui ne fructifierait plus, ils ne lui feraient pas connaître leurs nouveaux amis, partager leurs plaisirs. Elle ne pouvait obtenir que leur présence ou la possibilité de parler d'eux, à sa réception de cinq heures comme plus tard dans ses mémoires dont celle-ci n'était qu'une sorte de répétition, de première lecture à haute voix devant un petit cercle. Et la compagnie que tous ces nobles parents lui servaient à intéresser, à éblouir, à enchaîner, la compagnie des Cottard, des Bloch, des auteurs dramatiques notoires, historiens de la Fronde de tout genre, c'était dans celle-là que pour Mme de Villeparisis — à défaut de la partie du monde élégant qui n'allait pas chez elle — était le mouvement, la nouveauté, les divertissements et la vie ; c'étaient ces gens-là dont elle pouvait tirer des avantages sociaux (qui valaient bien qu'elle leur fît rencontrer quelquefois, sans qu'ils la connussent jamais, la duchesse de Guermantes), des dîners avec des hommes remarquables dont les travaux l'avaient intéressée, un opéra-comique ou une pantomime toute montée que l'auteur faisait représenter chez elle, des loges pour des spectacles curieux. Bloch se leva pour partir. Il avait dit tout haut que l'incident du vase de fleurs renversé n'avait aucune importance, mais ce qu'il disait tout bas était différent, plus différent encore ce qu'il pensait : « Quand on n'a pas des domestiques assez bien stylés pour savoir placer un vase sans risquer de tremper et même de blesser les visiteurs on ne se mêle pas d'avoir de ces luxes-là, » grommelait-il tout bas. Il était de ces gens susceptibles et « nerveux » qui ne peuvent supporter d'avoir commis une maladresse qu'ils ne s'avouent pourtant pas, pour qui elle gâte toute la journée. Furieux, il se sentait des idées noires, ne voulait plus retourner dans le monde. C'était le moment où un peu de distraction est nécessaire. Heureusement dans une seconde, Mme de Villeparisis allait le retenir. Soit parce qu'elle connaissait les opinions de ses amis et le flot d'antisémitisme qui commençait à monter, soit par distraction, elle ne l'avait pas présenté aux personnes qui se trouvaient là. Lui, cependant, qui avait peu l'usage du monde, crut qu'en s'en allant il devait les saluer, par savoir-vivre, mais sans amabilité ; il inclina plusieurs fois le front, enfonça son menton barbu dans son faux-col, regardant successivement chacun à travers son lorgnon, d'un air froid et mécontent. Mais Mme de Villeparisis l'arrêta ; elle avait encore à lui parler du petit acte qui devait être donné chez elle et d'autre part elle n'aurait pas voulu qu'il partît sans avoir eu la satisfaction de connaître M. de Norpois, (qu'elle s'étonnait de ne pas voir entrer) et bien que cette présentation fût superflue, car Bloch était déjà résolu à persuader aux deux artistes dont il avait parlé de venir chanter à l'œil, chez la marquise dans l'intérêt de leur gloire, à une de ces réceptions où fréquentait l'élite de l'Europe. Il avait même proposé en plus une tragédienne « aux yeux purs, belle comme Hera », qui dirait des proses lyriques avec le sens de la beauté plastique. Mais à son nom Mme de Villeparisis avait refusé, car c'était l'amie de Saint-Loup.

— J'ai de meilleures nouvelles, me dit-elle à l'oreille, je crois que cela ne bat plus que d'une aile et qu'ils ne tarderont pas à être séparés, malgré un officier qui a joué un rôle abominable dans tout cela, ajouta-t-elle. Car la famille de Robert commençait à en vouloir à mort à M. de Borodino qui avait donné la permission pour Bruges, sur les instances du coiffeur, et l'accusait de favoriser une liaison infâme. C'est quelqu'un de très mal, me dit Mme de Villeparisis avec l'accent vertueux des Guermantes même les plus dépravés. De très, très mal, reprit-elle en mettant trois t à très. On sentait qu'elle ne doutait pas qu'il ne fût en tiers dans toutes les orgies. Mais comme l'amabilité était chez la marquise l'habitude dominante, son expression de sévérité froncée envers l'horrible capitaine dont elle dit avec une emphase ironique le nom : le Prince de Borodino, en femme pour qui l'Empire ne compte pas, s'acheva en un tendre sourire à mon adresse avec un clignement d'œil mécanique de connivence vague avec moi.

— J'aime beaucoup de Saint-Loup-en-Bray, dit Bloch, quoiqu'il soit un mauvais chien, parce qu'il est extrêmement bien élevé. J'aime

195

beaucoup, pas lui, mais les personnes extrêmement bien élevées, c'est si rare, continua-t-il sans se rendre compte, parce qu'il était lui-même très mal élevé, combien ses paroles déplaisaient. Je vais vous citer une preuve que je trouve très frappante de sa parfaite éducation. Je l'ai rencontré une fois avec un jeune homme, comme il allait monter sur son char aux belles jantes, après avoir passé lui-même les courroies splendides à deux chevaux nourris d'avoine et d'orge et qu'il n'est pas besoin d'exciter avec le fouet étincelant. Il nous présenta, mais je n'entendis pas le nom du jeune homme, car on n'entend jamais le nom des personnes à qui on vous présente, ajouta-t-il en riant, parce que c'était une plaisanterie de son père. De Saint-Loup-en-Bray resta simple, ne fit pas de frais exagérés pour le jeune homme, ne parut gêné en aucune façon. Or, par hasard j'ai appris quelques jours après que le jeune homme était le fils de Sir Rufus Israëls !

La fin de cette histoire parut moins choquante que son début, car elle resta incompréhensible pour les personnes présentes. En effet Sir Rufus Israëls qui semblait à Bloch et à son père un personnage presque royal, devant lequel Saint-Loup devait trembler, était au contraire aux yeux du milieu Guermantes un étranger parvenu, toléré par le monde, et de l'amitié de qui on n'eût pas eu l'idée de s'enorgueillir, bien au contraire !

— Je l'ai appris, dit Bloch par le fondé de pouvoir de sir Rufus Israëls, lequel est un ami de mon père et un homme tout à fait extraordinaire. Ah ! un individu absolument curieux, ajouta-il, avec cette énergie affirmative, cet accent d'enthousiasme qu'on n'apporte qu'aux convictions qu'on ne s'est pas formées soi-même.

Bloch s'était montré enchanté de l'idée de connaître M. de Norpois.

— Il eût aimé, disait-il, le faire parler sur l'affaire Dreyfus. Il y a là une mentalité que je connais mal et ce serait assez piquant de prendre une interview à ce diplomate considérable, dit-il d'un ton sarcastique pour ne pas avoir l'air de se juger inférieur à l'ambassadeur.

— Dis-moi, reprit Bloch en me parlant tout bas, quelle fortune peut avoir Saint-Loup ? Tu comprends bien que si je te demande cela, je m'en moque comme de l'An quarante, mais c'est au point de vue balzacien, tu comprends. Et tu ne sais même pas en quoi c'est placé, s'il a des valeurs françaises, étrangères, des terres ?

Je ne pus le renseigner en rien. Cessant de parler à mi-voix, Bloch demanda très haut la permission d'ouvrir les fenêtres et, sans attendre la réponse, se dirigea vers celles-ci. Mme de Villeparisis dit qu'il était impossible d'ouvrir, qu'elle était enrhumée. « Ah ! si ça doit vous faire du mal ! répondit Bloch, déçu. Mais on peut dire qu'il fait chaud !» Et se mettant à rire, il fit faire à ses regards qui tournèrent autour de l'assistance une quête qui réclamait un appui contre Mme de Villeparisis. Il ne le rencontra pas, parmi ces gens bien élevés. Ses yeux allumés qui n'avaient pu débaucher personne, reprirent avec résignation leur sérieux ; il déclara en matière de défaite : « Il fait au moins 22 degrés 25 ? Cela ne m'étonne pas. Je suis presque en nage. Et je n'ai pas, comme le sage Anténor, fils du fleuve Alpheios, la faculté de me tremper dans l'onde paternelle, pour étancher ma sueur, avant de me mettre dans une baignoire polie et de m'oindre d'une huile parfumée. » Et avec ce besoin qu'on a d'esquisser à l'usage des autres des théories médicales dont l'application serait favorable à notre propre bien-être : « Puisque vous croyez que c'est bon pour vous ! Moi je crois tout le contraire. C'est justement ce qui vous enrhume. »

Mme de Villeparisis regretta qu'il eût dit cela aussi tout haut mais n'y attacha pas grande importance quand elle vit que l'archiviste dont les opinions nationalistes la tenaient pour ainsi dire à la chaîne, se trouvait placé trop loin pour avoir pu entendre. Elle fut plus choquée d'entendre que Bloch, entraîné par le démon de sa mauvaise éducation qui l'avait préalablement rendu aveugle, lui demandait, en riant à la plaisanterie paternelle : — N'ai-je pas lu de lui une savante étude où il démontrait pour quelles raisons irréfutables la guerre russo-japonaise devait se terminer par la victoire des Russes et la défaite des Japonais ? Et n'est-il pas un peu gâteux. Il me semble que c'est lui que j'ai vu viser son siège, avant d'aller s'y asseoir, en glissant comme sur des roulettes.

— Jamais de la vie ! Attendez un instant, ajouta la marquise, je ne sais pas ce qu'il peut faire.

Elle sonna et quand le domestique fut entré, comme elle ne dissimulait nullement et même aimait à montrer que son vieil ami passait la plus grande partie de son temps chez elle :

— Allez donc dire à M. de Norpois de venir, il est en train de classer des papiers dans mon bureau, il a dit qu'il viendrait dans vingt minutes et voilà une heure trois quarts que je l'attends. Il vous parlera de l'affaire Dreyfus, de tout ce que vous voudrez, dit-elle d'un ton boudeur à Bloch, il n'approuve pas beaucoup ce qui se passe.

Car M. de Norpois était mal avec le ministère actuel et Mme de Villeparisis, bien qu'il ne se fût pas permis de lui amener des personnes du gouvernement, (elle gardait tout de même sa hauteur de dame de la grande aristocratie et restait en dehors et au-dessus des relations qu'il était obligé de cultiver), tout de même elle était par lui au courant de ce qui se passait. De même ces hommes politiques du régime n'auraient pas osé demander à M. de Norpois de les présenter à Mme de Villeparisis. Mais plusieurs étaient allés le chercher chez elle à la campagne, quand ils avaient eu besoin de son concours dans des circonstances graves. On savait l'adresse. On allait au château. On ne voyait pas la châtelaine. Mais au dîner elle disait :

— Monsieur je sais qu'on est venu vous déranger. Les affaires vont-elles mieux ?

— Vous n'êtes pas trop pressé ? demanda Mme de Villeparisis à Bloch ?

— Non, non, je voulais partir parce que je ne suis pas très bien, il est même question que je fasse une cure à Vichy pour ma vésicule biliaire, dit-il en articulant ces mots avec une ironie satanique.

— Tiens, mais justement mon petit neveu Châtellerault doit y aller, vous devriez arranger cela ensemble. Est-ce qu'il est encore là ? Il est gentil vous savez, dit Mme de Villeparisis de bonne foi peut-être, et pensant que des gens qu'elle connaissait tous deux n'avaient aucune raison de ne pas se lier.

— Oh ! je ne sais si ça lui plairait, je ne le connais... qu'à peine, il est là-bas plus loin, dit Bloch confu et ravi.

Le maître d'hôtel n'avait pas dû, exécuter d'une façon complète la commission dont il venait d'être chargé pour M. de Norpois. Car celui-ci, pour faire croire qu'il arrivait du dehors et n'avait pas encore vu la maîtresse de la maison, prit au hasard un chapeau dans l'antichambre et vint baiser cérémonieusement la main de Mme de Villeparisis, en lui demandant de ses nouvelles avec le même intérêt qu'on manifeste après une longue absence. Il ignorait que la marquise de Villeparisis avait préalablement ôté toute vraisemblance à cette comédie, à laquelle elle coupa court d'ailleurs en emmenant M. de Norpois et Bloch dans un salon voisin. Bloch qui avait vu toutes les amabilités qu'on faisait à celui qu'il ne savait pas encore être M. de Norpois, et les saluts compassés, gracieux et profonds par lesquels l'ambassadeur y répondait, Bloch se sentait inférieur à tout ce cérémonial et, vexé de penser qu'il ne s'adresserait jamais à lui, m'avait dit pour avoir l'air à l'aise : « Qu'est-ce que cette espèce d'imbécile ? » Peut-être du reste toutes les salutations de M. de Norpois choquant ce qu'il y avait de meilleur en Bloch, la franchise plus directe d'un milieu moderne, est-ce en partie sincèrement qu'il les trouvait ridicules. En tout cas elles cessèrent de le lui paraître et même l'enchantèrent dès la seconde où ce fut lui, Bloch, qui se trouva en être l'objet.

— Monsieur l'Ambassadeur dit Mme de Villeparisis, je voudrais vous faire connaître Monsieur. Monsieur Bloch, Monsieur le marquis de Norpois. Elle tenait malgré la façon dont elle rudoyait M. de Norpois à lui dire : « Monsieur l'Ambassadeur » par savoir-vivre, par considération exagérée du rang d'ambassadeur, considération que le marquis lui avait inculquée, et enfin pour appliquer ces manières moins familières, plus cérémonieuses à l'égard d'un certain homme, lesquelles dans le salon d'une femme distinguée, tranchant avec la liberté dont elle use avec ses autres habitués, désignent aussitôt son amant.

M. de Norpois noya son regard bleu dans sa barbe blanche, abaissa profondément sa haute taille comme s'il l'inclinait devant tout ce que lui représentait de notoire et d'imposant le nom de Bloch, murmura «je suis enchanté», tandis que son jeune interlocuteur, ému mais trouvant que le célèbre diplomate allait trop loin rectifia avec empressement et dit : « Mais pas du tout, au contraire, c'est moi qui suis enchanté ! » Mais cette cérémonie que M. de Norpois par amitié pour Mme de Villeparisis renouvelait avec chaque inconnu que sa vieille amie lui présentait, ne parut pas à celle-ci une politesse suffisante pour Bloch à qui elle dit :

— Mais demandez-lui tout ce que vous voulez savoir, emmenez-le à côté si cela est plus commode ; il sera enchanté de causer avec vous, je crois que vous vouliez lui parler de l'affaire Dreyfus. ajouta-t-elle sans plus se préoccuper si cela faisait plaisir à M. de Norpois qu'elle n'eût pensé à demander leur agrément au portrait de la duchesse de Montmorency avant de le faire éclairer pour l'historien, ou au thé avant d'en offrir une tasse.

— Parlez-lui fort, dit-elle à Bloch, il est un peu sourd, mais il vous dira tout ce que vous voudrez, il a très bien connu Bismarck, Cavour. N'est-ce pas, Monsieur, dit-elle avec force, vous avez bien connu Bismarck ?

— Avez-vous quelque chose sur le chantier ? » me demanda M. de Norpois avec un signe d'intelligence en me serrant la main cordialement. J'en profitai pour le débarrasser obligeamment du chapeau qu'il avait cru devoir apporter en signe de cérémonie, car je venais de m'apercevoir que c'était le mien qu'il avait pris par hasard. « Vous m'aviez montré une œuvrette un peu tarabiscotée où vous coupiez les cheveux en quatre. Je vous ai donné franchement mon avis ; ce que vous aviez fait ne valait pas la peine que vous le couchiez sur le papier. Nous préparez-vous quelque chose ? Vous êtes très féru de Bergson, si je me souviens bien. — Ah ! ne dites pas de mal de Bergson, s'écria la duchesse. — Je ne conteste pas son talent de peintre, nul ne s'en avise-rait, duchesse. Il sait graver au burin ou à l'eau forte, sinon brosser, comme M. Cherbuliez, une grande composition. Mais il me semble que notre temps fait une confusion de genres et que le propre du romancier est plutôt de nouer une intrigue et d'élever les cœurs que de fignoler à la pointe sèche un frontispice ou un cul-de-lampe. Je verrai votre père dimanche chez ce brave A. J. » ajouta-t-il en se tournant vers moi.

J'espérai un instant, en le voyant parler à Mme de Guermantes, qu'il me prêterait peut-être pour aller chez elle l'aide qu'il m'avait refusée pour aller chez M. Swann. « Une autre de mes grandes admirations, lui dis-je, c'est Elstir. Il paraît que la duchesse de Guermantes en a de merveilleux, notamment cette admirable botte de radis que j'ai aperçue à l'Exposition et que j'aimerais tant revoir ; quel chef-d'œuvre que ce tableau ! » Et en effet, si j'avais été un homme en vue, et qu'on m'eût demandé le morceau de peinture que je préférais, j'aurais cité cette botte de radis. « Un chef-d'œuvre ? s'écria M. de Norpois avec un air d'étonnement et de blâme. Ce n'a même pas la prétention d'être un tableau, mais une simple esquisse (il avait raison). Si vous appelez chef-d'œuvre cette vive pochade, que direz-vous de la « Vierge » d'Hébert ou de Dagnan-Bouveret ? »

— J'ai entendu que vous refusiez l'amie de Robert, dit Mme de Guermantes à sa tante après que Bloch eût pris à part l'ambassadeur, je crois que vous n'avez rien à regretter, vous savez que c'est une horreur, elle n'a pas l'ombre de talent, et en plus elle est grotesque.

— Mais comment la connaissez-vous, duchesse ? dit M. d'Argen-court.

— Mais comment, vous ne savez pas qu'elle a joué chez moi avant tout le monde, je n'en suis pas plus fière pour cela, dit en riant Mme de Guermantes, heureuse pourtant, puisqu'on parlait de cette atrice, de faire savoir qu'elle avait eu la primeur de ses ridicules. Allons, je n'ai plus qu'à partir, ajouta-t-elle sans bouger.

Elle venait de voir entrer son mari et par les mots qu'elle prononçait faisait allusion au comique d'avoir l'air de faire ensemble une visite de noces, nullement aux rapports souvent difficiles qui existaient entre elle et cet énorme gaillard vieillissant, mais qui menait toujours une vie de jeune homme. Promenant sur le grand nombre de personnes qui entouraient la table à thé les regards affables, malicieux et un peu éblouis par les rayons du soleil couchant de ses petites prunelles rondes et exactement logées dans l'œil comme les « mouches » que savait viser et atteindre si parfaitement l'excellent tireur qu'il était, le duc s'avançait avec une lenteur émerveillée et prudente comme si, intimidé par une si brillante assemblée, il eût craint de marcher sur les robes et de déranger les conversations. Un sourire permanent de bon roi d'Yvetot légèrement pompette, une main à demi dépliée flottant, comme l'aileron d'un requin, à côté de sa poitrine, et qu'il laissait presser indistinctement par ses vieux amis et par les inconnus qu'on lui présentait, lui permettaient, sans avoir à faire un seul geste ni à interrompre sa tournée débonnaire, fainéante et royale, de satisfaire à l'empressement de tous, en murmurant seulement : « Bonsoir, mon bon, bonsoir, mon cher ami, charmé monsieur Bloch, bonsoir Argencourt », et près de moi qui fus le plus favorisé, quand il eut entendu mon nom : « Bonsoir, mon petit voisin, comment va votre père. Quel brave homme ! » Il ne fit de grandes démonstrations que pour Mme de Villeparisis qui lui dit bonjour d'un signe de tête en sortant une main de son petit tablier.

Formidablement riche dans un monde où on l'est de moins en moins, ayant assimilé à sa personne d'une façon permanente la notion de cette énorme fortune, en lui la vanité du grand seigneur était doublée de celle de l'homme d'argent, l'éducation raffinée du premier arrivant tout juste à contenir la suffisance du second. On comprenait d'ailleurs que ses succès de femmes qui faisaient le malheur de la sienne ne fussent pas dus qu'à son nom et à sa fortune, car il était encore d'une grande beauté, avec, dans le profil, la pureté, la décision de contour de quelque dieu grec.

— Vraiment, elle a joué chez vous ? demanda M. d'Argencourt à la duchesse.

Mais voyons, elle est venue réciter, avec un bouquet de lis dans la main et d'autres lis « su » sa robe (Mme de Guermantes mettait comme Mme de Villeparisis de l'affectation à prononcer certains mots d'une façon très paysanne, quoiqu'elle ne roulât nullement les r comme faisait sa tante)

Avant que M. de Norpois, contraint et forcé, n'emmenât Bloch dans la petite baie où ils pourraient causer ensemble, je revins un instant vers le vieux diplomate et lui glissai un mot d'un fauteuil académique pour mon père. Il voulut d'abord remettre la conversation à plus tard. Mais j'objectai que j'allais partir pour Balbec. « Comment ! vous allez de nouveau à Balbec. Mais vous êtes un véritable globe-trotter ! » Puis il m'écouta. Au nom de Leroy-Beaulieu, M. de Norpois me regarda d'un air soupçonneux. Je me figurai qu'il avait peut-être tenu à M. Leroy-Beaulieu des propos désobligeants pour mon père, et qu'il craignait que l'économiste ne les lui eût répétés. Aussitôt, il parut animé d'une véritable affection pour mon père. Et après un de ces ralentissements du débit où tout d'un coup une parole éclate, comme malgré celui qui parle, et chez qui l'irrésistible conviction emporte les efforts bégayants qu'il faisait pour se taire : « Non, non, me dit-il avec émotion, il ne *faut pas* que votre père se présente. Il ne le faut pas dans son intérêt, pour lui-même, par respect pour sa valeur qui est grande et qu'il compromettrait dans une pareille aventure. Il vaut mieux que cela. Fût-il nommé, il aurait tout à perdre et rien à gagner. Dieu merci il n'est pas orateur. Et c'est la seule chose qui compte auprès de mes chers collègues quand même ce qu'on dit ne serait que turlutaines. Votre père a un but important dans la vie ; il doit y marcher droit, sans se laisser détourner à battre les buissons, fût-ce les buissons, d'ailleurs plus épineux que fleuris, du jardin d'Academus. D'ailleurs il ne réunirait que quelques voix. L'Académie aime à faire faire un stage au postulant avant de l'admettre dans son giron. Actuellement, il n'y a rien à faire. Plus tard je ne dis pas. Mais il faut que ce soit la Compagnie elle-même qui vienne le chercher. Elle pratique avec plus de fétichisme que de bonheur le «*Fara da se*» de nos voisins d'au delà des Alpes. Leroy-Beaulieu m'a parlé de tout cela d'une manière qui ne m'a pas plu. Il m'a du reste semblé à vue de nez partie liée avec votre père ? » Je lui ai peut-être fait sentir un peu vivement qu'habitué à s'occuper de colons et de métaux, il méconnaissait le rôle des impondérables, comme disait Bismarck. Ce qu'il faut éviter avant tout, c'est que votre père se présente : «*Principis obsta*». Ses amis se trouveraient dans une position délicate s'il les mettait en présence du fait accompli. Tenez, dit-il brusquement d'un air de franchise, en fixant ses yeux bleus sur moi, je vais vous dire une chose qui va vous étonner de ma part à moi qui aime tant votre père. Eh bien, justement parce que je l'aime, justement (nous sommes les deux inséparables *Arcades ambo*) parce que je sais les services qu'il peut rendre à son pays, les écueils qu'il peut lui éviter s'il reste à la barre, par affection, par haute estime, par patriotisme, je ne voterais pas pour lui. Du reste je crois l'avoir laissé entendre. (Et je crus apercevoir dans ses yeux le profil assyrien et sévère de Leroy-Beaulieu). Donc lui donner ma voix serait de ma part une sorte de palinodie. » A plusieurs reprises, M. de Norpois traita ses collègues de fossiles. En dehors des autres raisons, tout membre d'un club ou d'une Académie aime à investir ses collègues du genre de caractère le plus contraire au sien, moins pour l'utilité de pouvoir dire : « Ah ! si cela ne dépendait que de moi ! » que pour la satisfaction de présenter le titre qu'il a obtenu comme plus difficile et plus flatteur. « Je vous dirai, conclut-il que, dans votre intérêt à tous, j'aime mieux pour votre père une élection triomphale dans dix ou quinze ans. » Paroles qui furent jugées par moi comme dictées, sinon par la jalousie, au moins par un manque absolu de serviabilité et qui se trouvèrent recevoir plus tard, de l'événement même, un sens différent.

— Vous n'avez pas l'intention d'entretenir l'Institut du prix du pain pendant la Fronde, demanda timidement l'historien de la Fronde à M. de Norpois. « Vous pourriez trouver là un succès considérable » (ce qui voulait dire une réclame monstre), ajouta-t-il en souriant à l'ambassadeur avec une pusillanimité mais aussi une tendresse qui lui fit lever les paupières et découvrir ses yeux, grands comme un ciel. Il me semblait avoir vu ce regard, pourtant je ne connaissais que d'aujourd'hui l'historien. Tout d'un coup je me rappelai, ce même regard, je l'avais vu dans les yeux d'un médecin brésilien qui prétendait guérir les étouffements du genre de ceux que j'avais par d'absurdes inhalations d'essences de plantes. Comme, pour qu'il prît plus soin de moi, je lui avais dit que je connaissais le professeur Cottard, il m'avait répondu, comme dans l'intérêt de Cottard : « Voilà un traitement, si vous lui en parliez, qui lui fournirait la matière d'une retentissante communication à l'Académie de médecine ! » Il n'avait osé insister mais m'avait regardé de ce même air d'interrogation timide, intéressée et suppliante que je venais d'admirer chez l'historien de la Fronde. Certes ces deux hommes ne se connaissaient pas et ne se ressemblaient guère, mais les lois psychologiques ont comme les lois physiques une certaine généralité. Et les conditions nécessaires sont les mêmes, un même regard éclaire des animaux humains différents, comme un même ciel matinal des lieux de la terre situés bien loin l'un de l'autre et qui ne se sont jamais vus. Je n'entendis pas la réponse de l'ambassadeur car tout le monde, avec un peu de brouhaha, s'était approché de Mme de Villeparisis pour la voir peindre.

203

— Vous savez de qui nous parlons, Basin ? dit la duchesse à son mari.

— Naturellement je devine, dit le duc.

— Ah ! ce n'est pas ce que nous appelons une comédienne de la grande lignée.

— Jamais, reprit Mme de Guermantes s'adressant à M. d'Argencourt, vous n'avez imaginé quelque chose de plus risible C'était même drôlatique, interrompit M. de Guermantes dont le bizarre vocabulaire permettait à la fois aux gens du monde de dire qu'il n'était pas un sot et aux gens de lettres de le trouver le pire des imbéciles. Je ne peux pas comprendre, reprit la duchesse, comment Robert a jamais pu l'aimer. Oh ! je sais bien qu'il ne faut jamais discuter ces choses-là, ajouta-t-elle avec une jolie moue de philosophe et de sentimentale désenchantée. Je sais que n'importe qui peut aimer n'importe quoi. Et, ajouta-t-elle, car si elle se moquait encore de la littérature nouvelle, celle-ci, peut-être par la vulgarisation des journaux ou à travers certaines conversations s'était un peu infiltrée en elle, c'est même ce qu'il y a de beau dans l'amour, parce que c'est justement ce qui le rend « mystérieux ».

— Mystérieux ! Ah ! j'avoue que c'est un peu fort pour moi, ma cousine, dit le comte d'Argencourt.

— Mais si, c'est très mystérieux l'amour, reprit la duchesse avec un doux sourire de femme du monde aimable mais aussi avec l'intransigeante conviction d'une Wagnérienne qui affirme à un homme du cercle qu'il n'y a pas que du bruit dans la Walkyrie. Du reste, au fond, on ne sait pas pourquoi une personne en aime une autre, ce n'est peut-être pas du tout pour ce que nous croyons, ajouta-t-elle en souriant, repoussant ainsi tout d'un coup par son interprétation l'idée qu'elle venait d'émettre. Du reste, au fond on ne sait jamais rien, conclut-elle d'un air sceptique et fatigué. Aussi, voyez-vous, c'est plus « intelligent »; il ne faut jamais discuter le choix des amants.

Mais après avoir posé ce principe, elle y manqua immédiatement en critiquant le choix de Saint-Loup.

— Voyez-vous tout de même, je trouve étonnant qu'on puisse trouver de la séduction à une personne ridicule.

Bloch entendant que nous parlions de Saint-Loup et comprenant qu'il était à Paris, se mit à en dire un mal si épouvantable que tout le monde en fut révolté. Il commençait à avoir des haines et on sentait que pour les assouvir il ne reculerait devant rien. Ayant posé en principe qu'il avait une haute valeur morale, et que l'espèce de gens qui fréquentait la Boulie (cercle sportif qui lui semblait élégant) méritait le bagne, tous les coups qu'il pouvait leur porter lui semblaient méritoires. Il alla une fois jusqu'à parler d'un procès qu'il comptait intenter à un de ses amis de la Boulie. Au cours de ce procès il comptait déposer d'une façon mensongère et dont l'inculpé ne pourrait pas cependant prouver la fausseté. De cette façon Bloch, qui ne mit du reste pas à exécution son projet, comptait le désespérer et l'affoler davantage. Quel mal y avait-il à cela, puisque celui qu'il voulait frapper ainsi était un homme qui ne pensait qu'au chic, un homme de la Boulie et que contre de telles gens toutes les armes sont permises, surtout à un Saint, comme lui, Bloch, était.

— Pourtant, voyez Swann, objecta M. d'Argencourt qui venant enfin de comprendre le sens des paroles qu'avait prononcées sa cousine, était frappé de leur justesse et cherchait dans sa mémoire l'exemple de gens ayant aimé des personnes qui à lui ne lui eussent pas plu.

— Ah ! Swann ce n'est pas du tout le même cas, protesta la duchesse. C'était très étonnant tout de même parce que c'était une brave idiote, mais elle n'était pas ridicule et elle a été jolie.

— Hou, hou, grommela Mme de Villeparisis.

— Ah ! vous ne la trouviez pas jolie ? si, elle avait des choses charmantes, de bien jolis yeux, de jolis cheveux, elle s'habillait et elle s'habille encore merveilleusement. Maintenant, je reconnais qu'elle est immonde, mais elle a été une ravissante personne. Ça ne m'a fait pas moins de chagrin que Charles l'ait épousée, parce que c'était tellement inutile. La duchesse ne croyait pas dire quelque chose de remarquable mais, comme M. d'Argencourt se mit à rire, elle répèta la phrase, soit qu'elle la trouvât drôle, ou seulement qu'elle trouvât gentil le rieur qu'elle se mit à regarder d'un air câlin, pour ajouter l'enchantement de la douceur à celui de l'esprit. Elle continua : « Oui, n'est-ce pas, ce n'était pas la peine, mais enfin elle n'était pas sans charme et je comprends parfaitement qu'on l'aimât, tandis que la demoiselle de Robert je vous assure qu'elle est à mourir de rire. Je sais bien qu'on m'objectera cette vieille rengaine d'Augier : « Qu'importe le flacon pourvu qu'on ait l'ivresse ! » Eh bien, Robert a peut-être l'ivresse, mais il n'a vraiment pas fait preuve de goût dans le choix du flacon ! D'abord, imaginez-vous qu'elle avait eu la prétention que je fisse dresser un escalier au beau milieu de mon salon. C'est un rien, n'est-ce pas, et elle m'avait annoncé qu'elle resterait couchée à plat ventre sur les marches. D'ailleurs, si vous aviez entendu ce qu'elle disait, je ne connais qu'une scène, mais

je ne crois pas qu'on puisse imaginer quelque chose de pareil :
cela s'appelle les *Sept Princesses*.

— Les *Sept Princesses*, oh ! oïl, oïl, quel snobisme ! s'écria M. d'Argencourt. Ah mais ! attendez, je connais toute la pièce. C'est d'un de
mes compatriotes. Il l'a envoyée au Roi qui n'y a rien compris et m'a
demandé de lui expliquer.

— Ce n'est pas par hasard du Sar Peladan ? demanda l'historien
de la Fronde avec une intention de finesse et d'actualité, mais si bas
que sa question passa inaperçue.

— Ah ! vous connaissez les *Sept Princesses* ? répondit la duchesse
à M. d'Argencourt. Tous mes compliments ! Moi je n'en connais
qu'une, mais cela m'a ôté la curiosité de faire la connaissance des six
autres. Si elles sont toutes pareilles à celle que j'ai vue !

« Quelle buse pensais-je, irrité de l'accueil glacial qu'elle m'avait fait.
Je trouvais une sorte d'âpre satisfaction à constater sa complète incompréhension de Maeterlinck. C'est pour une pareille femme que tous
les matins je fais tant de kilomètres, vraiment j'ai de la bonté. Maintenant c'est moi qui ne voudrais pas d'elle. » Tels étaient les mots que
je me disais ; ils étaient le contraire de ma pensée; c'étaient de purs
mots de conversation, comme nous nous en disons dans ces moments
où trop agités pour rester seuls avec nous-même nous éprouvons le
besoin, à défaut d'autre interlocuteur, de causer avec nous, sans sincérité,
comme avec un étranger.

— Je ne peux pas vous donner une idée, continua la duchesse,
c'était à se tordre de rire. On ne s'en est pas fait faute, trop même,
car la petite personne n'a pas aimé cela et dans le fond Robert m'en a
toujours voulu. Ce que je ne regrette pas du reste, car si cela avait
bien tourné, la demoiselle serait peut-être revenue et je me demande
jusqu'à quel point cela aurait charmé Marie-Aynard.

On appelait ainsi dans la famille la mère de Robert, Mme de Marsantes, veuve d'Aynard de Saint-Loup, pour la distinguer de sa
cousine, la princesse de Guermantes-Bavière, autre Marie, au
prénom de qui ses neveux, cousins et beaux-frères ajoutaient pour
éviter la confusion, soit le prénom de son mari, soit un autre de
ses prénoms à elle, ce qui donnait soit Marie-Gilbert, soit Marie-Hedwige.

— D'abord la veille il y eut une espèce de répétition qui était une
bien belle chose ! poursuivit ironiquement Mme de Guermantes. Imaginez qu'elle disait une phrase, pas même un quart de phrase, et puis

elle s'arrêtait ; elle ne disait plus rien, mais je n'exagère pas, pendant cinq minutes.

— Oïl, oïl, oïl ! s'écria M. d'Argencourt. — Avec toute la politesse du monde je me suis permis d'insinuer que cela étonnerait peut-être un peu. Et elle m'a répondu textuellement : « Il faut toujours dire une « chose comme si on était en train de la composer soi-même. » Si vous y réfléchissez c'est monumental, cette réponse !

— Mais je croyais qu'elle ne disait pas mal les vers, dit un des deux jeunes gens.

— Elle ne se doute pas de ce que c'est, répondit Mme de Guermantes. Du reste je n'ai pas eu besoin de l'entendre. Il m'a suffi de la voir arriver avec des lis ! J'ai tout de suite compris qu'elle n'avait pas de talent quand j'ai vu les lis !

Tout le monde rit.

— Ma tante, vous ne m'en avez pas voulu de ma plaisanterie de l'autre jour au sujet de la reine de Suède, je viens vous demander l'aman.

— Non, je ne t'en veux pas ; je te donne même le droit de goûter si tu as faim.

— Allons, Monsieur Vallenères, faites la jeune fille, dit Mme de Villeparisis à l'archiviste selon une plaisanterie consacrée.

M. de Guermantes se redressa dans le fauteuil où il s'était affalé son chapeau à côté de lui sur le tapis, examina d'un air de satisfaction les assiettes de petits fours qui lui étaient présentées.

— Mais volontiers, maintenant que je commence à être familiarisé avec cette noble assistance, j'accepterai un baba, ils semblent excellents.

— Monsieur remplit à merveille son rôle de jeune fille, dit M. d'Argencourt qui, par esprit d'imitation, reprit la plaisanterie de Mme de Villeparisis.

L'archiviste présenta l'assiette de petits fours à l'historien de la Fronde.

— Vous vous acquittez à merveille de vos fonctions, dit celui-ci par timidité et pour tâcher de conquérir la sympathie générale.

Aussi jeta-t-il à la dérobée un regard de connivence sur ceux qui avaient déjà fait comme lui.

— Dites-moi, ma bonne tante, demanda M. de Guermantes à Mme de Villeparisis, qu'est-ce que ce monsieur assez bien de sa personne qui sortait comme j'entrais ? Je dois le connaître parce qu'il m'a fait un grand salut, mais je ne l'ai pas remis, vous savez je suis brouillé avec les noms, ce qui est bien désagréable, dit-il d'un air de satisfaction.

— M. Legrandin.

— Ah ! mais Oriane a une cousine dont la mère, sauf erreur, est née Grandin. Je sais très bien, ce sont des Grandin de l'Eprevier.

— Non, répondit Mme de Villeparisis, cela n'a aucun rapport. Ceux-ci Grandin tout simplement, Grandin de rien du tout. Mais ils ne demandent qu'à l'être de tout ce que tu voudras. La sœur de celui-ci s'appelle Mme de Cambremer.

— Mais voyons Basin, vous savez bien de qui ma Tante veut parler, s'écria la duchesse avec indignation, mais c'est le frère de cette énorme herbivore que vous avez eu l'étrange idée d'envoyer venir me voir l'autre jour. Elle est restée une heure, j'ai pensé que je deviendrais folle. Mais j'ai commencé par croire que c'était elle qui l'était en voyant entrer chez moi une personne que je ne connaissais pas et qui avait l'air d'une vache.

— Ecoutez, Oriane, elle m'avait demandé votre jour ; je ne pouvais pourtant pas lui faire une grossièreté, et puis, voyons, vous exagérez, elle n'a pas l'air d'une vache, ajouta-t-il d'un air plaintif, mais non sans jeter à la dérobée un regard souriant sur l'assistance.

Il savait que la verve de sa femme avait besoin d'être stimulée par la contradiction, la contradiction du bon sens qui proteste que, par exemple, on ne peut pas prendre une femme pour une vache (c'est ainsi que Mme de Guermantes enchérissant sur une première image était souvent arrivée à produire ses plus jolis mots). Et le duc se présentait naïvement pour l'aider, sans en avoir l'air, à réussir son tour, comme, dans un wagon, le compère inavoué d'un joueur de bonneteau.

— Je reconnais qu'elle n'a pas l'air d'une vache, car elle a l'air de plusieurs, s'écria Mme de Guermantes. Je vous jure que j'étais bien embarrassée voyant ce troupeau de vaches qui entrait en chapeau dans mon salon et qui me demandait comment j'allais. D'un côté j'avais envie de lui répondre : « Mais, troupeau de vaches, tu confonds, tu ne « peux pas être en relations avec moi puisque tu es un troupeau « de vaches », et d'autre part ayant cherché dans ma mémoire j'ai fini par croire que votre Cambremer était l'infante Dorothée qui avait dit qu'elle viendrait une fois et qui est assez *bovine* aussi, de sorte que j'ai failli dire Votre Altesse royale et parler à la troisième personne à un troupeau de vaches. Elle a aussi le genre de gésier de la reine de Suède. Du reste cette attaque de vive force avait été préparée par un tir à distance, selon toutes les règles de l'art. Depuis je ne sais combien de temps j'étais bombardée de ses cartes, j'en trouvais partout, sur tous les meubles, comme des prospectus. J'ignorais le but de cette réclame. On ne voyait chez moi que « Marquis et Marquise de Cambremer » avec une adresse que je ne me rappelle pas et dont je suis d'ailleurs résolue à ne jamais me servir.

— Mais c'est très flatteur de ressembler à une reine, dit l'historien de la Fronde.

— Oh ! mon Dieu, monsieur, les rois et les reines, à notre époque ce n'est pas grand'chose ! dit M. de Guermantes parce qu'il avait la prétention d'être un esprit libre et moderne et aussi pour n'avoir pas l'air de faire cas des relations royales auxquelles il tenait beaucoup.

Bloch et M. de Norpois qui s'étaient levés se trouvèrent plus près de nous.

— Monsieur, dit Mme de Villeparisis, lui avez-vous parlé de l'affaire Dreyfus ?

M. de Norpois leva les yeux au ciel mais en souriant, comme pour attester l'énormité des caprices auxquels sa Dulcinée lui imposait le devoir d'obéir. Néanmoins il parla à Bloch, avec beaucoup d'affabilité, des années affreuses, peut-être mortelles, que traversait la France. Comme cela signifiait probablement que M. de Norpois (à qui Bloch cependant avait dit croire à l'innocence de Dreyfus) était ardemment antidreyfusard, l'amabilité de l'ambassadeur, l'air qu'il avait de donner raison à son interlocuteur, de ne pas douter qu'ils fussent du même avis, de se liguer en complicité avec lui pour accabler le gouvernement, flattaient la vanité de Bloch et excitaient sa curiosité. Quels étaient les points importants que M. de Norpois ne spécifiait point mais sur lesquels il semblait implicitement admettre que Bloch et lui étaient d'accord, quelle opinion avait-il donc de l'affaire qui pût les réunir ? Bloch était d'autant plus étonné de l'accord mystérieux qui semblait exister entre lui et M. de Norpois que cet accord ne portait pas que sur la politique, Mme de Villeparisis ayant assez longuement parlé à M. de Norpois des travaux littéraires de Bloch.

— Vous n'êtes pas de votre temps, dit à celui-ci l'ancien ambassadeur, et je vous en félicite, vous n'êtes pas de ce temps où les études désintéressées n'existent plus, où on ne vend plus au public que des obscénités ou des inepties. Des efforts tels que les vôtres devraient être encouragés si nous avions un gouvernement

Bloch était flatté de surnager seul dans le naufrage universel. Mais là encore il aurait voulu des précisions, savoir de quelles inepties voulait parler M. de Norpois. Bloch avait le sentiment de travailler dans la même voie que beaucoup, il ne s'était pas cru si exceptionnel. Il revint à l'affaire Dreyfus, mais ne put arriver à démêler l'opinion de M. de Norpois. Il tâcha de le faire parler des officiers dont le nom revenant souvent dans les journaux à ce moment-là excitaient plus la curiosité que les hommes politiques mêlés à la même affaire, parce qu'ils n'étaient pas déjà connus comme ceux-ci et dans un costume spécial, du fond d'une vie différente et d'un silence religieusement gardé, ils venaient seulement de surgir et de parler, comme Lohengrin descendant d'une nacelle conduite par un cygne. Bloch avait pu, grâce à un avocat nationaliste qu'il connaissait, entrer à plusieurs audiences du procès Zola. Il arrivait là le matin pour n'en sortir que le soir avec une provision de sandwichs et une bouteille de café, comme au concours général ou aux compositions de baccalauréat, et ce changement d'habitudes réveillant l'éréthisme nerveux que le café et les émotions du procès portaient à son comble, il sortait de là tellement amoureux de tout ce qui s'y était passé que, le soir, rentré chez lui, il voulait se replonger dans le beau songe et courait retrouver dans un café fréquenté par les deux partis des camarades avec qui il reparlait sans fin de ce qui s'était passé dans la journée et réparait par un souper commandé sur un ton impérieux qui lui donnait l'illusion du pouvoir, le jeûne et les fatigues d'une journée commencée sitôt et où on n'avait pas déjeuné. L'homme jouant perpétuellement entre les deux plans de l'expérience et de l'imagination voudrait approfondir la vie idéale des gens qu'il connaît et connaître les êtres dont il a eu à imaginer la vie. Aux questions de Bloch, M. de Norpois répondit :

— Il y a deux officiers mêlés à l'affaire en cours et dont j'ai entendu parler autrefois par un homme dont le jugement m'inspirait grande confiance et qui faisait d'eux le plus grand cas, (M. de Miribel), c'est le lieutenant-colonel Henry et le lieutenant-colonel Picquart.

— Mais, s'écria Bloch, la divine Athèna, fille de Zeus, a mis dans l'esprit de chacun le contraire de ce qui est dans l'esprit de l'autre. Et ils luttent l'un contre l'autre, tels deux lions. Le colonel Picquart avait une grande situation dans l'armée, mais sa Moire l'a conduit du côté qui n'était pas le sien. L'épée des nationalistes tranchera son corps délicat et il servira de pâture aux animaux carnassiers et aux oiseaux qui se nourrissent de la graisse de morts.

LE CÔTÉ DE GUERMANTES

M. de Norpois ne répondit pas.

— De quoi palabrent-ils là-bas dans un coin demanda M. de Guermantes à Mme de Villeparisis en montrant M. de Norpois et Bloch.

— De l'affaire Dreyfus.

— Ah diable ! A propos, saviez-vous qui est partisan enragé de Dreyfus ? Je vous le donne en mille. Mon neveu Robert ! Je vous dirai même qu'au Jockey, quand on a appris ces prouesses, cela a été une levée de boucliers, un véritable tolle. Comme on le présente dans huit jours...

— Evidemment, interrompit la duchesse, s'ils sont tous comme Gilbert qui a toujours soutenu qu'il fallait renvoyer tous les juifs à Jérusalem...

— Ah ! alors, le prince de Guermantes est tout à fait dans mes idées, interrompit M. d'Argencourt.

Le duc se parait de sa femme mais ne l'aimait pas. Très « suffisant », il détestait d'être interrompu, puis il avait dans son ménage l'habitude d'être brutal avec elle. Frémissant d'une double colère de mauvais mari à qui on parle et de beau parleur qu'on n'écoute pas, il s'arrêta net et lança sur la duchesse un regard qui embarrassa tout le monde.

— Qu'est-ce qu'il vous prend de nous parler de Gilbert et de Jérusalem ? dit-il enfin. Il ne s'agit pas de cela. Mais ajouta-t-il d'un ton radouci, vous m'avouerez que si un des nôtres était refusé au Jockey et surtout Robert dont le père y a été pendant dix ans président, ce serait un comble. Que voulez-vous, ma chère, ça les a fait tiquer, ces gens, ils ont ouvert de gros yeux. Je ne peux pas leur donner tort ; personnellement vous savez que je n'ai aucun préjugé de races, je trouve que ce n'est pas de notre époque et j'ai la prétention de marcher avec mon temps, mais enfin que diable! quand on s'appelle le marquis de Saint-Loup, on n'est pas dreyfusard, que voulez-vous que je vous dise !

M. de Guermantes prononça ces mots : « quand on s'appelle le marquis de Saint-Loup » avec emphase. Il savait pourtant bien que c'était une plus grande chose encore de s'appeler : « le duc de Guermantes ». Mais si son amour-propre avait des tendances à s'exagérer plutôt la supériorité du titre de duc de Guermantes sur tous les autres, ce n'était peut-être pas tant les règles du bon goût que les lois de l'imagination qui le poussaient à le diminuer. Chacun voit en plus beau ce qu'il voit à distance, ce qu'il voit chez les autres. Car les lois générales qui règlent la perspective dans l'imagination s'appliquent aussi bien aux ducs qu'aux autres hommes. Non seulement les lois de l'imagination, mais celles du langage. Or, l'une ou l'autre de deux lois du langage pouvaient s'appliquer ici, l'une veut qu'on s'exprime comme les gens de sa classe mentale et non de sa caste d'origine. Par là M. de Guermantes pouvait être dans ses expressions, même quand il voulait parler de la noblesse, tributaire de très petits bourgeois qui auraient dit : « Quand on s'appelle le duc de Guermantes », tandis qu'un homme lettré, un Swann, un Legrandin, ne l'eussent pas dit. Un duc peut écrire des romans d'épicier, même sur les mœurs du grand monde, les parchemins n'étant là de nul secours, et l'épithète d'aristocratique être méritée par les écrits d'un plébéien. Quel était dans ce cas le bourgeois à qui M. de Guermantes avait entendu dire : « Quand on s'appelle », il n'en savait sans doute rien. Mais une autre loi de langage est que de temps en temps, comme font leur apparition et s'éloignent certaines maladies dont on n'entend plus parler ensuite, il naît on ne sait trop comment, soit spontanément, soit par un hasard, comparable à celui qui fit germer en France une mauvaise herbe d'Amérique dont la graine prise après la peluche d'une couverture de voyage était tombée sur un talus de chemin de fer, des mondes d'expressions qu'on entend dans la même décade dites par des gens, qui ne se sont pas concertés pour cela. Or, de même qu'une certaine année j'entendis Bloch dire en parlant de lui-même : « Comme les gens les plus charmants, les plus brillants, les mieux posés, les plus difficiles, se sont aperçus qu'il n'y avait qu'un seul être qu'ils trouvaient intelligent, agréable, dont ils ne pouvaient se passer, c'était Bloch » et la même phrase dans la bouche de bien d'autres jeunes gens qui ne la connaissaient pas et qui remplaçaient seulement Bloch par leur propre nom, de même je devais entendre souvent le « quand on s'appelle. »

— Que voulez-vous, continua le duc, avec l'esprit qui règne là, c'est assez compréhensible.

— C'est surtout comique répondit la duchesse étant donné les idées de sa mère qui nous rase avec la Patrie française du matin au soir.

— Oui, mais il n'y a pas que sa mère, il ne faut pas nous raconter de craques. Il y a une donzelle, une cascadeuse de la pire espèce qui plus d'influence sur lui et qui est précisément compatriote du sieur Dreyfus. Elle a passé à Robert son état d'esprit.

— Vous ne saviez peut-être pas, monsieur le duc, qu'il y a un mot nouveau pour exprimer un tel genre d'esprit, dit l'archiviste qui était secrétaire des comités antirevisionistes. On dit «mentalité». Cela signifie exactement la même chose, mais au moins personne ne sait ce qu'on veut dire. C'est le fin du fin et comme on dit le « dernier cri ». Cependant, ayant entendu le nom de Bloch, il le voyait poser des questions à M. de Norpois avec une inquiétude qui en éveilla une différente mais aussi forte chez la marquise. Tremblant devant l'archiviste et faisant l'antidreyfusarde devant lui, elle craignait ses reproches s'il se rendait compte qu'elle avait reçu un Juif plus ou moins affilié au « syndicat ».

— Ah ! mentalité, j'en prends note, je le resservirai, dit le duc. (Ce n'était pas une figure, le duc avait un petit carnet rempli de « citations » et qu'il relisait avant les grands dîners). Mentalité me plaît. Il y a comme cela des mots nouveaux, qu'on lance, mais ils ne durent pas. Dernièrement, j'ai lu comme cela qu'un écrivain était « talentueux ». Comprenne qui pourra. Puis je ne l'ai plus jamais revu.

— Mais mentalité est plus employé que talentueux, dit l'historien de la Fronde pour se mêler à la conversation. Je suis membre d'une commission au ministère de l'Instruction publique où je l'ai entendu employer plusieurs fois, et aussi à mon cercle, le cercle Volney, et même à dîner chez M. Emile Ollivier.

— Moi qui n'ai pas l'honneur de faire partie du ministère de l'Instruction publique, répondit le duc avec une feinte humilité mais avec une vanité si profonde que sa bouche ne pouvait s'empêcher de sourire et ses yeux de jeter à l'assistance des regards pétillants de joie sous l'ironie desquels rougit le pauvre historien, moi qui n'ai pas l'honneur de faire partie du ministère de l'Instruction publique, reprit-il s'écoutant parler, ni du cercle Volney, (je ne suis que de l'Union et du Jockey) vous n'êtes pas du Jockey, monsieur ? demanda-t-il à l'historien qui rougissant encore davantage, flairant une insolence et ne la comprenant pas se mit à trembler de tous ses membres. Moi qui ne dîne même pas chez M. Emile Ollivier, j'avoue que je ne connaissais pas mentalité. Je suis sûr que vous êtes dans mon cas, Argencourt.

— Vous savez pourquoi on ne peut pas montrer les preuves de la trahison de Dreyfus. Il paraît que c'est parce qu'il est l'amant de la femme du ministre de la Guerre, cela se dit sous le manteau.

— Ah ! je croyais de la femme du président du Conseil, dit M. d'Argencourt.

— Je vous trouve tous aussi assommants les uns que les autres avec cette affaire, dit la duchesse de Guermantes qui, au point de vue mondain, tenait toujours à montrer qu'elle ne se laissait mener par personne. Elle ne peut pas avoir de conséquence pour moi au point de vue des Juifs pour la bonne raison que je n'en ai pas dans mes relations et compte toujours rester dans cette bienheureuse ignorance. Mais d'autre part je trouve insupportable que, sous prétexte qu'elles sont bien pensantes, qu'elles n'achètent rien aux marchands juifs ou qu'elles ont «Mort aux Juifs» écrit sur leur ombrelle, une quantité de dames Durand ou Dubois que nous n'aurions jamais connues, nous soient imposées par Marie-Aynard ou par Victurnienne. Je suis allée chez Marie-Aynard avant-hier. C'était charmant autrefois. Maintenant on y trouve toutes les personnes qu'on a passé sa vie à éviter sous prétexte qu'elles sont contre Dreyfus, et d'autres dont on n'a pas idée qui c'est.

— Non, c'est la femme du ministre de la Guerre. C'est du moins un bruit qui court les ruelles, reprit le duc qui employait ainsi dans la conversation certaines expressions qu'il croyait ancien régime. Enfin en tout cas, personnellement, on sait que je pense tout le contraire de mon cousin Gilbert. Je ne suis pas un féodal comme lui, je me promènerais avec un nègre s'il était de mes amis, et je me soucierais de l'opinion du tiers et du quart comme de l'an quarante, mais enfin tout de même vous m'avouerez que quand on s'appelle Saint-Loup, on ne s'amuse pas à prendre le contrepied des idées de tout le monde qui a plus d'esprit que Voltaire et même que mon neveu. Et surtout on ne se livre pas à ce que j'appellerai ces acrobaties de sensibilité huit jours avant de se présenter au cercle ! Elle est un peu roide ! Non c'est probablement sa petite grue qui lui aura monté le bourrichon. Elle lui aura persuadé qu'il se classerait parmi les « intellectuels ». Les intellectuels, c'est le « Tarte à la crème » de ces messieurs. Du reste cela a fait faire un assez joli jeu de mots, mais très méchant.

Et le duc cita tout bas pour la duchesse et M. d'Argencourt : « Mater Semita » qui en effet se disait déjà au Jockey, car de toutes les graines voyageuses, celle à qui est attachée les ailes les plus solides qui leur permettent d'être disséminées à une plus grande distance de son lieu d'éclosion, c'est encore une plaisanterie.

— Nous pourrions demander des explications à monsieur qui a l'air d'une érudit, dit-il en montrant l'historien. Mais il est préférable de n'en pas parler d'autant plus que le fait est parfaitement faux. Je ne suis pas si ambitieux que ma cousine Mirepois qui prétend qu'elle peut suivre la filiation de sa maison avant Jésus-Christ jusqu'à la tribu de Lévi, et je me fais fort de démontrer qu'il n'y a jamais eu une goutte de sang juif dans notre famille. Mais enfin il ne faut tout de même pas nous la faire à l'oseille, il est bien certain que les charmantes opinions de monsieur mon neveu peuvent faire assez de bruit dans Landerneau. D'autant plus que Fezensac est malade, ce sera Duras qui mènera tout et vous savez s'il aime à faire des embarras, dit le duc qui n'était jamais arrivé à connaître le sens précis de certains mots et qui croyait que faire des embarras voulait dire faire non pas de l'esbroufe mais des complications.

Bloch cherchait à pousser M. de Norpois sur le colonel Picquart.

— Il est hors de conteste, répondit M. de Norpois, que sa déposition était nécessaire. Je sais qu'en soutenant cette opinion j'ai fait pousser à plus d'un de mes collègues des cris d'orfraie, mais, à mon sens, le gouvernement avait le devoir de laisser parler le colonel. On ne sort pas d'une pareille impasse par une simple pirouette, ou alors on risque de tomber dans un bourbier. Pour l'officier lui-même, cette déposition produisit à la première audience une impression des plus favorables. Quand on l'a vu, bien pris dans le joli uniforme des chasseurs, venir sur un ton parfaitement simple et franc, raconter ce qu'il avait vu, ce qu'il avait cru, dire « Sur mon honneur de soldat (et ici la voix de M. de Norpois vibra d'un léger trémolo patriotique) telle est ma conviction », il n'y a pas à nier que l'impression a été profonde.

— Voilà, il est dreyfusard, il n'y a plus l'ombre d'un doute, pensa Bloch.

— Mais ce qui lui a aliéné entièrement les sympathies qu'il avait pu rallier d'abord, cela a été sa confrontation avec l'archiviste Gribelin, quand on entendit ce vieux serviteur, cet homme qui n'a qu'une parole (et M. de Norpois accentua avec l'énergie des convictions sincères les mots qui suivirent) quand on l'entendit, quand on le vit regarder dans les yeux son supérieur, ne pas craindre de lui tenir la dragée haute et dire de lui d'un ton qui n'admettait pas de réplique : « Voyons, mon colonel, vous savez bien que je n'ai jamais menti, vous « savez bien qu'en ce moment comme toujours je dis la vérité. » Le vent tourna, M. Picquart eut beau remuer ciel et terre dans les audiences suivantes, il fit bel et bien fiasco.

« Non décidément il est antidreyfusard, c'est couru, se dit Bloch. Mais s'il croit Picquart un traître qui ment, comment peut-il tenir compte de ses révélations et les évoquer comme s'il y trouvait du charme et les croyait sincères. Et si au contraire il voit en lui un juste qui délivre sa conscience, comment peut-il le supposer mentant dans sa confrontation avec Gribelin. » « En tout cas, si ce Dreyfus est innocent, interrompit la duchesse, il ne le prouve guère. Quelles lettres idiotes, emphatiques il écrit de son île. Je ne sais pas si M. Esterhazy vaut mieux que lui, mais il a un autre chic dans la façon de tourner les phrases, une autre couleur. Cela ne doit pas faire plaisir aux partisans de M. Dreyfus. Quel malheur pour eux qu'ils ne puissent pas changer d'innocent. » Tout le monde éclata de rire. « Vous avez entendu le mot d'Oriane ? » demanda avidement le duc de Guermantes à Mme de Villeparisis. « Oui, je le trouve très drôle. » Cela ne suffisait pas au duc : « Eh bien, moi, je ne le trouve pas drôle ; ou plutôt cela m'est tout à fait égal qu'il soit drôle ou non. Je ne fais aucun cas de l'esprit. » M. d'Argencourt protestait. « Il ne pense pas un mot de ce qu'il dit » murmura la duchesse. « C'est sans doute parce que j'ai fait partie des Chambres où j'ai entendu des discours brillants qui ne signifiaient rien. J'ai appris à y apprécier surtout la logique. C'est sans doute à cela que je dois de n'avoir pas été réélu. Les choses drôles me sont indifférentes. » — « Basin ne faites pas le Joseph Prudhomme, mon petit, vous savez bien que personne n'aime plus l'esprit que vous. » — Laissez-moi finir. C'est justement parce que je suis insensible à un certain genre de facéties, que je prise souvent l'esprit de ma femme. Car il part généralement d'une observation juste. Elle raisonne comme un homme, elle formule comme un écrivain. »

Peut-être la raison pour laquelle M. de Norpois parlait ainsi à Bloch comme s'ils eussent été d'accord venait-elle de ce qu'il était tellement antidreyfusard que trouvant que le gouvernement ne l'était pas assez il en était l'ennemi tout autant qu'étaient les dreyfusards. Peut-être parce que l'objet auquel il s'attachait en politique était quelque chose de plus profond, situé dans un autre plan, et d'où le dreyfusisme apparaissait comme une modalité sans importance et qui ne mérite pas de retenir un patriote soucieux des grandes questions extérieures. Peut-être plutôt, parce que les maximes de sa sagesse politique ne s'appliquant qu'à des questions de forme, de procédé, d'opportunité, elles étaient aussi impuissantes à résoudre les questions de fond qu'en philosophie la pure logique l'est à trancher les questions d'existence ou que cette sagesse même lui fît trouver dangereux de traiter de ces sujets et que, par prudence, il ne voulût parler que de circonstances secondaires. Mais où Bloch se trompait, c'est quand il croyait que M. de Norpois, même moins prudent de caractère et d'esprit moins exclusivement formel, eût pu s'il l'avait voulu, lui dire la vérité sur le rôle d'Henry, de Picquart, de du Paty de Clam, sur tous les points de l'affaire. La vérité, en effet, sur toutes ces choses Bloch ne pouvait douter que M. de Norpois la connût. Comment l'aurait-il ignorée puisqu'il connaissait les ministres. Certes, Bloch pensait que la vérité politique peut être approximativement reconstituée par les cerveaux les plus lucides, mais il s'imaginait, tout comme le gros du public, qu'elle habite toujours, indiscutable et matérielle, le dossier secret du président de la République et du président du Conseil lesquels en donnent connaissance aux ministres. Or, même quand la vérité politique comporte des documents, il est rare que ceux-ci aient plus que la valeur d'un cliché radioscopique où le vulgaire croit que la maladie du patient s'inscrit en toutes lettres, tandis qu'en fait, ce cliché fournit un simple élément d'appréciation qui se joindra à beaucoup d'autres sur lesquels s'appliquera le raisonnement du médecin et d'où il tirera son diagnostic. Aussi la vérité politique, quand on se rapproche des hommes renseignés et qu'on croit l'atteindre se dérobe. Même plus tard, et pour en rester à l'affaire Dreyfus, quand se produisit un fait aussi éclatant que l'aveu d'Henry, suivi de son suicide, ce fait fut aussitôt interprété de façon opposée par des ministres dreyfusards, et par Cavaignac et Cuignet qui avaient eux-mêmes fait la découverte du faux et conduit l'interrogatoire ; bien plus parmi les ministres dreyfusards eux-mêmes, et de même nuance, jugeant non seulement sur les mêmes pièces, mais dans le même esprit, le rôle d'Henry fut expliqué de façon entièrement opposée, les uns voyant en lui un complice d'Esterhazy, les autres assignant au contraire ce rôle à du Paty de Clam, se ralliant ainsi à une thèse de leur adversaire Cuignet et étant en complète opposition avec leur partisan Reinach. Tout ce que Bloch put tirer de M. de Norpois c'est que s'il était vrai que le chef d'état-major, M. de Boisdeffre, eût fait faire une communication secrète à M. Rochefort, il y avait évidemment là quelque chose de singulièrement regrettable.

— Tenez pour assuré que le ministre de la Guerre a dû, *in petto* du moins, vouer son chef d'état-major aux dieux infernaux. Un désaveu officiel n'eût pas été à mon sens une superfétation. Mais le ministre de la Guerre s'exprime fort crument là-dessus *inter pocula*. Il y a du reste certains sujets sur lesquels il est fort imprudent de créer une agitation dont on ne peut ensuite rester maître.

— Mais ces pièces sont manifestement fausses, dit Bloch.

M. de Norpois ne répondit pas, mais déclara qu'il n'approuvait pas les manifestations du Prince Henri d'Orléans :

— D'ailleurs elles ne peuvent que troubler la sérénité du prétoire et encourager des agitations qui dans un sens comme dans l'autre seraient à déplorer. Certes il faut mettre le holà aux menées antimilitaristes mais nous n'avons non plus que faire d'un grabuge encouragé par ceux des éléments de droite qui, au lieu de servir l'idée patriotique, songent à s'en servir. La France, Dieu merci, n'est pas une république sud-américaine et le besoin ne se fait pas sentir d'un général de pronunciamento.

Bloch ne put arriver à le faire parler de la question de la culpabilité de Dreyfus ni donner un pronostic sur le jugement qui interviendrait dans l'affaire civile actuellement en cours. En revanche M. de Norpois parut prendre plaisir à donner des détails sur les suites de ce jugement.

— Si c'est une condamnation, dit-il, elle sera probablement cassée, car il est rare que dans un procès où les dépositions de témoins sont aussi nombreuses, il n'y ait pas de vices de formes que les avocats puissent invoquer. Pour en finir sur l'algarade du prince Henri d'Orléans, je doute fort qu'elle ait été du goût de son père.

— Vous croyez que Chartres est pour Dreyfus ? demanda la duchesse en souriant, les yeux ronds, les joues roses, le nez dans son assiette de petits fours, l'air scandalisé.

— Nullement, je voulais seulement dire qu'il y a dans toute la famille, de ce côté-là, un sens politique dont on a pu voir, chez l'admirable princesse Clémentine, le *nec plus ultra*, et que son fils le prince Ferdinand a gardé comme un précieux héritage. Ce n'est pas le prince de Bulgarie qui eût serré le commandant Esterhazy dans ses bras.

— Il aurait préféré un simple soldat, murmura Mme de Guermantes, qui dînait souvent avec le Bulgare chez le prince de Joinville et qui lui avait répondu une fois comme il lui demandait si elle n'était pas jalouse : « Si, Monseigneur, de vos bracelets ».

— Vous n'allez pas ce soir au bal de Mme de Sagan ? dit M. de Norpois à Mme de Villeparisis pour couper court à l'entretien avec Bloch. Celui-ci ne déplaisait pas à l'Ambassadeur qui nous dit plus tard, non sans naïveté et sans doute à cause des quelques traces qui subsistaient dans le langage de Bloch de la mode néo-homérique qu'il avait pourtant abandonnée : « Il est assez amusant, avec sa manière de parler un peu vieux jeu, un peu solennelle. Pour un peu il dirait : « les Doctes Sœurs » comme Lamartine ou Jean-Baptiste Rousseau. C'est devenu assez rare dans la jeunesse actuelle et cela l'était même dans celle qui l'avait précédée. Nous-mêmes nous étions un peu romantiques. Mais si singulier que lui parût l'interlocuteur, M. de Norpois trouvait que l'entretien n'avait que trop duré.

— Non, monsieur, je ne vais plus au bal, répondit-elle avec un joli sourire de vieille femme. Vous y allez, vous autres ? C'est de votre âge, ajouta-t-elle en englobant dans un même regard M. de Châtelleraut, son ami, et Bloch. Moi aussi j'ai été invitée, dit-elle en affectant par plaisanterie d'en tirer vanité. On est même venu m'inviter (On : c'était la princesse de Sagan).

— Je n'ai pas de carte d'invitation, dit Bloch pensant que Mme de Villeparisis allait lui en offrir une, et que Mme de Sagan serait heureuse de recevoir l'ami d'une femme qu'elle était venue inviter en personne.

La Marquise ne répondit rien, et Bloch n'insista pas car il avait une affaire plus sérieuse à traiter avec elle et pour laquelle il venait de lui demander un rendez-vous pour le surlendemain. Ayant entendu les deux jeunes gens dire qu'ils avait donné leur démission du cercle de la rue Royale où on entrait comme dans un moulin, il voulait demander à Mme de Villeparisis de l'y faire recevoir.

— Est-ce que ce n'est pas assez faux chic, assez snob à côté, ces Sagan ? dit-il d'un air sarcastique.

— Mais pas du tout, c'est ce que nous faisons de mieux dans le genre, répondit M. d'Argencourt qui avait adopté toutes les plaisanteries parisiennes.

— Alors, dit Bloch à demi ironiquement, c'est ce qu'on appelle une des *solennités*, des grandes *assises mondaines* de la saison !

Mme de Villeparisis dit gaiement à Mme de Guermantes :

— Voyons, est-ce une grande solennité mondaine, le bal de Mme de Sagan ?

— Ce n'est pas à moi qu'il faut demander cela, lui répondit ironiquement la duchesse, je ne suis pas encore arrivée à savoir ce que c'était qu'une solennité mondaine. Du reste les choses mondaines ne sont pas mon fort.

— Ah ! je croyais le contraire, dit Bloch qui se figurait que Mme de Guermantes avait parlé sincèrement.

Il continua au grand désespoir de M. de Norpois à lui poser nombre de questions sur les officiers dont le nom revenait le plus souvent à propos de l'affaire Dreyfus, celui-ci déclara qu'à « vue de nez » le colonel du Paty de Clam lui faisait l'effet d'un cerveau un peu fumeux et qui n'avait peut-être pas été très heureusement choisi pour conduire cette chose délicate, qui exige tant de sang-froid et de discernement, une instruction.

— Je sais que le parti socialiste réclame sa tête à cor et à cri, ainsi que l'élargissement immédiat du prisonnier de l'île du Diable. Mais je pense que nous n'en sommes pas encore réduits à passer ainsi sous les fourches caudines de MM. Gérault-Richard et consorts. Cette affaire-là jusqu'ici, c'est la bouteille à l'encre. Je ne dis pas que d'un côté comme de l'autre il n'y ait à cacher d'assez vilaines turpitudes. Que même certains protecteurs plus ou moins désintéressés de votre client puissent avoir de bonnes intentions, je ne prétends pas le contraire mais vous savez que l'enfer en est pavé, ajouta-t-il avec un regard fin. Il est essentiel que le gouvernement donne l'impression qu'il n'est pas aux mains des factions de gauche et qu'il n'a à se rendre pieds et poings liés aux sommations de je ne sais quelle armée prétorienne qui, croyez-moi, n'est pas l'armée. Il va de soi que si un fait nouveau se produisait, une procédure de révision serait entamée. La conséquence saute aux yeux. Réclamer cela, c'est enfoncer une porte ouverte. Ce jour-là le gouvernement saura parler haut et clair ou il laisserait tomber en quenouille ce qui est sa prérogative essentielle. Les coqs-à-l'âne ne suffiront plus. Il faudra donner des juges à Dreyfus. Et ce sera chose facile car quoique l'on ait pris l'habitude dans notre douce France, où l'on aime à se calomnier soi-même, de croire ou de laisser croire que pour faire entendre les mots de vérité et de justice, il est indispensable de traverser la Manche, ce qui n'est bien souvent qu'un moyen détourné de rejoindre la Sprée, il n'y a pas de juges qu'à Berlin. Mais une fois l'action gouvernementale mise en mouvement, le gouvernement saurez-vous l'écouter ? Quand il vous conviera à remplir votre devoir civique, saurez-vous l'écouter, vous rangerez-vous autour de lui ? à son patriotique appel saurez-vous ne pas rester sourds et répondre : « Présent ! »?

M. de Norpois posait ces questions à Bloch avec une véhémence qui tout en intimidant mon camarade le flattait aussi ; car l'Ambassadeur avait l'air de s'adresser en lui à tout un parti, d'interroger Bloch comme s'il avait reçu les confidences de ce parti et pouvait assumer la responsabilité des décisions qui seraient prises. « Si vous ne désarmiez pas, continua M. de Norpois sans attendre la réponse collective de Bloch, si, avant même que fût séchée l'encre du décret qui instituerait la procédure de révision, obéissant à je ne sais quel insidieux mot d'ordre vous ne désarmiez pas, mais vous confiniez dans une opposition stérile qui semble pour certains l'*ultima ratio* de la politique, si vous

vous retiriez sous votre tente et brûliez vos vaisseaux, ce serait à votre grand dam. Etes-vous prisonniers des fauteurs de désordre ? Leur avez-vous donné des gages ? » Bloch était embarrassé pour répondre. M. de Norpois ne lui en laissa pas le temps. « Si la négative est vraie, comme je veux le croire, et si vous avez un peu de ce qui me semble malheureusement manquer à certains de vos chefs et de vos amis, quelque esprit politique, le jour même où la Chambre Criminelle sera saisie, si vous ne vous laissez pas embrigader par les pêcheurs en eau trouble, vous aurez ville gagnée. Je ne réponds pas que tout l'état-major puisse tirer son épingle du jeu mais c'est déjà bien beau si une partie tout au moins peut sauver la face sans mettre le feu aux poudres et amener du grabuge.

Il va de soi d'ailleurs que c'est au gouvernement qu'il appartient de dire le droit et de clore la liste trop longue des crimes impunis, non certes, en obéissant aux excitations socialistes ni de je ne sais quelle soldatesque, ajouta-t-il, en regardant Bloch dans les yeux et peut-être avec l'instinct qu'ont tous les conservateurs de se ménager des appuis dans le camp adverse. L'action gouvernementale doit s'exercer sans souci des surenchères, d'où qu'elles viennent. Le gouvernement n'est, Dieu merci, aux ordres ni du colonel Driant, ni, à l'autre pôle, de M. Clemenceau. Il faut mater les agitateurs de profession et les empêcher de relever la tête. La France dans son immense majorité désire le travail, dans l'ordre ! Là-dessus ma religion est faite. Mais il ne faut pas craindre d'éclairer l'opinion ; et si quelques moutons, de ceux qu'a si bien connus notre Rabelais, se jetaient à l'eau tête baissée, il conviendrait de leur montrer que cette eau est trouble, qu'elle a été troublée à dessein par une engeance qui n'est pas de chez nous, pour en dissimuler les dessous dangereux. Et il ne doit pas se donner l'air de sortir de sa passivité à son corps défendant quand il exercera le droit qui est essentiellement le sien, j'entends de mettre en mouvement Dame Justice. Le gouvernement acceptera toutes vos suggestions. S'il est avéré qu'il y ait eu erreur judiciaire, il sera assuré d'une majorité écrasante qui lui permettrait de se donner du champ.

— Vous, monsieur, dit Bloch, en se tournant vers M. d'Argencourt à qui on l'avait nommé en même temps que les autres personnes, vous êtes certainement dreyfusard : à l'étranger tout le monde l'est.

— C'est une affaire qui ne regarde que les Français entre eux, n'est-ce pas ? répondit M. d'Argencourt avec cette insolence particulière qui

consiste à prêter à l'interlocuteur une opinion qu'on sait manifestement qu'il ne partage pas, puisqu'il vient d'en émettre une opposée.

Bloch rougit ; M. d'Argencourt sourit, en regardant autour de lui, et
si ce sourire, pendant qu'il l'adressa aux autres visiteurs fut malveil-
lant pour Bloch, il se tempéra de cordialité en l'arrêtant finalement sur
mon ami afin d'ôter à celui-ci le prétexte de se fâcher des mots qu'il
venait d'entendre et qui n'en restaient pas moins cruels. Mme de
Guermantes dit à l'oreille de M. d'Argencourt quelque chose que je
n'entendis pas mais qui devait avoir trait à la religion de Bloch, car il
passa à ce moment dans la figure de la duchesse cette expression à
laquelle la peur qu'on a d'être remarqué par la personne dont on parle
donne quelque chose d'hésitant et de faux et où se mêle la gaîté curieuse
et malveillante qu'inspire un groupement humain auquel nous nous
sentons radicalement étrangers. Pour se rattraper Bloch se tourna vers
le duc de Châtellerault : « Vous, Monsieur, qui êtes français, vous savez
certainement qu'on est dreyfusard à l'étranger, quoiqu'on prétende
qu'en France on ne sait jamais ce qui se passe à l'étranger. Du reste
je sais qu'on peut causer avec vous, Saint-Loup me l'a dit. » Mais le
jeune duc qui sentait que tout le monde se mettait contre Bloch et qui
était lâche comme on l'est souvent dans le monde, usant d'ailleurs d'un
esprit précieux et mordant que, par atavisme, il semblait tenir de M. de
Charlus : « Excusez-moi, Monsieur, de ne pas discuter de Dreyfus avec
vous, mais c'est une affaire dont j'ai pour principe de ne parler qu'entre
Japhétiques. » Tout le monde sourit, excepté Bloch, non qu'il n'eût
l'habitude de prononcer des phrases ironiques sur ses origines juives,
sur son côté qui tenait un peu au Sinaï. Mais au lieu d'une de ces
phrases, lesquelles sans doute n'étaient pas prêtes, le déclic de la machine intérieure en fit monter une autre à la bouche de Bloch. Et on ne
put recueillir que ceci : « Mais comment avez-vous pu savoir ? Qui vous
a dit ? » comme s'il avait été le fils d'un forçat. D'autre part, étant
donné son nom qui ne passe pas précisément pour chrétien, et son visage,
son étonnement montrait quelque naïveté.

Ce que lui avait dit M. de Norpois ne l'ayant pas complètement
satisfait, il s'approcha de l'archiviste et lui demanda si on ne voyait
pas quelquefois chez Mme de Villeparisis M. du Paty de Clam
ou M. Joseph Reinach. L'archiviste ne répondit rien ; il était nationaliste et ne cessait de prêcher à la marquise qu'il y aurait bientôt
une guerre sociale et qu'elle devrait être plus prudente dans le
choix de ses relations. Il se demanda si Bloch n'était pas un

émissaire secret du syndicat venu pour le renseigner et alla immédiatement répéter à Mme de Villeparisis ces questions que Bloch venait
de lui poser. Elle jugea qu'il était au moins mal élevé, peut-être dangereux pour la situation de M. de Norpois. Enfin elle voulait donner
satisfaction à l'archiviste, la seule personne qui lui inspirât quelque
crainte et par lequel elle était endoctrinée, sans grand succès (chaque
matin il lui lisait l'article de M. Judet dans le *Petit Journal*). Elle voulut donc signifier à Bloch qu'il eût à ne pas revenir et elle trouva tout
naturellement dans son répertoire mondain la scène par laquelle une
grande dame met quelqu'un à la porte de chez elle, scène qui ne comporte nullement le doigt levé et les yeux flambants que l'on se figure.
Comme Bloch s'approchait d'elle pour lui dire au revoir, enfoncée dans
son grand fauteuil, elle parut à demi tirée d'une vague somnolence. Ses
regards noyés n'eurent que la lueur faible et charmante d'une perle.
Les adieux de Bloch, déplissant à peine dans la figure de la marquise
un languissant sourire, ne lui arrachèrent pas une parole, et elle ne
lui tendit pas la main. Cette scène mit Bloch au comble de l'étonnement, mais comme un cercle de personnes en était témoin alentour, il
ne pensa pas qu'elle pût se prolonger sans inconvénient pour lui et,
pour forcer la marquise, la main qu'on ne venait pas lui prendre, de
lui-même il la tendit. Mme de Villeparisis fut choquée. Mais sans
doute tout en tenant à donner une satisfaction immédiate à l'archiviste et au clan antidreyfusard voulait-elle pourtant ménager l'avenir,
elle se contenta d'abaisser les paupières et de fermer à demi les yeux.
— Je crois qu'elle dort, dit Bloch à l'archiviste qui se sentant soutenu
par la marquise prit un air indigné. Adieu, madame, cria-t-il.
La marquise fit le léger mouvement de lèvres d'une mourante qui
voudrait ouvrir la bouche, mais dont le regard ne reconnaît plus. Puis
elle se tourna débordante d'une vie retrouvée vers le marquis d'Argencourt
tandis que Bloch s'éloignait persuadé qu'elle était « ramollie ».
Plein de curiosité et du dessein d'éclairer un incident si étrange,
il revint la voir quelques jours après. Elle le reçut très bien parce
qu'elle était bonne femme, que l'archiviste n'était pas là, qu'elle tenait
à la saynète que Bloch devait faire jouer chez elle, et qu'enfin elle
avait fait le jeu de grande dame qu'elle désirait, lequel fut universel-
lement admiré et commenté le soir même dans divers salons, mais
d'après une version qui n'avait déjà plus aucun rapport avec la vérité.
— Vous parliez des *Sept Princesses*, duchesse, vous savez (je n'en suis
pas plus fier pour ça) que l'auteur de ce... comment dirai-je, de ce

223

factum, est un de mes compatriotes, dit M. d'Argencourt avec une ironie mêlée de la satisfaction de connaître mieux que les autres l'auteur d'une œuvre dont on venait de parler ! Oui il est belge, de son état, ajouta-t-il.

— Vraiment ? Non, nous ne vous accusons pas d'être pour quoi que ce soit dans les Sept Princesses. Heureusement pour vous et pour vos compatriotes, vous ne ressemblez pas à l'auteur de cette ineptie. Je connais des Belges très aimables, vous, votre Roi qui est un peu timide mais plein d'esprit, mes cousins Ligne et bien d'autres, mais heureusement vous ne parlez pas le même langage que l'auteur des *Sept Princesses*. Du reste si vous voulez que je vous dise, c'est trop d'en parler parce que surtout ce n'est rien. Ce sont des gens qui cherchent à avoir l'air obscur et au besoin qui s'arrangent d'être ridicules pour cacher qu'ils n'ont pas d'idées. S'il y avait quelque chose dessous, je vous dirais que je ne crains pas certaines audaces, ajouta-t-elle d'un ton sérieux, du moment qu'il y a de la pensée. Je ne sais pas si vous avez vu la pièce de Borelli. Il y a des gens que cela a choqués ; moi, quand je devrais me faire lapider, ajouta-t-elle sans se rendre compte qu'elle né courait pas de grands risques, j'avoue que j'ai trouvé cela infiniment curieux. Mais les *Sept Princesses* ! L'une d'elles a beau avoir des bontés pour son neveu, je ne peux pas pousser les sentiments de famille...

La duchesse s'arrêta net, car une dame entrait qui était la vicomtesse de Marsantes, la mère de Robert. Mme de Marsantes était considérée dans le faubourg Saint-Germain comme un être supérieur, d'une bonté, d'une résignation angéliques. On me l'avait dit et je n'avais pas de raison particulière pour en être surpris ne sachant pas à ce moment-là qu'elle était la propre sœur du duc de Guermantes. Plus tard j'ai toujours été étonné chaque fois que j'appris, dans cette société, que des femmes mélancoliques, pures, sacrifiées, vénérées comme d'idéales saintes de vitrail, avaient fleuri sur la même souche généalogique que des frères brutaux, débauchés et vils. Des frères et sœurs quand ils sont tout à fait pareils du visage comme étaient le duc de Guermantes et Mme de Marsantes me semblaient devoir avoir en commun une seule intelligence, un même cœur, comme aurait une personne qui peut avoir de bons ou de mauvais moments mais dont on ne peut attendre tout de même de vastes vues si elle est d'esprit borné, et une abnégation sublime si elle est de cœur dur.

Mme de Marsantes suivait les cours de Brunetière. Elle enthousiasmait le faubourg Saint-Germain et, par sa vie de sainte, l'édifiait aussi.

Mais la connexité morphologique du joli nez et du regard pénétrant incitaient pourtant à classer Mme de Marsantes dans la même famille intellectuelle et morale que son frère le duc. Je ne pouvais croire que le seul fait d'être une femme et peut-être d'avoir été malheureuse et d'avoir l'opinion de tous pour soi, pouvait faire qu'on fût aussi différent des siens, comme dans les chansons de gestes où toutes les vertus et les grâces sont réunies en la sœur de frères farouches. Il me semblait que la nature, moins libre que les vieux poètes, devait se servir à peu près exclusivement des éléments communs à la famille et je ne pouvais lui attribuer tel pouvoir d'innovation qu'elle fît avec des matériaux analogues à ceux qui composaient un sot et un rustre, un grand esprit sans aucune tare de sottise, une sainte sans aucune souillure de brutalité. Mme de Marsantes avait une robe de surah blanc à grandes palmes, sur lesquelles se détachaient des fleurs en étoffe lesquelles étaient noires. C'est qu'elle avait perdu, il y a trois semaines, son cousin M. de Montmorency ce qui ne l'empêchait pas de faire des visites, d'aller à de petits dîners, mais en deuil. C'était une grande dame. Par atavisme son âme était remplie par la frivolité des existences de cour, avec tout ce qu'elles ont de superficiel et de rigoureux. Mme de Marsantes n'avait pas eu la force de regretter longtemps son père et sa mère, mais pour rien au monde elle n'eût porté de couleurs dans le mois qui suivait la mort d'un cousin. Elle fut plus qu'aimable avec moi parce que j'étais l'ami de Robert et parce que je n'étais pas du même monde que Robert. Cette bonté s'accompagnait d'une feinte timidité, de l'espèce de mouvement de retrait intermittent de la voix, du regard, de la pensée qu'on ramène à soi comme une jupe indiscrète, pour ne pas prendre trop de place, pour rester bien droite, même dans la souplesse, comme le veut la bonne éducation. Bonne éducation qu'il ne faut pas prendre trop au pied de la lettre d'ailleurs, plusieurs de ces dames versant très vite dans le dévergondage des mœurs sans perdre jamais la correction presque enfantine des manières. Mme de Marsantes agaçait un peu dans la conversation parce que, chaque fois qu'il s'agissait d'un roturier, par exemple de Bergotte, d'Elstir, elle disait en détachant le mot, en le faisant valoir, et en le psalmodiant sur deux tons différents en une modulation qui était particulière aux Guermantes : « J'ai eu l'*honneur*, le grand *hon*-neur de rencontrer Monsieur Bergotte, de faire la connaissance de Monsieur Elstir », soit pour faire admirer son humilité, soit par le même goût qu'avait M. de Guermantes de revenir aux formes désuètes, pour protester contre les usages de mauvaise éducation actuelle où on ne se dit pas assez « honoré ». Quelle que fût celle de ces deux raisons qui fût la vraie, de toutes façons on sentait que quand Mme de Marsantes disait : « J'ai eu l'*honneur*, le grand *hon*-neur », elle croyait remplir un grand rôle, et montrer qu'elle savait accueillir les noms des hommes de valeur comme elle les eût reçus eux-mêmes dans son château, s'ils s'étaient trouvés dans le voisinage. D'autre part, comme sa famille était nombreuse, qu'elle l'aimait beaucoup, que lente de débit et amie des explications elle voulait faire comprendre les parentés, elle se trouvait, (sans aucun désir d'étonner et tout en n'aimant sincèrement parler que de paysans touchants et de gardes-chasses sublimes) citer à tout instant toutes les familles médiatisées d'Europe, ce que les personnes moins brillantes ne lui pardonnaient pas, et si elles étaient un peu intellectuelles raillaient comme de la stupidité.

A la campagne, Mme de Marsantes était adorée pour le bien qu'elle faisait mais surtout parce que la pureté d'un sang où depuis plusieurs générations on ne rencontrait que ce qu'il y a de plus grand dans l'histoire de France, avait ôté à sa manière d'être tout ce que les gens du peuple appellent « des manières » et lui avait donné la parfaite simplicité. Elle ne craignait pas d'embrasser une pauvre femme qui était malheureuse et lui disait d'aller chercher un char de bois au château. C'était, disait-on, la parfaite chrétienne. Elle tenait à faire faire un mariage colossalement riche à Robert. Etre grande dame c'est jouer à la grande dame, c'est-à-dire, pour une part, jouer la simplicité. C'est un jeu qui coûte extrêmement cher, d'autant plus que la simplicité ne ravit qu'à la condition que les autres sachent que vous pourriez ne pas être simples, c'est-à-dire que vous êtes très riches. On me dit plus tard, quand je racontai que je l'avais vue : « Vous avez dû vous rendre compte qu'elle a été ravissante. » Mais la vraie beauté est si particulière, si nouvelle, qu'on ne la reconnaît pas pour la beauté. Je me dis seulement ce jour-là qu'elle avait un nez tout petit, des yeux très bleus, le cou long et l'air triste.

— Écoute, dit Mme de Villeparisis à la duchesse de Guermantes, je crois que j'aurai tout à l'heure la visite d'une femme que tu ne veux pas connaître, j'aime mieux te prévenir pour que cela ne t'ennuie pas. D'ailleurs, tu peux être tranquille, je ne l'aurai jamais chez moi plus tard mais elle doit venir pour une seule fois aujourd'hui. C'est la femme de Swann.

Mme Swann, voyant les proportions que prenait l'affaire Dreyfus et craignant que les origines de son mari ne se tournassent contre elle, l'avait supplié de ne plus jamais parler de l'innocence du condamné. Quand il n'était pas là, elle allait plus loin et faisait profession du nationalisme le plus ardent ; elle ne faisait que suivre en cela d'ailleurs Mme Verdurin chez qui un antisémitisme bourgeois et latent s'était réveillé et avait atteint une véritable exaspération. Mme Swann avait gagné à cette attitude d'entrer dans quelques-unes des ligues de femmes du monde antisémite qui commençaient à se former et avait noué des relations avec plusieurs personnes de l'aristocratie. Il peut paraître étrange que, loin de les imiter, la duchesse de Guermantes, si amie de Swann, eût, au contraire, toujours résisté au désir qu'il ne lui avait pas caché de lui présenter sa femme. Mais on verra plus tard que c'était un effet du caractère particulier de la duchesse qui jugeait qu'elle « n'avait pas » à faire telle ou telle chose et imposait avec despotisme ce qu'avait décidé son « libre arbitre » mondain, fort arbitraire.

— Je vous remercie de me prévenir, répondit la duchesse. Cela me serait en effet très désagréable. Mais comme je la connais de vue je me lèverai à temps.

— Je t'assure, Oriane, elle est très agréable, c'est une excellente femme, dit Mme de Marsantes.

— Je n'en doute pas, mais je n'éprouve aucun besoin de m'en assurer par moi-même.

— Est-ce que tu es invitée chez Lady Israël, demanda Mme de Villeparisis à la duchesse pour changer la conversation.

— Mais, Dieu merci, je ne la connais pas, répondit Mme de Guermantes. C'est à Marie-Aynard qu'il faut demander cela. Elle la connaît et je me suis toujours demandé pourquoi.

— Je l'ai en effet connue, répondit Mme de Marsantes, je confesse mes erreurs. Mais je suis décidée à ne plus la connaître. Il paraît que c'est une des pires et qu'elle ne s'en cache pas. Du reste nous avons tous été trop confiants, trop hospitaliers. Je ne fréquenterai plus personne de cette nation. Pendant qu'on avait de vieux cousins de province du même sang, à qui on fermait sa porte, on l'ouvrait aux Juifs. Nous voyons maintenant leur remerciement. Hélas ! je n'ai rien à dire, j'ai un fils adorable et qui débite, en jeune fou qu'il est, toutes les insanités possibles, ajouta-t-elle en entendant que M. d'Argencourt avait fait allusion à Robert. Mais, à propos de Robert, est-ce que vous ne l'avez pas vu ? demanda-t-elle à Mme de Villeparisis ; comme c'est samedi, je pensais qu'il aurait pu passer vingt-quatre heures à Paris et dans ce cas il serait sûrement venu vous voir.

En réalité Mme de Marsantes pensait que son fils n'aurait pas de permission ; mais comme, en tout cas, elle savait que s'il en avait eu une il ne serait pas venu chez Mme de Villeparisis elle espérait, en ayant l'air de croire qu'elle l'eût trouvé ici, lui faire pardonner par sa tante susceptible, toutes les visites qu'il ne lui avait pas faites.

— Robert ici ! Mais je n'ai pas même eu un mot de lui ; je crois que je ne l'ai pas vu depuis Balbec.

— Il est si occupé, il a tant à faire, dit Mme de Marsantes.

Un imperceptible sourire fit onduler les cils de Mme de Guermantes qui regarda le cercle qu'avec la pointe de son ombrelle, elle traçait sur le tapis. Chaque fois que le duc avait délaissé trop ouvertement sa femme, Mme de Marsantes avait pris avec éclat contre son propre frère le parti de sa belle-sœur. Celle-ci gardait de cette protection un souvenir reconnaissant et rancunier et, elle n'était qu'à demi fâchée des fredaines de Robert. A ce moment la porte s'étant ouverte de nouveau, celui-ci entra.

— Tiens, quand on parle du Saint-Loup, dit Mme de Guermantes.

Mme de Marsantes qui tournait le dos à la porte n'avait pas vu entrer son fils. Quand elle l'aperçut, en cette mère la joie battit, véritablement comme un coup d'aile, le corps de Mme de Marsantes se souleva à demi, son visage palpita et elle attachait sur Robert des yeux émerveillés :

— Comment, tu es venu ! quel bonheur ! quelle surprise !

— Ah ! *quand on parle du Saint-Loup*, je comprends, dit le diplomate belge riant aux éclats.

— C'est délicieux, répliqua sèchement Mme de Guermantes qui détestait les calembours et n'avait hasardé celui-là qu'en ayant l'air de se moquer d'elle-même.

— Bonjour, Robert, dit-elle ; eh bien ! voilà comme on oublie sa tante.

Ils causèrent un instant ensemble et sans doute de moi, car tandis que Saint-Loup se rapprochait de sa mère, Mme de Guermantes se tourna vers moi.

— Bonjour, comment allez-vous, me dit-elle.

Elle laissa pleuvoir sur moi la lumière de son regard bleu, hésita un instant, déplia et tendit la tige de son bras, pencha en avant son corps qui se redressa rapidement en arrière comme un arbuste qu'on a couché et qui, laissé libre, revient à sa position naturelle. Ainsi agissait-elle sous le feu des regards de Saint-Loup qui l'observait et faisait à distance des efforts désespérés pour obtenir un peu plus encore de sa tante. Craignant que la conversation ne tombât, il vint l'alimenter et répondit pour moi :

— Il ne va pas très bien, il est un peu fatigué ; du reste il irait peut-être mieux s'il te voyait plus souvent, car je ne te cache pas qu'il aime beaucoup te voir.

— Ah ! mais, c'est très aimable, dit Mme de Guermantes d'un ton volontairement banal, comme si je lui eusse apporté son manteau. Je suis très flattée.

— Tiens, je vais un peu près de ma mère, je te donne ma chaise, me dit Saint-Loup en me forçant ainsi à m'asseoir à côté de sa tante.

Nous nous tûmes tous deux.

— Je vous aperçois quelquefois le matin, me dit-elle comme si ce fût une nouvelle qu'elle m'eût apprise et, comme si moi je ne la voyais pas. Ça fait beaucoup de bien à la santé.

— Oriane, dit à mi-voix Mme de Marsantes vous disiez que vous alliez voir Mme de Saint-Ferréol, est-ce que vous auriez été assez gentille pour lui dire qu'elle ne m'attende pas à dîner, je resterai chez moi puisque j'ai Robert. Si même j'avais osé vous demander de dire en passant qu'on achète tout de suite de ces cigares que Robert aime, ça s'appelle des « Corona », il n'y en a plus.

Robert se rapprocha ; il avait seulement entendu le nom de Mme de Saint-Ferréol.

— Qu'est-ce que c'est encore que ça Mme de Saint-Ferréol ? demanda-t-il sur un ton d'étonnement et de décision car il affectait d'ignorer tout ce qui concernait le monde.

— Mais voyons, mon chéri, tu sais bien, dit sa mère, c'est la sœur de Vermandois ; c'est elle qui t'avait donné ce beau jeu de billard que tu aimais tant.

— Comment, c'est la sœur de Vermandois, je n'en avais pas la moindre idée. Ah ! ma famille est épatante, dit-il en se tournant à demi vers moi et en prenant sans s'en rendre compte les intonations de Bloch comme il empruntait ses idées, elle connaît des gens inouïs, des gens qui s'appellent plus ou moins Saint-Ferréol (et détachant la dernière consonne de chaque mot), elle va au bal, elle se promène en victoria, elle mène une existence fabuleuse. C'est prodigieux.

Mme de Guermantes fit avec la gorge ce bruit léger bref et fort comme d'un sourire forcé qu'on ravale et qui était destiné à

229

montrer qu'elle prenait part dans la mesure où la parenté l'y obligeait, à l'esprit de son neveu. On vint annoncer que le prince de Faffenheim-Munsterburg-Weinigen faisait dire à M. de Norpois qu'il était là.

— Allez le chercher, monsieur, dit Mme de Villeparisis à l'ancien ambassadeur qui se porta au devant du premier ministre allemand.

Mais la marquise le rappela :

— Attendez, monsieur ; faudra-t-il que je lui montre la miniature de l'Impératrice Charlotte ?

— Ah ! je crois qu'il sera ravi, dit l'ambassadeur d'un ton pénétré et comme s'il enviait ce fortuné ministre de la faveur qui l'attendait.

— Ah ! je sais qu'il est très *bien pensant*, dit Mme de Marsantes et c'est si rare parmi les étrangers. Mais je suis renseignée. C'est l'antisémitisme en personne.

Le nom du prince gardait dans la franchise avec laquelle ses premières syllabes étaient — comme on dit en musique — attaquées, et dans la bégayante répétition qui les scandait, l'élan, la naïveté maniérée, les lourdes « délicatesses » germaniques projetées comme des branchages verdâtres sur le « Heim » d'émail bleu sombre qui déployait la mysticité d'un vitrail rhénan, derrière les dorures pâles et finement ciselées du XVIIIe siècle allemand. Ce nom contenait parmi les noms divers dont il était formé celui d'une petite ville d'eaux allemande, où tout enfant j'avais été avec ma grand'mère, au pied d'une montagne honorée par les promenades de Goethe et des vignobles de laquelle nous buvions au Kurhof les crus illustres à l'appellation composée et retentissante comme les épithètes qu'Homère donne à ses héros. Aussi à peine eus-je entendu prononcer le nom du prince qu'avant de m'être rappelé la station thermale il me parut diminuer, s'imprégner d'humanité, trouver assez grande pour lui une petite place dans ma mémoire à laquelle il adhéra, familier, terre à terre, pittoresque, savoureux, léger, avec quelque chose d'autorisé, de prescrit. Bien plus, M. de Guermantes en expliquant qui était le prince cita plusieurs de ses titres, et je reconnus le nom d'un village traversé par la rivière où chaque soir, la cure finie, j'allais en barque, à travers les moustiques ; et celui d'une forêt assez éloignée pour que le médecin ne m'eût pas permis d'y aller en promenade. Et en effet il était compréhensible que la suzeraineté du seigneur s'étendît aux lieux circonvoisins et associât à nouveau dans l'énumération de ses titres, les noms qu'on pouvait lire à côté les uns des autres sur une carte. Ainsi sous la visière du prince du Saint-Empire et de l'écuyer de Franconie ce fut le visage d'une

230

terre aimée où s'étaient souvent arrêtés pour moi les rayons du soleil
de six heures que je vis, du moins avant que le prince, rhingrave et
électeur palatin, fût entré. Car j'appris en quelques instants que les
revenus qu'il tirait de la forêt et de la rivière peuplées de gnomes et
d'ondines, de la montagne enchantée où s'élève le vieux Burg qui garde
le souvenir de Luther et de Louis le Germanique, il en usait pour avoir
cinq automobiles Charron, un hôtel à Paris et un à Londres, une loge
le lundi à l'Opéra et une aux « mardis » des « Français ». Il ne me semblait
pas, et il ne semblait pas lui-même le croire, qu'il différât des hommes
de même fortune et de même âge qui avaient une moins poétique origine. Il avait leur culture, leur idéal, se réjouissait de son rang
mais seulement à cause des avantages qu'il lui conférait, et
n'avait plus qu'une ambition dans la vie, celle d'être élu membre correspondant de l'Académie des Sciences morales et politiques, raison pour
laquelle il était venu chez Mme de Villeparisis. Si lui, dont la femme
était à la tête de la coterie la plus fermée de Berlin, avait sollicité d'être
présenté chez la marquise ce n'était pas qu'il en eût éprouvé d'abord
le désir. Rongé depuis des années par cette ambition d'entrer à l'Institut,
il n'avait malheureusement jamais pu voir monter au-dessus de cinq
le nombre des Académiciens qui semblaient prêts à voter pour lui. Il
savait que M. de Norpois disposait à lui seul d'au moins une dizaine
de voix auxquelles il était capable, grâce à d'habiles transactions, d'en
ajouter d'autres. Aussi le prince qui l'avait connu en Russie quand ils
y étaient tous deux ambassadeurs, était-il allé le voir et avait-il fait
tout ce qu'il avait pu pour se le concilier. Mais il avait eu beau multiplier les amabilités, faire avoir au marquis des décorations russes, le
citer dans des articles de politique étrangère, il avait eu devant lui un
ingrat, un homme pour qui toutes ces prévenances avaient l'air de ne
pas compter, qui n'avait pas fait avancer sa candidature d'un pas, ne
lui avait même pas promis sa voix ! Sans doute M. de Norpois le recevait avec une extrême politesse, même ne voulait pas qu'il se dérangeât
et « prît la peine de venir jusqu'à sa porte », se rendait lui-même à
l'hôtel du prince et quand le chevalier teutonique avait lancé : « Je
voudrais bien être votre collègue », répondait d'un ton pénétré : « Ah !
je serais très heureux ! » Et sans doute un naïf, un docteur Cottard se
fût dit : « Voyons, il est là chez moi, c'est lui qui a tenu à venir parce
qu'il me considère comme un personnage plus important que lui, il me
dit qu'il serait heureux que je sois de l'Académie, les mots ont tout de
même un sens, que diable, sans doute s'il ne me propose pas de voter

231

pour moi, c'est qu'il n'y pense pas. Il parle trop de mon grand pouvoir, il doit croire que les alouettes me tombent toutes rôties, que j'ai autant de voix que j'en veux et c'est pour cela qu'il ne m'offre pas la sienne, mais je n'ai qu'à le mettre au pied du mur, là, entre nous deux et à lui dire :

« Eh bien ! votez pour moi, et il sera obligé de le faire.

Mais le prince de Faffenheim n'était pas un naïf ; il était ce que le docteur Cottard eût appelé « un fin diplomate » et il savait que M. de Norpois n'en était pas un moins fin, ni un homme qui ne se fût pas avisé de lui-même qu'il pourrait être agréable à un candidat en votant pour lui. Le prince, dans ses ambassades, et comme ministre des Affaires Étrangères avait tenu, pour son pays au lieu que ce fût comme maintenant pour lui-même, de ces conversations où on sait d'avance jusqu'où on veut aller et ce qu'on ne vous fera pas dire. Il n'ignorait pas que dans le langage diplomatique causer signifie offrir. Et c'est pour cela qu'il avait fait avoir à M. de Norpois le cordon de Saint-André. Mais s'il eût dû rendre compte à son gouvernement de l'entretien qu'il avait eu après cela avec M. de Norpois, il eût pu énoncer dans sa dépêche « J'ai compris que j'avais fait fausse route ». Car dès qu'il avait recommencé à parler Institut, M. de Norpois lui avait redit :

— J'aimerais cela beaucoup, beaucoup pour mes collègues. Ils doivent, je pense, se sentir vraiment honorés que vous ayez pensé à eux. C'est une candidature tout à fait intéressante, un peu en dehors de nos habitudes. Vous savez, l'Académie est très routinière, elle s'effraye de tout ce qui rend un son un peu nouveau. Personnellement je l'en blâme. Que de fois il m'est arrivé de le laisser entendre à mes collègues. Je ne sais même pas, Dieu me pardonne, si le mot d'encroûtés n'est pas sorti une fois de mes lèvres, avait-il ajouté avec un sourire scandalisé, à mi-voix, presque *a parte*, comme dans un effet de théâtre et en jetant sur le prince un coup d'œil rapide et oblique de son œil bleu, comme un vieil acteur qui veut juger de son effet. Vous comprenez, prince, que je ne voudrais pas laisser une personnalité aussi éminente que la vôtre s'embarquer dans une partie perdue d'avance. Tant que les idées de mes collègues resteront aussi arriérées, j'estime que la sagesse est de s'abstenir. Croyez bien d'ailleurs que si je voyais jamais un esprit un peu plus nouveau, un peu plus vivant se dessiner dans ce collège qui tend à devenir une nécropole, si j'escomptais une chance possible pour vous, je serais le premier à vous en avertir, »

— Le cordon de Saint-André est une erreur, pensa le prince ; les négociations n'ont pas fait un pas ; ce n'est pas cela qu'il voulait. Je n'ai pas mis la main sur la bonne clef.

C'était un genre de raisonnement dont M. de Norpois, formé à la même école que le prince, eût été capable. On peut railler la pédantesque niaiserie avec laquelle les diplomates à la Norpois s'extasient devant une parole officielle à peu près insignifiante. Mais leur enfantillage a sa contre-partie : les diplomates savent que dans la balance qui assure cet équilibre européen ou autre qu'on appelle la paix, les bons senti-ments, les beaux discours, les supplications pèsent fort peu ; et que le poids lourd, le vrai, les déterminations, consiste en autre chose, en la possibilité que l'adversaire a, s'il est assez fort, ou n'a pas, de contenter, par moyen d'échange, un désir. Cet ordre de vérités, qu'une personne entièrement désintéressée comme ma grand'mère, par exemple, n'eût pas compris, M. de Norpois, le prince von *** avaient souvent été aux prises avec lui. Chargé d'affaires dans les pays avec lesquels nous avions été à deux doigts d'avoir la guerre, M. de Norpois, anxieux de la tournure que les événements allaient prendre, savait très bien que ce n'était pas par le mot : paix, ou par le mot : guerre, qu'ils lui seraient signi-fiés, mais par un autre, banal en apparence, terrible ou béni et que le diplomate, à l'aide de son chiffre, saurait immédiatement lire, et auquel, pour sauvegarder la dignité de la France, il répondrait par un autre mot tout aussi banal mais sous lequel le ministre de la nation ennemie verrait aussitôt : guerre. Et même selon une coutume ancienne, analogue à celle qui donnait au premier rapprochement de deux êtres promis l'un à l'autre la forme d'une entrevue fortuite à une représentation du théâtre du Gymnase, le dialogue où le destin dicterait le mot Guerre ou le mot Paix, n'avait généralement pas eu lieu dans le cabinet du ministre, mais sur le banc d'un « Kurgarten » où le ministre et M. de Norpois allaient l'un et l'autre à des fontaines thermales boire à la source de petits verres d'une eau curative. Par une sorte de convention tacite, ils se rencontraient à l'heure de la cure, faisaient d'abord ensemble quelques pas d'une promenade que sous son apparence bénigne, les deux interlocuteurs savaient aussi tragique qu'un ordre de mobilisation. Or, dans une affaire privée comme cette présentation à l'Institut, le prince avait usé du même système d'induction qu'il avait fait dans sa carrière, de la même méthode de lecture à travers les symboles super-posés.

Et certes on ne peut prétendre que ma grand'mère et ses rares pareils eussent été seuls à ignorer ce genre de calculs. En partie la moyenne de l'humanité exerçant des professions tracées d'avance, rejoint par son manque d'intuition l'ignorance que ma grand'mère devait à son haut désintéressement. Il faut souvent descendre jusqu'aux êtres entretenus, hommes ou femmes, pour avoir à chercher le mobile de l'action ou des paroles en apparence les plus innocentes dans l'intérêt, dans la nécessité de vivre. Quel homme ne sait que, quand une femme qu'il va payer lui dit : « Ne parlons pas d'argent », cette parole doit être comptée ainsi qu'on dit en musique, comme « une mesure pour rien » et que si plus tard elle lui déclare : « Tu m'as fait trop de peine, tu m'as souvent caché la vérité, je suis à bout », il doit interpréter : « un autre protecteur lui offre davantage ». Encore n'est-ce là que le langage d'une cocotte assez rapprochée des femmes du monde. Les apaches fournissent des exemples plus frappants. Mais M. de Norpois et le prince allemand, si les apaches leur étaient inconnus, avaient accoutumé de vivre sur le même plan que les nations, lesquelles sont aussi, malgré leur grandeur, des êtres d'égoïsme et de ruse, qu'on ne dompte que par la force, par la considération de leur intérêt, laquelle peut les pousser jusqu'au meurtre, un meurtre symbolique souvent lui aussi, la simple hésitation à se battre ou le refus de se battre pouvant signifier pour une nation : « périr ». Mais comme tout cela n'est pas dit dans les Livres Jaunes et autres, le peuple est volontiers pacifiste ; s'il est guerrier c'est instinctivement par haine, par rancune, non par les raisons qui ont décidé les chefs d'Etat avertis par les Norpois.

L'hiver suivant, le prince fut très malade, il guérit mais son cœur resta irrémédiablement atteint.

— Diable ! se dit-il, il ne faudrait pas perdre de temps pour l'Institut car si je suis trop long, je risque de mourir avant d'être nommé. Ce serait vraiment désagréable.

Il fit sur la politique de ces vingt dernières années une étude pour la *Revue des Deux Mondes* et s'y exprima à plusieurs reprises dans les termes les plus flatteurs sur M. de Norpois. Celui-ci alla le voir et le remercia. Il ajouta qu'il ne savait comment exprimer sa gratitude. Le prince se dit comme quelqu'un qui vient d'essayer d'une autre clef pour une serrure : «Ce n'est pas encore celle-ci», et se sentant un peu essoufflé en reconduisant M. de Norpois, pensa : «Sapristi, ces gaillards-là me laisseront crever avant de me faire entrer. Dépêchons.»

Le même soir, il rencontra M. de Norpois à l'Opéra :

— Mon cher ambassadeur, lui dit-il, vous me disiez ce matin que vous ne saviez pas comment me prouver votre reconnaissance ; c'est fort exagéré, car vous ne m'en devez aucune, mais je vais avoir l'indélicatesse de vous prendre au mot.

M. de Norpois n'estimait pas moins le tact du prince, que le prince le sien. Il comprit immédiatement que ce n'était pas une demande qu'allait lui faire le prince de Faffenheim, mais une offre, et avec une affabilité souriante il se mit en devoir de l'écouter.

— Voilà, vous allez me trouver très indiscret. Il y a deux personnes auxquelles je suis très attaché et tout à fait diversement comme vous allez le comprendre, et qui se sont fixées depuis peu à Paris où elles comptent vivre désormais, ma femme et la grande-duchesse Jean. Elles vont donner quelques dîners notamment en l'honneur du roi et de la reine d'Angleterre et leur rêve aurait été de pouvoir offrir à leurs convives une personne pour laquelle sans la connaître elles éprouvent toutes deux une grande admiration. J'avoue que je ne savais comment faire pour contenter leur désir quand j'ai appris tout à l'heure, par le plus grand des hasards, que vous connaissiez cette personne ; je sais qu'elle vit très retirée, ne veut voir que peu de monde, happy feu ; mais si vous me donniez votre appui, avec la bienveillance que vous me témoignez, je suis sûr qu'elle permettrait que vous me présentiez chez elle et que je lui transmette le désir de la grande-duchesse et de la princesse. Peut-être consentirait-elle à venir dîner avec la reine d'Angleterre et qui sait, si nous ne l'ennuyons pas trop passer les vacances de Pâques avec nous à Beaulieu chez la grande duchesse Jean. Cette personne s'appelle la marquise de Villeparisis. J'avoue que l'espoir de devenir l'un des habitués d'un pareil bureau d'esprit me consolerait, me ferait envisager sans ennui de renoncer à me présenter à l'Institut. Chez elle aussi on tient commerce d'intelligence et de fines causeries.

Avec un sentiment de plaisir inexprimable le prince sentit que la serrure ne résistait pas et qu'enfin cette clef-là y entrait.

— Une telle option est bien inutile, mon cher prince, répondit M. de Norpois ; rien ne s'accorde mieux avec l'Institut que le salon dont vous parlez et qui est une véritable pépinière d'adémiciens. Je transmettrai votre requête à Mme la marquise de Villeparisis : elle en sera certainement flattée. Quant à aller dîner chez vous, elle sort très peu et ce sera peut-être plus difficile. Mais je vous présenterai et vous plaiderez vous-même votre cause. Il ne faut surtout pas renoncer à l'Académie ; je déjeune précisément de demain en quinze, pour aller ensuite avec

235

lui à une séance importante, chez Leroy-Beaulieu sans lequel on ne peut faire une élection ; j'avais déjà laissé tomber devant lui votre nom qu'il connaît naturellement à merveille. Il avait émis certaines objections. Mais il se trouve qu'il a besoin de l'appui de mon groupe pour l'élection prochaine, et j'ai l'intention de revenir à la charge; je lui dirai très franchement les liens tout à fait cordiaux qui nous unissent, je ne lui cacherai pas que, si vous vous présentiez, je demanderais à tous mes amis de voter pour vous (le prince eut un profond soupir de soulagement) et il sait que j'ai des amis. J'estime que si je parvenais à m'assurer son concours, vos chances deviendraient fort sérieuses. Venez ce soir-là à six heures chez Mme de Villeparisis, je vous introduirai et je pourrai vous rendre compte de mon entretien du matin.

C'est ainsi que le prince de Faffenheim avait été amené à venir voir Mme de Villeparisis. Ma profonde désillusion eut lieu quand il parla. Je n'avais pas songé que si une époque a des traits particuliers et généraux plus forts qu'une nationalité, de sorte que, dans un dictionnaire illustré où l'on donne jusqu'au portrait authentique de Minerve, Leibniz avec sa perruque et sa fraise diffère peu de Marivaux ou de Samuel Bernard, une nationalité a des traits particuliers plus forts qu'une caste. Or ils se traduisirent devant moi, non par un discours où je croyais d'avance que j'entendrais le frôlement des alfes et la danse des Kobalts mais par une transposition qui ne certifiait pas moins cette poétique origine : le fait qu'en s'inclinant, petit, rouge et ventru, devant Mme de Villeparisis, le Rhingrave lui dit : « Ponchour, Matame la marquise » avec le même accent qu'un concierge alsacien.

— Vous ne voulez pas que je vous donne une tasse de thé ou un peu de tarte, elle est très bonne, me dit Mme de Guermantes, désireuse d'avoir été aussi aimable que possible. Je fais les honneurs de cette maison comme si c'était la mienne, ajouta-t-elle sur un ton ironique qui donnait quelque chose d'un peu guttural à sa voix comme si elle avait étouffé un rire rauque.

— Monsieur, dit Mme de Villeparisis à M. de Norpois, vous penserez tout à l'heure que vous avez quelque chose à dire au prince au sujet de l'Académie ?

Mme de Guermantes baissa les yeux, fit faire un quart de cercle à son poignet pour regarder l'heure.

— Oh ! mon Dieu ; il est temps que je dise au revoir à ma tante, si je dois encore passer chez Mme de Saint-Ferréol et je dîne chez Mme Leroi.

Et elle se leva sans me dire adieu. Elle venait d'apercevoir Mme Swann qui parut assez gênée de me rencontrer. Elle se rappelait sans doute qu'avant personne elle m'avait dit être convaincue de l'innocence de Dreyfus.

— Je ne veux pas que ma mère me présente à Mme Swann, me dit Saint-Loup. C'est une ancienne grue. Son mari est juif et elle nous le fait au nationalisme. Tiens voici mon oncle Palamède.

La présence de Mme Swann avait pour moi un intérêt particulier dû à un fait qui s'était produit quelques jours auparavant, et qu'il est nécessaire de relater à cause des conséquences qu'il devait avoir beaucoup plus tard, et qu'on suivra, dans leur détail, quand le moment sera venu. Donc, quelques jours avant cette visite, j'en avais reçu une à laquelle je ne m'attendais guère, celle de Charles Morel, le fils, inconnu de moi, de l'ancien valet de chambre de mon grand-oncle. Ce grand-oncle (celui chez lequel j'avais vu la dame en rose) était mort, l'année précédente. Son valet de chambre avait manifesté à plusieurs reprises l'intention de venir me voir ; je ne savais pas le but de sa visite, mais je l'aurais vu volontiers car j'avais appris par Françoise qu'il avait gardé un vrai culte pour la mémoire de mon oncle et faisait, à chaque occasion, le pèlerinage du cimetière. Mais obligé d'aller se soigner dans son pays, et comptant y rester longtemps, il me déléguait son fils. Je fus surpris de voir entrer un beau garçon de dix-huit ans, habillé plutôt richement qu'avec goût, mais qui pourtant avait l'air de tout, excepté d'un valet de chambre. Il tint du reste dès l'abord à couper le câble avec la domesticité d'où il sortait, en m'apprenant avec un sourire satisfait qu'il était premier prix du Conservatoire. Le but de sa visite était celui-ci : Son père avait, parmi les souvenirs de mon oncle Adolphe, mis de côté certains qu'il avait jugé inconvenant d'envoyer à mes parents mais qui, pensait-il, étaient de nature à intéresser un jeune homme de mon âge. C'étaient les photographies des actrices célèbres, des grandes cocottes que mon oncle avait connues, les dernières images de cette vie de vieux viveur qu'il séparait, par une cloison étanche, de sa vie de famille. Tandis que le jeune Morel me les montrait je me rendis compte qu'il affectait de me parler comme à un égal. Il avait à dire « vous », et le moins souvent possible « Monsieur » le plaisir de quelqu'un dont le père n'avait jamais employé en s'adressant à mes parents que la « troisième personne ». Presque toutes les photographies portaient une

dédicace telle que : « A mon meilleur ami ». Une actrice plus ingrate et
plus avisée avait écrit : « Au meilleur des amis », ce qui lui permettait,
m'a-t-on assuré, de dire que mon oncle n'était nullement et à beaucoup
près son meilleur ami, mais l'ami qui lui avait rendu le plus de petits
services, l'ami dont elle se servait, un excellent homme, presque une
vieille bête. Le jeune Morel avait beau chercher à s'évader de ses origines, on sentait que l'ombre de mon oncle Adolphe, vénérable et déme-
surée aux yeux du vieux valet de chambre, n'avait cessé de planer,
presque sacrée, sur l'enfance et la jeunesse du fils. Pendant que je
regardais les photographies, Charles Morel examinait ma chambre.
Et comme je cherchais où je pourrais les serrer : « Mais comment se
fait-il, me dit-il (d'un ton où le reproche n'avait pas besoin de s'exprimer tant il était dans les paroles mêmes) que je n'en voie pas une
seule de votre oncle dans votre chambre ? » Je sentis le rouge me monter
au visage, et balbutiai : « Mais je crois que je n'en ai pas. — Comment,
vous n'avez pas une seule photographie de votre oncle Adolphe qui
vous aimait tant ! Je vous en enverrai une que je prendrai dans les
quantités qu'a mon paternel et j'espère que vous l'installerez à la place
d'honneur au-dessus de cette commode qui vous vient justement de
votre oncle. » Il est vrai que, comme je n'avais même pas une photographie de mon père ou de ma mère dans ma chambre il n'y avait rien de
si choquant à ce qu'il ne s'en trouvât pas de mon oncle Adolphe. Mais
il n'était pas difficile de deviner que pour Morel, lequel avait enseigné
cette manière de voir à son fils, mon oncle était le personnage important
de la famille duquel mes parents tiraient seulement un éclat amoindri.
J'étais plus en faveur parce que mon oncle disait tous les jours que je
serais une espèce de Racine, de Vaulabelle, et Morel me considérait
à peu près comme un fils adoptif, comme un enfant d'élection de mon
oncle. Je me rendis vite compte que le fils de Morel était très « arri-
viste ». Ainsi ce jour-là il me demanda, étant un peu compositeur aussi,
et capable de mettre quelques vers en musique, si je ne connaissais pas de
poète ayant une situation importante dans le monde « aristo ». Je lui en
citai un. Il ne connaissait pas les œuvres de ce poète et n'avait jamais
entendu son nom qu'il prit en noté. Or je sus que peu après il avait
écrit à ce poète pour lui dire qu'admirateur fanatique de ses œuvres,
il avait fait de la musique sur un sonnet de lui et serait heureux que le
librettiste en fît donner une audition chez la Comtesse ***. C'était
aller un peu vite et démasquer son plan. Le poète, blessé, ne répondit
pas.

LE COTÉ DE GUERMANTES

Au reste Charles Morel semblait avoir, à côté de l'ambition, un vif penchant vers des réalités plus concrètes. Il avait remarqué dans la cour la nièce de Jupien en train de faire un gilet et, bien qu'il me dît seulement avoir justement besoin d'un gilet « de fantaisie » je sentis que la jeune fille avait produit une vive impression sur lui. Il n'hésita pas à me demander de descendre et de le présenter « mais pas par rapport à votre famille, vous m'entendez, je compte sur votre discrétion quant à mon père, dites seulement un grand artiste de vos amis, vous comprenez il faut faire bonne impression aux commerçants. Bien qu'il m'eût insinué que, ne le connaissant pas assez pour l'appeler, il le comprenait, cher ami, je pourrais lui dire devant la jeune fille quelque chose comme « pas Cher Maître évidemment... quoique, mais si cela vous plaît : cher grand artiste », j'évitai dans la boutique de le « qualifier » comme eût dit Saint-Simon et me contentai de répondre à ses « vous » par des « vous ». Il avisa, parmi quelques pièces de velours, une du rouge le plus vif et si criard que, malgré le mauvais goût qu'il avait, il ne put jamais, par la suite, porter ce gilet. La jeune fille se remit à travailler avec ses deux « apprenties » mais il me sembla que l'impression avait été réciproque et que Charles Morel, qu'elle crut « de son monde », (plus élégant seulement et plus riche,) lui avait plu singulièrement. Comme j'avais été très étonné de trouver parmi les photographies que m'envoyait son père une du portrait de miss Sacripaut (c'est-à-dire Odette) par Elstir, je dis à Charles Morel en l'accompagnant jusqu'à la porte cochère : « Je crains que vous ne puissiez me renseigner. Est-ce que mon oncle connaissait beaucoup cette dame ? Je ne vois pas à quelle époque de la vie de mon oncle je puis la situer ; et cela m'intéresse à cause de M. Swann... — Justement j'oubliais de vous dire que mon père m'avait recommandé d'attirer votre attention sur cette dame. En effet cette demi-mondaine déjeunait chez votre oncle le dernier jour que vous l'avez vu. Mon père ne savait pas trop s'il pouvait vous faire entrer. Il paraît que vous aviez plu beaucoup à cette femme légère, et elle espérait vous revoir. Mais justement à ce moment-là il y a eu de la fâche dans la famille, à ce que m'a dit mon père, et vous n'avez jamais revu votre oncle. » Il sourit à ce moment, pour lui dire adieu de loin, à la nièce de Jupien. Elle le regardait et admirait sans doute son visage maigre, d'un dessin régulier, ses cheveux légers, ses yeux gais. Moi, en lui serrant la main, je pensais à Mme Swann et je me disais avec étonnement, tant elles étaient séparées et différentes dans mon souvenir, que j'aurais désormais à l'identifier avec la « Dame en rose ».

239

M. de Charlus fut bientôt assis à côté de Mme Swann. Dans toutes les réunions où il se trouvait, et dédaigneux avec les hommes, courtisé par les femmes, il avait vite fait d'aller faire corps avec la plus élégante, de la toilette de laquelle il se sentait empanaché. La redingote ou le frac du baron le faisait ressembler à ces portraits remis par un grand coloriste d'un homme en noir mais qui a près de lui, sur une chaise, un manteau éclatant qu'il va revêtir pour quelque bal costumé. Ce tête-à-tête, généralement avec quelque altesse, procurait à M. de Charlus de ces distinctions qu'il aimait. Il avait, par exemple, pour conséquence, que les maîtresses de maison laissaient, dans une fête, le baron avoir seul une chaise sur le devant, dans un rang de dames, tandis que les autres hommes se bousculaient dans le fond. De plus, fort absorbé, semblait-il, à raconter, et très haut, d'amusantes histoires à la dame charmée, M. de Charlus était dispensé d'aller dire bonjour aux autres donc d'avoir des devoirs à rendre. Derrière la barrière parfumée que lui faisait la beauté choisie, il était isolé au milieu d'un salon comme au milieu d'une salle de spectacles dans une loge et quand on venait le saluer, au travers pour ainsi dire de la beauté de sa compagne, il était excusable de répondre fort brièvement et sans s'interrompre de parler à une femme Certes Mme Swann n'était guère du rang des personnes avec qui il aimait ainsi à s'afficher. Mais il faisait profession d'admiration pour elle, d'amitié pour Swann, savait qu'elle serait flattée de son empressement, et était flatté lui-même d'être compromis par la plus jolie personne qu'il y eût là.

Mme de Villeparisis n'était d'ailleurs qu'à demi-contente d'avoir la visite de M. de Charlus. Celui-ci, tout en trouvant de grands défauts à sa tante, l'aimait beaucoup. Mais, par moments, sous le coup de la colère, de griefs imaginaires, il lui adressait, sans résister à ses impulsions, des lettres de la dernière violence dans lesquelles il faisait état de petites choses qu'il semblait jusque là n'avoir pas remarquées. Entre autres exemples je peux citer ce fait parce que mon séjour à Balbec me mit au courant de lui, Mme de Villeparisis craignant de ne pas avoir emporté assez d'argent pour prolonger sa villégiature à Balbec, et n'aimant pas, comme elle était avare et craignait les frais superflus, faire venir de l'argent de Paris, s'était fait prêter trois mille francs par M. de Charlus. Celui-ci, un mois plus tard, mécontent de sa tante pour une raison insignifiante, les lui réclama par mandat télégraphique. Il reçut deux mille neuf cent quatre-vingt-dix et quelques francs. Voyant sa tante quelques jours après à Paris et causant amicalement avec elle, il lui fit avec beaucoup de douceur remarquer l'erreur commise par la banque chargée de l'envoi. « Mais il n'y a pas erreur, répondit Mme de Villeparisis, le mandat télégraphique coûte six francs soixante-quinze. — Ah ! du moment que c'est intentionnel, c'est parfait, répliqua M. de Charlus. Je vous l'avais dit seulement pour le cas où vous l'auriez ignoré, parce que dans ce cas-là, si la banque avait agi de même avec des personnes moins liées avec vous que moi, cela aurait pu vous contrarier. — Non, non, il n'y a pas erreur. — Au fond vous avez eu parfaitement raison », conclut gaiement M. de Charlus en baisant tendrement la main de sa tante. En effet il ne lui en voulait nullement et souriait seulement de cette petite mesquinerie. Mais quelque temps après, ayant cru que dans une chose de famille sa tante avait voulu le jouer et « monter contre lui tout un complot », comme celle-ci se retranchait assez bêtement derrière des hommes d'affaires avec qui il l'avait précisément soupçonnée d'être alliée contre lui, il lui avait écrit une lettre qui débordait de fureur et d'insolence. « Je ne me contenterai pas de me venger, ajoutait-il en post-scriptum, je vous rendrai ridicule. Je vais dès demain aller raconter à tout le monde l'histoire du mandat télégraphique et des six francs soixante-quinze que vous m'avez retenus sur les trois mille francs que je vous avais prêtés, je vous déshonorerai. » Au lieu de cela il était allé le lendemain demander pardon à sa tante Villeparisis, ayant regret d'une lettre où il y avait des phrases vraiment affreuses. D'ailleurs à qui eût-il pu apprendre l'histoire du mandat télégraphique ? Ne voulant pas de vengeance mais une sincère réconciliation, cette histoire du mandat, c'est maintenant qu'il l'aurait tue. Mais auparavant il l'avait racontée partout, tout en étant très bien avec sa tante, il l'avait racontée sans méchanceté, pour faire rire, et parce qu'il était l'indiscrétion même. Il l'avait racontée mais sans que Mme de Villeparisis le sût. De sorte qu'ayant appris par sa lettre qu'il comptait la déshonorer en divulguant une circonstance où il lui avait déclaré à elle-même qu'elle avait bien agi, elle avait pensé qu'il l'avait trompée alors et mentait en feignant de l'aimer. Tout cela s'était apaisé mais chacun des deux ne savait pas exactement l'opinion que l'autre avait de lui. Certes il s'agit là d'un cas de brouilles intermittentes un peu particulier. D'ordre différent étaient celles de Bloch et de ses amis. D'un autre encore celles de M. de Charlus, comme on le verra, avec des personnes tout autres que Mme de Villeparisis. Malgré cela il faut se rappeler que l'opinion que nous avons les uns des autres, les rapports d'amitié, de famille, n'ont rien de fixe qu'en apparence mais sont aussi éternellement mobiles que la mer. De là tant de bruits de divorce entre des époux qui semblaient si parfaitement unis et qui bientôt après parlent tendrement l'un de l'autre, tant d'infamies dites par un ami sur un ami dont nous le croyions inséparable et avec qui nous le trouverons réconcilié avant que nous ayons eu le temps de revenir de notre surprise ; tant de renversements d'alliance en si peu de temps, entre les peuples.

— Mon Dieu, ça chauffe entre mon oncle et Mme Swann, me dit Saint-Loup. Et maman qui, dans son innocence, vient les déranger. Aux purs tout est pur !

Je regardais M. de Charlus. La houppette de ses cheveux gris, son œil dont le sourcil était relevé par le monocle et qui souriait, sa boutonnière en fleurs rouges, formaient comme les trois sommets mobiles d'un triangle convulsif et frappant. Je n'avais pas osé le saluer, car il ne m'avait fait aucun signe. Or, bien qu'il ne fût pas tourné de mon côté j'étais persuadé qu'il m'avait vu ; tandis qu'il débitait quelque histoire à Mme Swann dont flottait jusque sur un genou du baron le magnifique manteau couleur pensée, les yeux errants de M. de Charlus, pareils à ceux d'un marchand en plein vent qui craint l'arrivée de la *Rousse*, avaient certainement exploré chaque partie du salon et découvert toutes les personnes qui s'y trouvaient. M. de Châtellerault vint lui dire bonjour sans que rien décelât dans le visage de M. de Charlus qu'il eût aperçu le jeune duc avant le moment où celui-ci se trouvât devant lui. C'est ainsi que dans les réunions un peu nombreuses comme était celle-ci, M. de Charlus gardait d'une façon presque constante un sourire sans direction déterminée ni destination particulière, et qui préexistant de la sorte aux saluts des arrivants, se trouvait, quand ceux-ci entraient dans sa zone, dépouillé de toute signification d'amabilité pour eux. Néanmoins il fallait bien que j'allasse dire bonjour à Mme Swann. Mais comme elle ne savait pas si je connaissais Mme de Marsantes et M. de Charlus, elle fut assez froide, craignant sans doute que je lui demandasse de me présenter. Je m'avançai alors vers M. de Charlus et aussitôt le regrettai car devant très bien me voir, il ne le marquait en rien. Au moment où je m'inclinai devant lui, je trouvai distant de son corps dont il m'empêchait d'approcher de toute la longueur de son bras tendu, un doigt veuf, eût-on dit, d'un anneau épiscopal dont il avait l'air d'offrir pour qu'on la baisât la place consacrée, et dus paraître avoir pénétré à l'insu du Baron et par une effraction dont il me laissait la responsabilité dans la permanence, la dispersion anonyme et vacante de son sourire. Cette froideur ne fut pas pour encourager beaucoup Mme Swann à se départir de la sienne.

— Comme tu as l'air fatigué et agité, dit Mme de Marsantes à son fils qui était venu dire bonjour à M. de Charlus.

Et en effet les regards de Robert semblaient par moments atteindre à une profondeur qu'ils quittaient aussitôt comme un plongeur qui a touché le fond. Ce fond, qui faisait si mal à Robert quand il le touchait qu'il le quittait aussitôt pour y revenir un instant après, c'était l'idée qu'il avait rompu avec sa maîtresse.

— Ça ne fait rien, ajouta sa mère, en lui caressant la joue, ça ne fait rien, c'est bon de voir son petit garçon.

Mais cette tendresse paraissant agacer Robert, Mme de Marsantes entraîna son fils dans le fond du salon, là où dans une baie tendue de soie jaune, quelques fauteuils de Beauvais massaient leurs tapisseries violacées comme des iris empourprés dans un champ de boutons d'or. Mme Swann se trouvant seule et ayant compris que j'étais lié avec Saint-Loup, me fit signe de venir auprès d'elle. Ne l'ayant pas vue depuis si longtemps je ne savais de quoi lui parler. Je ne perdais pas de vue mon chapeau parmi tous ceux qui se trouvaient sur le tapis, mais me demandais curieusement à qui pouvait en appartenir un qui n'était pas celui du duc de Guermantes et dans la coiffe duquel un G était surmonté de la couronne ducale. Je savais qui étaient tous les visiteurs et n'en trouvais pas un seul dont ce pût être le chapeau.

— Comme M. de Norpois est sympathique, lui dis-je en lui montrant. Il est vrai que Robert de Saint-Loup me dit que c'est une peste, mais...

— Il a raison, répondit Mme Swann.

Et voyant que son regard se reportait à quelque chose qu'elle me cachait je la pressai de questions. Pour être contente d'avoir l'air d'être très occupée par quelqu'un dans ce salon où elle ne connaissait presque personne elle m'emmena dans un coin.

— Voilà sûrement ce que M. de Saint-Loup a voulu vous dire, me répondit-elle, mais ne le lui répétez pas, car il me trouverait indiscrète et je tiens beaucoup à son estime, je suis très « honnête homme » vous savez. Dernièrement Charlus a dîné chez la princesse de Guermantes ; je ne sais pas comment on a parlé de vous. M. de Norpois leur aurait dit, c'est inepte, n'allez pas vous mettre martel en tête pour cela, personne n'y a attaché d'importance, on savait trop de quelle bouche cela tombait, — que vous étiez un flatteur à moitié hystérique.

J'ai raconté bien auparavant ma stupéfaction qu'un ami de mon

père comme était M. de Norpois eût pu s'exprimer ainsi en parlant
de moi. J'en éprouvai une plus grande encore à savoir que mon émoi
de ce jour ancien où j'avais parlé de Mme Swann et de Gilberte
était connu par la princesse de Guermantes de qui je me croyais
ignoré. Chacune de nos actions, de nos paroles, de nos attitudes est séparée du « monde », des gens qui ne l'ont pas directement
perçue, par un milieu dont la perméabilité varie à l'infini et nous reste
inconnue ; ayant appris par l'expérience que tel propos important que
nous avions souhaité vivement être propagé (tels ceux si enthousiastes
que je tenais autrefois à tout le monde et en toute occasion sur
Mme Swann, pensant que parmi tant de bonnes graines répandues il
s'en trouverait bien une qui lèverait) s'est trouvé, souvent à cause de
notre désir même, immédiatement mis sous le boisseau, combien à
plus forte raison étions-nous éloignés de croire que telle parole minuscule, oubliée, de nous-mêmes, voire jamais prononcée par nous et formée
en route par l'imparfaite réfraction d'une parole différente serait transpor-
tée, sans que jamais sa marche s'arrêtât, à des distances infinies — en
l'espèce jusque chez la princesse de Guermantes — et allât divertir à nos
dépens le festin des dieux. Ce que nous nous rappelons de notre conduite
reste ignoré de notre plus proche voisin ; ce que nous en avons
oublié avoir dit, ou même ce que nous n'avons jamais dit va provoquer
l'hilarité jusque dans une autre planète, et l'image que les autres se
font de nos faits et gestes ne ressemble pas plus à celle que nous nous
en faisons nous-même, qu'à un dessin quelque décalque raté où tantôt
au trait noir correspondrait un espace vide, et à un blanc, un contour
inexplicable. Il peut du reste arriver que ce qui n'a pas été transcrit
soit quelque trait irréel que nous ne voyons que par complaisance, et
que ce qui nous semble ajouté nous appartienne au contraire, mais si
essentiellement que cela nous échappe. De sorte que cette étrange
épreuve qui nous semble si peu ressemblante a quelquefois le genre
de vérité, peu flatteur certes mais profond et utile, d'une photographie
par les rayons X. Ce n'est pas une raison pour que nous nous y recon-
naissions. Quelqu'un qui a l'habitude de sourire dans la glace à sa belle
figure et à son beau torse, si on lui montre leur radiographie aura devant
ce chapelet osseux, indiqué comme étant une image de lui-même, le
même soupçon d'une erreur que le visiteur d'une exposition qui devant
un portrait de jeune femme lit dans le catalogue : Dromadaire
couché. Plus tard cet écart entre notre image selon qu'elle est
dessinée par nous-même, ou par autrui, je devais m'en rendre compte

244

pour d'autres que moi, vivant béatement au milieu d'une collection de photographies qu'ils avaient tirées d'eux-mêmes tandis qu'alentour grimaçaient d'effroyables images, habituellement invisibles à eux-mêmes, mais qui les plongeaient dans la stupeur si un hasard les leur montrait en leur disant : « C'est vous. »

Il y a quelques années j'aurais été bien heureux de dire à Mme Swann « à quel sujet » j'avais été si tendre pour M. de Norpois, puisque ce « sujet » était le désir de la connaître. Mais je ne le ressentais plus, je n'aimais plus Gilberte. D'autre part je ne parvenais pas à identifier Mme Swann à la Dame en rose de mon enfance. Aussi je parlai de la femme qui me préoccupait en ce moment.

— Avez-vous vu tout à l'heure la duchesse de Guermantes ? demandai-je à Mme Swann.

Mais comme la duchesse ne saluait pas Mme Swann, celle-ci voulait avoir l'air de la considérer comme une personne sans intérêt et de la présence de laquelle on ne s'aperçoit même pas.

— Je ne sais pas, je n'ai pas *réalisé*, me répondit-elle d'un air désagréable, en employant un terme traduit de l'anglais.

J'aurais pourtant voulu avoir des renseignements non seulement sur Mme de Guermantes mais sur tous les êtres qui l'approchaient, et, tout comme Bloch, avec le manque de tact des gens qui cherchent dans leur conversation non à plaire aux autres mais à élucider, en égoïstes, des points qui les intéressent, pour tâcher de me représenter exactement la vie de Mme de Guermantes, j'interrogeai Mme de Villeparisis sur Mme Leroi.

— Oui, je sais, répondit-elle avec un dédain affecté, la fille de ces gros marchands de bois. Je sais qu'elle voit du monde maintenant, mais je vous dirai que je suis bien vieille pour faire de nouvelles connaissances. J'ai connu des gens si intéressants, si aimables, que vraiment je crois que Mme Leroi n'ajouterait rien à ce que j'ai. Mme de Marsantes qui faisait la dame d'honneur de la marquise me présenta au prince et elle n'avait pas fini que M. de Norpois me présentait aussi, dans les termes les plus chaleureux. Peut-être trouvait-il commode de me faire une politesse qui n'entamait en rien son crédit puisque je venais justement d'être présenté, peut-être parce qu'il pensait qu'un étranger même illustre était moins au courant des salons français et pouvait croire qu'on lui présentait un jeune homme du grand monde, peut-être pour exercer une de ses prérogatives, celle d'ajouter le poids de sa propre recommandation d'ambassadeur, ou par le goût d'archaïsme de faire revivre en l'honneur du prince l'usage flatteur pour cette Altesse que deux parrains étaient nécessaires, si on voulait lui être présenté.

Mme de Villeparisis interpella M. de Norpois, éprouvant le besoin de me faire dire par lui qu'elle n'avait pas à regretter de ne pas connaître Mme Leroi.

— N'est-ce pas, monsieur l'ambassadeur, que Mme Leroi est une personne sans intérêt, très inférieure à toutes celles qui fréquentent ici et que j'ai eu raison de ne pas l'attirer.

Soit indépendance, soit fatigue, M. de Norpois se contenta de répondre par un salut plein de respect mais vide de signification.

— Monsieur, lui dit Mme de Villeparisis en riant, il y a des gens bien ridicules. Croyez-vous que j'ai eu aujourd'hui la visite d'un monsieur qui a voulu me faire croire qu'il avait plus de plaisir à embrasser ma main que celle d'une jeune femme.

Je compris tout de suite que c'était Legrandin. M. de Norpois sourit avec un léger clignement d'œil, comme s'il agissait d'une concupiscence si naturelle qu'on ne pouvait en vouloir à celui qui l'éprouvait, presque d'un commencement de roman qu'il était prêt à absoudre, voire à encourager, avec une indulgence perverse à la Voisenon ou à la Crébillon fils.

— Bien des mains de jeunes femmes seraient incapables de faire ce que j'ai vu là dit le prince en montrant les aquarelles commencées de Mme de Villeparisis.

Et il lui demanda si elle avait vu les fleurs de Fantin-Latour qui venaient d'être exposées.

— Elles sont de premier ordre, et comme on dit aujourd'hui d'un beau peintre, d'un des maîtres de la palette, déclara M. de Norpois, je trouve cependant qu'elles ne peuvent pas soutenir la comparaison avec celles de Mme de Villeparisis où je reconnais mieux le coloris de la fleur.

Même en supposant que la partialité de vieil amant, l'habitude de flatter, les opinions admises dans une coterie, dictassent ces paroles à l'ancien ambassadeur, celles-ci prouvaient pourtant sur quel néant de goût véritable repose le jugement artistique des gens du monde, si arbitraire, qu'un rien peut le faire aller aux pires absurdités, sur le chemin desquelles il ne rencontre pour l'arrêter aucune impression vraiment sentie.

— Je n'ai aucun mérite à connaître les fleurs, j'ai toujours vécu aux champs, répondit modestement Mme de Villeparisis. Mais ajouta-t-elle gracieusement en s'adressant au prince, si j'en ai eu toute jeune des notions un peu plus sérieuses que les autres enfants de la campagne, je le dois à un homme bien distingué de votre nation, M. de Schlegel. Je l'ai rencontré à Broglie où ma tante Cordelia (la maréchale de Castellane) m'avait amenée. Je me rappelle très bien que M. Lebrun, M. de Salvandy, M. Doudan, le faisaient parler sur les fleurs. J'étais une toute petite fille, je ne pouvais pas bien comprendre ce qu'il disait. Mais il s'amusait à me faire jouer et, revenu dans votre pays, il m'envoya un bel herbier en souvenir d'une promenade que nous avions été faire en phaéton au Val Richer et où je m'étais endormie sur ses genoux. J'ai toujours conservé cet herbier et il m'a appris à remarquer bien des particularités des fleurs qui ne m'auraient pas frappé sans cela. Quand Mme de Barante a publié quelques lettres de Mme de Broglie, belles et affectées comme elle était elle-même, j'avais espéré y trouver quelques-unes de ces conversations de M. de Schlegel. Mais c'était une femme qui ne cherchait dans la nature que des arguments pour la religion.

Robert m'appela dans le fond du salon où il était avec sa mère.

— Que tu as été gentil, lui dis-je, comment te remercier ? Pouvons-nous dîner demain ensemble ?

— Demain, si tu veux, mais alors avec Bloch ; je l'ai rencontré devant la porte ; après un instant de froideur, parce que j'avais, malgré moi, laissé sans réponse deux lettres de lui (il ne m'a pas dit que c'était cela qui l'avait froissé mais je l'ai compris) il a été d'une tendresse telle que je ne peux pas me montrer ingrat envers un tel ami. Entre nous, de sa part au moins, je sens bien que c'est à la vie, à la mort. Je ne crois pas que Robert se trompât absolument. Le dénigrement furieux était souvent chez Bloch l'effet d'une vive sympathie qu'il avait cru qu'on ne lui rendait pas. Et comme il imaginait peu la vie des autres, ne songeait pas qu'on peut avoir été malade ou en voyage, etc., un silence de huit jours lui paraissait vite provenir d'une froideur voulue. Aussi je n'ai jamais cru que ses pires violences d'ami, et plus tard d'écrivain fussent bien profondes. Elles s'exaspéraient si l'on y répondait par une dignité glacée, ou par une platitude qui l'encourageait à redoubler ses coups, mais cédait souvent à une chaude sympathie. « Quant à gentil, continua Saint-Loup, tu prétends que je l'ai été pour toi, mais je n'ai pas été gentil du tout, ma tante dit que c'est toi qui la fuis, que tu ne lui dis pas un mot. Elle se demande si tu n'as pas quelque chose contre elle.

247

Heureusement pour moi, si j'avais été dupe de ces paroles, notre imminent départ pour Balbec m'eût empêché d'essayer de revoir Mme de Guermantes, de lui assurer que je n'avais rien contre elle et de la mettre ainsi dans la nécessité de me prouver que c'était elle qui avait quelque chose contre moi. Mais je n'eus qu'à me rappeler qu'elle ne m'avait pas même offert d'aller voir les Elstir. D'ailleurs ce n'était pas une déception ; je ne m'étais nullement attendu à ce qu'elle m'en parlât ; je savais que je ne lui plaisais pas, que je n'avais pas à espérer me faire aimer d'elle ; le plus que j'avais pu souhaiter, c'est que grâce à sa bonté, j'eusse d'elle, puisque je ne devais pas la revoir avant de quitter Paris, une impression entièrement douce, que j'emporterais à Balbec indéfiniment prolongée, intacte, au lieu d'un souvenir mêlé d'anxiété et de tristesse.

A tous moments Mme de Marsantes s'interrompait de causer avec Robert pour me dire combien il lui avait souvent parlé de moi, combien il m'aimait ; elle était avec moi d'un empressement qui me faisait presque de la peine parce que je le sentais dicté par la crainte qu'elle avait de faire fâcher ce fils qu'elle n'avait pas encore vu aujourd'hui, avec qui elle était impatiente de se trouver seule, et sur lequel elle croyait donc que l'empire qu'elle exerçait n'égalait pas et devait ménager le mien. M'ayant entendu auparavant demander à Bloch des nouvelles de M. Nissim Bernard, son oncle, Mme de Marsantes s'informa si c'était celui qui avait habité Nice.

— Dans ce cas, il y a connu M. de Marsantes avant qu'il m'épousât, avait répondu Mme de Marsantes. Mon mari m'en a souvent parlé comme d'un homme excellent, d'un cœur délicat et généreux.

— Dire que pour une fois il n'avait pas menti, c'est incroyable, eut pensé Bloch.

Tout le temps j'aurais voulu dire à Mme de Marsantes que Robert avait pour elle infiniment plus d'affection que pour moi, et que m'eût-elle témoigné de l'hostilité, je n'étais pas d'une nature à chercher à le prévenir contre elle, à le détacher d'elle. Mais depuis que Mme de Guermantes était partie, j'étais plus libre d'observer Robert et je m'aperçus seulement alors que de nouveau une sorte de colère semblait s'être élevée en lui, affleurant à son visage durci et sombre. Je craignais qu'au souvenir de la scène de l'après-midi il ne fût humilié vis-à-vis de moi de s'être laissé traiter si durement par sa maîtresse, sans riposter.

Brusquement il s'arracha d'auprès de sa mère qui lui avait passé un bras autour du cou et venant à moi il m'entraîna derrière le petit comptoir fleuri de Mme de Villeparisis, où celle-ci s'était rassise, et me fit signe de le suivre dans le petit salon. Je m'y dirigeais assez vivement quand M. de Charlus qui avait pu croire que j'allais vers la sortie, quitta brusquement M. de Faffenheim avec qui il causait, fit un tour rapide qui l'amena en face de moi. Je vis avec inquiétude qu'il avait pris le chapeau au fond duquel il y avait un G et une couronne ducale. Dans l'embrasure de la porte du petit salon il me dit sans me regarder :

— Puisque je vois que vous allez dans le monde maintenant, faites-moi donc le plaisir de venir me voir. Mais c'est assez compliqué, ajouta-t-il d'un air d'inattention et de calcul et comme s'il s'était agi d'un plaisir qu'il avait peur de ne plus retrouver une fois qu'il aurait laissé échapper l'occasion de combiner avec moi les moyens de le réaliser. Je suis peu chez moi, il faudrait que vous m'écriviez. Mais j'aimerais mieux vous expliquer cela plus tranquillement. Je vais partir dans un moment. Voulez-vous faire deux pas avec moi ? Je ne vous retiendrai qu'un instant.

— Vous ferez bien de faire attention, monsieur, lui dis-je. Vous avez pris par erreur le chapeau d'un des visiteurs.

— Vous voulez m'empêcher de prendre mon chapeau ? » Je supposai, l'aventure m'étant arrivée à moi-même peu auparavant, que quelqu'un lui ayant enlevé son chapeau, il en avait avisé un au hasard pour ne pas rentrer nu-tête et que je le mettais dans l'embarras en dévoilant sa ruse. Je lui dis qu'il fallait d'abord que je dise quelques mots à Saint-Loup. « Il est en train de parler avec cet idiot de duc de Guermantes, ajoutai-je. — C'est charmant ce que vous dites là, je le dirai à mon frère. — Ah ! vous croyez que cela peut intéresser M. de Charlus ? » (Je me figurais que s'il avait un frère, ce frère devait s'appeler Charlus aussi. Saint-Loup m'avait bien donné quelques explications là-dessus à Balbec mais je les avais oubliées). « Qui est-ce qui vous parle de M. de Charlus ? me dit le baron d'un air insolent. Allez auprès de Robert.

— Je sais que vous avez participé ce matin à un de ces déjeuners d'orgie qu'il a avec une femme qui le déshonore. Vous devriez bien user de votre influence sur lui pour lui faire comprendre le chagrin qu'il cause à sa pauvre mère, et à nous tous en traînant notre nom dans la boue.

J'aurais voulu répondre qu'au déjeuner avilissant on n'avait parlé que d'Emerson, d'Ibsen, de Tolstoï et que la jeune femme avait prêché Robert pour qu'il ne bût que de l'eau, afin de tâcher d'apporter quelque baume à Robert, de qui je croyais la fierté blessée, je

cherchai à excuser sa maîtresse. Je ne savais pas qu'en ce moment
malgré sa colère contre elle, c'était à lui-même qu'il adressait des
reproches. Même dans les querelles entre un bon et une
méchante et quand le droit est tout entier d'un côté, il arrive toujours
qu'il y a une vétille qui peut donner à la méchante l'apparence de n'avoir
pas tort sur un point. Et comme tous les autres points, elles les néglige,
pour peu que le bon ait besoin d'elle, soit démoralisé par la séparation,
son affaiblissement le rendra scrupuleux, il se rappellera les reproches
absurdes qui lui ont été faits et se demandera s'ils n'ont pas quelque
fondement.

— Je crois que j'ai eu tort dans cette affaire du collier, me dit Robert.
Bien sûr je ne l'avais pas fait dans une mauvaise intention, mais je sais
bien que les autres ne se mettent pas au même point de vue que nous-
mêmes. Elle a eu une enfance très dure. Pour elle je suis tout de même
le riche qui croit qu'on arrive à tout par son argent, et contre lequel
le pauvre ne peut pas lutter, qu'il s'agisse d'influencer Boucheron ou de
gagner un procès devant un tribunal. Sans doute elle a été bien cruelle,
moi qui n'ai jamais cherché que son bien. Mais je me rends bien
compte, elle croit que j'ai voulu lui faire sentir qu'on pouvait la tenir
par l'argent et ce n'est pas vrai. Elle qui m'aime tant, que doit-elle se
dire ! Pauvre chérie, si tu savais elle a de telles délicatesses, je ne peux
pas te dire, elle a souvent fait pour moi des choses adorables. Ce qu'elle
doit être malheureuse en ce moment ! En tout cas, quoi qu'il arrive je
ne veux pas qu'elle me prenne pour un mufle, je cours chez Boucheron
chercher le collier. Qui sait, peut-être, en voyant que j'agis ainsi,
reconnaîtra-t-elle ses torts. Vois-tu, c'est l'idée qu'elle souffre en ce
moment que je ne peux pas supporter ! Ce qu'on souffre, soi, on le
sait, ce n'est rien. Mais elle, se dire qu'elle souffre et ne pas pouvoir
se le représenter, je crois que je deviendrais fou, j'aimerais mieux
ne la revoir jamais que de la laisser souffrir. Qu'elle soit heureuse
sans moi s'il le faut, c'est tout ce que je demande. Écoute,
tu sais, pour moi, tout ce qui la touche c'est immense, cela prend quelque
chose de cosmique, je cours chez le bijoutier et après cela lui demander
pardon. Jusqu'à ce que je sois là-bas, qu'est-ce qu'elle va pouvoir
penser de moi ? Si elle savait seulement que je vais venir ! A tout hasard
tu pourras venir chez elle ; qui sait, tout s'arrangera peut-être.
Peut-être, dit-il avec un sourire, comme n'osant croire à un tel rêve,
nous irons dîner tous les trois à la campagne. Mais on ne peut pas
savoir encore, je sais si mal la prendre ; pauvre petite, je vais peut-

être encore la blesser. Et puis sa décision est peut-être irrévocable. Robert m'entraîna brusquement vers sa mère.

— Adieu, lui dit-il ; je suis forcé de partir. Je ne sais pas quand je reviendrai en permission, sans doute pas avant un mois. Je vous l'écrirai dès que je le saurai.

Certes Robert n'était nullement de ces fils qui, quand ils sont dans le monde avec leur mère, croient qu'une attitude exaspérée à son égard doit faire contrepoids aux sourires et aux saluts qu'ils adressent aux étrangers. Rien n'est plus répandu que cette odieuse vengeance de ceux qui semblent croire que la grossièreté envers les siens complète tout naturellement la tenue de cérémonie. Quoique la pauvre mère dise, son fils, comme s'il avait été emmené malgré lui et voulait faire payer cher sa présence, contrebat immédiatement d'une contradiction ironique, précise, cruelle, l'assertion timidement risquée ; la mère se range aussitôt, sans le désarmer pour cela, à l'opinion de cet être supérieur qu'elle continuera à vanter à chacun en son absence, comme une nature délicieuse, et qui ne lui épargne pourtant aucun de ses traits les plus acérés. Saint-Loup était tout autre, mais l'angoisse que provoquait l'absence de Rachel faisait que pour des raisons différentes, il n'était pas moins dur avec sa mère que ne le sont ces fils-là avec la leur. Et aux paroles qu'il prononça je vis le même battement, pareil à celui d'une aile que Mme de Marsantes n'avait pu réprimer à l'arrivée de son fils, la dresser encore tout entière ; mais maintenant c'était un visage anxieux, des yeux désolés qu'elle attachait sur lui.

— Comment Robert, tu t'en vas, c'est sérieux ? mon petit enfant ! le seul jour où je pouvais t'avoir !

Et presque bas, sur le ton le plus naturel, d'une voix d'où elle s'efforçait de bannir toute tristesse pour ne pas inspirer à son fils une pitié qui eût peut-être été cruelle pour lui, ou inutile et bonne seulement à l'irriter, comme un argument de simple bon sens elle ajouta :

— Tu sais que ce n'est pas gentil ce que tu fais là.

Mais à cette simplicité elle ajoutait tant de timidité pour lui montrer qu'elle n'entreprenait pas sur sa liberté, tant de tendresse pour qu'il ne lui reprochât pas d'entraver ses plaisirs, que Saint-Loup ne put pas ne pas apercevoir en lui-même comme la possibilité d'un attendrissement, c'est-à-dire un obstacle à passer la soirée avec son amie. Aussi se mit-il en colère :

— C'est regrettable, mais gentil ou non, c'est ainsi.

Et il fit à sa mère les reproches que sans doute il se sentait peut-être mériter ; c'est ainsi que les égoïstes ont toujours le dernier mot ; ayant posé d'abord que leur résolution est inébranlable, plus le sentiment auquel on fait appel en eux pour qu'ils y renoncent est touchant, plus ils trouvent condamnables non pas eux qui y résistent, mais ceux qui les mettent dans la nécessité d'y résister, de sorte que leur propre dureté peut aller jusqu'à une cruauté extrême sans que cela fasse à leurs yeux qu'aggraver d'autant la culpabilité de l'être assez indélicat pour souffrir, pour avoir raison, et leur causer ainsi lâchement la douleur d'agir contre leur propre pitié. D'ailleurs d'elle-même Mme de Marsantes cessa d'insister, car elle sentait qu'elle ne le retiendrait plus.

— Je te laisse, me dit-il, mais, maman, ne le gardez pas longtemps parce qu'il faut qu'il aille faire une visite tout à l'heure.

Je sentais bien que ma présence ne pouvait faire aucun plaisir à Mme de Marsantes, mais j'aimais mieux en ne partant pas avec Robert qu'elle ne crût pas que j'étais mêlé à ces plaisirs qui la privaient de lui. J'aurais voulu trouver quelque excuse à la conduite de son fils, moins par affection pour lui que par pitié pour elle. Mais ce fut elle qui parla la première :

— Pauvre petit, me dit-elle, je suis sûre que je lui ai fait de la peine. Voyez-vous, monsieur, les mères sont très égoïstes, il n'a pourtant pas tant de plaisirs lui qui vient si peu à Paris. Mon Dieu, s'il n'était pas encore parti, j'aurais voulu le rattraper, non pas pour le retenir certes, mais pour lui dire que je ne lui en veux pas, que je trouve qu'il a eu raison. Cela ne vous ennuie pas que je regarde sur l'escalier.

Et nous allâmes jusque-là :

— Robert, Robert ! cria-t-elle. Non, il est parti, il est trop tard. Maintenant je me serais aussi volontiers chargé d'une mission pour faire rompre Robert et sa maîtresse qu'il y a quelques heures pour qu'il partît vivre tout à fait avec elle. Dans un cas Saint-Loup m'eût jugé un ami traître, dans l'autre cas sa famille m'eût appelé son mauvais génie. J'étais pourtant le même homme à quelques heures de distance.

Nous rentrâmes dans le salon. En ne voyant pas rentrer Saint-Loup, Mme de Villeparisis échangea avec M. de Norpois ce regard dubitatif, moqueur, et sans grande pitié qu'on a en montrant une épouse trop jalouse ou une mère trop tendre (lesquelles donnent aux autres la comédie) et qui signifie : « Tiens, il a dû y avoir de l'orage. »

Robert alla chez sa maîtresse en lui apportant le splendide bijou que, d'après leurs conventions, il n'aurait pas dû lui donner.

LE COTÉ DE GUERMANTES

Mais d'ailleurs cela revint au même car elle n'en voulut pas, et même dans la suite, il ne réussit jamais à le lui faire accepter. Certains amis de Robert pensaient que ces preuves de désintéressement qu'elle donnait étaient un calcul pour se l'attacher. Pourtant elle ne tenait pas à l'argent, sauf peut-être pour pouvoir le dépenser sans compter. Je lui ai vu faire à tort et à travers, à des gens qu'elle croyait pauvres, des charités insensées. « En ce moment, disaient à Robert ses amis pour faire contrepoids par leurs mauvaises paroles à un acte de désintéressement de Rachel, en ce moment elle doit être au promenoir des Folies-Bergères. Cette Rachel, c'est une énigme, un véritable sphinx. » Au reste combien de femmes intéressées, puisqu'elles sont entretenues, ne voit-on pas, par une délicatesse qui fleurit au milieu de cette existence, poser elles-mêmes mille petites bornes à la générosité de leur amant !

Robert ignorait presque toutes les infidélités de sa maîtresse et faisait travailler son esprit sur ce qui n'était que des riens insignifiants auprès de la vraie vie de Rachel, vie qui ne commençait chaque jour que lorsqu'il venait de la quitter. Il ignorait presque toutes ces infidélités. On aurait pu les lui apprendre sans ébranler sa confiance en Rachel. Car c'est une charmante loi de nature qui se manifeste au sein des sociétés les plus complexes, qu'on vive dans l'ignorance parfaite de ce qu'on aime. D'un côté du miroir, l'amoureux se dit : « C'est un ange, jamais elle ne se donnera à moi, je n'ai plus qu'à mourir et pourtant elle m'aime ; elle m'aime tant que peut-être... mais non ce ne sera pas possible ». Et dans l'exaltation de son désir, dans l'angoisse de son attente que de bijoux il met aux pieds de cette femme, comme il court emprunter de l'argent pour lui éviter un souci ; cependant de l'autre côté de la cloison à travers laquelle ces conversations ne passeront pas plus que celles qu'échangent les promeneurs devant un aquarium, le public dit : « Vous ne la connaissez pas ? je vous en félicite, elle a volé, ruiné, je ne sais pas combien de gens, il n'y a pas pis que ça comme fille. C'est une pure escroqueuse. Et roublarde ! » Et peut-être le public n'a-t-il pas absolument tort en ce qui concerne cette dernière épithète, car même l'homme sceptique qui n'est pas vraiment amoureux de cette femme et à qui elle plaît seulement dit à ses amis : « Mais non, mon cher, ce n'est pas du tout une cocotte ; je ne dis pas que dans sa vie elle n'ait pas eu deux ou trois caprices, mais ce n'est pas une femme qu'on paye, ou alors ce serait trop cher. Avec elle c'est cinquante mille francs ou rien du tout ».

253

Or lui a dépensé cinquante mille francs pour elle, il l'a eue une fois, mais elle, trouvant d'ailleurs pour cela un complice chez lui-même, dans la personne de son amour-propre, elle a su lui persuader qu'il était de ceux qui l'avaient eue pour rien. Telle est la société, où chaque être est double, et où le plus percé à jour, le plus mal famé, ne sera jamais connu par un certain autre qu'au fond et sous la protection d'une coquille, d'un doux cocon, d'une délicieuse curiosité naturelle. Il y avait à Paris deux honnêtes gens que Saint-Loup ne saluait plus et dont il ne parlait pas sans que sa voix tremblât, les appelant exploiteurs de femmes : c'est qu'ils avaient été ruinés par Rachel.

— Je ne me reproche qu'une chose, me dit tout bas Mme de Marsantes, c'est de lui avoir dit qu'il n'était pas gentil. Lui ce fils adorable, unique, comme il n'y en a pas d'autres, pour la seule fois où je le vois, lui avoir dit qu'il n'était pas gentil, j'aimerais mieux avoir reçu un coup de bâton, parce que je suis certaine que quelque plaisir qu'il ait ce soir, lui qui n'en a pas tant, il lui sera gâté par cette parole injuste. Mais, Monsieur, je ne vous retiens pas, puisque vous êtes pressé. Mme de Marsantes me dit au revoir avec anxiété. Ces sentiments se rapportaient à Robert, elle était sincère. Mais elle cessa de l'être pour redevenir grande dame :

— J'ai été *intéressée*, *si heureuse*, de causer un peu avec vous. Merci ! merci !

Et d'un air humble elle attachait sur moi des regards reconnaissants, enivrés, comme si ma conversation était un des plus grands plaisirs qu'elle eût connus dans la vie. Ces regards charmants allaient fort bien avec les fleurs noires sur la robe blanche à ramages ; ils étaient d'une grande dame qui sait son métier.

— Mais je ne suis pas pressé, Madame, répondis-je ; d'ailleurs j'attends M. de Charlus avec qui je dois m'en aller.

Mme de Villeparisis entendit ces derniers mots. Elle en parut contrariée. S'il ne s'était agi d'une chose qui ne pouvait intéresser un sentiment de cette nature, il m'eût paru que ce qui me semblait en alarme à ce moment-là chez Mme de Villeparisis, c'était la pudeur. Mais cette hypothèse ne se présenta même pas à mon esprit : J'étais content de Mme de Guermantes, de Saint-Loup, de Mme de Marsantes, de M. de Charlus, de Mme de Villeparisis, je ne réfléchissais pas, et je parlais gaiement, à tort et à travers.

— Vous devez partir avec mon neveu Palamède ? me dit-elle.

Pensant que cela pouvait produire une impression très favorable sur

Mme de Villeparisis que je fusse lié avec un neveu qu'elle prisait si fort : « Il m'a demandé de revenir avec lui, répondis-je avec joie. J'en suis enchanté. Du reste nous sommes plus amis que vous ne croyez, madame, et je suis décidé à tout pour que nous le soyons davantage. »

De contrariée, Mme de Villeparisis sembla devenue soucieuse : « Ne l'attendez pas, me dit-elle d'un air préoccupé, il cause avec M. de Faffenheim. Il ne pense déjà plus à ce qu'il vous a dit. Tenez, partez, profitez vite pendant qu'il a le dos tourné. »

Ce premier émoi de Mme de Villeparisis eût ressemblé, n'eussent été les circonstances, à celui de la pudeur. Son insistance, son opposition auraient pu, si l'on n'avait consulté que son visage, paraître dictées par la vertu. Je n'étais, pour ma part, guère pressé d'aller retrouver Robert et sa maîtresse. Mais Mme de Villeparisis semblait tenir tant à ce que je partisse que, pensant peut-être qu'elle avait à causer d'affaire importante avec son neveu, je lui dis au revoir. A côté d'elle M. de Guermantes, superbe et olympien, était lourdement assis. On aurait dit que la notion omniprésente en tous ses membres de ses grandes richesses, lui donnait une densité particulièrement élevée, comme si elles avaient été fondues au creuset en un seul lingot humain, pour faire cet homme qui valait si cher. Au moment où je lui dis au revoir, il se leva poliment de son siège et je sentis la masse inerte de trente millions que la vieille éducation française faisait mouvoir, soulevait, et qui se tenait debout devant moi. Il me semblait voir cette statue de ce Jupiter Olympien que Phidias, dit-on, avait fondue tout en or. Telle était la puissance que la bonne éducation avait sur M. de Guermantes, sur le corps de M. de Guermantes du moins, car elle ne régnait pas aussi en maîtresse sur l'esprit du duc. M. de Guermantes riait de ses bons mots, mais ne se déridait pas à ceux des autres.

Dans l'escalier, j'entendis derrière moi une voix qui m'interpellait :

— Voilà comme vous m'attendez, Monsieur.

C'était M. de Charlus.

— Cela vous est égal de faire quelques pas à pied ? me dit-il sèchement, quand nous fûmes dans la cour. Nous marcherons jusqu'à ce que j'aie trouvé un fiacre qui me convienne.

— Vous vouliez me parler de quelque chose, Monsieur ?

— Ah ! voilà, en effet, j'avais certaines choses à vous dire, mais je ne sais trop si je vous les dirai. Certes je crois qu'elles pourraient être pour vous le point de départ d'avantages inappréciables. Mais j'entrevois aussi qu'elles amèneraient dans mon existence, à mon âge où on commence à tenir à la tranquillité, bien des pertes de temps, bien des dérangements. Je me demande si vous valez la peine que je me donne pour vous tout ce tracas, et je n'ai pas le plaisir de vous connaître assez pour en décider. Peut-être aussi n'avez-vous pas de ce que je pourrais faire pour vous un assez grand désir pour que je me donne tant d'ennuis, car je vous le répète très franchement, Monsieur, pour moi ce ne peut être que de l'ennui.

Je protestai qu'alors il n'y fallait pas songer. Cette rupture des pourparlers ne parut pas être de son goût.

— Cette politesse ne signifie rien, me dit-il d'un ton dur. Il n'y a rien de plus agréable que de se donner de l'ennui pour une personne qui en vaille la peine. Pour les meilleurs d'entre nous, l'étude des arts, le goût de la brocante, les collections, les jardins, ne sont que des Erzatz, des succédanés, des alibis. Dans le fond de notre tonneau, comme Diogène, nous demandons un homme. Nous cultivons les bégonias, nous taillons les ifs, par pis aller, parce que les ifs et les bégonias se laissent faire. Mais nous aimerions donner notre temps à un arbuste humain, si nous étions sûrs qu'il en valût la peine. Toute la question est là ; vous devez vous connaître un peu. Valez-vous la peine ou non ?

— Je ne voudrais, Monsieur, pour rien au monde, être pour vous une cause de soucis, lui dis-je, mais quant à mon plaisir, croyez bien que tout ce qui me viendra de vous m'en causera un très grand. Je suis profondément touché que vous veuilliez bien faire ainsi attention à moi et chercher à m'être utile.

A mon grand étonnement ce fut presque avec effusion qu'il me remercia de ces paroles. Passant son bras sous le mien avec cette familiarité intermittente qui m'avait déjà frappé à Balbec et qui contrastait avec la dureté de son accent.

— Avec l'inconsidération de votre âge, me dit-il, vous pourriez parfois avoir des paroles capables de creuser un abîme infranchissable entre nous. Celles que vous venez de prononcer au contraire sont du genre qui est justement capable de me toucher et de me faire faire beaucoup pour vous.

Tout en marchant bras dessus bras dessous avec moi et en me disant ces paroles qui, bien que mêlées de dédain, étaient si affectueuses, M. de Charlus tantôt fixait ses regards sur moi avec cette fixité intense, cette dureté perçante qui m'avait frappé le premier matin où je l'avais aperçu devant le casino à Balbec et même bien des années avant près de l'épi-

ier rose, à côté de Mme Swann que je croyais alors sa maîtresse, dans
e parc de Tansonville, tantôt il les faisait errer autour de lui et examiner
es fiacres qui passaient assez nombreux, à cette heure de relai, avec tant
d'insistance, que plusieurs s'arrêtèrent, le cocher ayant cru qu'on voulait le prendre. Mais M. de Charlus les congédiait aussitôt.

— Aucun ne fait mon affaire, me dit-il, tout cela est une question de
lanternes, du quartier où ils rentrent. Je voudrais, Monsieur, me
dit-il, que vous ne puissiez pas vous méprendre sur le caractère
purement désintéressé et charitable de la proposition que je vais vous
adresser.

J'étais frappé combien sa diction ressemblait à celle de Swann encore
plus qu'à Balbec.

— Vous êtes assez intelligent, je suppose, pour ne pas croire que c'est
par « manque de relations », par crainte de la solitude et de l'ennui, que
e m'adresse à vous. Je n'aime pas beaucoup à parler de moi, Monsieur,
mais enfin vous l'avez peut-être appris, un article assez retentissant de
Times y a fait allusion, l'empereur d'Autriche qui m'a toujours
honoré de sa bienveillance et veut bien entretenir avec moi des
relations de cousinage, a déclaré naguère dans un entretien
rendu public que si M. le comte de Chambord avait eu
auprès de lui un homme possédant aussi à fond que moi les
dessous de la politique européenne, il serait aujourd'hui roi de
France. J'ai souvent pensé, Monsieur, qu'il y avait en moi, du fait non
de mes faibles dons, mais de circonstances que vous apprendrez peut-
être un jour, un trésor d'expérience, une sorte de dossier secret et inestimable, que je n'ai pas cru devoir utiliser personnellement, mais qui
serait sans prix pour un jeune homme à qui je livrerais en quelques
mois ce que j'ai mis plus de trente ans à acquérir et que je suis peut-
être seul à posséder. Je ne parle pas des jouissances intellectuelles que
vous auriez à apprendre certains secrets qu'un Michelet de nos jours
aurait donné des années de sa vie pour connaître et grâce auxquels
certains événements prendraient à ses yeux un aspect entièrement différent. Et je ne parle pas seulement des événements accomplis, mais de
l'enchaînement de circonstances (c'était une des expressions favorites
de M. de Charlus et souvent quand il la prononçait il conjoignait ses
deux mains comme quand on veut prier, mais les doigts raides et comme
pour faire comprendre par ce complexus ces circonstances qu'il ne
spécifiait pas et leur enchaînement). Je vous donnerais une explication
inconnue non seulement du passé, mais de l'avenir. » M. de Charlus

s'interrompit pour me poser des questions sur Bloch dont on avait parlé sans qu'il eût l'air d'entendre, chez Mme de Villeparisis. Et de cet accent il savait si bien détacher ce qu'il disait qu'il avait l'air de penser à tout autre chose et de parler machinalement ; par simple politesse il me demanda si mon camarade était jeune, était beau, etc. Bloch, s'il l'eût entendu, eût été plus en peine encore que pour M. de Norpois, mais à cause de raisons bien différentes, de savoir si M. de Charlus était pour ou contre Dreyfus. « Vous n'avez pas tort si vous voulez vous instruire, me dit M. de Charlus après m'avoir posé ces questions sur Bloch, d'avoir parmi vos amis quelques étrangers. » Je répondis que Bloch était Français. « Ah ! dit M. de Charlus, j'avais cru qu'il était Juif. » La déclaration de cette incompatibilité me fit croire que M. de Charlus était plus antidreyfusard qu'aucune des personnes que j'avais rencontrées. Il protesta au contraire contre l'accusation de trahison portée contre Dreyfus. Mais ce fut sous cette forme : « Je crois que les journaux disent que Dreyfus a commis un crime contre sa patrie, je crois qu'on le dit, je ne fais pas attention aux journaux, je les lis comme je me lave les mains, sans trouver que cela vaille la peine de m'intéresser. En tout cas le crime est inexistant, le compatriote de votre ami aurait commis un crime contre sa patrie s'il avait trahi la Judée, mais qu'est-ce qu'il a à voir avec la France ? » J'objectai que s'il y avait jamais une guerre, les Juifs seraient aussi bien mobilisés que les autres. « Peut-être et il n'est pas certain que ce ne soit pas une imprudence. Mais si on fait venir des Sénégalais et des Malgaches, je ne pense pas qu'ils mettront grand cœur à défendre la France et c'est bien naturel. Votre Dreyfus pourrait plutôt être condamné pour infraction aux règles de l'hospitalité. Mais laissons cela. Peut-être pourriez-vous demander à votre ami de me faire assister à quelque belle fête au temple, à une circoncision, à des chants juifs. Il pourrait peut-être louer une salle et me donner quelque divertissement biblique, comme les filles de Saint-Cyr jouèrent des scènes tirées des *Psaumes* par Racine pour distraire Louis XIV. Vous pourriez peut-être arranger même des parties pour faire rire. Par exemple une lutte entre votre ami et son père où il le blesserait comme David Goliath. Cela composerait une farce assez plaisante. Il pourrait même, pendant qu'il y est, frapper à coups redoublés sur sa charogne, ou, comme dirait ma vieille bonne, sur sa carogne de mère. Voilà qui serait fort bien fait et ne serait pas pour nous déplaire, hein petit ami, puisque nous aimons les spectacles exotiques et que frapper cette créature extra-européenne, ce serait donner une correction méritée à un vieux chameau. » En disant ces mots affreux et presque fous, M. de Charlus me serrait le bras à me faire mal. Je me souvenais de la famille de M. de Charlus citant tant de traits de bonté admirables, de la part du baron, à l'égard de cette vieille bonne dont il venait de rappeler le patois moliéresque et je me disais que les rapports, peu étudiés jusqu'ici, me semblait-il, entre la bonté et la méchanceté dans un même cœur, pour divers qu'ils puissent être, seraient intéressants à établir.

Je l'avertis qu'en tous cas Mme Bloch n'existait plus, et que quant à M. Bloch je me demandais jusqu'à quel point il se plairait à un jeu qui pourrait parfaitement lui crever les yeux. M. de Charlus sembla fâché. « Voilà, dit-il, une femme qui a eu grand tort de mourir. Quant aux yeux crevés, justement la Synagogue est aveugle, elle ne voit pas les vérités de l'Évangile. En tout cas pensez en ce moment où tous ces malheureux juifs tremblent devant la fureur stupide des chrétiens, quel honneur pour eux de voir un homme comme moi condescendre à s'amuser de leurs jeux. » A ce moment j'aperçus M. Bloch père qui passait, allant sans doute au-devant de son fils. Il ne nous voyait pas mais j'offris à ce M. de Charlus de le lui présenter. Je ne doutais pas de la colère que j'allais déchaîner chez mon compagnon : « Me le présenter ! Mais il faut que vous ayez bien peu le sentiment des valeurs ! On ne me connaît pas si facilement que ça. Dans le cas actuel l'inconvenance serait double à cause de la juvénilité du présentateur et de l'indignité du présenté. Tout au plus si on me donne un jour le spectacle asiatique que j'esquissais, pourrai-je adresser à cet affreux bonhomme quelques paroles empreintes de bonhomie. Mais à condition qu'il se soit laissé copieusement rosser par son fils. Je pourrais aller jusqu'à exprimer ma satisfaction. » D'ailleurs M. Bloch ne faisait nulle attention à nous. Il était en train d'adresser à Mme Sazerat de grands saluts fort bien accueillis d'elle. J'en étais surpris car jadis, à Combray, elle avait été indignée que mes parents eussent reçu le jeune Bloch tant elle était antisémite. Mais le dreyfusisme, comme une chasse d'air, avait fait il y a quelques jours voler jusqu'à elle M. Bloch. Le père de mon ami avait trouvé Mme Sazerat charmante et était particulièrement flatté de l'antisémitisme de cette dame qu'il trouvait une preuve de la sincérité de sa foi et de la vérité de ses opinions dreyfusardes, et qui donnait aussi du prix à la visite qu'elle l'avait autorisée à lui faire. Il n'avait même pas été blessé qu'elle eût dit étourdiment devant lui : « M. Drumont a la prétention de mettre les révisionnistes dans le même

sac que les protestants et les juifs. C'est charmant cette promiscuité ! »
« Bernard, avait-il dit avec orgueil, en rentrant, à M. Nissim Bernard,
tu sais, elle a le préjugé ! » Mais M. Nissim Bernard n'avait rien répondu
et avait levé au ciel un regard d'ange. S'attristant du malheur des juifs,
se souvenant de ses amitiés chrétiennes, devenant maniéré et précieux
au fur et à mesure que les années venaient, pour des raisons que l'on
verra plus tard, il avait maintenant l'air d'une larve préraphaélite où
des poils se seraient malproprement implantés, comme des cheveux
noyés dans une opale. — « Toute cette affaire Dreyfus, reprit le baron qui
tenait toujours mon bras, n'a qu'un inconvénient : c'est qu'elle détruit la
société (je ne dis pas la bonne société, il y a longtemps que la société
ne mérite plus cette épithète louangeuse) par l'afflux de messieurs et de
dames du Chameau, de la Chamellerie, de la Chamellière, enfin de
gens inconnus que je trouve même chez mes cousines parce qu'ils font
partie de la ligue de la Patrie Française, antijuive, je ne sais quoi, comme
si une opinion politique donnait droit à une qualification sociale. »
Cette frivolité de M. de Charlus l'apparentait davantage à la duchesse
de Guermantes. Je lui soulignai le rapprochement. Comme il semblait
croire que je ne la connaissais pas, je lui rappelai la soirée de l'Opéra
où il avait semblé vouloir se cacher de moi. Il me dit avec tant de force
ne m'avoir nullement vu que j'aurais fini par le croire si bientôt un
petit incident ne m'avait donné à penser que M. de Charlus, trop orgueil-
leux peut-être, n'aimait pas à être vu avec moi.

— Revenons à vous, me dit M. de Charlus, et à mes projets sur vous.
Il existe entre certains hommes, monsieur, une franc-maçonnerie dont
je ne puis vous parler, mais qui compte dans ses rangs en ce moment
quatre souverains de l'Europe. Or l'entourage de l'un d'eux veut le
guérir de sa chimère. Cela est une chose très grave et peut nous amener
la guerre. Oui, Monsieur, parfaitement. Vous connaissez l'histoire
de cet homme qui croyait tenir dans une bouteille la princesse de la
Chine. C'était une folie. On l'en guérit. Mais dès qu'il ne fut plus fou,
il devint bête. Il y a des maux dont il ne faut pas chercher à guérir parce
qu'ils nous protègent seuls contre de plus graves. Un de mes cousins
avait une maladie de l'estomac, il ne pouvait rien digérer. Les plus
savants spécialistes de l'estomac le soignèrent sans résultat. Je l'amenai
à un certain médecin (encore un être bien curieux, entre parenthèses,
et sur lequel il y aurait beaucoup à dire). Celui-ci devina aussitôt que
la maladie était nerveuse, il persuada son malade, lui ordonna de manger
sans crainte ce qu'il voudrait et qui serait toujours bien toléré. Mais

mon cousin avait aussi de la néphrite. Ce que l'estomac digère parfaitement, le rein finit par ne plus pouvoir l'éliminer, et mon cousin, au lieu de vivre vieux avec une maladie d'estomac imaginaire qui le forçait à suivre un régime, mourut à quarante ans, l'estomac guéri mais le rein perdu. Ayant une formidable avance sur votre propre vie, qui sait, vous serez peut-être ce qu'eût pu être un homme éminent du passé, si un génie bienfaisant lui avait dévoilé, au milieu d'une humanité qui les ignorait, les lois de la vapeur et de l'électricité. Ne soyez pas bête, ne refusez pas par discrétion. Comprenez que si je vous rends un grand service, je n'estime pas que vous m'en rendiez un moins grand. Il y a longtemps que les gens du monde ont cessé de m'intéresser, je n'ai plus qu'une passion, chercher à racheter les fautes de ma vie en faisant profiter de ce que je sais une âme encore vierge et capable d'être enflammée par la vertu. J'ai eu de grands chagrins, Monsieur, et que je vous dirai peut-être un jour, j'ai perdu ma femme qui était l'être le plus beau, le plus noble, le plus parfait qu'on pût rêver. J'ai de jeunes parents qui ne sont pas, je ne dirai pas dignes, mais capables de recevoir l'héritage moral dont je vous parle. Qui sait si vous n'êtes pas celui entre les mains de qui il peut aller, celui dont je pourrai diriger et élever si haut la vie. La mienne y gagnerait par surcroît. Peut-être en vous apprenant les grandes affaires diplomatiques y reprendrais-je goût de moi-même et me mettrais-je enfin à faire des choses intéressantes où vous seriez de moitié. Mais avant de le savoir, il faudrait que je vous visse souvent, très souvent, chaque jour.

Je voulais profiter de ces bonnes dispositions inespérées de M. de Charlus pour lui demander s'il ne pourrait pas me faire rencontrer sa belle-sœur, mais, à ce moment, j'eus le bras vivement déplacé par une secousse comme électrique. C'était M. de Charlus qui venait de retirer précipitamment son bras de dessous le mien. Bien que tout en parlant il promenât ses regards dans toutes les directions il venait seulement d'apercevoir M. d'Argencourt qui débouchait d'une rue transversale. En nous voyant M. d'Argencourt parut contrarié, jeta sur moi un regard de méfiance, presque ce regard destiné à un être d'une autre race que Mme de Guermantes avait eu pour Bloch et tâcha de nous éviter. Mais on eût dit que M. de Charlus tenait à lui montrer qu'il ne cherchait nullement à ne pas être vu de lui, car il l'appela et pour lui dire une chose fort insignifiante. Et craignant peut-être que M. d'Argencourt ne me reconnût pas, M. de Charlus lui dit que j'étais un grand ami de Mme de

261

Villeparisis, de la duchesse de Guermantes, de Robert de Saint-Loup, que lui-même, Charlus, était un vieil ami de ma grand'mère, heureux de reporter sur le petit-fils un peu de la sympathie qu'il avait pour elle. Néanmoins je remarquai que M. d'Argencourt à qui pourtant j'avais été à peine nommé chez Mme de Villeparisis et à qui M. de Charlus venait de parler longuement de ma famille fut plus froid avec moi qu'il n'avait été il y a une heure, pendant fort longtemps il en fut ainsi chaque fois qu'il me rencontrait. Il m'observait avec une curiosité qui n'avait rien de sympathique et sembla même avoir à vaincre une résistance quand en nous quittant, après une hésitation, il me tendit une main qu'il retira aussitôt.

— Je regrette cette rencontre, me dit M. de Charlus. Cet Argencourt, bien né, mais mal élevé, diplomate plus que médiocre, mari détestable et coureur, fourbe comme dans les pièces, est un de ces hommes incapables de comprendre, mais très capable de détruire les choses vraiment grandes. J'espère que notre amitié le sera, si elle doit se fonder un jour, et j'espère que vous me ferez l'honneur de la tenir autant que moi à l'abri des coups de pied d'un de ces ânes qui, par désœuvrement, par maladresse, par méchanceté, écrasent ce qui semblait fait pour durer. C'est malheureusement sur ce moule que sont faits la plupart des gens du monde.

— La duchesse de Guermantes semble très intelligente. Nous parlions tout à l'heure d'une guerre possible. Il paraît qu'elle a là-dessus des lumières spéciales.

— Elle n'en a aucune, me répondit sèchement M. de Charlus. Les femmes, et beaucoup d'hommes d'ailleurs, n'entendent rien aux choses dont je voulais parler. Ma belle-sœur est une femme charmante qui s'imagine être encore au temps des romans de Balzac où les femmes influaient sur la politique. Sa fréquentation ne pourrait actuellement exercer sur vous qu'une action fâcheuse comme d'ailleurs toute fréquentation mondaine. Et c'est justement une des premières choses que j'allais vous dire quand ce sot m'a interrompu. Le premier sacrifice qu'il faut me faire — j'en exigerai autant que je vous ferai de dons — c'est de ne pas aller dans le monde. J'ai souffert tantôt de vous voir à cette réunion ridicule. Vous me direz que j'y étais bien, mais pour moi ce n'est pas une réunion mondaine c'est une visite de famille. Plus tard quand vous serez un homme arrivé, si cela vous amuse de descendre un moment dans le monde ce sera peut-être sans inconvénients. Alors je n'ai pas besoin de vous dire de quelle utilité je pourrai

vous être. Le « Sésame » de l'hôtel Guermantes et de tous ceux qui valent la peine que la porte s'ouvre grande devant vous, c'est moi qui
le détiens. Je serai juge et entends rester maître de l'heure.

Je voulus profiter de ce que M. de Charlus parlait de cette visite
chez Mme de Villeparisis pour tâcher de savoir quelle était exactement celle-ci, mais la question se posa sur mes lèvres autrement que je
n'aurais voulu et je demandai ce que c'était que la famille Villeparisis.

— C'est absolument comme si vous me demandiez ce que c'est que
la famille, « rien » me répondit M. de Charlus. Ma tante a épousé par
amour un M. Thirion, d'ailleurs excessivement riche, et dont les sœurs
étaient très bien mariées et qui, à partir de ce moment-là, s'est appelé le
marquis de Villeparisis. Cela n'a fait de mal à personne, tout au plus
un peu à lui et bien peu ! Quant à la raison, je ne sais pas, je suppose
que c'était, en effet, un monsieur de Villeparisis, un monsieur né à Villeparisis, vous savez que c'est une petite localité près de Paris. Ma tante
a prétendu qu'il y avait ce marquisat dans la famille, elle a voulu faire
les choses régulièrement, je ne sais pas pourquoi. Du moment qu'on
prend un nom auquel on n'a pas droit, le mieux est de ne pas simuler
des formes régulières.

Mme de Villeparisis n'étant que Mme Thirion acheva la chute
qu'elle avait commencée dans mon esprit quand j'avais vu la composition mêlée de son salon. Je trouvais injuste qu'une femme dont
même le titre et le nom étaient presque tout récents, pût faire illusion
aux contemporains et dût faire illusion à la postérité grâce à des amitiés
royales. Mme de Villeparisis redevenant ce qu'elle m'avait paru
être dans mon enfance, une personne qui n'avait rien d'aristocratique,
ces grandes parentés qui l'entouraient me semblèrent lui rester étrangères. Elle ne cessa dans la suite d'être charmante pour nous. J'allais
quelquefois la voir et elle m'envoyait souvent un souvenir. Mais je
n'avais nullement l'impression qu'elle fût du faubourg Saint-Germain
et si j'avais eu quelque renseignement à demander sur lui, elle eût
été une des dernières personnes à qui je me fusse adressé.

— Actuellement, continua M. de Charlus, en allant dans le monde,
vous ne feriez que nuire à votre situation, déformant votre intelligence
et votre caractère. Du reste il faudrait surveiller même et surtout vos
camaraderies. Ayez des maîtresses si votre famille n'y voit pas d'inconvénient, cela ne me regarde pas et même je ne peux que vous y encourager, jeune polisson, jeune polisson qui allez avoir bientôt besoin de
vous faire raser, me dit-il en me touchant le menton. Mais le choix des

amis hommes a une autre importance. Sur dix jeunes gens, huit sont de petites fripouilles, de petits misérables capables de vous faire un tort que vous ne réparerez jamais. Tenez, mon neveu Saint-Loup est à la rigueur un bon camarade pour vous. Au point de vue de votre avenir, il ne pourra vous être utile en rien, mais pour cela, moi je suffis. Et, somme toute, pour sortir avec vous, aux moments où vous aurez assez de moi, il me semble ne pas présenter d'inconvénient sérieux, à ce que je crois. Du moins, lui c'est un homme, ce n'est pas un de ces efféminés comme on en rencontre tant aujourd'hui qui ont l'air de petits truqueurs et qui mèneront peut-être demain à l'échafaud leurs innocentes victimes. Je ne savais pas le sens de cette expression d'argot : « truqueur ». Quiconque l'eût connue eût été aussi surpris que moi. Les gens du monde aiment volontiers à parler argot, et les gens à qui on peut reprocher certaines choses, à montrer qu'ils ne craignent nullement de parler d'elles. Preuve d'innocence à leurs yeux. Mais ils ont perdu l'échelle, ne se rendent plus compte du degré à partir duquel une certaine plaisanterie deviendra trop spéciale, trop choquante, sera plutôt une preuve de corruption que de naïveté. Il n'est pas comme les autres, il est très gentil, très sérieux.

Je ne pus m'empêcher de sourire de cette épithète de « sérieux » à laquelle l'intonation que lui prêta M. de Charlus semblait donner le sens de « vertueux », de « rangé », comme on dit d'une petite ouvrière qu'elle est sérieuse. A ce moment un fiacre passa qui allait tout de travers ; un jeune cocher, ayant déserté son siège le conduisait du fond de la voiture où il était assis sur les coussins, l'air à moitié gris. M. de Charlus l'arrêta vivement. Le cocher parlementa un moment.

— De quel côté allez-vous ?

— Du vôtre (cela m'étonnait, car M. de Charlus avait déjà refusé plusieurs fiacres ayant des lanternes de la même couleur).

— Mais je ne veux pas remonter sur le siège. Ça vous est égal que je reste dans la voiture ?

— Oui, seulement, baissez la capote. Enfin pensez à ma proposition me dit M. de Charlus avant de me quitter, je vous donne quelques jours pour y réfléchir, écrivez-moi. Je vous le répète, il faudra que je vous voie chaque jour et que je reçoive de vous des garanties de loyauté, de discrétion que d'ailleurs, je dois le dire, vous semblez offrir. Mais, au cours de ma vie, j'ai été si souvent trompé par les apparences que je ne veux plus m'y fier. Sapristi c'est bien le moins qu'avant d'abandonner un trésor je sache en quelles mains je le remets. Enfin, rappelez-vous bien ce que je vous offre, vous êtes comme Hercule, dont, malheureusement pour vous, vous ne me semblez pas avoir la forte musculature, au carrefour de deux routes. Tâchez de pas avoir à regretter toute votre vie de n'avoir pas choisi celle qui conduisait à la vertu. Comment, dit-il au cocher, vous n'avez pas encore baissé la capote ? je vais plier les ressorts moi-même. Je crois du reste qu'il faudra aussi que je conduise, étant donné l'état où vous semblez être.

Et il sauta à côté du cocher, au fond du fiacre qui partit au grand trot.

Pour ma part, à peine rentré à la maison, j'y retrouvai le pendant de la conversation qu'avaient échangée un peu auparavant Bloch et M. de Norpois, mais sous une forme brève, invertie et cruelle : C'était une dispute entre notre maître d'hôtel qui était dreyfusard et celui des Guermantes qui était antidreyfusard. Les vérités et contre-vérités qui s'opposaient en haut chez les intellectuels de la Ligue de la Patrie française et celle des Droits de l'homme se propageaient en effet jusque dans les profondeurs du peuple. M. Reinach manœuvrait par le sentiment des gens qui ne l'avaient jamais vu, alors que pour lui l'affaire Dreyfus se posait seulement devant sa raison comme un théorème irréfutable et qu'il démontra, en effet, par la plus étonnante réussite de politique rationnelle (réussite contre la France, dirent certains) qu'on ait jamais vue. En deux ans il remplaça un ministère Billot par un ministère Clemenceau, changea de fond en comble l'opinion publique, tira de sa prison Picquart pour le mettre, ingrat, au Ministère de la Guerre. Peut-être ce rationaliste manœuvreur de foules était-il lui-même manœuvré par son ascendance. Quand les systèmes philosophiques qui contiennent le plus de vérités sont dictés à leurs auteurs, en dernière analyse, par une raison de sentiment, comment supposer que dans une simple affaire politique comme l'affaire Dreyfus, des raisons de ce genre ne puissent, à l'insu du raisonneur, gouverner sa raison. Bloch croyait avoir logiquement choisi son dreyfusisme, et savait pourtant que son nez, sa peau et ses cheveux lui avaient été imposés par sa race. Sans doute la raison est plus libre ; elle obéit pourtant à certaines lois qu'elle ne s'est pas données. Le cas du maître d'hôtel des Guermantes et du nôtre était particulier. Les vagues des deux courants de dreyfusisme et d'antidreyfusisme qui de haut en bas divisaient la France étaient assez silencieuses, mais les rares échos qu'elles émettaient étaient sincères. En entendant quelqu'un au milieu d'une

causerie qui s'écartait volontairement de l'Affaire, annoncer furtivement une nouvelle politique, généralement fausse mais toujours sou-
haitée, on pouvait induire de l'objet de ses prédictions l'orientation de
ses désirs. Ainsi s'affrontaient sur quelques points, d'un côté un timide
apostolat, de l'autre une sainte indignation. Les deux maîtres d'hôtel
que j'entendis en rentrant faisaient exception à la règle. Le nôtre laissa
entendre que Dreyfus était coupable, celui des Guermantes qu'il était
innocent. Ce n'était pas pour dissimuler leurs convictions, mais par
méchanceté et âpreté au jeu. Notre maître d'hôtel, incertain si la
révision se ferait, voulait d'avance, pour le cas d'un échec, ôter au
maître d'hôtel des Guermantes la joie de croire une juste cause battue.
Le maître d'hôtel des Guermantes pensait qu'en cas de refus de révision,
le nôtre serait plus ennuyé de voir maintenir à l'Ile du Diable un innocent.

Je remontai et trouvai ma grand'mère plus souffrante. Depuis quelque
temps, sans trop savoir ce qu'elle avait, elle se plaignait de sa santé.
C'est dans la maladie que nous nous rendons compte que nous ne
vivons pas seuls mais enchaînés à un être d'un règne différent, dont des
abîmes nous séparent, qui ne nous connaît pas et duquel il est impossible de nous faire comprendre : notre corps. Quelque brigand que nous
rencontrions sur une route, peut-être pourrons-nous arriver à le rendre
sensible à son intérêt personnel sinon à notre malheur. Mais demander
pitié à notre corps, c'est discourir devant une pieuvre, pour qui nos
paroles ne peuvent pas avoir plus de sens que le bruit de l'eau, et avec
laquelle nous serions épouvantés d'être condamnés à vivre. Les malaises de ma grand'mère passaient souvent inaperçus à son attention
toujours détournée vers nous. Quand elle en souffrait trop, pour arriver
à les guérir, elle s'efforçait en vain de les comprendre. Si les phénomènes morbides dont son corps était le théâtre restaient obscurs et
insaisissables à la pensée de ma grand'mère, ils étaient clairs et intelli-
gibles pour des êtres appartenant au même règne physique qu'eux, de
ceux à qui l'esprit humain a fini par s'adresser pour comprendre ce que
lui dit son corps, comme devant les réponses d'un étranger on va chercher quelqu'un du même pays qui servira d'interprète. Eux peuvent
causer avec notre corps, nous dire si sa colère est grave ou s'apaisera
bientôt. Cottard, qu'on avait appelé auprès de ma grand'mère
et qui nous avait agacés en nous demandant avec un sourire fin
dès la première minute où nous lui avions dit que ma grand'mère
était malade : « Malade ? Ce n'est pas au moins une maladie diplo-

matique ? », Cottard essaya pour calmer l'agitation de sa malade le régime lacté. Mais les perpétuelles soupes au lait ne firent pas d'effet parce que ma grand'mère y mettait beaucoup de sel (Widal n'ayant pas encore fait ses découvertes), dont on ignorait l'inconvénient en ce temps-là. Car la médecine étant un compendium des erreurs successives et contradictoires des médecins, en appelant à soi les meilleurs d'entre eux on a grande chance d'implorer une vérité qui sera reconnue fausse quelques années plus tard. De sorte que croire à la médecine serait la suprême folie, si n'y pas croire n'en était pas une plus grande car de cet amoncellement d'erreurs se sont dégagées à la longue quelques vérités. Cottard avait recommandé qu'on prît sa température. On alla chercher un thermomètre. Dans presque toute sa hauteur le tube était vide de mercure. A peine si l'on distinguait, tapie au fond dans sa sa petite cuve, la salamandre d'argent. Elle semblait morte. On plaça le chalumeau de verre dans la bouche de ma grand'mère. Nous n'eûmes pas besoin de l'y laisser longtemps ; la petite sorcière n'avait pas été longue à tirer son horoscope. Nous la trouvâmes immobile, perchée à mi hauteur de sa tour et n'en bougeant plus, nous montrant avec exactitude le chiffre que nous lui avions demandé et que toutes les réflexions qu'ait pu faire sur soi-même l'âme de ma grand'mère eussent été bien incapables de lui fournir : 38°3. Pour la première fois nous ressentîmes quelque inquiétude. Nous secouâmes bien fort le thermomètre pour effacer le signe fatidique, comme si nous avions pu par là abaisser la fièvre en même temps que la température marquée. Hélas ! il fut bien clair que la petite sibylle dépourvue de raison n'avait pas donné arbitrairement cette réponse, car le lendemain, à peine le thermomètre fut-il replacé entre les lèvres de ma grand'mère que presque aussitôt, comme d'un seul bond, belle de certitude et de l'intuition d'un fait pour nous invisible, la petite prophétesse était venue s'arrêter au même point, en une immobilité implacable, et nous montrait encore ce chiffre 38°3, de sa verge étin-celante. Elle ne disait rien d'autre, mais nous avions eu beau désirer, vouloir, prier, sourde, il semblait que ce fût son dernier mot avertisseur et menaçant. Alors pour tâcher de la contraindre à modifier sa réponse, nous nous adressâmes à une autre créature du même règne, mais plus puissante, qui ne se contente pas d'interroger le corps, mais peut lui commander, un fébrifuge du même ordre que l'aspirine, non encore employée alors. Nous n'avions pas fait baisser le thermomètre au delà de 37° 1/2 dans l'espoir qu'il n'aurait pas ainsi à remonter. Nous fîmes prendre ce fébrifuge à ma grand'mère et remîmes alors le thermomètre. Comme un gardien implacable à qui on montre l'ordre d'une autorité supérieure, auprès de laquelle on a fait jouer une protection, et qui le trouvant en règle répond : « C'est bien je n'ai rien à dire, du moment que c'est comme ça, passez », la vigilante tourière ne bougea pas cette fois. Mais morose elle semblait dire : « A quoi cela vous servira-t-il ? Puisque vous connaissez la quinine, elle me donnera l'ordre de ne pas bouger, une fois, dix fois, vingt fois. Et puis elle se lassera, je la connais, allez. Cela ne durera pas toujours. Alors vous serez bien avancés. Alors ma grand'mère éprouva la présence, en elle, d'une créature qui connaissait mieux le corps humain que ma grand'mère, la présence d'une contemporaine des races disparues, la présence du premier occupant — bien antérieur à la création de l'homme qui pense — ; elle sentit cet allié millénaire qui la tâtait, un peu durement même, à la tête, au cœur, au coude, il reconnaissait les lieux, organisait tout pour le combat préhistorique qui eut lieu aussitôt après. En un moment, Python écrasé, la fièvre fut vaincue par le puissant élément chimique, que ma grand'mère, à travers les règnes, passant par-dessus tous les animaux et les végétaux, aurait voulu pouvoir remercier. Et elle restait émue de cette entrevue qu'elle venait d'avoir à travers tant de siècles, avec un climat antérieur à la création même des plantes. De son côté le thermomètre, comme une Parque momentanément vaincue par un dieu plus ancien, tenait immobile son fuseau d'argent. Hélas ! d'autres créatures inférieures, que l'homme a dressées à la chasse de ces gibiers mystérieux qu'il ne peut pas poursuivre, au fond de lui-même, nous apportaient cruellement tous les jours un chiffre d'albumine faible mais assez fixe pour que lui aussi parût en rapport avec quelque état persistant que nous n'apercevions pas. Bergotte avait choqué en moi l'instinct scrupuleux qui me faisait subordonner mon intelligence, quand il m'avait parlé du docteur du Boulbon comme d'un médecin qui ne m'ennuierait pas, qui trouverait des traitements, fussent-ils en apparence bizarres, mais s'adapteraient à la singularité de mon intelligence. Mais les idées se transforment en nous, elles triomphent des résistances que nous leur opposions d'abord et se nourrissent de riches réserves intellectuelles toutes prêtes, que nous ne savions pas faites pour elles. Maintenant, comme il arrive chaque fois que les propos entendus, au sujet de quelqu'un que nous ne connaissons pas, ont eu la vertu d'éveiller en nous l'idée d'un grand talent, d'une sorte de génie, au fond de mon esprit, je faisais bénéficier le docteur du Boulbon de cette confiance sans limites que nous inspire celui qui d'un œil plus profond qu'un autre perçoit la vérité. Je savais certes qu'il était plutôt un spécialiste des maladies nerveuses, celui à qui Charcot avant de mourir avait prédit qu'il régnerait sur la neurologie et la psychiâtrie. « Ah ! je ne sais pas, c'est très possible », dit Françoise qui était là et qui entendait pour la première fois le nom de Charcot comme celui de du Boulbon. Mais cela ne l'empêchait nullement de dire : « C'est possible. » Ses « c'est possible », ses « peut-être », ses « je ne sais pas » étaient exaspérants en pareil cas. On avait envie de lui répondre : « Bien entendu que vous ne le saviez pas puisque vous ne connaissez rien à la chose dont il s'agit, comment pouvez-vous même dire que c'est possible ou pas, vous n'en savez rien. En tout cas maintenant vous ne pouvez pas dire que vous ne savez pas ce que Charcot a dit à du Boulbon, etc., vous le savez puisque nous vous l'avons dit, et vos « peut-être », vos « c'est possible » ne sont pas de mise puisque c'est certain. »

Malgré cette compétence plus particulière en matière cérébrale et nerveuse, comme je savais que du Boulbon était un grand médecin, un homme supérieur, d'une intelligence inventive et profonde, je suppliai ma mère de le faire venir, et l'espoir que, par une vue juste du mal, il le guérirait peut-être, finit par l'emporter sur la crainte que nous avions, si nous appelions un consultant, d'effrayer ma grand'mère. Ce qui décida ma mère fut que, inconsciemment encouragée par Cottard, ma grand'mère ne sortait plus, ne se levait guère. Elle avait beau nous répondre par la lettre de Mme de Sévigné sur Mme de la Fayette : « On disait qu'elle était folle de ne vouloir point sortir. Je disais à ces personnes si précipitées dans leur jugement : « Mme de la Fayette n'est pas folle et je m'en tenais là. Il a fallu qu'elle soit morte pour faire voir qu'elle avait raison de ne pas sortir. » Du Boulbon appelé donna tort sinon à Mme de Sévigné qu'on ne lui cita pas, du moins à ma grand'-mère. Au lieu de l'ausculter, tout en posant sur elle ses admirables regards où il y avait peut-être l'illusion de scruter profondément la malade, ou le désir de lui donner cette illusion, qui semblait spontanée mais devait être tenue machinale, ou de ne pas lui laisser voir qu'il pensait à tout autre chose, ou de prendre de l'empire sur elle, — il commença à parler de Bergotte.

— Ah ! je crois bien, Madame, c'est admirable, comme vous avez raison de l'aimer. Mais lequel de ses livres préférez-vous ? Ah ! vraiment ! Mon Dieu, c'est peut être en effet le meilleur. C'est en tout cas son roman le mieux composé : Claire y est bien charmante ;

comme personnage d'homme lequel vous y est le plus sympathique ?

Je crus d'abord qu'il la faisait ainsi parler littérature parce que lui la médecine l'ennuyait, peut-être aussi pour faire montre de sa largeur d'esprit, et même, dans un but plus thérapeutique, pour rendre confiance à la malade, lui montrer qu'il n'était pas inquiet, la distraire de son état. Mais, depuis, j'ai compris que, surtout particulièrement remarquable comme aliéniste et pour ses études sur le cerveau, il avait voulu se rendre compte par ses questions si la mémoire de ma grand'mère était bien intacte. Comme à contre-cœur il l'interrogea un peu sur sa vie, l'œil sombre et fixe. Puis tout à coup, comme apercevant la vérité et décidé à l'atteindre coûte que coûte, avec un geste préalable qui semblait avoir peine à s'ébrouer, en les écartant du flot des dernières hésitations qu'il pouvait avoir et de toutes les objections que nous aurions pu faire, regardant ma grand'mère d'un œil lucide, librement et comme enfin sur la terre ferme, ponctuant les mots sur un ton doux et prenant, dont l'intelligence nuançait toutes les inflexions. (Sa voix du reste, pendant toute la visite, resta ce qu'elle était naturellement, caressante. Et sous ses sourcils embroussaillés, ses yeux ironiques étaient remplis de bonté.)

— Vous irez bien, Madame, le jour lointain ou proche, et il dépend de vous que ce soit aujourd'hui même, où vous comprendrez que vous n'avez rien et où vous aurez repris la vie commune. Vous m'avez dit que vous ne mangiez pas, que vous ne sortiez pas.

— Mais Monsieur j'ai un peu de fièvre.

Il toucha sa main.

— Pas en ce moment en tous cas. Et puis la belle excuse ! Ne savez-vous pas que nous laissons au grand air, que nous suralimentons, des tuberculeux qui ont jusqu'à 39°.

— Mais j'ai aussi un peu d'albumine.

— Vous ne devriez pas le savoir. Vous avez ce que j'ai décrit sous le nom d'albumine mentale. Nous avons tous eu, au cours d'une indisposition, notre petite crise d'albumine que notre médecin s'est empressé de rendre durable en nous la signalant. Pour une affection que les médecins guérissent avec des médicaments (on assure, du moins, que cela est arrivé quelquefois), ils en produisent dix chez des sujets bien portants, en leur inoculant cet agent pathogène plus virulent mille fois que tous les microbes, l'idée qu'on est malade. Une telle croyance, puissante sur le tempérament de tous, agit avec une efficacité particulière chez les nerveux. Dites-leur qu'une fenêtre fermée est ouverte dans leur dos, ils commencent à éternuer, faites leur croire que vous avez mis de la magnésie dans leur potage, ils seront pris de coliques, que leur café était plus fort que d'habitude ils ne fermeront pas l'œil de la nuit. Croyez-vous, Madame, qu'il ne m'a pas suffi de voir vos yeux, d'entendre seulement la façon dont vous vous exprimez, que dis-je de voir Madame votre fille et votre petit-fils qui vous ressemble tant, pour connaître à qui j'avais affaire. — Ta grand'mère pourrait peut-être aller s'asseoir, si le docteur le lui permet, dans une allée calme des Champs-Élysées, près de ce massif devant lequel tu jouais autrefois, » me dit ma mère consultant ainsi indirectement du Boulbon et de laquelle la voix prenait à cause de cela quelque chose de timide et de déférent qu'elle n'aurait pas eu si elle s'était adressée à moi seul. Le docteur se tourna vers ma grand'mère et, comme il n'était pas moins lettré que savant : « Allez aux Champs-Élysées, madame, près du massif de lauriers qu'aime votre petit-fils. Le laurier vous sera salutaire. Il purifie. Après avoir exterminé le serpent Python, c'est une branche de laurier à la main qu'Apollon fit son entrée dans Delphes. Il voulait ainsi se préserver des germes mortels de la bête venimeuse. Vous voyez que le laurier est le plus ancien, le plus vénérable et j'ajouterai — ce qui a sa valeur en thérapeutique, comme en prophylaxie — le plus beau des antiseptiques. »

Comme une grande partie de ce que savent les médecins leur est enseignée par les malades, ils sont facilement portés à croire que ce savoir des « patients » est le même chez tous, et ils se flattent d'étonner celui auprès de qui ils se trouvent avec quelque remarque apprise de ceux qu'ils ont auparavant soignés. Aussi fut-ce avec le fin sourire d'un Parisien qui, causant avec un paysan, espérerait l'étonner en se servant d'un mot de patois, que le docteur du Boulbon dit à ma grand'mère : « Probablement les temps de vent réussissent à vous faire dormir là où échoueraient les plus puissants hypnotiques. — Au contraire, monsieur, le vent m'empêche absolument de dormir. — Mais les médecins sont susceptibles. — Ach ! murmura du Boulbon en fronçant les sourcils, comme si on lui avait marché sur le pied et si les insomnies de ma grand'mère par les nuits de tempête étaient pour lui une injure personnelle. Il n'avait pas tout de même trop d'amour-propre et, comme en tant qu' « esprit supérieur », il croyait de son devoir de ne pas ajouter foi à la médecine, il reprit vite sa sérénité philosophique.

Ma mère par désir passionné d'être rassurée par l'ami de Bergotte, ajouta à l'appui de son dire qu'une cousine germaine de ma grand'-

271

mère, en proie à une affection nerveuse, était restée sept ans cloîtrée dans sa chambre à coucher de Combray, sans se lever qu'une fois ou deux par semaine.

— Vous voyez, Madame, je ne le savais pas, et j'aurais pu vous le dire.

— Mais Monsieur, je ne suis nullement comme elle, au contraire, mon médecin ne peut pas me faire rester couchée, dit ma grand'mère, soit qu'elle fût un peu agacée par les théories du docteur ou désireuse de lui soumettre les objections qu'on y pouvait faire, dans l'espoir qu'il les réfuterait, et que, une fois qu'il serait parti, elle n'aurait plus en elle-même aucun doute à élever sur son heureux diagnostic.

— Mais naturellement, Madame, on ne peut pas avoir, pardonnez-moi le mot, toutes les vésanies, vous en avez d'autres, vous n'avez pas celle-là. Hier, j'ai visité une maison de santé pour neurasthéniques. Dans le jardin, un homme était debout sur un banc immobile comme un fakir, le cou incliné dans une position qui devait être fort pénible. Comme je lui demandais ce qu'il faisait là, il me répondit sans faire un mouvement ni tourner la tête : « Docteur je suis extrêmement rhumati-« sant et enrhumable, je viens de prendre trop d'exercice et pendant que « je me donnais bêtement chaud ainsi, mon cou était appuyé contre mes « flanelles. Si maintenant je l'éloignais de ces flanelles avant d'avoir laissé « tomber ma chaleur, je suis sûr de prendre un torticolis et peut-être une « bronchite ». Et il l'aurait pris, en effet. « Vous êtes un joli neurasthé-nique, voilà ce que vous êtes », lui dis-je. Savez-vous la raison qu'il me donna pour me prouver que non ? C'est que, tandis que tous les malades de l'établissement avaient la manie de prendre leur poids, au point qu'on avait dû mettre un cadenas à la balance pour qu'ils ne passassent pas toute la journée à se peser, lui on était obligé de le forcer à monter sur la bascule tant il en avait peu envie. Il triomphait de n'avoir pas la manie des autres, sans penser qu'il avait aussi la sienne et que c'était elle qui le préservait d'une autre. Ne soyez pas blessée de la comparaison, Madame, car cet homme qui n'osait pas tourner le cou de peur de s'enrhumer est le plus grand poète de notre temps. Ce pauvre maniaque est la plus haute intelligence que je connaisse. Supportez d'être appelée une ner-veuse. Vous appartenez à cette famille magnifique et lamentable qui est le sel de la terre. Tout ce que nous connaissons de grand nous vient des nerveux Ce sont eux et non pas d'autres qui ont fondé les religions et composé les chefs-d'œuvre. Jamais le monde ne saura tout ce qu'il leur doit et surtout ce qu'eux ont souffert pour le lui donner. Nous goûtons les fines musiques, les beaux tableaux, mille délicatesses, mais nous ne savons ce qu'elles ont coûté, à ceux qui les inventèrent, d'insomnies, de pleurs, de rires spasmodiques, d'urticaires, d'asthmes, d'épilepsies, d'une angoisse de mourir qui est pire que tout cela, et que vous connaissez peut-être, Madame, ajouta-t-il en souriant à ma grand'mère, car avouez-le, quand je suis venu, vous n'étiez pas très rassurée. Vous vous croyiez malade, dangereusement malade peut-être. Dieu sait de quelle affection vous croyiez découvrir en vous les symptômes. Et vous ne vous trompiez pas, vous les aviez. Le nervosisme est un pasticheur de génie. Il n'y a pas de maladie qu'il ne contrefasse à merveille. Il imite à s'y méprendre la dilatation des dyspeptiques, les nausées de la grossesse, l'arythmie du cardiaque, la fébricité du tuberculeux. Capable de tromper le médecin, comment ne tromperait-il pas le malade ? Ah ! ne croyez pas que je raille vos maux, je n'entreprendrais pas de les soigner, si je ne savais pas de les comprendre. Et, tenez, il n'y a de bonne confession que réciproque. Je vous ai dit que sans maladie nerveuse il n'est pas de grand artiste, qui plus est, ajouta-t-il en élevant gravement l'index, il n'y a pas de grand savant. J'ajouterai que sans qu'il soit atteint lui-même de maladie nerveuse, il n'est pas, ne me faites pas dire de bon médecin, mais seulement de médecin correct des maladies nerveuses. Dans la pathologie nerveuse, un médecin qui ne dit pas trop de bêtises, c'est un malade à demi guéri, comme un critique est un poète qui ne fait plus de vers, un policier un voleur qui n'exerce plus. Moi, Madame, je ne me crois pas comme vous albuminurique, je n'ai pas la peur nerveuse de la nourriture, du grand air, mais je ne peux pas m'endormir sans m'être relevé plus de vingt fois pour voir si ma porte est fermée. Et cette maison de santé où j'ai trouvé hier un poète qui ne tournait pas le cou, j'y allais retenir une chambre, car, ceci entre nous, j'y passe mes vacances à me soigner quand j'ai augmenté mes maux en me fatiguant trop à guérir ceux des autres.

— Mais, Monsieur, devrais-je faire une cure semblable ? dit avec effroi ma grand'mère .

— C'est inutile Madame. Les manifestations que vous accusez céderont devant ma parole. Et puis vous avez près de vous quelqu'un de très puissant que je constitue désormais votre médecin. C'est votre mal, votre suractivité nerveuse. Je saurais la manière de vous en guérir, je me garderais bien de le faire. Il me suffit de lui commander. Je vois sur votre table un ouvrage de Bergotte. Guérie de votre nervosisme, vous ne l'aimeriez plus. Or, me sentirais-je le droit d'échanger les joies qu'il procure contre une intégrité nerveuse qui serait bien incapable de vous les donner. Mais ces joies mêmes, c'est un puissant remède, le plus puissant de tous peut-être. Non je n'en veux pas à votre énergie nerveuse. Je lui demande seulement de m'écouter ; je vous confie à elle. Qu'elle fasse machine en arrière. La force qu'elle mettait pour vous empêcher de vous promener, de prendre assez de nourriture, qu'elle l'emploie à vous faire manger, à vous faire lire, à vous faire sortir, à vous distraire de toutes façons. Ne me dites pas que vous êtes fatiguée. La fatigue est la réalisation organique d'une idée préconçue. Commencez par ne pas la penser. Et si jamais vous avez une petite indisposition, ce qui peut arriver à tout le monde, ce sera comme si vous ne l'aviez pas, car elle aura fait de vous, selon un mot profond de M. de Talleyrand, un bien portant imaginaire. Tenez, elle a commencé à vous guérir, vous m'écoutez toute droite sans vous être appuyée une fois, l'œil vif, la mine bonne, et il y a de cela une demi-heure d'horloge et vous ne vous en êtes pas aperçue. Madame, j'ai bien l'honneur de vous saluer.

Quand après avoir reconduit le docteur du Boulbon, je rentrai dans la chambre où ma mère était seule, le chagrin qui m'oppressait depuis plusieurs semaines s'envola, je sentis que ma mère allait laisser éclater sa joie et qu'elle allait voir la mienne, j'éprouvai cette impassibilité de supporter l'attente de l'instant prochain où près de nous une personne va être émue qui, dans un autre ordre, est un peu comme la peur qu'on éprouve quand on sait que quelqu'un va entrer pour vous effrayer par une porte qui est encore fermée, je voulus dire un mot à maman, mais ma voix se brisa, et fondant en larmes, je restai longtemps, la tête sur son épaule, à pleurer, à goûter, à accepter, à chérir la douleur, maintenant que je savais qu'elle était sortie de ma vie, comme nous aimons à nous exalter de vertueux projets que les circonstances ne nous permettent pas de mettre à exécution. Françoise m'exaspéra en ne prenant pas part à notre joie. Elle était tout émue parce qu'une scène terrible avait éclaté entre le valet de pied et le concierge rapporteur. Il avait fallu que la duchesse, dans sa bonté, intervînt, rétablît un semblant de paix et pardonnât au valet de pied. Car elle était bonne et c'aurait été la place idéale si elle n'avait pas écouté les « racontages ».

On commençait déjà depuis plusieurs jours à savoir ma grand'mère souffrante et à prendre de ses nouvelles. Saint-Loup m'avait écrit : « Je ne veux pas profiter de ces heures où ta chère grand'mère n'est pas bien pour te faire ce qui est beaucoup plus que des reproches et où elle n'est pour rien. Mais je mentirais en te disant, fût-ce par prétérition, que je n'oublierai jamais la perfidie de ta conduite et qu'il n'y aura jamais un pardon pour ta fourberie et ta trahison. » Mais des amis jugeant ma grand'mère peu souffrante (on ignorait même qu'elle le fût du tout) m'avaient demandé de les prendre le lendemain aux Champs-Élysées pour aller de là faire une visite et assister à la campagne à un dîner qui m'amusait. Je n'avais plus aucune raison de renoncer à ces deux plaisirs. Quand on avait dit à ma grand'mère qu'il faudrait maintenant, pour obéir au docteur du Boulbon, qu'elle se promenât beaucoup, on a vu qu'elle avait tout de suite parlé des Champs-Élysées. Il me serait aisé de l'y conduire ; pendant qu'elle serait assise à lire, de m'entendre avec mes amis sur le lieu où nous retrouver, et j'aurais encore le temps, en me dépêchant, de prendre avec eux le train pour Ville-d'Avray. Au moment convenu, ma grand'mère ne voulut pas sortir, se trouvant fatiguée. Mais ma mère, instruite par du Boulbon, eut l'énergie de se fâcher et de se faire obéir. Elle pleurait presque à la pensée que ma grand'mère allait retomber dans sa faiblesse nerveuse, et ne s'en relèverait plus. Jamais un temps aussi beau et chaud ne se prêterait si bien à sa sortie. Le soleil changeant de place intercalait çà et là dans la solidité rompue du balcon ses inconsistantes mousselines, et donnait à la pierre de taille un tiède épiderme, un halo d'or imprécis. Comme Françoise n'avait pas eu le temps d'envoyer un « tube » à sa fille, elle nous quitta dès après le déjeuner. Ce fut déjà bien beau qu'avant elle entrât chez Jupien pour faire faire un point au mantelet que ma grand'mère mettrait pour sortir. Rentrant moi-même à ce moment-là de ma promenade matinale, j'allai avec elle chez le giletier. « Est-ce votre jeune maître qui vous amène ici, dit Jupien à Françoise, est-ce vous qui me l'amenez, ou bien est-ce quelque bon vent et la fortune qui vous amènent tous les deux ? » Bien qu'il n'eût pas fait ses classes, Jupien respectait aussi naturellement la syntaxe, que M. de Guermantes, malgré bien des efforts, la violait. Une fois Françoise partie et le mantelet réparé, il fallut que ma grand'mère s'habillât. Ayant refusé obstinément que maman restât avec elle, elle mit, toute seule, un temps infini à sa toilette et maintenant que je savais qu'elle était bien portante, et qu'avec cette étrange indifférence que nous avons pour nos parents tant qu'ils vivent, qui fait que nous les faisons passer après tout le monde, je la trouvais bien égoïste, d'être si longue, de risquer de me mettre en retard quand elle savait que j'avais rendez-vous avec des amis et devais dîner à Ville-d'Avray. D'impatience, je finis par descendre d'avance, après qu'on m'eut dit deux fois qu'elle allait être prête. Enfin elle me rejoignit, sans me demander pardon de son retard comme elle faisait d'habitude dans ces cas-là, rouge et distraite comme une personne qui est pressée et qui a oublié la moitié de ses affaires, comme j'arrivais près de la porte vitrée entr'ouverte qui, sans les en réchauffer le moins du monde, laissait entrer l'air liquide, gazouillant et tiède, du dehors comme si on avait ouvert un réservoir entre les gaciales parois de l'hôtel.

— Mon Dieu, puisque tu vas voir des amis, j'aurais pu mettre un autre mantelet. J'ai l'air un peu malheureux avec cela.

Je fus frappé comme elle était congestionnée et compris que s'étant mise en retard elle avait dû beaucoup se dépêcher. Comme nous venions de quitter le fiacre à l'entrée de l'avenue Gabriel, dans les Champs-Elysées, je vis ma grand'mère qui sans me parler s'était détournée et se dirigeait vers le petit pavillon ancien, grillagé de vert où un jour j'avais attendu Françoise. Le même garde forestier qui s'y trouvait alors y était encore auprès de la « marquise », quand, suivant ma grand'mère qui, parce qu'elle avait sans doute une nausée, tenait sa main devant sa bouche, je montai les degrés du petit théâtre rustique, édifié au milieu des jardins. Au contrôle, comme dans ces cirques forains où le clown, prêt à entrer en scène et tout enfariné, reçoit lui-même à la porte le prix des places, la « marquise », percevant les entrées, était toujours là avec son museau énorme et irrégulier enduit de plâtre grossier, et son petit bonnet de fleurs rouges et de dentelle noire surmontant sa perruque rousse. Mais je ne crois pas qu'elle me reconnut. Le garde délaissant la surveillance des verdures à la couleur desquelles était assorti son uniforme, causait, assis à côté d'elle.

— Alors, disait-il, vous êtes toujours là. Vous ne pensez pas à vous retirer.

— Et pourquoi que je me retirerais, Monsieur ? Voulez-vous me dire où je serais mieux qu'ici, où j'aurais plus mes aises et tout le confortable ? Et puis toujours du va-et-vient, de la distraction; c'est ce que j'appelle mon petit Paris : mes clients me tiennent au courant de ce qui se passe. Tenez, Monsieur, il y en a un qui est sorti il n'y a pas plus de cinq minutes, c'est un magistrat tout ce qu'il y a de plus haut placé. Eh bien ! Monsieur, s'écria-t-elle avec ardeur comme prête à soutenir cette assertion par la violence — si l'agent de l'autorité avait fait mine d'en contester l'exactitude — depuis huit ans, vous m'entendez bien, tous les jours que Dieu a faits, sur le coup de 3 heures, il est ici, toujours poli, jamais un mot plus haut que l'autre, ne salissant jamais rien, il reste plus d'une demi-heure pour lire ses journaux en faisant ses petits besoins. Un seul jour il n'est pas venu. Sur le moment je ne m'en suis pas aperçue, mais le soir tout d'un coup je me suis dit : « Tiens mais ce monsieur n'est pas venu, il est peut-être mort. » Ça m'a fait quelque chose parce que je m'attache quand le monde est bien. Aussi j'ai été bien contente quand je l'ai revu le lendemain, je lui ai dit : « Monsieur, il ne vous était rien arrivé hier ? » Alors il m'a dit comme ça qu'il ne lui était rien arrivé à lui, que c'était sa femme qui était morte, et qu'il avait été si retourné qu'il n'avait pas pu venir. Il avait l'air triste assurément, vous comprenez, des gens qui étaient mariés depuis vingt-cinq ans, mais il avait l'air content tout de même de revenir. On sentait qu'il avait été tout dérangé dans ses petites habitudes. J'ai tâché de le remonter, je lui ai dit : « Il ne faut pas se laisser aller. Venez « comme avant, dans votre chagrin ça vous fera une petite distrac- tion. »

La « marquise » reprit un ton plus doux, car elle avait constaté que le protecteur des massifs et des pelouses l'écoutait avec bonhomie sans son- ger à la contredire, gardant inoffensive au fourreau une épée qui avait plutôt l'air de quelque instrument de jardinage ou de quelque attribut horticole.

— Et puis, dit-elle, je choisis mes clients, je ne reçois pas tout le monde dans ce que j'appelle mes salons. Est-ce que ça n'a pas l'air d'un salon avec mes fleurs ? Comme j'ai des clients très aimables, toujours l'un ou l'autre veut m'apporter une petite branche de beau lilas, de jasmin, ou des roses, ma fleur préférée.

L'idée que nous étions peut-être mal jugés par cette dame en ne lui apportant jamais ni lilas, ni belles roses me fit rougir, et pour tâcher d'échapper physiquement — ou de n'être jugé par elle que par contu- mace — à un mauvais jugement, je m'avançai vers la porte de sortie. Mais ce ne sont pas toujours dans la vie les personnes qui apportent les belles roses pour qui on est le plus aimable, car la « marquise » croyant que je m'ennuyais, s'adressa à moi :

— Vous ne voulez pas que je vous ouvre une petite cabine ?

Et comme je refusais :

— Non, vous ne voulez pas ? ajouta-t-elle avec un sourire ; c'était de bon cœur, mais je sais bien que ce sont des besoins qu'il ne suffit pas de ne pas payer pour les avoir.

À ce moment une femme mal vêtue entra précipitamment qui semblait précisément les éprouver. Mais elle ne faisait pas partie du monde de la « marquise », car celle-ci avec une férocité de snob, lui dit sèchement :

— Il n'y a rien de libre, Madame.

— Est-ce que ce sera long ? demanda la pauvre dame, rouge sous ses fleurs jaunes.

— Ah ! Madame, je vous conseille d'aller ailleurs, car, vous voyez, il y a encore ces deux messieurs qui attendent, dit-elle en nous montrant moi et le garde, et je n'ai qu'un cabinet les autres sont en réparation.

« Ça a une tête de mauvais payeur, dit la « marquise ». Ce n'est pas le genre d'ici, ça n'a pas de propreté, pas de respect, il aurait fallu que ce soit moi qui passe une heure à nettoyer pour madame. Je ne regrette pas ses deux sous.

Enfin ma grand'mère sortit et songeant qu'elle ne chercherait pas à effacer par un pourboire l'indiscrétion qu'elle avait montrée en restant un temps pareil, je battis en retraite pour ne pas avoir une part du dédain que lui témoignerait sans doute la « marquise » et je m'engageai dans une allée, mais lentement, pour que ma grand'mère pût facilement me rejoindre et continuer avec moi. C'est ce qui arriva bientôt. Je pensais que ma grand'mère allait me dire : « Je t'ai fait bien attendre, j'espère que tu ne manqueras tout de même pas tes amis », mais elle ne prononça pas une seule parole, si bien qu'un peu déçu, je ne voulus pas lui parler le premier ; enfin levant les yeux vers elle, je vis que, tout en marchant auprès de moi, elle tenait la tête tournée de l'autre côté. Je craignais qu'elle n'eût encore mal au cœur. Je la regardai mieux et fus frappé de sa démarche saccadée. Son chapeau était de travers, son manteau sale, elle avait l'aspect désordonné et mécontent, la figure rouge et préoccupée d'une personne qui vient d'être bousculée par une voiture ou qu'on a retirée d'un fossé.

— J'ai eu peur que tu n'aies eu une nausée, grand'mère ; te sens-tu mieux ? lui dis-je.

Sans doute pensa-t-elle qu'il lui était impossible, sans m'inquiéter, de ne pas me répondre.

— J'ai entendu toute la conversation entre la « marquise » et le garde, me dit-elle. C'était on ne peut plus Guermantes et petit noyau Verdurin. Dieu ! qu'en termes galants ces choses-là étaient mises. Et elle

278

ajouta encore, avec application, ceci de sa marquise à elle, Mme de Sévigné : « En les écoutant je pensais qu'ils me préparaient les délices d'un adieu. »

Voilà le propos qu'elle me tint et où elle avait mis toute sa finesse, son goût des citations, sa mémoire des classiques, un peu plus même qu'elle n'eût fait d'habitude et comme pour montrer qu'elle gardait bien tout cela en sa possession. Mais ces phrases, je les devinai plutôt que je ne les entendis, tant elle les prononça d'une voix ronchonnante et en serrant les dents plus que ne pouvait l'expliquer la peur de vomir.

— Allons, lui dis-je assez légèrement pour n'avoir pas l'air de prendre trop au sérieux son malaise, puisque tu as un peu mal au cœur, si tu veux bien nous allons rentrer, je ne veux pas promener aux Champs-Elysées une grand'mère qui a une indigestion.

— Je n'osais pas te le proposer à cause de tes amis, me répondit-elle. Pauvre petit ! Mais puisque tu le veux bien, c'est plus sage.

J'eus peur qu'elle ne remarquât la façon dont elle prononçait ces mots. —Voyons, lui dis-je brusquement, ne te fatigue donc pas à parler, puisque tu as mal au cœur, c'est absurde, attends au moins que nous soyons rentrés.

Elle me sourit tristement et me serra la main. Elle avait compris qu'il n'y avait pas à me cacher ce que j'avais deviné tout de suite : qu'elle venait d'avoir une petite attaque.

ACHEVÉ D'IMPRIMER
PAR L'IMPRIMERIE
LOUIS BELLENAND
A FONTENAY-AUX-ROSES
LE DIX-SEPT AOUT 1920.